HET DONKERE WATER

BERNADETTE CALONEGO

Het donkere water

 DE KERN

Oorspronkelijke titel: *Unter dunklen Wassern*
Oorspronkelijke uitgever: Verlag Bloomsbury Berlin
Copyright © 2007 BV Berlin Verlag GmbH, Berlin
Copyright © 2008 voor deze uitgave:
Uitgeverij De Kern, De Fontein bv, Postbus 1, 3740 AA Baarn
Vertaling: Bert Bakker
Omslagontwerp: Wil Immink Design
Omslagillustraties: Getty Images
Opmaak binnenwerk: Het vlakke land, Rotterdam
ISBN 978 90 325 1128 9
NUR 330, 305

www.dekern.nl
www.uitgeverijdefontein.nl

Voor mijn moeder

Proloog

Er was geen ontkomen meer aan. Zijn Beaver verloor plotseling hoogte. Alsof de vleugels van lood waren. Vervolgens richtte het toestel zich schokkend en schuddend op als een steigerende mustang. En dan was er die regen, tegen een decor van grauwe wolken en daarachter niets.

De oceaan kwam veel te dichtbij.

Alles was beter dan in deze ellendige narigheid neer te storten.

Hij trok de Beaver omhoog. Het watervliegtuig trilde als een pneumatische boor.

Hij had het nodige achter de rug. De verschrikkelijke rukwinden hadden zodanig huisgehouden dat een ramp onvermijdelijk had geleken. Maar erger dan dit kon niet, het was een regelrechte nachtmerrie.

Zijn adrenalineniveau steeg explosief. Hij mocht niet ten onder gaan in deze vreselijke hel.

Hij niet.

Hij had de dans altijd weten te ontspringen. Hij kende de chaos van windvlagen die elkaar te grazen namen als dolle honden. Hij kende de nevel die zich sluipend verdichtte en onverwacht alles verzwolg. Maar het best kende hij zichzelf.

Het had niet gehoeven, hij had met zijn machine aan de grond kunnen blijven toen zijn gevoel hem influisterde: met deze storm moet je geen ruzie zoeken, hij is veel sterker dan jij, hij maakt in een mum van tijd schroot en gehakt van jou en de Beaver.

'GQC aan JPX... wat een kolereweer, wat een verschrikkelijk pestweer, zeg, daar komt niemand doorheen.' De stem kwam uit de koptelefoon. 'Ik keer terug via het Otterkanaal en ga bij Pitt Island buitenom.'

Ergens buiten vloog nog een Beaver. Nog zo'n halvegare die zijn leven op het spel zette.

Hij keek op het scherm van zijn Global Positioning System: geel land, blauw water.

'GQC aan JPX… Oké… Ik probeer het via het Grenvillekanaal, hoewel dat er vanaf hier uitziet als een gore bende.' De koptelefoon liet een onrustig geknetter horen. Dan weer klonk de stem.

'Ik krijg een behoorlijk sterk ELT-signaal binnen.'

Ook hij ving een weliswaar zwak, maar onophoudelijk noodsignaal van een in gevaar verkerend vliegtuig op.

'Waar ben je nu?' vroeg hij.

'Ik ben halverwege McCaulley Island, tussen Hevnor Inlet en Newcombe Harbour. Alsof ik in een wasmachine zit, en dan die verdomde wind.'

'Oké. Het is me niet gelukt via het Grenvillekanaal, ik moet omvliegen en dan jou achterna. Als je wat ziet, meld het dan meteen.'

'Oké.'

De Beaver danste. Een dans met de duivel. Het toestel kon geen hoogte winnen. Hij gaf meer gas.

Je wilt toch niet gaan badderen, sloompie? Hou je haaks. Hou je vooral haaks! Dat water daarbeneden is ijs- en ijskoud. Binnen twee minuten stolt je bloed, binnen tien minuten schreeuw je je ziel uit je lijf om hulp en negentig minuten later is alles voorbij.

De andere piloot brulde in zijn koptelefoon.

'Ik ben er heel dichtbij, de Emergency Location Transmitter gilt als een mager speenvarken. Volgens mij zit hij ergens onder mij. In dit tochtgat wordt alles naar beneden gezogen.'

'… Oké.'

De meesten verdrinken, gevangen in hun vliegtuigwrak. Hij had het vaak meegemaakt. Ook hadden ze vaak een gebroken been of rug, een ingedeukte schedel of een slagaderlijke bloeding.

'Ik zie iets!'

Het geschreeuw deed hem ineenkrimpen.

'Wrak in het water, net voor Captains Cove. Ik ga even kijken of ik kan landen en er naartoe kan manoeuvreren.'

'Zie je mensen in het water?'

'Ik word door elkaar gehengst, ik kan het hiervandaan niet zien. Ik laat het je weten of ik op het water kan landen.'

De koptelefoon knetterde, vervolgens klonk er opnieuw ge-schreeuw.

'Jezus christus, moet je kijken!'

'Kun je lager gaan?'

'Ik zit al heel laag. Verdomd laag.'

'Vlieg niet te langzaam, hoor je me?'

Hij moet wel oppassen, anders komt hij ook in het water terecht.

'… Daar zijn ze! Godnogaantoe! Daar zijn ze! Ik kan ze zien, tjee-minee!'

'Wat zie je dan?'

'… Het vliegtuig… totaal kapot, is niks meer van over. Tjonge-jonge!'

'Zie je ook mensen?'

'Ik moet naar beneden, man, ik moet naar beneden.'

'Is het water niet te woest? Ik zie golven.'

'Ik denk dat het wel lukt.'

'Voorzichtig, hè, voorzichtig!'

Er kwam geen antwoord. Hij wachtte.

Hopelijk draait hij niet door bij wat hij ziet. Hopelijk blijft hij zijn zenuwen de baas. De andere piloot was een goede piloot, dat wist hij. Bijna zo goed als hij zelf. Zevenduizend vlieguren had hij erop zitten. De meeste tussen Alaska en Prince Rupert. Deze kust was dodelijk. Dodelijk voor slechte piloten.

'Ik ben beneden, hé, ik ben beneden. Ik ben geland in Captains Cove en ik ben er nu vlakbij. Een van de drijvers staat verticaal, ik geloof dat er iemand aan hangt.'

De stem klonk week, alsof de stembanden te lang in het water hadden gelegen.

'Goed gedaan, ik ben zo bij je.'

'… Jeff stapt nu uit en klimt er naartoe.'

Hij had dus een passagier bij zich. Waarom zei hij dat nu pas? Nou ja, alle hulp was welkom, vooral met dit onstuimige water. Hij zelf wilde nooit iemand meenemen, hij wilde niemand in gevaar brengen.

'… O, mijn god!'

'Wat is er?'

'Ze zijn dood, man, ze zijn allemaal dood!'

'Dood of bewusteloos? Kun je dat zien?'

'Morsdood, man. Zo dood als een pier.'

Hij bleef er kalm onder. Dat moest wel.

Hij keek op zijn GPS. Hij was nog enkele minuten van de plaats van het ongeluk verwijderd.

'Ik kom eraan. Wacht tot ik er ben.'

De wind ging plotseling liggen, alsof hij eindelijk uitgeraasd was. Hij zag de Beaver van zijn collega. Het toestel dobberde als een badeendje in een badkuip. Daarnaast dreef de andere machine: een geknakte vleugel, een cockpit die schuin omhoogstak en op de linkerdrijver een roerloos lichaam waarvan de benen in het water hingen.

Hij brulde in de microfoon. 'Kun je me zien? Ik kom naar beneden. Kun je me zien?'

Geen antwoord.

Hij zette de landing in. Plotseling klonk er een krijsende stem in de koptelefoon.

'... Lieve hemel! Hij leeft! Een van hen beweegt! Hij leeft!'

Hij concentreerde zich op de landing. Hij hield de Beaver nauwlettend onder controle. *Kom maar, sloompie van me. Kom, kom dan.*

Hij moest met een lichte zijwind landen, parallel aan de golven. Voor hem was een luwte. De drijvers kletsten op het water.

Toen hij naar de beide vliegtuigen gleed, had hij slechts één gedachte: *Hopelijk leeft de juiste persoon.*

1

Drugs. Ze keek de douanier aan en wist onmiddellijk wat hij dacht: drugs. Haar ogen stonden zo glazig als bij een yuppie die coke had gesnoven. Dat was altijd zo als haar allergie opspeelde; een van haar allergieën. Haar gezicht en hele lichaam voelden aan alsof ze met een laagje zweet bedekt waren, en haar hoofd bonsde.

De jonge douanier monsterde haar met openlijk wantrouwen.

Ze had zich voor de twaalf uur durende vlucht van Zürich via Toronto naar Vancouver zo volgepropt met Atarax, dat ze waggelde als een sumoworstelaar toen de beambte haar een teken had gegeven dat ze aan de beurt was. Een allergieaanval was al erg genoeg, maar in combinatie met oververmoeidheid was het een wel heel boze droom.

De jonge man bekeek haar Zwitserse paspoort en daarna haar rode glimmende gezicht. Hij tikte enige gegevens in de computer en wachtte. Vervolgens verwees hij haar kortweg naar het bureau van de immigratiedienst. Hij bewoog zijn arm naar rechts, waar zich reeds een rij van wachtende mensen met hun bagage had gevormd.

Het was niet anders: ze werd verdacht bevonden. Eigenlijk had ze het kunnen weten. Het was altijd al op haar gezicht te lezen geweest als ze een geheim verborg.

Van de mensen die zich achter in de rij aansloten, was zij de enige blanke. Mannen met tulbanden, vrouwen met sarongs, Aziatische en donkere gezichten, daartussen een paar kinderen die niet jengelden en ook geen poging ondernamen om de afrastering met de losse paaltjes omver te stoten. Kortom, kinderen voor wie de ernst van de situatie duidelijk was.

Sonja ging naast een vrouw staan wier sarong zo blauw was als de Grote Oceaan die ze vanuit het vliegtuig had gezien. Ze zullen me niet toelaten, dacht ze. Ze zullen alles in het werk stellen om me terug te sturen of me te arresteren.

'Reizigers uit Europa?' Op enige afstand stond een vrouwelijke beambte zoekend om zich heen te kijken. Sonja had het gehoord en met haar rugzak en koffer op een bagagewagen volgde ze haar tot aan het eind van een gang.

'Wilt u hier even blijven wachten?' vroeg de beambte vriendelijk.

Sonja stelde zich volgzaam voor het loket op, waarachter korte tijd later een man verscheen.

'Mag ik uw reisbescheiden zien?'

Terwijl hij de papieren in ontvangst nam, keek hij haar aandachtig aan.

Hij kan mijn angst ruiken. Ja, meneer, het is pure angst die u ruikt. Bekijk me maar eens goed. Ik heb angst voor dit onbekende land. Angst voor wat ik hier zal vinden, maar nog meer angst dat ik hier niets zal vinden.

'Sonja Werner.'

Haar naam hoorde ze vrijwel nooit met dit Canadese accent uitgesproken worden.

'U wilt hier ook gaan werken?'

'Nee, ik ga hier niet werken, ik wil onderzoek doen voor een Zwitsers museum, met het oog op een tentoonstelling,' zei ze met hese stem. 'Ik ben historicus,' voegde ze er snel aan toe.

Hij had alles kunnen lezen in de documenten die ze hem had toegeschoven: de vergunningen en aanbevelingsbrieven. Maar hij wilde haar blijkbaar toetsen op haar waarheidsgehalte.

'Waar gaat uw onderzoek over?'

'Over een Duitse dichteres, Else Lübcke Seel. Zij is in 1927 vanuit Berlijn naar Canada geëmigreerd. Ik wil mensen interviewen die Else Seel gekend hebben.'

Omdat ze die zinnetjes wel duizend keer geoefend had, kwam de uitleg vlotjes over haar lippen. Haar Engels was goed, ze had twee jaar in Engeland gestudeerd.

'Waar heeft die dichteres gewoond?' Hij leek belangstelling te hebben.

'In het noorden van British Columbia, in de buurt van Burns Lake. Ze was met een pelsjager getrouwd en woonde met hem in de wildernis, in een blokhut.'

'Burns Lake. Wilt u daar alleen naartoe reizen?'

Sonja keek hem weifelend aan. Was dat een van die strikvragen waarvoor ze gewaarschuwd was? Was het soms verdacht om alleen te reizen?

'Ik heb een kennis in Vancouver die mij zal vergezellen.' Ze probeerde haar leugen zo onbevangen mogelijk te laten klinken.

De beambte legde een stukje papier voor haar neer. 'Zou u zo goed willen zijn de naam, het adres en het telefoonnummer van deze kennis op te schrijven?'

Ze diepte haar adresboekje uit haar rugzak op en noteerde de adresgegevens van Diane Kesowsky.

'U bent ook Duitse? Uit Berlijn?'

Waarom vroeg hij dat, hij had toch haar paspoort gezien.

'Nee, ik ben een Zwitserse, maar het museum waarvoor ik werk, ligt tegen de Duitse grens aan; wij hebben veel Duitse bezoekers.'

Klonk ze misschien nerveus? Ze kon zich niet voorstellen dat deze man de landkaart van Europa als zijn broekzak kende. Hij wilde haar alleen maar testen, haar lichaamstaal observeren.

Ze moest Diane in ieder geval duidelijk maken dat ze vanaf nu voor de instanties geregistreerd stond als haar reisgenoot. Niet dat ze van plan was met Diane op reis te gaan, dat was niet aan de orde. Haar werkelijke doel zou ze aan niemand vertellen, niet aan Diane en zeker niet aan deze man die maar niet ophield met het stellen van ogenschijnlijk onbelangrijke vragen.

Plotseling knalde de beambte een stempel in haar paspoort, krabbelde er wat naast en schoof met een bemoedigende glimlach de papieren naar haar toe.

'Veel succes met uw onderzoek. En welkom in Canada.'

13

2

In de wachtrij bij de taxistandplaats werkte de frisse nachtlucht verkoelend op haar koortsige gezicht. Vancouver in september. Had het ook gemotregend toen Toni hier indertijd arriveerde? Hij had nooit kunnen vermoeden dat hij hier niet meer zou terugkeren. Hij zou blij zijn geweest. Blij vanwege de geheime ontmoeting.

Waarschijnlijk was hij toen, op weg van de luchthaven naar de binnenstad, via dezelfde straten gereden als zij: langs de kleine winkels met de platte daken, de veelkleurige neonreclames, de Chinese uithangborden, de wassalons. Alles verlicht, hoewel het al na middernacht was.

Even later reed de taxi over een grote brug. Het licht van de torenflats aan de oever schitterde in het weidse water. Door de onafgedekte ramen kon ze in de helder verlichte kamers mensen achter hun computers zien zitten. Een vrouw fietste op een fitnessapparaat – midden in de nacht! Overal glas, overal licht, transparante gebouwen. Een stad waarin men zich niet kon verstoppen.

Toen de taxi voor een groot gebouwencomplex stopte, verzocht ze de chauffeur te wachten tot ze werd binnengelaten.

Ze toetste Dianes deurcode in naast de toegangsdeur. Een klik, wat geruis en dan een vrouwenstem: 'Sonja!'

Een paar minuten later werd ze door een onbekende vrouw met spontane hartelijkheid omhelsd.

'Wat fijn dat je er eindelijk bent! Kom binnen. Ik heb helemaal op je komst gerekend,' zei Diane met een stralend gezicht. Ze nam haar koffer over.

Sonja was nog wakker genoeg om haar grote donkere ogen en haar zachte volle mond waar te nemen; lippen als die van Angelina Jolie.

'Laat me eens raden,' zei Diane, 'je wilt niet eten, je wilt niet praten, je wilt gewoon naar bed en slapen.'

'Ja,' zei Sonja, en ze glimlachte dankbaar.

Om vier 's morgens was Sonja klaarwakker. De straatverlichting scheen door de donkerblauwe gordijnen van haar slaapkamer. Ze voelde de zware dekens op haar drukken, de overvloed aan kussens had ze naar de rand van het bed gedrukt. Haar keel was droog. In de aangrenzende badkamer dronk ze een slokje water. Het water smaakte chemisch. Op het kastje in haar slaapkamer vond ze een flesje mineraalwater. Diane had aan alles gedacht. Ze ging weer in bed liggen, maar was over haar slaap heen. Zuchtend pakte ze een boek uit haar rugzak en kroop weer onder de wol.

Ze putte er troost uit aan Else te denken. Else was verleden tijd, ergens ver weg. Zolang ze aan Else dacht, werd ze niet lastiggevallen door andere onheilspellende gedachten.

Met de stoomboot, de *Empress of Australia*, was Else van Hamburg naar Montreal gevaren, waarna ze vier dagen nodig had gehad om met de trein naar Vancouver te reizen. De dichteres uit het Berlijn van de jaren twintig, de enige dochter van een grootgrondbezitter, heette toen nog Else Lübcke. 's Nachts speelde ze de bohémien, overdag was ze archiefmedewerker bij een bank.

En opeens vertrok ze naar Vancouver om een zekere man te treffen. Een jager, pelshandelaar en goudzoeker; een man met een afwijkend gedrag en met een dierlijk instinct: Georg Seel, 37 jaar oud, geboren in Beieren, die al vijftien jaar in de Canadese provincie British Columbia verbleef en op zoek was naar een vrouw. Waarom, vroeg Sonja zich voor de zoveelste maal af, waarom toch uitgerekend Georg Seel?

Else was nog steeds een levensgroot raadsel voor haar, hoewel ze alles over haar wist. Else Lübcke was 33 jaar oud toen ze krantenknip-sels aan het archiveren was en de advertentie van Georg Seel onder ogen kreeg. Een contactadvertentie: *single zoekt single*. In Else werd blijkbaar een smeulend vuurtje aangewakkerd. Was het een verlangen naar avontuur, de hunkering naar het onbekende? Het wegvluchten uit de bekrompen sleur van het alledaagse leven?

'Daar zit meer achter,' had Inge gezegd, toen ze ervan hoorde. 'Er moet wat gebeurd zijn. Die vertrekt toch niet zomaar halsoverkop uit Berlijn? En dan ook nog naar het einde van de wereld! Zonder schouwburg en leesclubs. Daar zit meer achter, wat ik je brom!'

Sonja kende Inges gevoel voor dramatiek. Voor het museum werkte het wonderwel, want sedert Inge als leidinggevende was aangesteld, werden de tentoonstellingen massaal bezocht. Sonja was verantwoordelijk voor de historische en feitelijke en Inge voor de fantasierijke aspecten.

Else Lübcke Seel begeesterde Inges fantasie. Ze was niet van het idee af te brengen dat er in het leven van Else een duister geheim was geweest dat haar naar Canada had gevoerd.

'Misschien verveelde Else zich wel,' had Sonja geopperd.

Zij was nuchterder. Ze had gelezen dat Else met haar dagelijkse werk haar moeder en ook een oude tante onderhield. Daarbij gaf ze zich met haar artistieke geest over aan dichten en dromen. Misschien voelde ze dat er in Berlijn spoedig andere tijden zouden aanbreken. Berlijn was vlak voor de verandering een frivole stad, een bruisende metropool; voordat de vlam in de pan sloeg.

In ieder geval reisde Else in 1927 naar Vancouver, waar ze haar intrek nam in hotel St.-Francis, waar Georg Seel een kamer voor haar gereserveerd had. Er werd geklopt. Else riep 'binnen'. De deur ging open en voor het eerst zag ze de man met wie ze de volgende dag al zou trouwen. Het beviel haar dat hij groot was en krachtig gebouwd, en ook was ze heel tevreden over zijn bruine gegolfde haar en zijn intelligente gezicht.

Sonja las nogmaals de passage in het *Kanadisches Tagebuch* van Else dat in 1964 was verschenen: *Ik keek hem aan. Hij lachte verlegen.* En weer ergerde ze zich aan deze weinigzeggende zinnen. Else liet niks van haar gevoelens blijken. Was ze opgewonden? Was het liefde op het eerste gezicht? Had ze vlinders in haar buik? Slappe knieën?

Helemaal niets.

Ze moest opeens aan Toni denken. Ze liet het boek zakken.

Al sinds lange tijd had ze de herinnering aan die zomer in Wallis in het dorpje Ruhetal verdrongen. Het dorpje Ruhetal deed zijn naam beslist geen eer aan, want het was een en al toerisme wat de klok sloeg, vooral modern toerisme zoals soft adventure, riverrafting en mountainbiking. Alles was Engels en alles was 'cool'. Op de Martinsheuvel wilde men een grote schans voor mountainbikers bouwen. Vanuit haar historische achtergrond kende ze deze heuvel zeer goed. Sedert duizenden jaren geloofde men dat er een bovennatuurlijke kracht vanuit ging, dat de heuvel het centrum van een krachtveld was. Ze had er een artikel over geschreven. Eerst was het een heidense offerplaats geweest, daarna werd er een christelijk kapelletje gebouwd, vervolgens een grote kerk, die echter tijdens de Reformatie verwoest werd, waarna er opnieuw een kapelletje verrees. En nu zou er een springschans voor fietsers worden aangelegd. Er was veel verzet tegen.

Toni zat indertijd, tijdens een discussie over het onderwerp, naast haar. Toni Vonlanden was ondernemer in de toeristenindustrie en expert op het gebied van mountainbiking, bungeejumping, freeride en canyoning.

Krachtvelden, had Toni Vonlanden opgemerkt, wat was dat nu weer voor bijgeloof. Hij had er echter vriendelijk bij gelachen, met glinsterende witte tanden in een gebruind gezicht. Sonja had naar zijn gespierde onderarmen en zijn pezige vingers gekeken: op-en-top een sportman. Sonja had een hekel aan sport.

'Ik ben niet koppig,' had Toni tegen de dorpsbewoners in het zaaltje gezegd, 'ik laat me graag overtuigen.' En tegen Sonja had hij schertsend opgemerkt: 'En u mag me die krachtvelden laten zien. Vanavond nog, wat mij betreft!'

Het publiek had gelachen.

Sonja ging op zijn uitnodiging in, en dus zaten ze bij het vallen van de avond samen in het gras op de Martinsheuvel. Sonja vertelde hem van de grote kerk die daar gestaan had, waar wanhopige ouders in de elfde en twaalfde eeuw hun doodgeboren baby's naartoe brachten. Het was de laatste kans om hun kinderen te laten dopen en van het eeuwige vagevuur te redden, omdat de katholieke kerk geen dode lichamen doopte. De priester legden de kleine lijkjes op een warme schaal, stak ze een veer in de mond, en als die door de opstijgende warme lucht bewoog, gold dat als een teken van leven en werd het kind snel gedoopt. Rondom de Martinsheuvel lagen duizenden baby's begraven: kleine skeletjes, bedekt met aarde.

Ze spraken met elkaar tot de zon was ondergegaan. Later vertelde Toni aan zijn vrienden dat hij het krachtveld gevoeld had. En hoe! Geweldig! Onverklaarbaar! Prachtig! Hij was die avond verliefd geworden op een historicus uit St.-Gallen die nog nooit van haar leven in een skilift had gezeten.

17

Misschien had dat haar aan het denken moeten zetten. Dan was het allemaal niet gebeurd. Dan zou hij niet onder mysterieuze omstandigheden om het leven zijn gekomen, en zou zij nu niet in deze kamer in Vancouver zijn geweest.

3

Van: yh6tg9abeil@yahoo.com
Verzonden: 2 september, 13:36
Aan: Inge Stollrath
Onderwerp: Vijandelijk gebied

Lieve Inge,

Ik ben veilig aangekomen. Je zult het zeker weten te waarderen, dat ik jou als eerste een e-mail stuur. Omdat je vreesde dat mijn allergieaanvallen jouw plannen om zeep zouden helpen, voel ik me ontzettend trots.

Ik zit op het moment in een internetcafé, in het centrum van Vancouver. Ik had niet gedacht dat het zo ingewikkeld kon zijn een koffie verkeerd te bestellen. Wat ze niet allemaal willen weten! De grootte van het kartonnen bekertje, het vetgehalte van de melk, al of niet biologisch, welke koffiebonen, cafeïnevrij of normaal...

Mijn koffers zijn niet doorzocht, zodat Diane niets hoeft te missen van al die verboden lekkernijen die mij door haar Duitse kennissen zijn meegegeven; blijkbaar denken ze dat er in Canada niets te koop is. Ik heb Diane vandaag nog niet gezien, want ze was al vertrokken voor ik was opgestaan (ik heb 's nachts wakker gelegen en heb daarna tot aan de middag geslapen – mijn ritme ligt helemaal door elkaar). Je had trouwens gelijk, ze spreekt geen woord Duits.

Je zou Dianes woning eens moeten zien: de muren van mijn slaapkamer zijn oranje, in de serre staat een knalrode sofa tegen een mosterdgele wand, de badkamer is paars en zilver, en in de modderkleurige woonkamer staat een gifgroen bankstel met felgekleurde kussens. Veel Aziatische en Indiase kunst. De keuken is net een spiegeltent: spiegelwanden, spiegelende vloer en plafond, spiegelende kasten en deuren, overal donkergetinte spiegels! Ik kan de aanblik van mijn roodomrande ogen niet ontlopen. De verzamelwoede en de excentrieke smaak zitten waarschijnlijk in jullie familie gebakken! Ik verbaas me erover dat deze neiging zelfs doorgedrongen is tot jouw verste verwanten, die zich al generaties geleden vanuit Duitsland in Canada gevestigd hebben. Wat is jouw nicht Diane nu eigenlijk precies van je? Vanuit haar appartement kan ik net een stukje van de Grote Oceaan zien. Diane woont in de buurt van False Creek, een zeearm die zich tot in de binnenstad uitstrekt. Als de deur opengaat, proef ik zilte zeelucht, hoor ik meeuwengekrijs en ruikt het naar vis! Veel Aziatische mensen. Iedereen loopt met een beker koffie rond, oude mensen dragen hightechsportschoenen en je ziet veel jonge mensen op straat; ik heb heel lang niet meer zo veel jeugdige koppen bij elkaar gezien. Met mijn 36 jaar voel ik me opeens behoorlijk oud!

Hartelijke groet, Sonja

'Ik begrijp niet helemaal,' zei Diane, terwijl ze zich op de gifgroene divan nestelde, 'wat jouw reis met die tentoonstelling te maken heeft.' Ze streek over haar zwarte, kortgeknipte haar.

Op dat moment werd Sonja weer door vermoeidheid bevangen. O, wat haatte ze die jetlag. Inge had haar daar maar mooi mee opgezadeld: Else Seel en de reis door Canada. Van de laatste expositie, over de geschiedenis van lingerie, was Sonja al bijna gek geworden. Uiteraard niet van de historische aspecten, maar wel van de overdreven wijze waarop die tentoonstelling door Inge was vormgegeven. Understatement is de dood in de pot voor een museum, placht Inge te zeggen.

Van het laatste idee van Inge was Sonja bijna niet goed geworden. 'Vrouwen die emigreren, alleen, zonder man en zonder familie, begrijp je dat?' had ze gezegd. Vervolgens had ze het *Kanadisches Tagebuch* van Else triomfantelijk op tafel gesmeten. 'Dat trekt bezoekers uit Duitsland – een dichteres uit Berlijn!' In Inges achterhoofd speelde altijd de bezoekersaantallen. Meteen daarop vertelde ze Sonja haar plan over een reis naar Canada. 'Ik wil foto's en gebruiksvoorwerpen van Else om te exposeren, en zo veel mogelijk getuigenissen.'

Sonja had nog geprobeerd de reis in Inge haar schoenen te schuiven. Ze had namelijk het onheilspellende gevoel dat het allemaal geen toeval was, en plotseling kreeg ze het te kwaad. Was Inge wellicht op de hoogte van de tragedie in Canada? Wist ze van Toni en Nicky, of misschien wel van Odette? Maar al spoedig verwierp ze die gedachte. Het was onmogelijk dat Inge er ook maar iets van wist. Dat was nergens aan te merken geweest. Geen toespeling of vraag die daarop geduid had. Ze kón er niets van weten. Inge was zo helder als kristal.

'Waarom ga jij niet? Van ons beiden ben jij de globetrotter.' Het was Sonja's laatste verzoek geweest het noodlot af te wenden. Maar Inge had afwijzend gereageerd. 'Je weet toch dat ik een bespreking heb met de Raad van Cultuur. We hebben geld nodig. Ik moet ze op de huid zitten, anders leggen we het loodje.'

Ze had natuurlijk gelijk. En Sonja had last van een schuldgevoel. Ze had Inge de afgelopen jaren vaak het werk alleen laten doen. Hoe vaak had ze niet geroepen: Ik kan niet, ik heb weer zo'n last, weet je wel. Red je het alleen?

Ik heb weer zo'n last. Meestal waren het paniekaanvallen, maar ze zei dat ze last had van allergie.

Het was begonnen met een nachtmerrie. Zo ineens, zonder waarschuwing vooraf. Ze zat in een vliegtuig en ze wist zeker dat ze direct zou neerstorten. Ze zag het wateroppervlak tergend langzaam naderbij komen – een eindeloze kwelling. Daarop zag ze lijken drijven. Ze zwom in het ijskoude water. Ze zwom op een lijk af dat met de rug naar boven dreef. Als ze alleen maar het gezicht kon zien. Het gezicht! Laat me je gezicht zien!!

De vrouwelijke arts had haar rust voorgeschreven en kleine roze tabletten gegeven, zodat ze niet door paniek overmand zou worden.

Sonja droeg de tabletten altijd bij zich, terwijl ze vroeger altijd gezworen had bij homeopathische druppels. Maar nu waren deze psychofarmaca haar redding. Ze schaamde zich ervoor, ze schaamde zich dat haar geordende leventje zo ontspoord was.

Het was alweer drie jaar geleden dat ze het lijk gevonden had. Voor die tijd had ze geen last gehad van nachtmerries, paniek- en zweetaanvallen, hartkloppingen en claustrofobie. Toen ervoer ze slechts een peilloze leegte, pijn en woede. Na het vinden van de brief was het echter vooral woede die overheerste.

Mijn lieve Tonio, ik mis je zo erg dat het pijn doet. Mijn lichaam hunkert naar je. Mijn huid gloeit nog na, daar, waar we elkaar hebben aangeraakt...

Inge had haar het vele ziekteverzuim niet verweten. Rust lekker uit, je zult het fijn vinden, zei ze steeds.

Sonja stond bij Inge in het krijt. Ze moest op reis.

4

'Kom, laten we een rondje rennen.'

Sonja schrok enigszins toen ze Diane in een nauwsluitend pruim-kleurig joggingpak zag. Ze bewoog zich soepel op haar loopschoe-nen, alsof er een hydraulisch systeem was ingebouwd. Aan de gordel rond haar middel hing een waterfles. Zou ze langs de haven van False Creek achter haar aan moeten rennen? De frisse lucht deed haar ontstoken neusgaten branden. Was ze nu ook allergisch voor zeezout? Diane hield even de pas in.

'Weet je op wie je lijkt?' vroeg ze.

Sonja wist het.

'Je lijkt op Cate Blanchett in *The Lord of the Rings*,' zei Diane. Sonja wist niet of het als een compliment bedoeld was. Tja, ze leek enigszins op de Australische actrice. Het blonde haar, de helblauwe ogen, de brede mond, de blanke huid, de fijne trekken. Inge noemde het 'etherisch'. Cate Blanchett was mooi, maar Sonja zag zichzelf meer als een waterverfschilderij: een aangename, maar volstrekt onbete-kenende vervloeiing van vormen.

Toni had dat niet zo ervaren. Hij hield van dat aquarelachtige, elfachtige van haar. Toen hij eens een oude foto van haar zag, waarop ze als actrice aan het universiteitstoneel geschminkt en opgedirkt was afgebeeld, was hij gechoqueerd. Ze zag er aanstootgevend uit, en dat beviel hem helemaal niet. Sonja had zich vrolijk gemaakt om zijn re-actie en had een guitig bekje naar hem getrokken. Vanaf dat moment stiftte ze elke dag haar lippen. Ze was van mening dat je een man als Toni af en toe moest dwarszitten. Instinctief voelde ze dat hij dat prettig vond. Die weerstand veroorzaakte wrijving en deze wrijving zorgde ervoor dat tussen hen de liefdesvonken eraf spatten.

'Kijk, een drakenboot!' Diane wees op een lange kano met een boeg in de vorm van een rode draak wiens gouden tong als een steekvlam over het water bliksemde. De boot werd voortbewogen

23

door een twaalftal mannen en vrouwen die op het ritmische geroep van de stuurman hun roeispanen in het water staken.

'Goh, die trainen al!' riep Diane verrast uit, en tegen Sonja zei ze: 'Weet je, de drakenbootraces vinden hier altijd in juni plaats, het is een Chinese traditie.'

Ze liepen langs een aanlegsteiger waar aan weerszijden boten en jachten op het water deinden. Aan de andere kant van de baai glinsterden uit glas opgetrokken flatgebouwen. Op het terras van een penthouse stond een boom. Sonja vond het net een relict uit voorbije tijden.

Oud en knoestig, maar nog niet vergaan.

Stel je voor dat ze Toni hier opeens zou tegenkomen! Hoe zou hij reageren? Zou hij op haar toelopen en haar in zijn armen nemen? Of zou hij verlegen met zijn handen in de zakken van zijn jack voor haar blijven staan alsof ze vreemden voor elkaar waren?

Stel je niet aan! Hij is dood, hij leeft niet meer. In Vancouver noch ergens anders.

'Gaat het wel goed met je?'

Diane pakte haar bij de arm vast. Sonja merkte dat haar handen zich hadden vastgeklampt aan de leuning van de houten steiger.

'Mmm, ja, een beetje duizelig, waarschijnlijk speelt die allergie me nog parten.'

'Je hebt ook geen goed ontbijt gehad! Kom, laten we eerst eens wat gaan eten.'

Ze trok Sonja in het gewoel van de overdekte markt van Granville Island langs piramiden van appelen en met ijs gevulde bakken vol vers zeebanket. Even later zaten ze aan een van de houten tafels in het midden van de lawaaiige hal en zette Diane kleine bakjes voor haar neer: garnalen in pindasaus, pennen gegrild vlees, geparfumeerde rijst en naar exotische kruiden geurende groenten.

'Eet zo veel als je kunt, we hebben vandaag nog veel te doen.'

Sonja had inderdaad flinke trek. Als dat geen goed teken was! Ze stopte zich vol met kleine lekkernijen die weliswaar niet tot het biologisch-dynamische dieet behoorden waar ze zich gewoonlijk aan hield, maar die ze kon verantwoorden omdat ze zich als historicus ook op culinair gebied moest blijven ontwikkelen. Opgewekt vertelde Diane over de voordelen van het wonen in een stad als Vancouver, maar Sonja luisterde maar half. Ze dreef als een waterlelie op de stroom van geuren en geluiden om haar heen.

'Komt u maar hier naartoe, we maken wel plaats voor u,' zei ze plotseling tegen een man die met zijn dienblad zoekend langs de volle tafels schuifelde en ze stapelde de bakjes in elkaar om ruimte op tafel te maken. De man lachte verheugd en plaatste zijn bord op tafel: worst, uien, zure room en knoedels, waarschijnlijk afkomstig van het Oekraïense stalletje achter hem.

'Het is druk voor dit uur van de dag,' zei de man glimlachend tegen Diane. Hij droeg een blauw sweatshirt en een mouwloos vest met een groot aantal zakken. Sonja observeerde hem stiekem. Midden dertig, schatte ze. Een echte Canadees, een *homo canadiensis* met gespierde armen, brede schedel, krachtige kaken en een open, vriendelijk gezicht met een blonde snor.

Diane frommelde de papieren servetten ineen en deponeerde ze in het bovenste lege bakje.

'In de zomer, met al die toeristen, is het bijna onmogelijk om hier nog een plaatsje te vinden.'

'Ik kom uit Calgary,' zei de man. 'Kennissen vertelden mij dat ik absoluut een bezoek moest brengen aan Granville Island. Ik kan niet anders zeggen dan dat er hier toffe winkels en galeries zijn. Kan ik meteen wat cadeautjes kopen, maar het liefst zou ik de zee willen meenemen.'

'Ja, dat zou ik ook wel willen,' zei Sonja schalks.

'Ik zit namelijk in de vishandel,' zei de man terwijl hij Sonja nieuwsgierig aankeek.

'Zij komt uit Zwitserland, daar heb je ook geen zee,' legde Diane uit.

De man glimlachte maar bleef Sonja strak aankijken. Zijn schedel was bijna net zo kaalgeschoren als dat van een Amerikaanse *navy seal*. Sonja vond zijn wimpers te dicht ingeplant en te lang.

'Ik heb gehoord dat Zwitserland heel mooi is. Bent u hier op vakantie?' Hij schepte zure room op zijn knoedels.

'Ja,' zei ze, en ze hoopte dat hij niet verder zou vragen.

'Hoelang wilt u hier blijven?'

'Dat weet ik nog niet zo precies.' Het was een vriendelijk, onschuldig gesprek, maar toch was ze op haar hoede.

25

'Sonja is historicus,' bracht Diane te berde. 'Ze heeft grote belangstelling voor de geschiedenis van de immigranten in Canada.'
Het leek wel alsof die twee tegen haar samenspanden. Weer die nieuwsgierige blik tussen die donkere wimpers.
'U moet naar Calgary gaan, daar emigreren massa's mensen naartoe. Er is veel werk in Calgary, en nog meer in het noorden, op de olievelden.'
Sonja knikte, verontschuldigde zich en liep met het papieren serviesgoed naar een afvalbak.
'Het was fijn kennis met u te maken,' zei de man uit Calgary ten afscheid. Sonja herhaalde de zin, blij vanwege de beleefde en vrijblijvende strekking ervan.
Toen ze met de watertaxi de zee-engte overstaken, was ze de vreemdeling alweer vergeten. Het kleine bontgekleurde bootje moest uitwijken voor een kolossaal vrachtschip en voer puffend twee kajaks voorbij. Aan de andere kant van False Creek kwamen hen via de geasfalteerde strandweg inlineskaters en joggers tegemoet. Sonja vond het net op de vlucht geslagen dieren. Ze zag zichzelf meer als een schildpad die zijn kop intrekt en in zijn pantser vlucht.

Bij het autobedrijf liep Diane zonder aarzelen in de richting van de tweedehands auto's. Voor een langgerekte rode wagen bleef ze staan.
'Ik denk dat deze auto precies is wat je nodig hebt, wat denk jij?'
'In zo'n ding ga ik niet rijden, het is bijna een vrachtwagen. Ik ben toch geen cowboy,' protesteerde Sonja.
Een halfuur later ondertekende ze het koopcontract voor de rode Ford-truck. De twaalf jaar oude auto had nieuwe remvoeringen en ruitenwissers en een laadvloer zo groot als de muil van een bultrug. Ze tastte in haar rugzak om de rekening te betalen.
Niets.
Haar portefeuille was weg!
Alles ging heel snel. De autoverkoper reed haar naar de aanlegplaats van de watertaxi. De overtocht met het kleurige bootje leek nu wel een eeuwigheid te duren. Ze haastten zich naar de markthal van Granville Island. Aan 'hun' tafel zat niemand. Er lag niets op de grond en er lag niets naast de afvalbak.

In paniek liepen ze van kraampje naar kraampje.

'Ja, een portefeuille,' zei een oudere vrouw bij een Aziatisch stalletje. 'Een man met een blonde snor en een blauw sweatshirt heeft hem gevonden en is ermee naar het politiebureau verderop gegaan.'

Ja, dat had hij nog zelf tegen haar gezegd.

'De man uit Calgary,' zei Sonja.

5

Later herinnerde Sonja zich hoe snel Diane het voorval naast zich neer had gelegd. Ze repte er met geen woord meer over, alsof er niets gebeurd was. Terwijl Sonja inwendig nog beefde, had Diane het alweer over de gunstige prijs waarvoor ze de Ford-truck op de kop hadden kunnen tikken en dat Sonja geen spijt van haar aanschaf zou krijgen.

Gelukkig was het allemaal goed afgelopen. Haar portefeuille lag op het politiebureau, met daarin haar identiteitsbewijs, creditcards, bankpassen en cheques. Na het invullen van een formulier en het tonen van haar paspoort kreeg ze alles zonder al te veel gevraag weer terug.

Voor Diane was de zaak daarmee afgedaan en kon de aandacht weer gericht worden op belangrijker zaken: de truck, die Sonja de volgende dag zou komen ophalen.

'Misschien kun je hem aan het eind van je reis nog met winst verkopen, dan verdien je er ook nog aan!'

Dat zei ze toen ze op Canada Place aangekomen waren, waar de witte tentdaken van het conferentiecentrum als zeilen tegen de bleke hemel afstaken. Ze stonden tegen de reling die rondom hotel Pan Pacific liep en keken uit over de zee naar de met sneeuw bedekte bergen aan de horizon. Onder hen, aan de pier, lag een reusachtig cruiseschip. Met verbazing zagen ze hoe pallets met wc-papier, kartonnetjes vruchtensap en pakken cornflakes in de onderbuik van het schip geschoven werden. Passagiers babbelden met elkaar op de balkonnetjes van hun hutten, terwijl personeelsleden, gekleed in witte voorschoten en blauwe overhemden, kunstbloemen voor de raampjes plaatsten.

Diane trok Sonja mee. 'Kom, ik laat je het station zien waar jouw Duitse dichteres is aangekomen. Het is hier vlak om de hoek.'

Het met ornamenten versierde gebouw stond er nog steeds.

'Ertegenover stond toch hotel St.-Francis, waar ze elkaar ontmoet hebben?' Sonja keek zoekend om zich heen.

'Dat is weg. Afgebroken. Als ik me niet vergis, stond het op de plek van die parkeergarage.'

Sonja voelde zich teleurgesteld. Maar ja, had ze dan verwacht de kamer te zien waarin Else haar toekomstige man voor de eerste keer had getroffen?

'Na elkaar pas twee dagen te hebben gekend zijn ze al met elkaar getrouwd.'

Diane was niet onder de indruk. 'Ja, vroeger ging dat vaak zo met vrouwen die uit Europa overkwamen. Die moesten direct trouwen om aan de fatsoensnormen te voldoen.'

Ze moest lachen.

Sonja had haar graag willen vragen of er een man in haar leven was, maar dan had Diane haar waarschijnlijk hetzelfde gevraagd, en dat wilde ze hoe dan ook vermijden.

Diane gaf haar speels een arm. 'Was hij bij haar in de smaak gevallen? Wat staat daarover in jouw boek?'

Sonja sloeg Elses *Kanadisches Tagebuch* open en vertaalde de tekst zo goed als ze kon: *Ik was mijn koffer aan het uitpakken, toen Georg binnenkwam. Ik keek hem aan. Hij lachte verlegen. Toen ik Duits tegen hem sprak, verontschuldigde hij zich voor zijn slechte Duits, want hij had de afgelopen vijftien jaar alleen maar Engels gesproken. Daarna zei hij niets meer, een lange stilte volgde.*

Sonja trok een grimas. 'Romantisch, nietwaar? En weet je wat ze daarna gedaan hebben? Else zag dat hij aan een nieuwe stropdas toe was, dus kocht ze een stropdas voor hem. 's Avonds pikten ze een bioscoopje en daarna gingen ze uit eten.'

'En daarna? Want nu wordt het pas echt spannend!'

'Toen heeft Georg haar verteld dat er de volgende dag getrouwd zou worden, en dat hebben ze ook gedaan.'

Diane wilde meer weten. 'Hoe zag hij eruit? Zag hij er goed uit?'

'Ik geloof het wel. Hij was groot en slank, krachtig gebouwd. Donker haar en... tja, ik zou zeggen, een mannelijk gezicht.'

'Nou, dan had ze dus reden om tevreden te zijn.'

'Dat weet ik eigenlijk niet zo precies. Ze rept weinig over persoonlijke aangelegenheden, tenminste niet in dit boek.'

29

Diane sloeg een arm om Sonja's schouders. 'Ik hou van dat Zwitserse accent van jou. De Canadese mannen zullen aan je voeten liggen.'

Ze lachten beiden.

Sonja voelde dat haar oogleden zwaar werden. De jetlag eiste zijn tol. Diane merkte haar vermoeidheid op.

'Neem een taxi en maak het je thuis gemakkelijk. Ik ga nog een rondje joggen.' Ze drukte de sleutel van haar woning in Sonja's hand en rende weg.

Terwijl Sonja in de taxi ging zitten kreeg ze ineens een idee.

'Naar hotel Lionsgate Place, alstublieft.'

'Het gebouw was groter en saaier dan ze had verwacht. Een kale, sobere façade met een daarbij vergeleken te pompeuze ingang.

Ze boog zich naar voren. 'Kunt u hier even wachten? Ik ben met twee minuten weer terug.'

'Oké, oké,' zei de taxichauffeur.

Ze ging via de draaideur naar binnen en wierp een blik op de receptie. Er stonden slechts drie mensen, ze kon het erop wagen. Een medewerkster lachte haar al vriendelijk tegemoet.

'Mijn man heeft hier drie jaar geleden gelogeerd, van 6 tot 10 september. Kunt u dat voor me nagaan? Kunt u dat via de computer terugvinden?'

De jonge vrouw schudde haar hoofd. 'Nee, we mogen dit soort informatie niet verstrekken, dat is in strijd met de Wet bescherming persoonsgegevens.'

Natuurlijk, wat dom van haar.

Ze wilde zich al omdraaien, toen ze er spontaan uitflapte: 'Mijn man is hier tijdens zijn vakantie dodelijk verongelukt. Ik wilde alleen maar weten waar hij was, voordat het gebeurde.'

De jonge vrouw aarzelde. Ze leek geraakt. 'Dat vind ik heel erg,' zei ze.

Sonja had een overzicht van zijn creditcarduitgaven gezien en was daarbij de naam van het hotel tegengekomen. Had hij Odette hier getroffen? Had ze ook naar hem gevraagd, zoals zij dat nu deed?

'De general manager zit in een vergadering, maar misschien...'

'Mijn taxi staat buiten te wachten. Ik kan een andere keer langskomen.'

'U kunt het beste uw telefoonnummer achterlaten. Ik zal er bij hem naar informeren. En dan bellen wij u.'

Alhoewel ze wist dat het slechts beleefdheidsfrases waren, schreef ze het nummer van haar mobiele telefoon, haar eigen naam en die van Toni, met de datum op een papiertje. Het was een zinloze handeling, het zou tot niets leiden.

Ze haastte zich terug naar de taxi. De druk in haar hoofd was toegenomen.

Wat had Odette met Nicky gedaan, toen ze indertijd bij hem langs was gegaan? Wist hij het, of had ze het voor hem verborgen gehouden? En waarvoor precies had Nicky met zijn leven moeten betalen?

6

'Wat vreselijk.' Toni was heel kwaad geworden, lang geleden op de Martinsheuvel. 'Wat afschuwelijk om ouders te doen geloven dat hun dode kind voor eeuwig tot de hel veroordeeld is, omdat het niet gedoopt is.' Ondanks zijn zongebruinde huid zag ze dat het bloed naar zijn scherp gesneden gezicht was gestegen. Op dat moment begon ze in de gaten te krijgen dat hij niet alleen maar een eendimensionale sportman was. Niet alleen maar een adrenalinejunkie die verslaafd was aan de sterke prikkel van extreme sporten. Wat wist ze toen eigenlijk van hem? Niet meer dan wat de organisator van het dispuut in Wallis haar verteld had, namelijk dat Toni Vonlanden mede-eigenaar was van een alpinistenschool en een kei was in freeclimbing: hij had, naar ze zich had laten vertellen, diverse toppen in de Himalaya beklommen of in ieder geval pogingen daartoe gedaan. Weer zo'n halvegare, weer zo'n levensmoeë sensatiezoeker, had ze indertijd gedacht.

'De mensen angst inboezemen, het is altijd weer hetzelfde liedje. Als je de mensen maar flink bang maakt, kun je met ze doen wat je wilt.'

Ze zou er al spoedig achterkomen dat Toni angst als een buitengewoon overbodig gevoel beschouwde.

'Er is toch helemaal geen reden voor angst.'

Deze zin had ze hem later steeds weer horen zeggen. Zijzelf vond het heel gewoon zo af en toe eens flink bang te zijn. Er waren wel dingen die ze uit angst achterwege liet en dat pakte lang niet altijd nadelig voor haar uit. Maar voor Toni was angst belachelijk, pure tijdverspilling, iets wat je met de vlakke hand in één keer van tafel moest vegen. In de jaren die volgden, verzweeg ze daarom dan ook dat ze hevige angst voelde als hij zich weer eens inliet met een van zijn gevaarlijke avonturen.

Ook Else Seel had een dergelijke angst gevoeld. Vaak was Georg wekenlang onderweg, als hij vallen zetten in de bergen, tijdens de strenge Canadese winter, of als hij op zoek was naar goud en zilver. Ze wist nooit of hij levend naar de blokhut zou terugkeren. Op een keer kwam hij met hevige brandwonden thuis. Een benzinelamp had zijn hut, waarin hij in het gebergte de nacht doorbracht, in lichterlaaie gezet. In het onderkomen lag springstof opgeslagen voor de goudmijn die hij hoopte te vinden. Hij kon de hut nog net op tijd ontvluchten, voordat die in de lucht vloog. Else huilde, toen ze hem uit de boot zag stappen. Er was geen arts en daarom verpleegde ze haar zwaargewonde man zo goed als ze kon. Hij overleefde het, maar op zijn hals bleven grote littekens achter.

Bleven grote littekens achter.

Diane vouwde de landkaart op de eettafel open.

'British Columbia, bijna een miljoen vierkante kilometer groot en er wonen nog geen vijf miljoen mensen.' Ze klonk enigszins trots.

Sonja had in haar reisgids gelezen dat de meest westelijke Canadese provincie zo groot was als Duitsland, Frankrijk en Zwitserland samen. Diane gleed met haar vinger over groene en bruine vlakken.

'Er bestaan uitgestrekte gebieden waar nog nooit iemand een stap heeft gezet. Is dat niet fascinerend?'

Sonja draaide met haar ogen: 'Het is om bang van te worden.'

Ze wilde niet ergens naartoe waar nog nooit iemand geweest was. Ze had geen zin om als een ontdekkingsreiziger nieuwe gebieden te verkennen. Die Georg Seel was waarschijnlijk zo'n type geweest. Wat zou de goede man tegen zijn kakelverse echtgenote gezegd hebben toen Else de was ophing voor de blokhut aan het Ootsa Lake? *'Voor het eerst in de geschiedenis van de aarde wappert er op deze plek wasgoed aan de waslijn.'*

Alsof die plek altijd naar dat wasgoed gesmacht had.

Diane legde haar hand op Sonja's arm, zoals haar gewoonte was. 'Je zult zien dat het allemaal goed komt. Canadezen zijn aardige mensen en altijd bereid je te helpen. Je zult het prima naar je zin hebben.'

Sonja's oog viel op het glinsterende sieraad dat aan Dianes halsketting hing, een transparante steen die flonkerde in het ochtendlicht. Het kon geen echte diamant zijn, want een dergelijke diamant was onbetaalbaar. Ze durfde het echter niet te vragen. Inge had haar verteld dat Diane iets met edelstenen deed, ze maakte sieraden of iets dergelijks.

Haar blik gleed terug naar de kaart. Hoe zou ze dat ooit in haar eentje kunnen doen? Else Seel had tenminste nog haar nieuwe echtgenoot bij zich gehad, toen ze enkele dagen na haar aankomst met de boot van Vancouver naar Prince Rupert reisde.

Waar is het gebeurd?

In de nabijheid van Prince Rupert.

Prince Rupert? Waar is dat? Ik snap niet wat Toni daar allemaal heeft uitgespookt?

Dat zouden wij graag van hem willen horen.

'Luister, Sonja, je neemt gewoon deze *highway*, dat is een uitstekende weg, geen probleem. En de rest regelt zich vanzelf.' Ze vouwde de landkaart weer terug. 'Die mag je meenemen. Wil je Inge nog een e-mail sturen? Je kunt mijn computer gebruiken.'

Sonja knikte. Inge had haar een korte e-mail teruggezonden. Ze had het héél druk, koortsachtig druk, maar ze dacht veel aan haar. Koortsachtig, dat vond Sonja, die nog steeds last had van haar allergie, een nogal banale woordkeus. Eigenlijk vond ze het antwoord dat Inge haar gestuurd had volledig misplaatst. Besefte Inge dan niet hoeveel moed er voor deze onderneming nodig was? Nee, natuurlijk niet, daar had ze totaal geen idee van.

Chagrijnig timmerde ze haar e-mailbericht op het toetsenbord van de computer.

Van:	yh6t9abeil@yahoo.com
Verzonden:	4 september, 10:01
Aan:	Inge Stollrath
Onderwerp:	Elses zoon

Lieve Inge,

Over twee dagen begin ik aan mijn grote reis. Je kunt je zeker wel voorstellen hoe zenuwachtig ik ben. Gelukkig heb ik nog een plaatsje op de veerboot van Vancouver Island naar Prince Rupert kunnen bemachtigen. Mijn bezoek aan het archief van Else Seel in Victoria moet ik tot een later tijdstip uitstellen, omdat het vanwege een interne reorganisatie een week gesloten is.

Maar hier zul je wel blij mee zijn: ik heb Elses zoon, Rupert Seel, in de buurt van Vancouver weten op te sporen en zal hem binnenkort bezoeken.

Vraag me maar niet naar mijn gemoedsgesteldheid. Als ik van deze reis terugkeer (als ik het al overleef), zal ik waarschijnlijk grijze haren hebben en zal ons museum failliet zijn. Doe dus maar flink je best om dubbele subsidies binnen te slepen.

Je hebt niet geschreven dat je me mist, maar dat zal ik toeschrijven aan de omstandigheid dat je je een slag in de rondte werkt.

Hartelijke groet, Sonja

Ze verzond het bericht en wilde de verbinding verbreken, maar ze bedacht zich en tikte een naam in het veldje van de zoekmachine. Ze had daarbij het gevoel alsof ze een dief was. Eigenlijk mocht ze deze naam helemaal niet weten. Tenminste niet als het aan de politieagente lag, waar ze gisteren aan het eind van de dag mee gesproken had. Na haar bezoek aan het hotel was ze in een opwelling nogmaals langs het politiebureau op Granville Island gegaan. Ze wilde de eerlijke vinder een beloning sturen. Die morgen was zij zo overstuur geweest, dat ze er helemaal niet aan gedacht had, en er was ook niemand geweest die haar eraan herinnerd had.

Toen zij het voorval aan de agente uitlegde, leek alles in beginsel heel eenvoudig.

'Goed, ik zal de gegevens voor u opschrijven,' had de jonge vrouw gezegd. Maar toen ze op het punt stond Sonja het papiertje te geven, trok ze het onmiddellijk met een blos op haar wangen terug.

'Ach, krachtens de Wet bescherming persoonsgegevens mag ik u dat helemaal niet geven,' verontschuldigde ze zich. Ze verfrommelde het briefje. 'Volgens een notitie in het dossier wil de vinder niet dat zijn gegevens bekend worden gemaakt, en ik zie ook dat hij afziet van een eventueel vindersloon.'

Maar er stond iets op het briefje wat Sonja toevallig gezien en ook onthouden had, namelijk *Kamelian Inc.* Ze had het onthouden omdat het haar aan een roman, *De dame met de camelia's*, deed denken.

35

Maar wat ze nu op het beeldscherm zag, had niet veel met literaire kunst te maken. *Kamelian – Bedrijfsbeveiligingsdienst. Wat was dat nu? Vormt bedrijfsspionage een bedreiging? Schiet de veiligheid van uw transporten tekort? Is de bewaking van uw bedrijfspand afdoende? Liggen uw bedrijfsgeheimen veilig achter slot en grendel? Liggen er gevaren op de loer, zijn er kapers op de kust? Wij houden ons bezig met al uw veiligheidsproblemen!* Sonja klikte op het trefwoord 'sectoren': *olie-industrie, mijnbouw, edelmetalen, diamanten.*

Wat merkwaardig, daar had de man in de markthal niets over gezegd; hij handelde toch in vis? Daarom maakte hij toch het grapje dat hij zo graag de zee naar Calgary wilde meenemen?

Ze had de naam waarschijnlijk niet goed kunnen lezen omdat de politieagente het papiertje zo snel wegtrok.

Opeens hoorde ze geroezemoes. Bezoek? Ze zette de computer uit en verliet de werkkamer. In de woonkamer was Diane in een levendig gesprek gewikkeld met twee vrouwen. Toen Sonja de kamer binnen stapte, richtte Diane haar ogen op haar.

'Sonja, dit zijn mijn vriendinnen Holly en Suzy.'

De beide dames begroetten haar met een opgewekt 'hoi'.

'Dit is Sonja, ze is historicus en komt uit Zwitserland. Ze doet onderzoek naar het leven van een Duitse dichteres die in de vorige eeuw, in de jaren twintig, naar Canada is geëmigreerd.'

'Ah, wat interessant! Is ze ook in Canada bekend?'

'Nee, ze heeft voornamelijk in het Duits geschreven,' zei Sonja terwijl ze in een van de fauteuils ging zitten. 'Maar beroemd is ze nooit geweest. Ze leefde erg afgezonderd, in de wildernis bij het Burns Lake.'

'Het Burns Lake... waar ligt dat?'

'Ergens in het noorden,' zei Diane. 'Ze verkommerde in een verafgelegen blokhut. Denk je toch eens in, zég, en daarvoor had ze altijd in Berlijn gewoond!'

'Ja, Duitsers zijn gek op de wildernis, voor hen kan het niet afgelegen genoeg zijn.' zei Holly en ze schudde haar rode lokken. 'Mijn oom woont in Yukon, en daar zijn ontzettend veel Duitsers en Zwitsers.'

'Daar schiet me iets te binnen... Hier was toch een keer een Zwitserse vrouw? Wanneer was dat ook alweer? Volgens mij was ze op een van je feestjes, Diane.'

'Ik heb geen idee. Hoe heet ze?'

'Dat weet ik niet meer, maar ze wilde een jaar lang alleen in de wildernis doorbrengen.'

Sonja spitste haar oren. Haar hart ging sneller slaan.

'Ik kan onmogelijk de namen kennen van alle gasten die mijn feestjes bezoeken.'

Diane stond uit haar stoel op. 'Zeg, nu we toch zo gezellig bij elkaar zitten, zal ik wat Thais eten laten bezorgen?'

'Goed idee. Voor mij graag hetzelfde als de vorige keer, dat was superlekker.'

Terwijl Diane in haar werkkamer verdween om te bellen, wendde Sonja zich tot Holly.

'Was haar naam misschien Odette? Was ze slank, een beetje jongensachtig? En atletisch? Had ze dik, donker haar? Langer dan dat van mij?'

Holly trok haar wenkbrauwen op. 'Ja, dat is mogelijk. Maar zo precies weet ik het niet meer.'

'Kan het drie jaar geleden geweest zijn?'

'Drie jaar geleden? Best mogelijk. Ze was in ieder geval hier, in deze woning. Ik weet dat ze uit Zwitserland kwam omdat we het over de Zwitserse Alpen hebben gehad.'

De Zwitserse Alpen. Bergen. Misschien was dit wel haar eerste spoor van Odette.

Sonja rilde inwendig.

7

Het goot van de regen, toen Sonja over de Lions Gate Bridge naar het westelijk deel van Vancouver reed. Ze was heel blij dat haar auto van nieuwe ruitenwissers was voorzien. Uit veiligheidsoverwegingen had ze de dag daarvoor de route van de binnenstad naar de aanlegplaats van de veerboot alvast gereden. Toni zou erom gelachen hebben. 's Morgens had ze zich door twee gelijk afgestelde reiswekkers laten wekken, zoals ze gewend was als het om belangrijke afspraken ging. Ze beschouwde dat als een praktische maatregel die haar zenuwen ontlastte.

'Je roept door zo te doen een verschrikkelijk onheil over je af,' had Toni wel eens plagend tegen haar gezegd, om er serieuzer aan toe te voegen: 'Geef je toch eens over aan het leven.'

Ze liet dat natuurlijk niet op zich zitten en wees Toni erop dat hij eveneens allerlei zekerheden inbouwde. Ze vroeg hem waarom hij zijn klanten bij het bungeejumpen niet zonder koord van de brug liet springen, want dan kon toch empirisch worden vastgesteld of 'het leven' daarop zou inspelen met het spannen van een vangnet. Dit soort gesprekken beëindigde Toni meestal door haar in zijn armen te nemen, haar te kussen en haar te vertellen wat voor een uiterst slimme vrouw zij was.

Terwijl ze bij de Horseshoe Bay op de veerboot wachtte, nam de regen langzaam af. Vanuit haar auto, die bij de baai geparkeerd stond, zag ze slechts zwarte rotsen en een heel klein stukje oceaan. Uit de thermosfles schonk ze een bekertje cafeïnevrije koffie in en ze sloot haar ogen.

Wat een geluk, dat ze Rupert Seel nog op tijd te pakken had kunnen krijgen voordat hij drie weken op reis zou gaan, en dat hij daarbij ook nog met haar, een onbekende historicus uit Zwitserland, over zijn moeder wilde praten. Zou Else Seel haar zoon naar de havenstad Prince Rupert genoemd hebben?

Waar? Dat had ze de rechercheur als eerste gevraagd. *Waar is het gebeurd?*

In de buurt van Prince Rupert.

Prince Rupert? Wat is dat?

Een havenstad aan de noordwestkust van Canada.

Toni had met geen woord gerept over Prince Rupert. Ook niet toen hij haar in september voor de laatste maal gebeld had. Hij had haar verteld over Vancouver Island, en over een enorm uitgestrekt zandstrand bij Tofino; Long Beach had hij het genoemd. Als het weer het toeliet, wilde hij via de West Coast Trail gaan trekken. Sonja had al eens iets over de West Coast Trail gelezen. Het pad werd beschreven als een meedogenloze wandelroute langs een ongerepte kustlijn. Dat zou spekkie voor het bekkie van Nicky zijn, had Toni gezegd – die jongen was aan een uitdaging toe.

Maar niets over Prince Rupert en ook over een vliegreis naar het noordwesten werd met geen woord gerept.

Watervliegtuig, had ze de rechercheur horen zeggen.

Een watervliegtuig?

Ja, hij was de piloot, hij vloog het toestel.

Hoe kan het dat... Ik bedoel, hij heeft een brevet voor sportvliegtuigen, maar hoe komt hij ertoe... Waarom zou hij met een watervliegtuig in Canada...?

Dat zouden we graag van u vernemen. Het vliegtuigje was vermoedelijk van hemzelf.

Dat moet een vergissing zijn. Daar had hij toch geen geld voor!? Daar had hij absoluut het geld niet voor!

Ze was in staat de rechercheur aan te vliegen. Hij wierp een blik in zijn papieren.

Uw man heeft het toestel in Prince Rupert aangeschaft.

Sonja begreep er helemaal niets meer van. Wat kon hier de verklaring van zijn? Ze had altijd inzage gehad in de rekeningafschriften van de bank en in de documenten van het beleggingsfonds, Toni had niks voor haar achtergehouden of verdoezeld. Ze waren altijd eerlijk en open naar elkaar geweest. Het kón niet anders dan dat het een reusachtige vergissing was.

Thuis had ze alles nog een keer doorzocht, geen lade of ordner werd overgeslagen.

En toen vond ze de brieven.

Van de auto's voor haar in de rij werden de motoren gestart. Sonja schrok uit haar gedachten op. Ze startte haar truck en volgde de andere auto's tot in de buik van het schip. Even later beklom ze samen met de andere passagiers de trap die naar het bovengelegen dek leidde. Ze stond een poosje buiten aan de reling. Ze had de capuchon van haar windjack om haar hoofd gesnoerd. Langzaam verdween de Horseshoe Bay uit haar gezichtsveld. De boeg verplaatste enorme hoeveelheden water langs de witte flanken van het schip. Ze voeren langs een klein bebost eiland waar de aanwezige huizen zo dicht aan de rand van het water waren gebouwd, dat het leek alsof ze er ieder moment als eenden in konden glijden. Uit het loodgrijze water stak rafelig riet omhoog.

De krachtige windvlagen zwiepten regendruppels in haar gezicht.

Een plotselinge beweging die ze vanuit haar ooghoek waarnam, trok haar aandacht. Naast haar probeerde een man een stuk krant te pakken dat over de reling waaide. Zijn graaiende hand greep mis. De man keek onthutst. Vervolgens haalde hij zijn schouders op en trok zijn mondhoeken omhoog tot een dunne glimlach, alsof hij zeggen wilde: het maakt niet uit, niks aan de hand. Ze glimlachte terug en zocht de warmte op van de passagierslounge, waar ze het zich gemakkelijk maakte op een met groene kunststof overtrokken zitplaats. Ze moest ingedut zijn en had bijna de mededeling via de luidspreker niet gehoord: ze naderden de aanlegsteiger van Langdale. Een halfuur later reed ze met haar rode Ford in een lange file een heuvel op. Ze had op de kaart gezien dat het de enige grote weg langs de kust was, de Sunshine Coast, zoals de officiële naam ervan luidde. Het regende nog steeds. De weg voerde langs winkelcentra, tankstations en motels, later langs bossen met hier en daar een verdwaald huis. De zee was steeds dichtbij, af en toe aan het oog onttrokken door bomen en chalets. Bij een kruising sloeg ze af en even later bevond ze zich op de toegangsweg naar het huis van Rupert Seel. Aan het eind van de donkere met hoge dennenbomen omzoomde laan doemde water op. Waarschijnlijk was dat de zeearm die ze op haar kaart met een markeerstift had aangegeven.

Ze parkeerde de truck voor het imposante uit hout opgetrokken huis en belde bij de voordeur aan. Een oudere man met baard en bril opende de deur en begroette haar. En terwijl Sonja zich begon te verontschuldigen dat ze vroeger was dan ze hadden afgesproken, had hij haar al de woonkamer binnen geleid, die gedomineerd werd door een grote houten eettafel, en had hij haar een stoel aangeboden. Het stille water voor het raam verschafte de kamer rust en helderheid.

'U wilt dus een tentoonstelling in Berlijn organiseren,' zei Rupert Seel terwijl hij haar nieuwsgierig aankeek.

'Nee, niet in Berlijn, in Zwitserland,' zei ze, en ze was bang dat ze hem daarmee zou teleurstellen, 'maar ons museum ligt vlak bij de grens met Duitsland, en daardoor hebben we veel Duitse bezoekers.'

'Maar hoe bent u bij mijn moeder terechtgekomen?'

'Het was een idee van de museumdirecteur. Ze kwam op internet het dagboek van uw moeder tegen.'

Hij dacht heel even na.

'Kom mee, dan zal ik u wat laten zien.'

Ze daalden in de kelder af, waar op wandrekken vreemde voorwerpen lagen uitgestald, waarvan Sonja niet meteen wist wat de bedoeling ervan was.

Hij ging haar voor naar een kleine kamer en wees op een olieverfschilderij aan de muur.

'Dat is ze. Ik weet niet precies hoe oud ze toen was, ik denk een jaar of achttien.'

Sonja kwam een stapje dichterbij.

Een intelligent, vitaal gezicht met een vastberaden mond en ogen die in de verte keken. Het donkere haar viel zacht golvend langs haar gelaat over een meisjesachtige witte kraag. Bepaald geen schoonheid, dacht Sonja, maar wel imposant.

'U wilt waarschijnlijk heel graag zien wat mijn moeder vanuit Berlijn naar de blokhut heeft meegenomen,' zei Ruper Seel. Hij voerde haar door diverse kamers en haalde het een na het ander tevoorschijn: een staande klok van messing, zilveren kandelaars en schalen, kleine zwarte toneelkijkers, een schaakbord, een tafelbel met marmeren voet, een barometer, een kaartenpers, een handbeschilderde vaas en een houten schaal waarin de tekst *Geef ons heden ons dagelijks brood* was uitgesneden.

Sonja's oog viel op een prachtige met ijzerbeslag versierde kist. 'Daarin bewaarde ze haar correspondentie,' zei Rupert.

Daarna toonde hij het belangrijkste aandenken aan zijn moeder: een oude schrijfmachine van het merk Adler, het onontbeerlijke gereedschap van de dichteres. 'Mijn moeder was zeer gesteld op deze voorwerpen,' zei hij. 'Ze waren al in het bezit van de familie voordat haar vader zijn land en zijn vermogen kwijtraakte.'

Elses vader. Een grootgrondbezitter uit Pommeren die stierf toen Else zeven jaar oud was. Sonja herinnerde zich wat Else later over hem geschreven had: *Mijn vader, die landbouwer was, dronk schnaps en las reisverhalen om het leven aan te kunnen. Mijn moeder was zijn ijverigste dienstmeisje en raakte door hem haar familietrots en haar gevoel voor eigenwaarde kwijt.*

Sonja wees naar haar tas. 'Mag ik de spullen van uw moeder en haar portret met mijn videocamera filmen?'

Rupert Seel had daar geen bezwaar tegen.

'U hebt waarschijnlijk wel het boek van mijn moeder gelezen,' zei hij, toen ze klaar was met filmen.

'Ja, en ik heb ook andere publicaties over haar bestudeerd. Ik weet dat ze na het lyceum met haar moeder naar Berlijn is gegaan. Klopt het' – ze zocht in haar rugzak naar een ballpoint en een notitieblok – 'dat ze in het archief van de Deutschen Rentenbank werkte? En dat was toch omdat de inflatie haar voormalige vermogen als sneeuw voor de zon had laten verdwijnen en ze toch zichzelf en haar moeder moest kunnen voeden, nietwaar? Ze schijnt ook dagelijks drie kranten in drie verschillende talen te hebben gelezen en ook las ik ergens dat ze de bankdirectie heeft geholpen bij de voorbereiding van een economisch rapport.'

'Ik hoef u blijkbaar niets te vertellen, u weet alles al.'

'Ja, van een historicus mag je dat eigenlijk wel verwachten.' Ze glimlachte. 'In een van die kranten heeft ze de advertentie van Georg Seel gezien. Hebt u deze advertentie?'

Rupert Seel schudde zijn hoofd. 'Nee, die heb ik niet, en ik geloof ook niet dat die in het archief in Victoria te vinden is.'

Sonja werd door een licht gevoel van teleurstelling overmand. Het door Inge meest gewilde tentoonstellingsstuk bleek dus niet voorhanden. Ook op de vraag naar de brief die ze naar aanleiding van de advertentie haar toekomstige echtgenoot had geschreven, kon hij haar geen bevredigend antwoord geven.

'Ik ben er zeker van dat die niet meer bestaat,' zei hij op een toon alsof het hem aan te rekenen was. Hij bekeek het portret van zijn moeder. 'Ze dacht dat hij een rijk man was. Hij bezat zilvermijnen, weet u, zijn kostje leek gekocht te zijn.'

'Maar hij was toch pelsjager?'

'Ja, hij was ook pelsjager. Hij deed zijn best om onze familie van voedsel te voorzien. Overigens zet ik nog steeds vallen op diezelfde route, dezelfde route waarlangs hij zijn vallen uitzette.'

'Bent u ook pelsjager?'

'Ik ben landmeter van beroep, maar af en toe trek ik naar het noorden en ben ik pelsjager uit pure liefhebberij.'

Hij opende de deur naar een grote werkplaats. Aan een touw aan de wand hingen zo'n vijftig vachten.

'Dat zijn sabelmarters. Die heb ik afgelopen winter gevangen.'

'Met vallen?'

'Ja, maar niet met deze oude wildklemmen. Die zijn tegenwoordig verboden.' Hij hief een roestig stuk ijzer omhoog.

Sonja durfde er haast niet naar te kijken.

'Is het niet zo dat de dieren daarin verhongeren, als ze al niet doodbloeden?'

'Nee. Met de moderne vallen sterven de meeste dieren direct, hun nek wordt gebroken.'

Sonja rilde. Had Else geweten van de wrede activiteiten van Georg voordat ze naar Canada vertrok? En zou het haar niets hebben kunnen schelen? Vond ze dat het bij de romantiek van het leven in de wildernis hoorde – voordat ze geconfronteerd werd met de brute werkelijkheid?

Else moest aanvankelijk euforisch zijn geweest. Het nieuwe land, een nieuwe man, haar sterke en stoere echtgenoot. Indertijd had ze opgeschreven: *Een nieuw leven. Land, bomen, dieren, huis, Georg en ik, alles voor de eerste keer!* Deze zin was Sonja altijd bijgebleven.

In de buurt van het Burns Lake en vooral in Wistaria, waar de blokhut van Georg stond, was Else een ongewone verschijning geweest. Ze viel op door haar Berlijnse elegantie en haar aparte gezicht.

43

De echtgenote van Georg. Sonja probeerde zich voor te stellen hoe dat geweest moest zijn.

Bij aankomst draagt Georg haar in zijn sterke armen over de drempel van de blokhut. Ze omhelzen elkaar. In de ruimte bevinden zich slechts een bed, een tafel en een kachel.

Else wil haar hutkoffer uitpakken: linnengoed, zilver, porselein, boeken, aquarellen, tafelkleden en gordijnen. Maar Georg roept haar abrupt een halt toe. Hij zegt: *Dat is veel te fijntjes voor deze omgeving.* Dus blijven de meeste voorwerpen in de koffer. Behalve Elses geliefde boek natuurlijk.

Toen Sonja en Rupert in de woonkamer terugkeerden, pakte ze de draad weer op. 'Ze dacht ook dat hij rijk was?'

'Tja, helaas had hij geen zilver gevonden, maar het was een goede man, want hij werkte hard.'

Rupert Seel reikte haar een bordje aan met *Lebkuchen*. 'Van mijn familie in Duitsland,' zei hij trots.

'Uw moeder was een intellectueel, hè?' vroeg Sonja, terwijl ze bedachtzaam een hapje nam.

'Mijn moeder wilde geen huisvrouw zijn, ze noemde zich altijd dichter.' Hij leunde achterover in zijn stoel. 'Ze las veel. Ze las altijd tot diep in de nacht en liet altijd het vuur uitgaan. 's Morgens moest ik het ontbijt voor mezelf en mijn zusje klaarmaken, terwijl zij uitsliep.'

'Heeft ze het culturele leven van Berlijn erg gemist?'

Hij keek uit het raam. Op het grasveld voor het huis waren Canadese ganzen neergestreken.

'Intellectueel is ze zeer zeker niet aan haar trekken gekomen. Dat heeft het huwelijk ook flink onder druk gezet.'

'Heeft ze om die reden brieven aan de dichter Ezra Pound geschreven?'

'Vermoedelijk wel. Maar Ezra Pound heeft haar gebruikt. Hij wilde dat zij hem lange brieven over haar leven schreef. En hij beantwoordde die met slechts een paar regels.' Er viel een stilte. 'Later wilde mijn moeder terug naar de stad, ze wilde naar concerten en toneelvoorstellingen.'

'Hebben uw ouders wel eens ruzie gehad?'

'Heel vaak,' zei hij aarzelend.

'Waarover?'

'Als mijn vader langer weg was gebleven dan afgesproken...' Hij zweeg.

'Maar ze zal toch van hem gehouden hebben?' Ze wist dat ze zich met deze vraag op dun ijs begaf.

'Mijn vader was een eenvoudig man. Hij werkte hard. Hij was niet streng tegen ons, zijn kinderen. Iedereen in Wistaria mocht hem graag. Hij was een tamelijk grote, vrij rustige man.'

'Wist ze hoe hij eruitzag voordat ze naar Canada vertrok?'

'Hij had familie in Flotzheim, in Beieren. Die had ze van tevoren bezocht. Ik neem aan dat ze daar foto's van hem gezien heeft. Trouwens, als stadsmens was ze nogal gechoqueerd door het landelijke leven in Flotzheim.'

'Waarom is ze dan toch met hem de wildernis ingetrokken?'

Rupert Seel krabde zijn hoofd.

'Ze was een avontuurlijke vrouw, denk ik.' Hij stond op. 'Neem mij niet kwalijk, maar ik moet zo nog ergens naartoe. U kunt wat mij betreft een andere keer langskomen, als u wilt.'

Sonja stond ook op. Ze wist dat ze het geheim van Else Lübcke Seel hier in ieder geval niet zou ontsluieren.

'Heel erg bedankt. En zoals we in ons telefoongesprek besproken hebben, mogen we een aantal voorwerpen en foto's voor de tentoonstelling gebruiken, hè, ja toch? Ik denk daarbij aan dingen die ze in de blokhut in Wistaria gebruikt heeft, zoals de benzinelamp die u mij hebt laten zien – omdat ze er 's nachts bij gelezen en geschreven heeft – en het wasbord en de met handkracht aangedreven botermachine en het strijkijzer, dat ze op de kachel moest verhitten.'

'Uiteraard. En, als u wilt, kan een kennis van mij alles mee naar Duitsland nemen, zodat u de spullen daar kunt ophalen.' Hij gaf haar een hand. 'Ik ben heel blij met die belangstelling voor mijn moeder. Zij had het ook zeer op prijs gesteld.'

Ze wees op haar videocamera. 'Nog snel een paar opnamen van u.'

Rupert Seel was zo goed nog even zijn medewerking te verlenen en bracht haar daarna naar haar auto.

Ze opende het portier van haar truck, toen hij voor de laatste keer het woord nam.

'Als u in het archief bent, in Victoria, en als u daar de documenten bestudeert, zult u zeker vinden waar u naar op zoek bent.'

Hij stak ten afscheid zijn hand omhoog en draaide zich om.

8

Vanachter het raam van een camper, die haar al een eeuwigheid het zicht op de weg voor haar ontnam, zat een vrouw haar aan te gapen. Sonja wierp haar woedende blikken toe. Het was onmogelijk het bakbeest in te halen. Ze voelde zich geprovoceerd door het hardnekkige geloer van deze botte toerist, die klaarblijkelijk niets beters te doen had.

Ze was zich er echter ook zeer van bewust dat er iets anders was dat haar nog meer ergerde. Hoe had ze dat gesprek met Rupert Seel zo kunnen verpesten? Hoe had ze toch zo onprofessioneel te werk kunnen gaan? Ze had hem moeten vertellen dat de tentoonstelling Else Seel zou lanceren als een romantische heldin, als een moedige pionierster, als een dichteres in ballingschap! Dat zou zijn tong hebben losgemaakt. In plaats daarvan had ze hém, de zoon nota bene, intieme vragen gesteld over het gevoelsleven van zijn ouders. Ze had het niet slechter kunnen aanpakken! Gefeliciteerd, Sonja, dat heb je op schitterende wijze klaargespeeld.

Hebben uw ouders wel eens ruzie gehad?

Maar ze zal toch van hem gehouden hebben?

Zij was een intellectueel en hij een pelsjager, dat kon toch nooit goed gaan?

'Wat hebben jullie eigenlijk gemeenschappelijk?' had Odette op een dag zomaar ineens gevraagd. Sonja was even sprakeloos geweest. Ze hadden net een bezoek gebracht aan een bedrijfje in sportkleding, dat zich gespecialiseerd had in de specifieke behoeften van vrouwen. Haar vriendin was voor een reclamespot in een bivakzak onder de blote hemel aan een steile bergwand gaan hangen en had met een speels knipoogje gezegd: 'Nu kan ik tenminste ook onder deze omstandigheden naar de wc.' Sonja was meegegaan omdat Odette zich al zo vaak beklaagd had dat ze elkaar zo weinig zagen, maar ook uit nieuwsgierigheid. Ze wilde heel graag weten welke textiele slimmig-heidjes het vrouwen mogelijk maakten om hangend aan een steile bergwand op waardige wijze te plassen.

Odettes directe vraag bracht haar in verlegenheid. Ze sprak lie-ver niet met anderen over haar relatie met Toni. Ook niet met haar beste vriendin. Een verhouding was voor haar niet iets om met buitenstaanders te delen en daarom schermde ze die ook af voor pottenkijkers. Maar ze kon het ook niet over haar hart verkrijgen om Odette het antwoord simpelweg te weigeren en daarom zei ze uiteindelijk: 'We zijn gewoon heel graag samen, weet je. We koken samen, we praten veel met elkaar, kijken naar films, omdat we daar allebei van houden, we zijn dol op kaarten, zoals je waarschijnlijk wel zult weten...' Ze dacht even na. 'Ik help hem met de gids van Zwitserse gletscheroversteken die hij aan het schrijven is, en uh... hij neemt altijd de tijd om naar me te luisteren, hij heeft belangstel-ling voor mijn werk, uh... ik heb er eigenlijk geen verklaring voor. Eigenlijk zijn we gewoon heel graag samen.'

'Maar jullie zijn bijna nooit samen! Toni is voortdurend onderweg, in de bergen, op rondreis, in het buitenland.'

Sonja had gezwegen. Ze was een beetje ontstemd geweest over Odettes bemoeienis met haar huwelijk, maar had geprobeerd dat te verbergen. 'Dat is toch een kwestie van kwaliteit en niet van kwan-titeit,' had ze enigszins gelaten opgelepeld.

Ze voelde dat ze vanaf dat moment haar verdediging had opge-trokken. Odette had met haar opmerking een gevoelige snaar bij haar geraakt. In het begin, toen Toni haar versierde, had ze hem gevraagd waarom hij niet achter een van die sportieve, zorgeloze lefmeiden aanzat, die massaal zijn alpinistenschool binnenstroomden.

Toni zei slechts: 'Dat heb ik al eens geprobeerd, maar dat wil ik niet meer.' En toen ze hem vragend aankeek: 'Als ik, laten we zeggen na een ongeluk, niet meer de stoere sportheld kan uithangen, zijn die meisjes me onmiddellijk vergeten.'

Sonja wist waarover hij sprak. Een van zijn vrienden was vanaf zijn heupen verlamd geraakt en voor de rest van zijn leven tot de rolstoel veroordeeld door een kleine misrekening, een stuurfoutje bij het mountainbiken. Zijn vrouw had zich een jaar na het ongeluk van hem laten scheiden.

Toen Toni haar peinzende gezicht zag, had hij haar een knipoog gegeven. 'Ik ben nu 42. Binnen deze branche ben ik een oude man. Jij bent voor mij een soort verjongingskuur.' Daarop was hij in een luid gelach uitgebarsten en had hij liefdevol haar haren door elkaar gewoeld. De gedachte dat Toni, waaghals eersteklas, in zijn relatie met haar kennelijk zekerheid zocht, hield haar nog lange tijd bezig. Daarbij kwam nog dat ze allesbehalve een ongedwongen relatie hadden. Ze was niet Toni's intieme versie van een klimvriendje. Strikt genomen waren ze in zekere zin nog steeds vreemden voor elkaar. Maar juist hun tegenstellingen zorgden voor een aangename spanning, met name een aangename erotische spanning. Maar ze had niet de geringste behoefte om dat Odette te vertellen.

Haar vriendin kende Toni al toen Sonja hem voor de eerste keer ontmoette. In het wereldje van de extreme sport kent iedereen elkaar, placht ze altijd te zeggen. Zelf was ze al op haar drieëntwintigste gediplomeerd berggids en op haar vijfentwintigste een van de beste bergbeklimsters van Zwitserland. Ze had trektochten geleid in Alaska en Nepal, net als Toni. Sonja had destijds nog gedacht dat ze zijn concurrent was.

Ze had haar vriendin altijd bewonderd. Odette scheen zo sterk, moedig en taai. In St.-Gallen, waar ze op dezelfde school hadden gezeten, was ze op sportgebied altijd de beste geweest.

Gedurende de eerste jaren waren ze niet bevriend geweest, hoewel ze bij elkaar in de klas zaten. Daarvoor verschilden ze te veel van elkaar. Odette was de dochter van een conservatieve afgevaardigde van de Nationalrat der Schweiz (Nationale Raad van Zwitserland), Alex Kreyental. Een bekende naam binnen de Zwitserse politiek. Odettes moeder was eveneens de dochter van een vooraanstaand politicus en voelde zich als een vis in het water tussen dominante mannen. De vader van Sonja installeerde turbines in waterkrachtcentrales in verre landen, waardoor haar moeder, die zeer succesvol in de antiekhandel was, vaak zonder haar echtgenoot toneel- en dansvoorstellingen bezocht, wat haar op afgunstige en afkeurende blikken van de andere vrouwen kwam te staan. Van haar moeder had ze haar afkeer van elke vorm van sport geërfd, maar ook haar slanke figuur. Beiden beschikten ze over een gezonde eetlust die geen gevolgen had voor hun gewicht.

Sonja was een goede leerling, maar de gymnastiekzaal was voor

49

haar het vagevuur. Ringen, rekstok en paard veranderden voor haar ogen in angstaanjagende folterwerktuigen. Volleybal vond ze levensgevaarlijk en de sintelbaan een lijdensweg voor onschuldige slachtoffers van misplaatste discipline. Het enige waar ze zich in kon vinden waren de ontspanningsoefeningen op harmonieuze meditatiemuziek waarmee de gymnastieklerares de les afsloot. Ze ging daarbij volledig op in het moment zelf. Soms hoorde Sonja iemand luidkeels geeuwen, en ze wist dan meteen dat het Odette was.

Op een dag bleek dat Odette en zij de enige leerlingen van hun klas waren die naar het gymnasium zouden gaan. Sonja was verbaasd, want Odette was weliswaar een ijverige, maar tevens een middelmatige leerling. Een hulpvaardige lerares had zich bereid verklaard de beide meisjes bij de voorbereiding van het toelatingsexamen te helpen, en dus zaten ze op een dag in afwachting van de leerkracht met z'n tweeën in het klaslokaal. Beide meisjes zwegen en beiden ervoeren ze de stilte als pijnlijk. Plotseling opende Odette haar mond: 'Niemand heeft mij gevraagd of ík eigenlijk wel naar het gymnasium wil. En jij? Heeft iemand dat jou gevraagd?'

'Wil je het dan wel?' vroeg Sonja.

'Ik ben een beetje bang,' zei Odette en ineens begon ze te huilen. Ze sloeg haar handen voor haar gezicht en beefde over haar hele lichaam.

Sonja zat er geschrokken bij. Odette huilde! Odette, die vanaf de vijfmeterplank achterwaarts in het water dook. Odette, die op de gevaarlijkste heuvelachtige pistes in rechte lijn richting dal sjeesde. Odette, die op de trampoline een dubbele salto wist te maken.

'Ik heb er zo'n angst voor,' hoorde ze Odette met gesmoorde stem zeggen. 'Ik ben zo bang dat ik het examen niet haal. Mijn vader...' De rest ging verloren in gesnik.

De lerares kwam op die bewuste dag niet opdagen, ze was de afspraak simpelweg vergeten, en zo leerde Sonja haar eerste echte vriendin kennen.

Twintig jaar later las ze die brief.

Lieve Tonio, er is niets wat ons kan scheiden. Elk obstakel maakt onze band alleen maar sterker. Vertrouw op mijn liefde voor jou. We zijn zielsverwanten...

'Het is niet nodig dat we alles met elkaar delen,' had Toni tegen haar gezegd toen ze samen onderweg waren naar een boerderij in Appenzell, waar ze eieren van scharrelkippen en biologisch verbouwde groente gingen kopen. 'Maar als je wilt, kunnen we in de klimtuin een paar technieken oefenen.'

Klimtuin. Dat klonk zo onschuldig, dat Sonja instemde en met hem naar een rotswand reed, die helemaal niet zo hoog leek te zijn. Ze deed een klimgordel aan en stelde zich voor de rotswand op. De eerste grepen en treden gingen goed, en de pluim die ze van Toni kreeg, spoorde haar aan nog hoger te klimmen. Op een gegeven moment maakte ze de vergissing naar beneden te kijken, in de gapende diepte. Ze kreeg opeens geen lucht meer en haar benen leken wel van pap. Ze klampte zich zo hevig aan de grepen in de rotswand vast, dat haar vingers er wit van werden.

Toni hield beneden het zekeringstouw vast.

'Zie je rechtsboven een greep?' riep hij.

'Ik wil naar beneden!' schreeuwde ze.

'Wat zeg je?'

'Ik wil naar beneden, ik wel heel snel naar beneden, *snel*!'

Ze werd door paniek bevangen. Ze stond doodsangst uit.

Ze was niet meer in staat om ab te seilen, maar desondanks lukte het Toni haar veilig naar beneden te laten glijden.

Toen ze weer vaste grond onder de voeten had, werd ze woedend. En die woede gold Toni en haar machteloosheid met betrekking tot de beschamende gebeurtenis. Ze was ook woedend omdat ze absoluut niet wilde huilen. Ze ontplofte.

'Ik heb er genoeg van, ik wil er niets meer over horen! Waarom moet ik me altijd zo voor schut laten zetten! Ik heb mijn eigen leven en dat is voor mij meer dan voldoende, bedankt…! Ik heb deze flauwekul niet nodig! Ik heb mijn buik ervan vol…'

Daarop rende ze weg, maar ze kwam niet ver omdat ze nog steeds via het touw aan Toni vastzat. Ze struikelde en was bijna gevallen.

'Ik word schijtziek van die tyfusbende!' gilde ze.

Toni zweeg. Hij maakte haar klimgordel los en borg het touw en de karabiners op.

Ze moesten tamelijk ver naar de auto lopen. Halverwege bleef ze plotseling staan.

'Mijn rugzak, ik ben mijn rugzak vergeten. De autosleutels zitten erin!'

Toni liet alles vallen en rende op een drafje terug.

Ze wachtte. Twee minuten. Vijf minuten. Tien minuten. Het leek wel een eeuwigheid te duren. Waar bleef hij nou? Toen zag ze Toni bij de bocht van de weg aan komen lopen, de rugzak over zijn schouder. Hij zag er in zijn klimkleding zo mooi, sterk en begerenswaardig uit, dat het haar bijna pijn deed. Ze vielen elkaar in de armen terwijl bij Sonja de tranen over haar wangen liepen. Toni lachte haar toe.

'Mijn blazende tijgerinnetje,' zei hij. 'Ik wil vannacht graag de prooi in jouw klauwen zijn.'

Via een verlaten weggetje reden ze omhoog en achter een groot rotsblok duikelden ze over elkaar heen. De seks was altijd fantastisch wanneer de spanning tussen hen beiden zich ontlaadde.

Een halfjaar later trouwden ze.

De koekeloerende vrouw van de camper zat niet meer achter het raam. Sonja richtte haar blik op de wijde hemel. Ze had de aanlegsteiger van haar tweede veerboot bereikt. Hiermee zou ze naar Powell River varen. Ze zette haar truck neer op de rijstrook die haar door een havenmedewerker werd aangewezen en stapte uit. Voor haar strekte zich een baai uit. Afgeronde bergtoppen stegen als versteende walvisruggen uit het water omhoog. De lucht was fris en tintelend. De oprit voor de auto's steunde op dikke met mosselen overwoekerde houten palen. In het heldere water lichtten paarse en oranje zeesterren op tegen de zwarte achtergrond van de basalten oever. In de nabijgelegen bossen kwetterden de vogels dat het een lieve lust was.

Achter een jonge vrouw in topje en minirok liep ze het restaurantje naast de aanlegsteiger binnen. Ze ging met een broodje bij het venster zitten. Buiten, vlak voor het raam zag ze een soort trillende waas. Ze moest heel goed kijken voordat ze zag wat het was: één kolibrie, twee kolibries… drie kolibries.

Ze vlogen als kleine bontgekleurde propellertjes op een bloemvormig reservoir af en staken hun injectienaalddunne snavels in de openingen waardoor ze suikerwater opzogen. Sonja zat er gefascineerd naar te kijken, terwijl ze haar sandwich oppeuzelde. Het brood was zo zacht als een dot watten, maar honger maakt rauwe bonen zoet. Toen zag ze dat de vrouw uit de camper aan een tafeltje verderop had plaatsgenomen. Tegenover haar zat een oudere man. Sonja stelde zich voor hoe het zou zijn als er ook iemand tegenover haar had gezeten. Toni, bijvoorbeeld. Af en toe werd ze overweldigd door een vurig verlangen, en tegelijkertijd voelde ze dan een peilloze vertwijfeling.

Achter al die dingen moet een zekere logica schuilgaan, zei ze tegen zichzelf. Ze moest er alleen voor zorgen dat de puzzelstukjes op hun plaats vielen. Indertijd had ze, ondanks haar shocktoestand, alles zorgvuldig op papier gezet. Een beeld schetsen, noteren, documenteren – dat was routinewerk, daaraan kon ze zich vastklampen. Ze moest alles nog eens precies doorlopen. Ze pakte haar notitieboek.

'Wat deed uw man in Prince Rupert?'
'Dat heeft u me al gevraagd, ik weet het niet.'
'Mevrouw Vonlanden...'
'Ik heet Werner, ik heb na mijn huwelijk mijn meisjesnaam aangehouden.'
'Hij heeft u dus niet gezegd, dat hij naar Prince Rupert ging?'
'Nee, dat heeft hij niet gezegd.'
'Waarom is hij naar Canada gegaan?'
'Hij wilde daar altijd al naartoe. Hij had het vaak over heliskiën in de Rocky Mountains.'
'Waarom ging hij dan in september en niet in de winter?'
'Hij wilde dat Nicky met hem meeging, omdat hij altijd maar zo weinig tijd voor hem had. Maar Nicky had bij basketbal zijn voet geblesseerd, dus konden ze niet skiën.'
'Waarom bent u niet met uw man meegegaan?'
'Ik ben met een groot project bezig, een televisieserie over een belangrijke prehistorische plek in een Duitstalige streek. En mijn man wilde zich helemaal op Nicky richten. Vader en zoon. Begrijpt u?'
'Waarom was hij niet vaker met hem samen?'
'Hoe bedoelt u dat?'
'U zei dat hij weinig tijd had voor zijn zoon. Waarom?'
'Is dat belangrijk?'

'Mevrouw Werner, wij willen weten in wat voor psychische toestand de piloot verkeerde voordat hij neerstortte. Had hij volgens u problemen?'

'Problemen? Wilt u daarmee zeggen, dat hij... Dat is toch belachelijk!'

'Hij wilde toch zijn bedrijf verkopen? Had hij soms financiële problemen?'

'Wie heeft u dat allemaal verteld?'

'Dat is niet van belang, mevrouw Werner. Het zou de zaak een stuk vergemakkelijken als u gewoon antwoord geeft op onze vragen.'

'Uh... hij heeft overwogen zijn alpinistenschool te verkopen. Er was nog een goede boterham mee te verdienen, maar de kosten werden almaar hoger. Met name de verzekeringskosten rezen na het canyoningongeluk de pan uit... U hebt daar waarschijnlijk wel over gehoord. Er is een groep toeristen in Finsterloch-Bach om het leven gekomen. O, dat was vreselijk.'

'Maar dat ongeluk is toch niet onder zijn leiding gebeurd, dat was toch een andere outdoororganisator?'

'Ja, dat was een ander bedrijf. Toni had daar niets mee te maken. Het was een collega, eigenlijk een concurrent. Maar het ging hem niet in zijn kouwe kleren zitten. Hij had zelf dergelijke canyoningtochten georganiseerd, ook in Finsterloch. De deelnemers moesten van hem verplicht neopreenpakken dragen, vanwege het koude water. En als het geonweerd had, laste Toni de tocht af, want dan bestond de kans dat de beek in minder dan geen tijd tot een woeste stroom aanzwol. En dat is wat er helaas gebeurd is. Plotseling perste de vloed zich door de kloof en verzwolg alles en iedereen.'

'Hoe heeft u man daarop gereageerd?'

'Toen de eigenaars van Kreysi Adventures later gevangenisstraffen opgelegd kregen wegens dood door schuld, was hij daar erg door aangedaan.'

'Was hij het er niet mee eens dat ze veroordeeld werden? Per slot van rekening zijn er eenentwintig onervaren jonge mensen in het ijskoude water verdronken.'

'Zoals ik al zei, trok hij zich deze catastrofe enorm aan. Het deed hem ontzettend veel pijn. Het ongeluk had de hele trendsportwereld ongelofelijk aangegrepen.'

54

'Er was ook een ongeval bij het bungeejumpen, met een Amerikaan…? Het bedrijf van uw man had toch ook bungeejumpen in het pakket?'

'Ja, dat heeft Toni ook gedaan. Over welk ongeluk spreekt u?'

'Over die jonge Amerikaan die ze een koord van honderdtachtig meter ombonden voor een sprong van honderd meter. Hij sprong uit de cabine van een kabelbaan een wisse dood tegemoet.'

'Ja, dat kan ik me nog herinneren. Dat was een jaar voor het canyoningongeluk. Ook dat was een ander bedrijf; daar was Toni niet bij betrokken. Hij heeft zijn deelnemers alleen van de brug laten springen, niet vanuit een cabine van een kabelbaan. Maar over het geheel genomen vond Toni het steeds moeilijker worden om medewerkers te vinden die de risico's goed konden inschatten.'

'Is zijn bedrijf nadien met canyoning gestopt? Of met bungeejumpen?'

'Nee, met allebei niet. Hij ging af en toe nog met groepen naar Finsterloch. Het ongeluk had geen enkele invloed op de vraag naar canyoning.'

'The show must go on.'

'U moet zelf maar weten wat u ervan denkt, maar, het was eigenlijk alsof…'

'Ja?'

'Alsof het ongeluk op jonge mensen een soort aantrekkingskracht uitoefende. Waarschijnlijk heeft het te maken met… de kick… het verlangen naar de adrenalinestoot.'

'En voor uw man was de kick zeker nooit groot genoeg?'

'Wat bedoelt u?'

'Wilde hij met het bedrijf ophouden omdat hij meer avontuur in zijn leven wilde en minder verantwoordelijkheid?'

'Ik… ik begrijp uw vraag niet.'

'Had uw man schulden?'

'Nee, bij mijn weten niet.'

'Gebruikte hij drugs?'

'Hoe kómt u daarbij? Waarom vraagt u dat allemaal?'

'Wij mogen nu eenmaal geen enkele mogelijkheid uitsluiten.'

'Nee, natuurlijk niet. Hij heeft nooit drugs gebruikt. Wat heeft dat met Canada te maken? Verzwijgt u soms iets voor mij?'

'*Mevrouw Werner, we begrijpen uw reactie, maar we kunnen het ons niet veroorloven bepaalde vragen niet te stellen.*'
Opgetekend op 5 oktober
Ondervraging door commissaris Yvo Hermelinger

Na dit gesprek was ze direct van het politiebureau naar de makelaar in onroerend goed Wittwer & Heck gereden. Als iemand iets kon weten, was het Heiko Heck. Hij was elf jaar lang de zakenpartner van Toni geweest, en zo'n beetje zijn beste vriend. Maar ineens had hij de extreme sport de rug toegekeerd en zijn aandeel in het bedrijf aan Toni verkocht.

Dat was een jaar voor Toni's dood geweest.

'Niet hier,' zei Sonja, toen Heiko haar een stoel in zijn kantoor aanbood. Ze was bang voor luistervinken, hoewel de deur gesloten was.

Ze gingen in Sonja's auto zitten. Heiko hoorde haar verhaal over het gesprek met de commissaris aan. Zijn rimpels leken dieper te worden.

Sonja sloeg met haar vingers op het stuurwiel.

'Waarom vragen ze me naar drugs? En of hij schulden had?'

Ze keek Heiko recht in de ogen. 'Is er misschien iets wat ik niet weet? Waar zijn ze naar op zoek? Jij kent Toni al zo lang. Wat... wat... Waar sturen ze op aan?'

Heiko haalde diep adem. Hij keerde zijn gezicht van haar af, en liet een pauze vallen voor hij antwoord gaf.

'Ik weet het niet, Sonja. Ik...' Hij masseerde langzaam zijn slapen.

Sonja wilde het raam opendoen, maar ze kon die neiging onderdrukken.

'Heiko, er moet toch iets zijn, dat voel ik gewoon. Vertel me wat je weet.'

'Ik weet eigenlijk niets, Sonja, het is niet anders. Maar... ik weet wel, dat er mij iets opviel, de laatste twee jaar van onze samenwerking. Tja... wat zal ik zeggen, hij zat vaak in het vliegtuig naar het buitenland. En hij zei me nooit waarom of waarheen hij vloog of –'

'Bedoel je met zijn Cessna?'

'Ja, hij vertrok meestal heel plotseling, en als ik hem vroeg wat hij ging doen, dan was hij daar altijd heel vaag over... Ik heb er nooit echt de vinger op kunnen leggen.'

'Ik dacht dat hij met onze klanten een tochtje maakte.'

'Heeft hij jou dat verteld?'

Sonja dacht na. 'Ik geloof dat ik dat simpelweg heb aangenomen.'

Heiko pakte haar bij de arm. 'Sonja, wat hij ook gedaan heeft, jij hebt daar niets mee te maken. Je moet het er maar bij laten.'

Sonja keek hem verbijsterd aan. 'Wat bedoel je daarmee? Waarom moet ik het er maar bij laten?'

'Jij weet niets, de politie weet waarschijnlijk ook niets, stel geen verdere vragen meer, laat het toch rusten.'

Zijn stem klonk steeds nadrukkelijker.

'Als goede vriend raad ik je aan de politie geen vragen te stellen. Probeer niet achter dingen te komen die je maar beter niet kunt weten. Je moet geen slapende honden wakker maken.'

'Maar ik kan toch niet –'

'Ik zeg je, blijf er met je handen vanaf!'

Hij keek haar aan alsof zijn ogen de waarschuwing in haar hersenen konden branden.

Toch moest ze nog één vraag stellen.

'Was dat de reden waarom Toni naar Canada is gegaan? Werd de grond hem hier te heet onder zijn voeten?'

'Ik weet helemaal niets, Sonja. Totaal niets. En jij weet ook niets. En dat is goed zo. Je moet niet in een beerput gaan roeren.'

Ze zat erbij als door de bliksem getroffen.

Heiko opende het portier. 'Ik heb een belangrijke afspraak. Maar je weet dat ik altijd voor je klaarsta als je me nodig hebt.'

Het was alsof de zitting van haar stoel in brand stond.

Geen slapende honden wakker maken.

9

De zon straalde haar warmte uit over de haven van Powell River. Sonja strekte zich behaaglijk uit, spinnend als een kat. Ze vond dat het een heel goed idee was om zich in te schepen op de boot van Dave voor een uitstapje naar Desolation Sound. Dave werkte als visser en verdiende er wat bij met pleziertochtjes op zijn zelfgebouwde boot. Hij was de broer van de eigenares van het pension waar Sonja logeerde. Tijdens de vaart stelde Sonja vast dat hij niet alleen een gezellige prater was, maar dat hij ook uitstekend oesters kon klaarmaken. Ze werd door hem onthaald op heerlijke oesters die hij in de kombuis van zijn schip gekookt had. Met geen mogelijkheid had ze de uitnodiging voor dit feestmaal af kunnen slaan.

'Waar heb je naar goud gezocht?' vroeg Sonja terwijl ze een halve citroen over haar oesters uitperste.

Dave plofte in de plastic stoel op het dek. 'Ik was in het noorden van de Northwest Territories, in de buurt van Yellowknife. Heb je wel eens van Yellowknife gehoord?'

Sonja schudde haar hoofd en slurpte genietend het oestervlees uit de schelp.

'Die stad ligt slechts een kleine tweehonderd kilometer van de poolcirkel verwijderd. Yellowknife zat indertijd vol goudzoekers en prospectors. En later natuurlijk de diamantzoekers.'

'Diamantzoekers?'

'Ja, er zijn daar twee diamantmijnen. Midden in de toendra. En ik geloof dat men nu bezig is met een derde. Maar toen ik in Yellowknife zat, had niemand het nog over diamanten. Lieve hemel, wie had er ooit kunnen denken dat ze daarboven in het noorden nog eens diamanten zouden vinden! Ik niet, maar Chuck Fipke wel.'

'Wie is dat?'

'Chuck heeft daar als eerste diamanten gevonden. Hij moet gewoon geweten hebben dat er daarboven van die verdomde stenen te vinden waren. Maar in Yellowknife had hij rondverteld dat hij naar goud zocht. En toen het bekend werd, toen het in de krant stond, toen was er niemand die het geloofde!'

'Jij ook niet?'

'Nee, maar toen stond ik al op het punt naar Alberta te gaan. Ik had een baantje gevonden in de oliezandwinning.' Hij leunde naar voren, zijn ellebogen steunend op zijn bovenbenen, de blik op de horizon gericht. 'Ik heb vier jaar lang naar goud gezocht. Vier verloren jaren, verdomme. Ik heb in een tent gewoond en in een blokhut. Ik heb op kariboes en elanden gejaagd en ik heb zelfs een keer een beer geschoten. Je moet het niemand vertellen, want het is verboden, maar dat beest was mij wat te dicht bij mijn tent gekomen.'

Hij legde het mes weg waarmee hij de oesterschelpen geopend had.

'Ze smaken lekker, vind je niet? Ik heb ze vanmorgen zelf van de rotsen gekrabd. Ik heb een heel goed stekkie.'

Sonja had er het liefst witte wijn bij gedronken, maar Dave had alleen maar koud bier. 's Lands wijs, 's lands eer, dacht ze en ze pakte haar glas.

'Wat een beroerd leven was dat, zeg!' ging Dave verder. 'Niemand gunde elkaar het licht in de ogen. Iedereen was elkaar voortdurend aan het belazeren. Het is een verslaving. Je zoekt, zoekt en zoekt… en dan vind je een beetje goud, maar niet genoeg, natuurlijk, net voldoende om je schulden te betalen. Er zijn er maar heel weinig die er rijk mee zijn geworden. Chuck Fipke zal waarschijnlijk miljardair zijn. Hij heeft zijn diamantmijnen aan een groot concern verkocht.'

'Ken je Prince Rupert?' vroeg Sonja, die al enigszins aangeschoten was hoewel ze rustig aan deed met het bier.

'Ja, ken ik goed. Hoezo?'

'Ik heb gehoord dat er een hoop visserij is.'

'Ik heb er een jaar in de scheepsbouw gewerkt. Het regent vaak in Prince Rupert. Het is wel een belangrijke havenstad. Nou ja, belangrijk voor het noorden dan, bedoel ik. Er gebeuren een hoop rare dingen. Er wordt veel gesmokkeld: mensen en goederen.'

'Mensensmokkel?'

'Ja, illegale immigranten en zo. Waar een haven is, zijn criminelen, dat is bekend. En Prince Rupert is daar geen uitzondering op. Ik heb er heel wat verhalen over gehoord.'

'Wat voor verhalen?' Sonja veegde haar handen aan haar spijkerbroek af. Dat had ze Dave ook zien doen.

'Over de georganiseerde misdaad. De maffia, snap je?'

Sonja voelde zich plotseling niet meer zo ontspannen.

Dave trok een nieuw sixpack bier open. 'Waar geld te halen is, hebben die grote jongens overal een vinger in de pap. Ook in de diamantsmokkel, heb ik gehoord. Ach, er zijn altijd weer mensen die zich laten omkopen. En de politie kan er weinig tegen doen. Een veel te groot gebied en veel te weinig mankracht. Dweilen met de kraan open, als je het mij vraagt.'

Hij ruimde de tafel af.

'Ik wil je niet bang maken, maar pas op met wie je omgaat, want er loopt heel wat tuig rond.'

Sonja begon zich onbehaaglijk te voelen.

'Ik zal goed op mezelf passen,' deed ze zich opgewekter voor dan ze zich voelde. 'Waarom zouden die misdadigers het uitgerekend op mij gemunt moeten hebben?'

Dave draaide zich in de deuropening van de kombuis om. Zijn gezicht had een sombere uitdrukking.

'Ik heb gisteren voor jou tarotkaarten getrokken. Dat is een hobby van me. Ik wilde weten met wie ik te maken zou krijgen.'

Sonja lachte. 'Dat is toch allemaal bijgeloof!'

De sombere uitdrukking op het gezicht van Dave bleef onveranderd.

'Ik weet niet wat de reden is, maar de kaarten zeggen dat je gevaarlijke mensen aantrekt.'

Met zijn voet vertrapte hij een leeg sixpack.

10

De veerboot voer stomend en stampend over de zee in de richting van Vancouver Island. Door de beregende ramen zag Sonja de huizen van Powell River in de verte verdwijnen. Op een scheepje, ergens in de haven, zat de eenzame Dave vermoedelijk tarotkaarten te leggen. Wat een flauwekul. Hoe haalde die visser het in zijn hoofd om dit soort dingen over haar te zeggen! Zij, die altijd alle gevaren uit de weg ging, die twijfelachtige zaken links liet liggen en die het liefst zo diep mogelijk wegkroop in boeken en kranten. Gevaarlijke mensen... poeh! Zij was de voorzichtigheid zelve.

Ze ging ergens zitten en schroefde haar thermosfles open. Ze werd duizelig van de slingerende bewegingen die de boot maakte.

Toni hield van gevaar, maar hij was zelf niet gevaarlijk. Hoogstens een gevaar voor zichzelf. En Nicky? Nicky was dood. En Odette? Odette was van de aardbodem verdwenen. En zijzelf? Waarom had ze niet in de gaten gehad dat Toni heimelijk een duister geheim bij zich droeg? Ze trok een grimas, de cafeïnevrije koffie smaakte naar veredeld slootwater.

Ze had Toni nooit tegengehouden het gevaar op te zoeken. Het beklimmen van bevroren gletsjers, vrijklimmen, zonder touw dus, riverrafting op wilde rivieren, ze had hem nooit een strobreed in de weg gelegd.

'Het is zijn passie,' zei ze steeds weer tegen haar bezorgde moeder, als die weer eens kritische vragen stelde. 'Hij kan niet zonder, hij heeft het nodig.' Dat was haar mantra.

Haar ouders hadden Toni nooit volledig geaccepteerd. Sonja's keuze was voor hen moeilijk te begrijpen.

Hallo, gevaarlijke mensen, waar zijn jullie? Ze blikte uitdagend rond in de passagierslounge. Schuin voor haar zat een jong stel met een baby, en achter haar zat een man haar nieuwsgierig aan te kijken.

Ze draaide haar hoofd vliegensvlug weer naar voren. Deze man had ze al eens eerder gezien. Hij had een opvallend, scherp gesneden gezicht met een ontspannen uitdrukking erop. Hij was ongeveer van haar leeftijd. Intelligente ogen. Een mooie mond met dunne lippen. Natuurlijk, ze wist het weer. Het was de man van wie op de veerpont in de Horseshoe Bay een stuk krant over de reling was gewaaid. Zijn blonde, licht gegolfde haar was dit keer niet verwaaid. Hij had een hoog voorhoofd, het voorhoofd van een denker.

Verward nam ze de e-mails die ze die morgen in het pension in Powell River had uitgeprint op haar schoot. Ze bladerde er snel doorheen, tot ze op een bericht van Inge stuitte.

Lieve Sonja,

Ik heb al jouw berichten bewaard. Je bent geweldig bezig!
Belangrijk: je mag niemand bijzonderheden over je reis vertellen, ook Diane niet.
Ik wil niet dat iedereen het weet. (Er zijn al genoeg kapers op de kust die ons idee willen stelen!!!)
Dus, hou het lekker geheim. Deze tentoonstelling zal inslaan als een bom!
Laat gauw wat van je horen.

Veel liefs, Inge

Sonja las het bericht drie keer, maar begreep niet waar Inge zich eigenlijk druk om maakte. Ze mocht Diane niks vertellen, maar Diane was toch het nichtje van Inge! Voordat Sonja bij haar aanbelde, had ze toch alles geweten? En dat had ze toch van niemand anders dan van Inge gehoord? Was Inge soms bang dat Diane haar verre familie in Duitsland dingen zou doorbrieven? Maar waarom? Dit geheimzinnige gedoe kwam Sonja onbegrijpelijk voor. Vooral, omdat het toch al te laat was.

Met een half oor luisterde ze naar een mededeling via de luidspreker. Plotseling renden alle passagiers naar dezelfde kant van de veerboot. De ruimte werd gevuld door een opgewonden gekakel. De man die achter haar had gezeten, stond ineens naast haar bank.

'Daar is blijkbaar wat te zien, kom mee!'

Ze was zo verrast, dat ze haar papieren in haar rugzak propte en hem naar het dek volgde. Hij strekte zijn arm uit, net als hij gedaan had, toen hij de door de wind meegevoerde krant probeerde te pakken, en wees in de verte. Eerst nam ze een beweging in het water waar, vervolgens zag ze een vin, nee... wel honderd vinnen. In het water rezen en doken grijze glimmende ruggen in een harmonieuze, elegante en uitgelaten dans.

'Dolfijnen,' zei de man.

Een meisje, dat naast Sonja stond, gilde in haar mobiele telefoon: 'Mama, ik zie walvissen!'

Sonja wisselde met de onbekende man een blik van verstandhouding uit. Net als Inge, dacht ze. Die zou van een dolfijn ook een reuzewalvis maken.

'Dat eiland daar,' zei de man, 'is Savary Island. Kent u daar de geschiedenis van?'

Sonja schudde haar hoofd.

'Kom, dan zal ik u die onder het genot van een kopje koffie vertellen.'

Sonja knikte. Wat waren die Canadezen toch spontaan. Hoewel, hij had geen Canadees accent, trouwens ook geen Engels. Ach, een kopje koffie, dat kon geen kwaad. De veerboot zou over twintig minuten aanmeren, en dan kon ze weer haar eigen gang gaan.

'Waar komt u vandaan?' vroeg ze onderweg naar het snelbuffet.

'Ik ben geboren en getogen in Zuid-Afrika, maar ik woon al veertien jaar in Canada. En u?'

'Ik kom uit Zwitserland.'

Het viel haar op dat hij dure trekkingschoenen droeg, een hightechmodel.

Ze gingen met hun koffie aan een tafeltje zitten.

'Bent u hier met vakantie?'

Hij zei niet dat hij haar al eens gezien had.

'Nee, ik ben hier beroepshalve.' En voordat hij haar nog een vraag kon stellen, zei ze: 'Ik herinner me opeens dat ik iets over dit eiland gelezen heb. Hebben hier niet gevechten tussen indianen plaatsgevonden?'

'Ja, de Haida-indianen, afkomstig uit het noordwesten, hebben

Savary Island honderden jaren geleden veroverd. Ze hebben de mannen onthoofd en de vrouwen als slavinnen weggevoerd.'

Sonja nam een slokje van haar koffie.

'De Haida-stam was een oorlogszuchtig volkje. De indianen hebben de hele westkust geterroriseerd. Iedereen was als de dood voor ze, maar hun beeldsnijkunst en sieraden zijn werkelijk van goddelijke klasse.'

Was hij kunsthandelaar? Of was hij ook historicus?

Zijn ogen bleven op haar rusten.

'U moet absoluut een bezoek brengen aan Haida Gwaii, dat zijn de eilanden van de Haida. Ze worden ook wel de Queen Charlotte Islands genoemd.'

'Hoe kun je daar komen?' vroeg ze min of meer uit beleefdheid.

'Met de veerboot vanaf Prince Rupert.'

Ze lachte.

'Wat is daar zo leuk aan?'

'Over twee dagen ga ik met de veerboot naar Prince Rupert, dat is mijn derde tocht per veerboot, en als ik dan daarvandaan naar de eilanden van de Haida ga, zou dat al mijn vierde reis met een veerboot worden. Ik heb in mijn hele leven nog nooit zo veel met veerboten gevaren!'

Plotseling zweeg ze. *Je mag niemand bijzonderheden over je reis vertellen.*

Ze roerde in haar koffie en bekeek zijn handen. Ze lagen ontspannen op het tafelblad, aan weerszijden van zijn koffiebeker. Niet de handen van een schrijver of academicus. Daarvoor waren ze te gespierd. Geen ring.

'De overtocht naar Haida Gwaii kan gepaard gaan met hevige stormen. Die zeestraat daar, Hecate Strait, is berucht vanwege het enorme noodweer. Gevaarlijk dus. Naar verluidt is het de gevaarlijkste zeestraat aan de westkust, maar de Haida-indianen zijn er met hun boomstamkano's gewoon overheen gepeddeld.'

Zijn manier van vertellen had misschien iets belerends en betuttelends, maar zijn rustige, niet opdringerige toon beviel haar.

'Dan zal ik daar zeker niet naartoe gaan, want ik heb een vreselijke angst voor stormen, vooral op zee.'

Zijn blik liet haar niet los.

'Maar u kunt zich toch door iets laten leiden dat groter is dan uw angst?'

'Kunt u mij een paar suggesties aan de hand doen?'

'Nieuwsgierigheid, eerzucht… onderzoekingsdrang, misschien ook wel dierenliefde…?'

Zijn lippen trilden een beetje, alsof hij een woord niet wilde zeggen dat hem voor in de mond lag.

'Er zijn daar massa's wilde dieren: vogels, walvissen, walrussen, beren. U moet daar echt eens een kijkje gaan nemen.'

'Bent u reisleider?' Ze kon de vraag niet voor zich houden.

Hij grijnsde. Er verschenen kuiltjes in zijn wangen.

'Nee, hoe komt u daarbij? Ik ben mijningenieur. Maar ik heb belangstelling voor de geschiedenis van de oerbewoners van Canada. Ik hoop dat ik u daarmee niet verveeld heb.'

Op dat moment scheelde het maar een haartje of ze was tegen hem over Nicky begonnen, maar de luidsprekerstem maande de passagiers aan hun auto op te zoeken.

Ze stonden op. Hij stak haar de hand toe.

'Mijn naam is Robert Stanford. Het was me heel aangenaam kennis met u te maken.'

'Dat is geheel wederzijds,' zei Sonja en ze liet zijn hand los.

Terwijl ze in de truck op het aanleggen van de veerboot wachtte, klonk het gesprek met Robert Stanford nog na in haar hoofd. Nicky had alles over indianen willen weten. Tenminste vroeger, toen zij in zijn leven was verschenen. Nicky had zich aanvankelijk nogal gesloten opgesteld jegens haar, wat ze overigens normaal vond. Een dertienjarige staat bepaald niet te juichen en te springen als er in het leven van zijn gescheiden vader een nieuwe vrouw haar opwachting maakt. En dan ook nog een historicus. Geschiedenis… wat een 'vette' saaiheid. Ze zag aan zijn gezicht dat het hem maar heel weinig interesseerde. Ze was ook heel anders dan Nicky's moeder, Toni's exvrouw. Die was druk en vrolijk – één brok energie. Ze knalde door het leven als een stalen kogel in een flipperkast. Sonja daarentegen was zakelijk en bedachtzaam, geen sportvrouw, maar een denker.

Maar voor indianen had hij toen al veel belangstelling gehad. Hij was zelfs een keer in het gezelschap van Sonja naar het Indianermuseum in Zürich geweest. Daar troffen ze een indiaanse houtsnijder uit

Vancouver aan, die in Zwitserland op bezoek was en een totempaal voor het museum sneed. Op veertienjarige leeftijd had Nicky genoeg van indianen.

Ze had een keer tegen hem gezegd: 'Jij bent ook geschiedenis, Aragorn.' Ze noemde hem naar de koningszoon uit *In de ban van de ring*, omdat hij een hekel had aan zijn eigen naam. Hij noemde haar Galadriel, naar de elf, die in de film – uiteraard – door Cate Blanchett gespeeld wordt.

'Ben je je daarvan bewust?'

Een afwijzende blik.

'Je hebt al veertien jaar geschiedenis achter de rug.'

Een niet-begrijpend geknipper met de ogen.

'Jij genereert geschiedenis, voor jezelf, voor anderen. Jouw leven, dat is geschiedenis. Jóúw geschiedenis. Een heel spannende geschiedenis. Op een dag zul je beseffen hoe spannend.'

Op zijn verjaardag gaf ze hem een kroniek van zijn jonge leven. Een ordner met foto's, knipsels, collages en documenten. De reis met de basketbalclub naar München, toen de spelers de trein misten, die later ontspoorde, waarbij acht mensen om het leven kwamen.

Het digitaal vervaardigde groepsportret met zijn idolen: Nicky geflankeerd door Eminem en Ronaldo. Een transcriptie van het interview dat hem voor de lokale radio was afgenomen na zijn overwinning bij het snowboarden. Zijn ontwerp voor de vlag van de skivereniging. Alles zat erin, alles was gedocumenteerd.

Hij zei niet veel, alleen maar: 'Goh, onwijs gaaf.'

Hij liet de ordner aan zijn vrienden zien, wist Toni haar later te vertellen.

Toen ze kort na de droeve gebeurtenis naar aanwijzingen begon te zoeken, ontdekte ze de ordner in Nicky's kamer.

Nicky had er nog fotomappen aan toegevoegd, maar in de meeste vakken zaten geen foto's, hoewel ze wel door hem genummerd waren. Helemaal achteraan vond ze een zwart blad. Daarop stonden zijn naam en een kruis. Het was Nicky's handschrift.

Hij had zijn eigen overlijdensbericht gemaakt.

11

Voor de eetzaal van het pension in Comox lag een bekroonde tuin. Deze informatie werd haar door de trotse eigenares verstrekt, samen met een glas vers geperst sinaasappelsap. Sonja was echter zo nerveus, dat ze niet alleen de tuin geen enkele aandacht gaf, maar ook de vers gebakken muffins, oversloeg. Toen de eigenares opmerkte hoe moedig het was dat ze helemaal in haar eentje reisde, begon Sonja's maag op te spelen. Waarom had ze toch toegezegd om aan zo'n riskante onderneming te beginnen? Misschien kon ze er wel helemaal niet tegen wat haar in Prince Rupert te wachten stond.

Ze ging naar haar kamer en pakte haar reistas. Daar zoemde haar mobiele telefoon.

'Hallo, Sonja, met Diane.'

Sonja ging zuchtend op de rand van het bed zitten. Ze was niet alleen in dit vreemde land.

'Waar ben je?'

'In Powell River.' Verdorie, nu moest ze liegen, vanwege Inge. En ze wist niet waarom.

'Luister, Sonja, ik moet een lange zakenreis maken, maar je kunt me altijd op mijn mobiele telefoon bereiken.'

'Oké, Diane, ik heb jouw nummer.'

'Wanneer ben je van plan de veerboot naar Prince Rupert te nemen?'

Sonja aarzelde. 'Aanstaande maandag.'

'Maandag pas? Ik dacht dat je vrijdag zou gaan, dat had je toch gezegd?'

'Ik dacht het niet, maar dat zal ik nog even nakijken.'

Ze wond zich op. Wat een gedoe, zeg, dat ze zo moest liegen en draaien.

'Ik wil je nog wat vragen, Diane. Jouw vriendin Holly heeft me verteld dat er op een feestje bij jou een Zwitserse vrouw was. Holly zei me dat die vrouw een tijdje in de wildernis had willen doorbrengen. Kun je mij wat meer over haar vertellen?'

Er viel een stilte.

'Hallo? Diane?'

'Ik moest even nadenken, maar ik weet niet meer waar jullie het over gehad hebben. Ik zal Holly ernaar vragen. Oké? Het beste en pas goed op jezelf.'

Al na de eerste kilometer had ze het gevoel verkeerd te zijn gereden. De kruising, waar de mensen in het pension over gesproken hadden, leek niet te bestaan. Ze reed verder, zonder dat ze wist waar ze was. Pas na een kwartier zag ze het bordje met CAMPBELL RIVER. Nu ging haar een lichtje op. Natuurlijk, hier was men aan heel andere afstanden gewend! *Sonja, dit is Canada, het op één na grootste land ter wereld!* British Columbia was al twintig keer groter dan Zwitserland, had ze ergens gelezen. *Think big, babe.*

De weg slingerde door weilanden waarin zwart-witte koeien graasden. Af en toe passeerde ze een kerk, veel bescheidener dan de kerkgebouwen in haar geboorteland. Ze voelde even de neiging een van deze houten godshuizen te bezoeken om iets over de geschiedenis ervan te leren, maar de drang om verder te gaan met haar onderzoek was sterker.

Sedert het gesprek met Diane was ze door rusteloosheid bevangen. Als die onbekende Zwitserse vrouw op het feestje Odette was geweest, en qua tijd zou dat mogelijk zijn geweest, dan… dan had ze een eerste concrete aanwijzing ten aanzien van haar verblijfplaats. Het was louter gebaseerd op een droom, die haar niet meer losliet, waaraan ze elke dag weer moest denken, en die de eigenlijke reden was voor haar aanwezigheid hier. In die droom was Odette in een dichtbegroeid bos ten val gekomen – haar slapen waren bebloed – en ze riep om hulp. Sonja was met toegeknepen keel wakker geworden. Ze had zich aanvankelijk niet kunnen bewegen, maar vervolgens had ze het licht aan moeten doen, omdat ze een vreselijke angst voelde. Ze liet het licht tot de ochtendschemering branden. Sinds die nacht voelde Sonja in elke vezel van haar lichaam dat Odette in Canada moest zijn.

Toen ze uiteindelijk een gesprek had met de moeder van Odette, sprak ze echter met geen woord over deze droom. Sinds het vliegtuig was neergestort waren er acht weken verstreken. Zo veel tijd had

Sonja nodig gehad voor ze naar de telefoon greep. In eerste instantie had ze Odette niet willen spreken, daar was ze eenvoudigweg niet toe in staat. Ze verkeerde in een shocktoestand. Eerst was er het overlijdensbericht, daarna de brief. Haar beste vriendin had haar met haar eigen echtgenoot bedrogen. Sonja trok zich helemaal terug. Ze verstopte zich in haar huis. Ze wilde niemand zien, niemand spreken, en Odette deed geen enkele poging contact met haar op te nemen.

Toen Sonja zodanig hersteld was dat ze antwoord op haar vragen verlangde, was Odette verdwenen. Niemand scheen te weten waar ze was. Haar vrienden noch haar werkgever of haar buren. Het kon niet anders dan dat ze zich voor hen schuilhield. Sonja benaderde de ouders van Odette als laatsten, omdat ze van hen eigenlijk geen antwoord verwachtte. Op 24-jarige leeftijd had Odette met haar ouders gebroken. Ze wilde zelf de regie voeren over haar leven, zonder de druk van de verwachtingen die haar ouders haar opgelegden. Sonja wist wat deze druk betekende, ze was net als Odette enig kind – een onzichtbare band waarmee ze met elkaar verbonden waren.

Daarom verraste het Sonja toen Odettes moeder zei: 'Ja, wij weten waar ze is, maar Odette wil niet dat iemand het weet. Ze wil met rust worden gelaten. Ook door jou, Sonja.'

Ze liet zich niet met een kluitje in het riet sturen. 'Ik moet haar absoluut spreken. Het is uiterst dringend.'

'Het spijt me, Sonja, maar onze dochter heeft dat uitdrukkelijk zo gewild. Er kan geen uitzondering gemaakt worden.'

Sonja verloor haar zelfbeheersing. 'U kunt niet zomaar over Odette beslissen!' schreeuwde ze door de telefoon. 'Ik heb het recht haar te spreken. Zij is me dat verschuldigd.'

'Het spijt me heel erg,' fluisterde Odettes moeder, die bijna huilde. 'Geloof me, Sonja, ik vind het zo erg. Het is allemaal zo verschrikkelijk. Maar ik kan je niet helpen. Jij weet als geen ander hoe eigenwijs Odette is.'

Odette had met haar ouders een verbond gesloten: tegen haar! Na het gesprek had ze urenlang in haar lege huis uit machteloze woede lopen razen en tieren, totdat ze uitgeput op haar bed was neergevallen. De slaap had haar slechts tijdelijk van haar onrust bevrijd.

Desondanks vertelde Sonja niemand van de brief. Niet Odettes moeder, en ook niet haar eigen moeder. Haar ouders hadden het huwelijk met Toni immers altijd als een vergissing beschouwd. Dit toe te geven zou haar niet geholpen hebben. Over sommige dingen kon je maar het beste zwijgen.

Mijn lieve Tonio, ik geef je niet op. Jij bent zo veel meer dan ik van mijn leven had kunnen hopen. Geen enkel genot kan zich meten met de liefde die ik voor jou voel.

Rechts van de weg verscheen plotseling de zee, de Grote Oceaan. Mensen wandelden langs het zandstrand en wierpen afgebroken takken in zee, waar hun honden opgewonden achteraan renden, de golven trotserend.

Sonja stopte langs de kant van de weg en belde het mobiele nummer van Inge, maar een tekst op het schermpje gaf aan dat ze geen ontvangst had. Ze stak haar mobiele telefoon kwaad weg en reed verder.

Het werd stiller op de weg. Aan beide kanten waren bomen gerooid. Op de met veel geweld omgewoelde bosgrond restten nog slechts stronken en wortelstokken, kaal en weerloos, als afgehakte ledematen. Vanuit de andere richting kwamen haar reusachtige vrachtwagens tegemoet met wielen zo groot als de draaicirkel van een kleine auto. Terwijl de grote wielen voorbij suisden, wierp ze een snelle blik op de lading, die uit een huizenhoge lading vastgesnoerde boomstammen bestond, waarvan sommige de lengte hadden van drie telefoonpalen.

Uren later ging de weg omhoog. Aan beide kanten eindeloze bossen. En aan de horizon, waar de bergtoppen steeds hoger de hemel in staken, pakten zich donkere wolken samen. Sonja vond het verontrustend dat haar truck intussen het enige voertuig op de weg was. Ze was toch hopelijk niet verdwaald? De wijzer van haar benzinemeter helde onheilspellend naar de verkeerde kant en het schoot door haar hoofd dat ze geen jerrycan met extra benzine had meegenomen. Er was geen tankstation te bekennen en de dichtstbijzijnde plaats kon nog wel eens ver weg zijn.

Hoe sneller ze in de bewoonde wereld kwam, des te beter. Ze drukte het gaspedaal stevig in. Opeens nam ze vanuit haar ooghoek iets donkers waar dat voor haar auto over de weg rende. Een hert!

Haar remmen piepten en gilden, de truck schoot door het struikgewas in de berm, waar hij krakend tot stilstand kwam.

Sonja's handen zaten onwrikbaar om het stuur gevouwen, haar
hart bonkte. Toen begon ze over haar hele lichaam te beven.
Iemand tikte tegen het raam. Een vrouw met een dikke bril keek
haar bezorgd aan. Achter haar stond een man met een wollen muts
op.

'Bent u gewond? Kunnen wij helpen?'

Sonja schudde alleen maar haar hoofd.

Uren later, in Port Hardy, waar ze een gezellige kamer had betrokken, kon ze zich nog maar weinig details herinneren: de hete thee die
het paar haar te drinken gaf, de kalmerende woorden, de opluchting
dat haar truck op een paar krassen na onbeschadigd was en zich met
een touw uit het struikgewas liet trekken, en het feit dat ze achter
de terreinwagen van haar beide redders aan naar Port Hardy kon
rijden.

12

'Je klinkt ietwat gespannen,' zei Inge. 'Is er iets misgegaan?'

Haar stem klonk zo dichtbij, alsof ze om de hoek stond. Sonja mocht de telefoon van de eigenaresse van het pension gebruiken, het gesprek werd door Inge betaald.

'Inge, kun jij mij verklaren waarom ik Diane niets mag vertellen? Die weet toch alles al?'

'Ik heb je een e-mail gestuurd, heb je die nog niet ontvangen?'

'Nee, maar je kunt het me nu toch uitleggen.'

'Lees die mail nu maar, daar staat alles in, ik –'

'Nee, Inge, nu!'

'Jij je zin. Een ambtenaar van de immigratiedienst heeft Diane gebeld en naar jou geïnformeerd.'

'Waarom was dat?'

'Diane zegt dat het louter een routineaangelegenheid is. Het is een soort steekproef. Ze willen nu eenmaal weten of de mensen de douane de waarheid vertellen. En in Noord-Amerika is men na die aanslag van 11 september extra gaan controleren. Snap je?'

'Dan begrijp ik toch niet waarom ze dat dan uitgerekend bij mij doen. Ik zie er toch niet verdacht uit?'

'Zie je, je windt je nu al op. Daarom wilde ik jou er ook niets over vertellen.'

'En wat heeft Diane ermee te maken?'

'Niets, dat wil zeggen, hoe minder ze weet, des te minder ze de politie over jou kan vertellen.'

'De politie? Dus, het was de politie!'

'Sonja, wees nu even rustig, het waren gewoon de mensen van de immigratiedienst. Kijk, als ze niks weet, dan hoeft ze die mensen ook geen leugens te vertellen.'

'Leugens? Hoezo? Ik doe toch niets illegaals?'

'Sonja, luister nu toch eens. Het gaat niet om legaal of illegaal. Het heeft alleen maar te maken met een routineonderzoek. Geloof me. We willen gewoon niet dat ons project in gevaar wordt gebracht. Dat wil jij toch ook niet, lieve schat? Voorzichtigheid is de moeder van de porseleinkast, snap je?'

'Inge, dat geheimzinnige gedoe maakt me nerveus. Ik heb tegen Diane al moeten liegen.'

'Da's helemaal niet erg, toch? Daar doe je haar geen kwaad mee. Je moet je niet zo druk maken omdat het even anders loopt. We krijgen trouwens twintigduizend euro voor de tentoonstelling. Is dat niet waanzinnig?'

Sonja had willen vragen *van wie*, maar Inge had het woord alweer genomen.

'En heb je je met hart en ziel op Else Seel gestort? Heb je alles gelezen wat ik je heb meegegeven?'

'Ik... uh... ben al behoorlijk ver.'

'Kijk aan, fantastisch, maar dit getelefoneer wordt nogal kostbaar, schrijf me een mail. We moeten de kosten een beetje drukken. Tot ziens!'

Sonja liep woedend naar haar kamer. Ze pakte haar rugzak en wandelde in de richting van het centrum van Port Hardy. De frisse zeebries was echter niet in staat om haar verhitte hoofd af te koelen. Misschien was het veel eenvoudiger om naar de politie in Vancouver te gaan en hun te vragen: Hoe is mijn man precies om het leven gekomen? Maar alleen al bij de gedachte liepen de rillingen over haar rug. Politie in een vreemd land. Ver weg van familie en vrienden, van beschutting en warmte.

Geen slapende honden wakker maken.

Toen ze in het internetcafé ontdekte dat Inge helemaal geen e-mail gestuurd had – hij zat in ieder geval niet in haar postvak – wond ze zich nog meer op. Ze stond net op het punt haar bazin een e-mail op poten te sturen, toen ze het bericht van haar moeder zag.

Van:	H_H_filli710@yahoo.com
Verzonden:	8 september, 16:58
Aan:	Sonja Werner
Onderwerp:	Diefstal

Lieve Sonja,

Ik ben heel blij voor je dat tot nu toe alles zo voor de wind gaat op je reis door Canada.

Wat een geluk, dat je portefeuille weer gevonden is!

Maar door deze gebeurtenis maak ik me wel zorgen. Ik wil je niet ongerust maken, maar je leest tegenwoordig zo veel over het stelen van paspoorten. Er zijn misdadigers die bankrekening-nummers en persoonlijke gegevens stelen en zich voordoen als die persoon en dan zijn/haar bankrekening plunderen of onder zijn/haar naam een misdaad begaan. Ik hoop maar dat er zoiets niet met jouw gegevens is gebeurd. De misdadigers hebben immers genoeg tijd gehad om jouw creditcards en bankpassen te kopiëren. Misschien hebben ze jouw portefeuille alleen maar naar de politie gebracht om jou te laten denken dat er niets aan de hand is. Het zou misschien helemaal niet zo'n slecht idee zijn om jouw rekeningen regelmatig te controleren.

Ik denk vaak aan je en wens je een leuke tijd.

Mama

Sonja haalde eens diep adem. Ze waren allemaal hetzelfde. *Ik wil je niet ongerust maken.* En vervolgens overladen ze je met jobstijdingen, akelige waarschuwingen en roepen het ongeluk over je af. Hoe kun je dan nog rustig blijven! Misschien had Toni wel gelijk door altijd alle goedbedoelde raad in de wind te slaan, onder het motto: het zijn toch allemaal onheilsprofeten.

Haar moeder was een verstandige vrouw, een vrouw van de wereld, maar Sonja was haar enig kind, haar oogappeltje dat ze altijd in de watten had gelegd; vooral ook omdat haar echtgenoot vaak op reis was. En ze had ook de vervelende gewoonte alles te dramatiseren. Volgens haar kon je te allen tijde door de meest verschrikkelijke ramp getroffen worden en daar diende je je tegen te wapenen. Sonja begreep daarom heel goed waarom Else Seel haar moeder tot op het laatste moment verzwegen had dat ze naar Canada zou emigreren. Op een dag, nadat ze haar afgeknipte haar in papier verpakt op tafel had gelegd, zei Else: '*Moeder, geen gejammer, help me snel met pak-*

74

ken, want over een week vaar ik met de Empress of Australia *naar Quebec.'*

Sonja had plotseling geen zin meer om Inge een e-mail te sturen. Laat de anderen maar zwelgen in hun complottheorieën, zij had genoeg omhanden met de praktische kanten van haar reis. Ze verliet het internetcafé en ging op een bank aan de strandpromenade zitten. Voor haar klotste de zee in een eindeloze deining. Nevelflarden versluierden de eilanden voor de kust. Ze begon in haar documenten te bladeren, waarna haar oog viel op een kleurig gemarkeerde zin: *Naast haar werkzaamheden op de bank studeerde Else Lübcke geschiedenis en filosofie aan de Humboldt-Universität.*

Wie voor geschiedenis belangstelling had, moest wel een zielsverwant zijn. Maar toen Sonja zich opnieuw over Elses gedichten boog, voelde ze zich net als de eerste keer opnieuw in verwarring gebracht. Ze vond de meeste gedichten hoogdravend, vaak nogal stuntelig en soms zelfs pijnlijk. Uiteraard was ze geen germaniste en was het misschien wel beter in de gedichten naar aanwijzingen over de vrouw achter de dichteres te zoeken, de historische Else Seel.

Sonja bleef bij een bepaalde passage hangen.

Ik hunker naar gelijkgestemden
Want gewone mensen zeggen me niets.
Ik verlang zo
Naar gelijkgestemden, die denken en voelen
En schoonheid ademen en kunst begrijpen.
Ja, ik verlang naar geestverwanten
Ik ken er geen, behalve mijn schaduw.

Sonja keek op. Krijsende meeuwen cirkelden rondom iets in het water, ze stortten zich naar beneden en stoven dan krassend weer omhoog.

Waarom was Else midden in de wildernis met een pelsjager gaan samenwonen? Met hem kon ze toch niet over kunst en schoonheid praten? Hij las geen boeken. Hij wist eigenlijk niet wie ze was en had al helemaal geen idee van haar zielenroerselen. Voor hem had ze, na zijn dood in 1950, echter wel haar meest gevoelige gedicht geschreven, de liefdesverklaring van een door verdriet verteerde vrouw.

Georg Seel was van een vermoeiende verkenningstocht in de bergen, die hij samen met een aantal ingenieurs gemaakt had, teruggekeerd naar huis. Weken achtereen had hij gedurende de nacht bittere kou geleden in zijn tentje en hij was graatmager geworden. Hij voelde zich niet goed en ging in bed liggen. Else stond in de keuken te koken en praatte met hem via de geopende deur. Ineens werd het stil vanuit het bed. Georg Seel was dood, zestig jaar oud.

Ik hield je bij de arm,
Daar voelde ik de dood.
Het eind van alle dingen,
Ik verlangde met je mee te gaan.

Sonja voelde op dat moment een vurig verlangen; ze had voor Toni een dergelijk gedicht kunnen schrijven. Maar Toni's dood was voor haar niet het eind van alle dingen. Zij kon niets afsluiten.

Else en Georg hadden een gemeenschappelijke geschiedenis, uniek en intensief: de blokhut in de wildernis, de moeilijke jaren, ook een aantal goede jaren, de beide kinderen.

Mijn geschiedenis wordt van mij afgenomen, dacht Sonja. Mijn verleden wordt gewoon vervangen, en ik weet zelf niet eens precies hoe mijn verleden eruitziet.

Nog niet.

Toen ze in het pension terugkwam, rende er een vrouw vanuit de gemeenschappelijke woonkamer op haar af. Ze begroette Sonja als een oude bekende.

'Hallo, ik heb net gehoord dat u ook uit Duitsland komt.'

De vrouw uit de camper. Dezelfde vrouw die Sonja zo had zitten aangapen, de vrouw aan wie Sonja zo'n hekel had gekregen.

'Ik ben Gerti en dat is Helmut.' Ze wees op een man in een groene gecapitonneerde stoel.

'Tot ziens dan maar weer,' zei Sonja en ze wilde weer vertrekken.

'Och, u drinkt toch nog wel een kopje thee met ons,' zei Gerti.

'Gaat u toch zitten.' De man was opgestaan en wees met zijn hand naar zijn stoel. Hij had net als zijn vrouw de pensioengerechtigde leeftijd bereikt. Mensen met veel tijd.

Sonja zocht nog naar een uitvlucht, maar de eigenaresse van het pension kwam al met een kopje thee aanzetten.

'Wat leuk dat u uw vrienden uit Duitsland treft,' zei ze.

Uw vrienden uit Duitsland! Sonja ging zitten, in afwachting van een spervuur van vragen. Waar ze vandaan kwam. Ach, uit Zwitserland! Kreuzlingen!

'Allemachtig, Helmut, dat kan toch niet waar zijn!'

Ze kwamen uit dezelfde streek, uit Ravensburg.

'Wie had dat nou kunnen denken!'

'Ravensburg ken ik heel goed,' liet Sonja zich per ongeluk ontglippen. 'Daar doe ik af en toe inkopen.'

Gerti glunderde, het leek alsof ze Sonja meteen wilde omhelzen.

'Wij trekken vaak de grens over, hè, Helmut? Dat is voor ons altijd een leuk uitstapje, want in Zwitserland is alles zo schoon en netjes. En de Zwitserse frank heeft u gelukkig ook behouden, dat is goed, dat is heel goed, want met die euro zijn we mooi de sigaar. Alles is zo duur geworden, het is verschrikkelijk. Bijna zo duur als in Zwitserland, hè, Helmut?'

Gerti's ogen bleven onwrikbaar op Sonja gericht terwijl ze maar bleef doorkletsen. In Kreuzlingen hadden ze vrienden, en op de terugweg bezochten ze steevast dat schattige museum met die schitterende tuin en die ongelooflijk mooie rozen die tegen de muur groeiden, en dan namen ze altijd in dat keurige restaurantje ernaast koffie met aardbeientaart, want die is daar zó verrukkelijk!

'Hoe heet dat restaurantje ook alweer, Helmut?'

'Die Rosenlaube,' zei de man.

'Die Rosenveranda,' verbeterde Sonja.

'Ja, inderdaad, dus ú kent het ook!'

'Ik werk in het Dreiländer-Museum.'

De vrouw staarde haar met open mond aan.

'U… werkt daar… Dat is fantastisch! Helmut, heb je dat gehoord? Ja, wat een kleine wereld, hè, zo zie je maar weer. Dus u werkt in ons museum. Uw laatste tentoonstelling over de geschiedenis van het ongedierte, nou, die heeft me nog wekenlang achtervolgd, hè, Helmut? Ofschoon we in ons huis totaal geen last van ongedierte hebben. We houden de boel heel schoon. Maar interessant was het wel, werkelijk heel boeiend. En die tentoonstelling daarvoor…'

Sonja luisterde afwezig. Ze had het zichzelf aangedaan. Ze was nu niet meer anoniem, nu vertegenwoordigde ze het museum, nee, ze wás het museum. Gerti en Helmut zouden tientallen familieleden en kennissen van deze ontmoeting vertellen. *Zeg, moet je nu eens horen wie we in Canada zijn tegengekomen!* Maar de herinnering aan de aardbeientaart in de Rosenveranda was in ieder geval aangenaam, en Sonja voelde een lichte heimwee. Gerti had het onderwerp eten nog niet losgelaten. 'We gaan straks naar de Chinees beneden aan de haven. Heb je zin om een hapje met ons te eten?'

'Nee, bedankt, ik heb al gegeten, Japans in mijn geval. Ik kan jullie het restaurant aanbevelen. De sushi is heerlijk.'

Ze kwam overeind. Gerti stak haar hand uit.

'Dan gaan we daar naartoe, hè, Helmut? We hebben al een hele tijd geen Japans meer gegeten. Dat is bij ons ook zo duur.'

'Ja,' zei Helmut.

'Dan zien we elkaar in elk geval op de veerboot,' hoorde ze Gerti nog tegen haar roepen.

Sonja hoorde alleen maar het woord 'veerboot'. In haar kamer pakte ze meteen haar mobiele telefoon en belde het nummer van B.C. Ferry. Na vijf minuten muzak meldde zich iemand.

'Ik wil graag mijn reservering voor morgen bevestigen,' zei Sonja.

'Natuurlijk, wat is uw boekingsnummer?'

Het boekingsnummer. Verdorie, daar had ze niet aan gedacht. Het kaartje met het nummer had ze ergens, maar waar? Ze had geen flauw idee.

'Kan het ook zonder nummer?' vroeg ze hoopvol.

'Kunt u mij uw naam en het nummer van uw creditcard geven?'

Opnieuw klonk er muzak. Sonja bekeek het kitscherige landschapje aan de muur.

'Ja, u bent geboekt,' zei de stem plotseling. 'Heel plezierig dat u weer van onze diensten gebruikmaakt.'

'Hoezo weer? Ik ben voor de eerste keer in Canada.'

'O, neemt u mij niet kwalijk, maar ik zie op mijn beeldscherm dat er ene Sonja Werner drie jaar geleden dezelfde overtocht heeft geboekt.'

'Hoe kan dat nou?'

'O, ik zie nu dat deze Sonja Werner een andere creditcard heeft. Het is gewoon toeval.'

'Juist, ja, hartelijk dank,' zei Sonja.

Ze bleef een poosje zitten om na te denken. Zou het kunnen…? Ze liet de gedachte varen. *Sonja, niet paranoïde worden.* Natuurlijk waren er meer Sonja Werners op deze wereld. Voor veerdiensten over de Inside Passage, de zeeroute tussen de staten Washington en Alaska, langs de westkust van Canada, waren jaarlijks duizenden boekingen. Louter toeval.

13

Hoewel het halfvijf in de ochtend was, oogde de medewerker van
B.C. Ferry zo fris als een hoentje. Sonja voelde zich daarentegen ge-
radbraakt. Het was een van die nachten geweest die ze beter met een
boek of met muziek voorbij had kunnen laten gaan. Van slapen was
helemaal niets gekomen, want in haar hoofd waren haar gedachten
blijven malen als koffiebonen in een koffiemolen.

De medewerker overhandigde haar de kaartjes voor de overtocht
door het open venster van het loket.

'Rijstrook twaalf, alstublieft. Wij wensen u een goede reis.'

Sonja ging met haar auto in de rij staan. Weer had ze een onbestemd gevoel in haar maag. Ze had weliswaar niet ontbeten, maar
dat kon niet de reden zijn. Die avond zou ze in Prince Rupert zijn.
In één keer was de stad zó dichtbij gekomen, bijna tastbaar.

Toen de kolonne auto's de buik van het schip binnen rolde, schoot
het haar plotseling te binnen dat ze geen tabletten tegen zeeziekte
had ingenomen. Ze kon zich ook niet meer herinneren waar ze de
pillen had weggestopt. Ach, het zou allemaal zo'n vaart niet lopen,
sprak ze zichzelf bemoedigend toe. Ze sloot de truck af en nam de
lift naar boven.

Op het passagiersdek kwam haar de geur van koffie, roerei, toast
en spek tegemoet. Niet in staat daar weerstand aan te bieden, zwoor
ze voor de zoveelste keer haar voedingsprincipes af en kwam ze alras
met een goed gevuld dienblad terug. Ze ging aan een tafel bij een
raam zitten en schonk heet water over haar theezakje. Steeds meer
mensen stroomden de ruimte binnen. Sonja constateerde dat de
meesten stelletjes vormden. Nergens zag je een vrouw in haar eentje ontbijten. Liever alleen gelukkig dan ongelukkig met z'n tweeën,
zei Inge vaak. Inge was een gelukkig mens, zoals Sonja telkens weer
met verbazing moest erkennen. Ze was twintig jaar vrijgezel geweest
voordat ze Wilfried tijdens een blind date leerde kennen. 'Wilfried

is als de slagroom op mijn taart,' zei Inge, 'niet meer en niet minder.'
Inge had gemakkelijk praten, vond Sonja. Inge at geen slagroom, ze
was op dieet.

'Mag ik naast u plaatsnemen?'

De stem had een elektriserende werking op haar. De mijningenieur, Robert Jeweetwel.

'U kunt zich mij hopelijk nog herinneren?'

Hij hield een volgeladen dienblad in zijn handen en zag er net zo
onuitgeslapen uit als zij. Dat schiep een band.

'Uiteraard,' zei ze met een nonchalance die ze van de Canadezen
had geleerd.

Hij ging zitten en zuchtte. 'Ik weet niet waarom ik me heb inge-
scheept, want gewoonlijk vlieg ik naar Prince Rupert. Maar ja, de
Inside Passage moet je een keer in je leven gezien hebben, zoals de
Niagara Falls of de Rocky Mountains.'

'Bent u vaak in Prince Rupert?'

'De laatste tijd, ja. Beroepshalve, zoals u.' Hij keek haar met vor-
sende blik aan. Waarschijnlijk hoopte hij dat ze meer over haar reisdoel zou vertellen. In plaats daarvan zei ze: 'U schijnt voortdurend
onderweg te zijn.'

Hij leek haar belangstelling aangenaam te vinden.

'Ja, inderdaad, ik ben vaak op reis. Dat brengt mijn beroep met
zich mee. Mag ik vragen waar u zich zoal mee bezighoudt?'

'Ik ben historicus. Ik bestudeer de geschiedenis van de immigratie
vanuit Europa.'

Dit antwoord had ze zorgvuldig voorbereid. Het leek haar de on-
schuldigste uitleg. *Altijd consistent blijven, dan roep je geen vragen
op.*

Hij sneed dwars door het geel van zijn spiegelei. 'Zijn er veel Zwitsers in Prince Rupert?'

'Het gaat niet alleen om Zwitsers, ook om Duitsers en Oosten-
rijkers,' zei Sonja, die het tijd vond om een ander onderwerp aan te
snijden.

De mijningenieur hield echter voet bij stuk.

'Maar u hebt toch de Zwitserse nationaliteit, of vergis ik me?'

'Nee, u hebt gelijk, maar ik werk voor een Duitse opdrachtge-
ver.'

Door dit te zeggen, had ze niet gelogen. Inge was per slot van rekening een Duitse.

'Hebt u familie hier?'

'Nee.'

'Als ik u op enigerwijze behulpzaam kan zijn…'

'Dank u, dat is heel vriendelijk, maar ik heb genoeg contacten.'

Ze keek gefascineerd toe hoe zijn krachtige handen de dunne toast met pindakaas besmeerden. Heel geconcentreerd. Bijna liefdevol.

'Ik schijn Oostenrijkse voorouders te hebben, ik geloof uit Linz.'

Hij sprak 'Linz' als 'Lins' uit.

Plotseling stelde ze een onverwachte vraag. 'Wat is eigenlijk een bedrijfsbeveiligingsdienst?'

Hij liet verrast het mes uit zijn hand vallen. 'Een bedrijfsbeveiligingsdienst? Mag ik vragen in welk verband u deze vraag stelt?'

'Ik heb er op internet iets over gelezen. Ze werken blijkbaar voor de industrie, voor olieconcerns, diamant- en goudmijnen en zo. Maar wat is hun exacte taak?'

Bij zijn anders zo ontspannen mond werden nu twee fijne rimpeltjes zichtbaar.

Hij wachtte even met antwoord geven.

'Waarom denkt u dat uitgerekend ik dat zou weten?'

'U bent toch mijningenieur. Ik dacht dat u er misschien wel eens van gehoord had.'

'Ik neem aan dat die bedrijven mensen leveren voor het bewaken van goudtransporten, om maar eens een voorbeeld te noemen. Dat lijkt mij het meest voor de hand liggend.'

'Maar heeft het ook iets te maken met bedrijfsspionage?'

Nu legde hij zijn toast resoluut op het bordje en hij veegde zijn handen aan het papieren servet af.

'Maakt dat ook deel uit van uw onderzoek?' vroeg hij. Hij probeerde te glimlachen, maar dat was verre van overtuigend.

Sonja schrok, ze was te ver gegaan. Ze moest onmiddellijk van dit thema afstappen.

'Ik lees veel misdaadromans,' zei ze, terwijl ze opstond en de kan met theewater pakte. 'Ik haal nog even wat theewater.'

Hij wees naar voren.

'Daar, tegenover het bestek. U hoeft er niet voor in de rij te staan.'

Bij het buffet rook ze de geur van pasgebakken pannenkoeken. Het was zo verleidelijk. Toch maar in de rij. Toen ze bij haar tafel terugkeerde, was ze de ahornsiroop vergeten.

De ingenieur stond op. 'Laat mij maar...'

'Nee, nee, ik sta tóch al,' wierp Sonja tegen.

Al na het eten van de eerste pannenkoek wist ze dat er iets onaangenaams stond te gebeuren. Ze had een volle maag en het schip ging steeds heftiger tekeer: het dook diep in de golfdalen en kwam dan met een wilde zwaai weer naar boven. Haar tafelgenoot scheen er geen last van te hebben.

'Hebt u misschien tabletten tegen zeeziekte bij u,' vroeg Sonja.

'Nee, het spijt me, ik heb mijn laatste pillen vanmorgen ingenomen. Hoezo, voelt u zich niet goed?'

'Ik heb zo'n eigenaardig gevoel in mijn hoofd, het voelt heel raar aan... heel raar.'

Hij keek haar met onbestemde blik aan. Was hij soms bang dat ze haar maaginhoud in één keer over de tafel zou storten?

'U moet even gaan liggen? Hebt u een hut geboekt?'

Sonja schudde haar hoofd, waardoor ze nog duizeliger werd.

'Wilt u dan misschien van mijn hut gebruikmaken? Ik stel hem graag beschikbaar. En dan zal ik ook tabletten voor u regelen.'

Hij stond al op.

'Nee, nee, bedankt, ik...'

Op dat moment klonk er een andere stem.

'Sonja, daar ben je! Ik zei nog tegen Helmut, hopelijk heeft ze niet de boot gemist, hè, Helmut?'

Gerti en Helmut uit Ravensburg. Sonja zag ze slechts in een waas. Ze kreeg het warm.

'Ik geloof dat ik niet goed word,' stamelde ze hulpeloos.

Ze probeerde op te staan en verloor haar evenwicht.

De ingenieur stak zijn arm uit om haar op te vangen.

Tevergeefs.

Ze viel tegen iets zachts en volumineus aan: Gerti's boezem.

Krachtige handen pakten haar bij heupen en schouders.

'Goeie grutten, Sonja... Helmut, ik heb je al meteen gezegd dat

83

Sonja net als jij last zou krijgen van die rauwe vis bij de Japanner. Schiet op! Ze moet snel verzorgd worden... Neem haar rugzak, Helmut.'

Sonja hoorde de stem van de ingenieur als door een stroperige nevel, maar kon geen woord verstaan. Een kakofonie. Gerti sprak luid en bevelend. Helmut klonk op de achtergrond. Ze werd opgepakt. Mensen links en rechts. Lichten. Gangen. Deuren. Op bed gaan liggen en water op haar lippen. Warm. Deinen. Wegstervende geluiden. Duiken. Diep. Donker.

14

'Ik kan me helemaal niets meer herinneren.' Sonja keek de vrouw in de witte doktersjas uitgeput aan. 'Een, uh… kennis van mij gelooft dat het om voedselvergiftiging gaat.' Ik heb gisteren sushi gegeten.' 'Uw symptomen wijzen niet op voedselvergiftiging,' zei de arts. Ze sprak met een nauwelijks hoorbaar Aziatisch accent. 'Een voedselvergiftiging gaat niet samen met diep slapen en veroorzaakt ook geen geheugenverlies.' Sonja keek langs haar heen naar de poster aan de muur: een grizzlybeer die uit het water klom. Erboven stond met grote letters: KHUT-ZEYMATEEN. 'Hebt u drugs gebruikt?' 'Bedoelt u medicijnen?' 'Nee, drugs, verdovende middelen.' Sonja bloosde alsof ze betrapt was. Dat had er nog aan ontbroken. Goed, dat Inge er niet bij was. 'Nee, nee. Niet. Nee.' Ze schudde haar hoofd. 'Waarom vraagt u dat?'

De arts keek haar met haar amandelvormige ogen strak aan. 'We hebben sporen in uw lichaam gevonden. Er zijn drugs waarvan de uitwerking overeenkomt met uw toestand.'

Er ging een aantal seconden voorbij voordat Sonja de informatie verwerkt had. *Wat betekende dat? Wat was er precies op de veerboot gebeurd?*

De arts legde een vel papier met aantekeningen op de schrijftafel naast haar. 'Dat is alles wat ik u op dit moment kan zeggen. Als u meer wilt weten, moeten we uw bloed naar een specialistisch laboratorium sturen. Die kosten komen echter voor uw rekening. U moet dat zelf beslissen. Reist u met kennissen?'

Sonja voelde haar sceptische blik.

'Nee, ik ben ze toevallig in Port Hardy tegengekomen.'

'Waren ze ook op de veerboot?'

'Ja, ze heeft haar hut ter beschikking gesteld. Zij en haar man.'

De arts boog zich naar haar toe.

'Pas goed op uzelf. En aarzel niet langs te komen als u zich niet in orde voelt.'

Ze stond op. Sonja zag hoe fragiel ze was. Nog brozer dan zijzelf.

Toen ze buiten kwam, stond Gerti al op haar te wachten. Ze droeg een gifgroene bloes en bermuda.

'Wel, dat ging heel rap,' zei ze. 'Als dat geen goed teken is. Kom mee, daar aan de overkant is een cafeetje.' Ze gaf Sonja een arm en trok haar naar de andere kant van de straat. 'Helmut is nog in het indianenmuseum. Hij interesseert zich voor de geschiedenis van de inheemse bevolking.'

Sonja had nog geen woord gesproken, ze was doodmoe.

In het café plofte Gerti op een van de comfortabele sofa's neer, die in het voorste gedeelte van de ruimte stonden.

'Wat wil je drinken?' vroeg Sonja, die zich dankbaar wilde tonen.

'Koffie met slagroom, schatje.'

Sonja bestelde voor haarzelf een koffie verkeerd: cafeïnevrij, biologische magere melk en een koffiebeker van gemiddelde grootte.

'Wel, wat heeft de dokter gezegd?' vroeg Gerti, terwijl ze de slagroom van de koffie lepelde. Haar vingernagels waren zorgvuldig gemanicuurd.

'De arts zegt dat het geen voedselvergiftiging is.' Sonja bracht de informatie alsof het lokaas was.

'Ach? Heeft ze dat gezegd?' Gerti scheen teleurgesteld. 'Wat is het dan?'

'Dat weet ze niet precies, mijn bloed moet in een gespecialiseerd laboratorium onderzocht worden.'

'Dat laat je maar mooi niet gebeuren, dat is om toeristen geld uit de zak te kloppen. Dat heb ik al zo vaak gehoord. Je moet dat namelijk meteen afrekenen. Voor de Canadezen wordt alles door de staat betaald. Helmut had namelijk hetzelfde als jij, het was –'

'Gerti, vertel me alsjeblieft nog eens precies wat er gebeurd is.'

'Kun je je dat nog steeds niet herinneren?'

Sonja stak haar handen enigszins geërgerd omhoog. 'Nee, helaas niet.'

'Wel, Helmut en ik, we hadden een hoop gedoe met onze reservering… Maar dat is eigenlijk niet zo belangrijk, hè. Ik zag je in het restaurant op de boot. Helmut wilde namelijk een lindebloesemthee, omdat hij een beetje misselijk was. Hij voelde zich de hele nacht zo ellendig, hij heeft geen oog dichtgedaan… zoals je je wel kunt voorstellen… Maar jij, jij hebt daar geen schuld aan, Sonja, wij nemen het jou niet kwalijk dat je ons het Japanse restaurant hebt aanbevolen.'

Ze likte de slagroom van haar dunne lippen en legde sussend haar hand op Sonja's arm.

'Maar Helmut heeft daar beslist iets opgelopen. Hij had sushi als voorgerecht –'

'Dat heb ik ook gegeten,' zei Sonja.

'Zie je nou wel, zie je nou wel!' riep Gerti triomfantelijk. 'Helmut wilde dus een thee, en toen… Dat is toch…'

Sonja volgde haar blik. Een man bestudeerde de menukaart van het café en liep daarna verder.

Sonja had hem onmiddellijk herkend: de mijningenieur.

Gerti zat als door de bliksem getroffen. 'Dat… dat is de man die bij jou zat, aan jouw tafel, in het restaurant.'

Sonja keek haar nieuwsgierig aan. 'Zat hij aan mijn tafel?'

'Ja, nou en of. En toen je opstond en bijna viel… Hij wilde niet dat wij jou hielpen. Helmut moest hem nog jouw rugzak afpakken. Hij wilde de rugzak helemaal niet loslaten!' Gerti trilde van verontwaardiging.

'Wie wilde de rugzak niet loslaten? Helmut?'

'Nee, die man. Maar ik wist gelijk dat hij niet bij jou hoorde. Hij sprak namelijk helemaal geen Duits! Maar wij hebben de rugzak stevig vastgehouden. Wij moeten elkaar helpen in het buitenland, hè?'

Sonja's hoofd dreunde.

'Wat is er toen gebeurd?'

Gerti maakte een ruime beweging met haar arm, alsof ze de hele wereld tegen haar boezem wilde drukken.

'We hebben jou naar onze hut gebracht en op bed gelegd. En toen ben je in slaap gevallen. Helmut en ik hebben je laten slapen. Mijn moeder zei altijd: Slapen is gezond, van slapen word je beter. En daarom hebben we je maar naar ons hotel meegenomen.'

'En heeft Helmut mijn truck gereden?'

Ze hadden de autosleutels natuurlijk in de rugzak gevonden. Gerti vouwde haar handen. Ze scheen tevreden met zichzelf. 'We hadden je toch niet kunnen laten rijden – in jouw toestand. Stel je toch eens voor...'

Dat was het eerste wat Sonja zich kon herinneren: het ontwaken in het hotel.

'Je bent een engel, Gerti,' zei ze. 'Wat had ik zonder jou moeten doen?'

'Gerti straalde. 'Ach, het is iets wat we niet gauw zullen vergeten. Dat gelooft niemand thuis. Mal, hoor.'

Toen Gerti naar de wc was, onderzocht Sonja haar rugzak. Haar videodagboek, het kleine fototoestel en haar portefeuille zaten er nog in. Ze opende de ritssluiting van een verborgen vak aan de achterkant van de rugzak, waarin ze haar reisplan en alle gegevens van Toni's reis naar Canada bewaarde. Het vak was leeg. Ze doorzocht de hele rugzak. Niets.

Haar hart begon hevig te bonzen. Had iemand haar rugzak open- gemaakt en de notities meegenomen, terwijl zij in een diepe slaap was verzonken? Of had ze de papieren ergens anders ingedaan? Ze probeerde zich te herinneren wat voor informatie er op de papieren stond. De hotels waar Toni en Nicky onderdak hadden gevonden. De winkels waar Toni inkopen had gedaan. De uitstapjes die ze gemaakt hadden. Alles wat ze had kunnen afleiden uit de afreke- ningen van Toni's creditcards. Maar wie had er nu belang bij deze informatie?

Helmut stapte het café binnen en kwam gelijk met Gerti naar haar tafel gelopen. Hij droeg een vissershoed.

'Het is ons gelukt,' wist hij te vertellen. 'Over drie dagen gaat de grizzlytoer van start.'

Hij keek Sonja opgewekt aan. Zijn maagprobleem scheen als sneeuw voor de zon verdwenen te zijn.

'En er is ook nog een plaatsje voor jou, als je het leuk vindt. Zo'n buitenkansje moet je je niet laten ontgaan.'

Sonja wist direct dat hij het over de Khutzeymateen Grizzly Bear

Sanctuary had. Ze had erover gelezen. Het was het enige grizzlyberenreservaat in Canada.

Toni was er ook geweest, op een tocht onder begeleiding. Een andere mogelijkheid was er niet. Het had Toni een vermogen gekost. Toen ze de afrekening van de creditcard zag, was ze helemaal niet meer zo verbaasd, want op dat moment wist ze al dat hij kort daarvoor een sportvliegtuigje had verkocht. Overigens zonder haar er iets van te zeggen.

'Dat zou fantastisch zijn geweest, maar helaas is het te duur voor mij,' zei ze. Twee gezichten keken haar teleurgesteld aan.

'Ik zal ook een ander onderkomen moeten zien te vinden. Mijn reisbegroting voorziet niet in hotels.' Ze lachte verontschuldigend.

Helmut en Gerti wisselden een blik. Het stille begrip van mensen die elkaar van haver tot gort kennen.

'We wilden jou absoluut niet in de problemen brengen,' zei Gerti. 'Het leek ons in jouw situatie de beste oplossing.'

Sonja voelde een knoop in haar maag. Ze had het voor elkaar gekregen haar redders te bruuskeren.

'Jullie zijn beiden geweldig,' zei ze met zalvende stem. 'Ik ben jullie heel dankbaar voor alles. Mag ik jullie trakteren op een stuk van die overheerlijke chocoladekoek die ik in de vitrine bij de bar heb zien liggen?'

'Dat is een goed idee. Ik ben dol op die Canadese koeken. Helmut, dit gaat even jouw deurtje voorbij, want jouw maag kan zo veel vet even niet aan.'

Toen Sonja naar de bar liep, wierp ze onwillekeurig een blik door het raam, om te kijken of de mijningenieur nog buiten stond.

15

Sonja verliet de jeugdherberg met de roze voorgevel – die uit een wildwestfilm afkomstig had kunnen zijn – waarin ze een nogal onrustige nacht had meegemaakt. Jongelui waren na middernacht met de veerboot aangekomen en hadden luidruchtig hun intrek in de herberg genomen. Minstens een van hen had gedurende de nachtelijke uren zijn kleding in de badkamer gewassen. 's Morgens, toen ze wilde douchen, trof ze druipend wasgoed aan op elk plekje dat zich daar voor leende, zelfs aan de stang van het douchegordijn. Ze waste zich vluchtig en draaide uit wraak de kraan wijd open, zodat het water met veel geraas op de douchebak kletterde.

Met een paraplu onder de arm liep ze even later over straat. Het was tijd om Prince Rupert vanuit de hoogte te bekijken. Vanaf een heuvel zag ze op de Grote Oceaan tankers en andere schepen voorbijvaren. De eilanden voor de kust leken als door een reusachtige hand rondgestrooid. Over de stad lag een geur van ziltig wier en vochtig hout. Een aantal huizen aan de hoofdstraat, met voorgevels die boven de achterliggende platte daken uitstaken, zagen er nog uit als in de pionierstijd. Er was nog geen druppel regen gevallen. Prince Rupert mocht dan wel een belangrijke haven hebben, voor de rest had de stad niet veel te bieden. Was Toni hier alleen maar vanwege de grizzlyberen naartoe gekomen? Of kende hij iemand in deze streek? De vraag spookte door haar hoofd, hoewel ze zich vandaag alleen met Else Seel wilde bezighouden. Else was zo nu en dan in haar eentje naar Prince Rupert gereisd, als ze weer eens wat stadslucht wilde opsnuiven. Tenslotte beschikte de stad destijds over een hotel van vijf verdiepingen, warenhuizen, cafés en een geasfalteerde hoofdstraat. Het kan niet anders dan dat de primitieve omstandigheden in de wildernis een flinke wissel op Else trokken, waardoor ze soms een onweerstaanbare drang had om in een restaurant te eten, naar de bioscoop te gaan en mensen te ontmoeten. Op een keer trof ze in Prince Rupert een gepensioneerde geestelijke die onvervalst Beiers sprak en afkomstig was uit een Duitse kerkgemeenschap in Los Angeles. Hij was onmiddellijk begonnen over Elses leven *een film bijeen te fantaseren: over het turbulente leven van een Berlijnse vrouw in een blokhut in de Canadese wildernis*, schreef ze later. Sonja snapte helemaal wat hij bedoelde.

Dat moet ook de dichter Ezra Pound, die na de Tweede Wereldoorlog in een Amerikaanse psychiatrische inrichting in Washington D.C. verbleef, gefascineerd hebben. Hij was daar geïnterneerd vanwege zijn met anti-Amerikaanse propaganda doorspekte uitzendingen die hij tijdens de oorlog vanuit Italië, waar hij sympathie had opgevat voor het fascisme, verzorgde. Pound werd van hoogverraad beschuldigd en vervolgens oordeelde de rechter dat hij geestelijk niet toerekeningsvatbaar was. In 1947, nadat Else Seel in de krant had gelezen dat Ezra Pound in de kliniek voor geesteszieken was opgenomen, begon ze een briefwisseling met hem. In zijn brieven stimuleerde Pound haar telkens weer uitvoerig over haar leven in de wildernis te schrijven.

Ze liet haar ogen weer over de zee dwalen. In het vale zonlicht leken de bomen op de eilanden met vochtig groen zeewier bedekt. In ieder geval scheen de zon in Prince Rupert!

Ze had voor vandaag een gebeurtenis uit het dagboek gekozen die ze waarschijnlijk kon onderzoeken met gebruikmaking van schriftelijke bronnen. Toen Else in Prince Rupert was, had een kennis van haar die in dezelfde omgeving woonde contact met haar gezocht. Hij was Elses naam in de plaatselijke krant onder de rubriek *Nieuwe hotelgasten* tegengekomen. Sonja besloot in de bibliotheek op zoek te gaan naar het bewuste exemplaar van de krant. Bij de ontvangstbalie wendde zich een jonge vrouw met een open en vriendelijk gezicht tot haar. Sonja vertelde waar ze naar op zoek was.

'Welke krant bedoelt u, de *Prince Rupert Daily News* of de *Evening Empire*? We hebben ze allebei op microfilm.'

'Vanaf welk jaar?'

'Vanaf ongeveer 1912.'

Sonja was de bibliothecaresse het liefst om de hals gevallen.

'Fantastisch! In welke krant, denkt u, werd de lijst van hotelgasten gepubliceerd?'

De jonge vrouw dacht even na. 'Ik zou denken, de *Daily News*. Weet u ook wanneer deze Duitse vrouw hier arriveerde?'

Sonja haalde naar notitieboek tevoorschijn.

'Dat moet ergens in 1931 zijn geweest.'

Toen was Else net zwanger van haar dochter Gloria.

'Wilt u even meekomen, dan laat ik u zien hoe het zoeksysteem werkt. U moet zich echter eerst als gebruiker in laten schrijven, naam, adres en telefoonnummer.'

'Is een mobiel nummer ook goed?'

'Natuurlijk.'

Binnen vijftien minuten had Sonja de door haar gezochte krant gevonden. Ze maakte er een kopie van.

Ineens kreeg ze een idee. Ze ging opnieuw naar de ontvangstbalie.

'Ik ben eigenlijk ook nog naar iets anders op zoek, in dit geval gaat het om een recenter exemplaar. Ik… Mijn belangstelling gaat uit naar september, drie jaar geleden.'

'Maar natuurlijk,' zei de bibliothecaresse. 'Ik zoek de betreffende microfilm voor u op.'

Sonja liet met het zweet op haar voorhoofd haar ogen over de krantenpagina's glijden. Ze was aangeland bij 21 september. De dag ervoor was het lijk gevonden. Dat wist ze van de politie van St.-Gallen. Geen enkele melding. Ze kwam bij 22 september. Ook niets. Minutieus spelde ze de pagina's. Niets. Dat kon toch niet waar zijn! Als een sportvliegtuig met twee mensen aan boord neerstort, en de piloot en passagier zijn dood, dan was dat toch een gebeurtenis waar de *Daily News* over zou schrijven? Ze begon weer van voren af aan. Daar zag ze een kopje: TWEE TOERISTEN UIT EUROPA OMGEKOMEN. TRAGISCH EINDE VAN EEN VAKANTIE. Een klein berichtje. Sonja controleerde nogmaals de datum: 29 september. Negen dagen na het ongeluk! Ze begon koortsachtig te lezen.

De reddingswerkers vonden de lijken van piloot en inzittende bij Captain's Cove, op ongeveer acht kilometer van Kitkatla. Het vliegtuigje, een DHC-2 *Beaver, moet met volle snelheid zijn neergestort. Kennelijk was de piloot zich er niet van bewust dat hij rechtstreeks op het water afstevende. Ten tijde van het ongeluk was er hevige regenval en was het zicht slecht. De beide slachtoffers zijn de Zwitser Toni Vonlanden en zijn zevenjarige zoon Nicky. Het ging om een leasevliegtuig, de naam van de eigenaar wilde de politie niet vrijgeven.*

Dat was alles. Een paar armzalige regeltjes. Sonja zocht verder en kwam nog een ander kort berichtje tegen, begin oktober van hetzelfde jaar, waarin stond dat de stoffelijke overschotten naar Zwitserland waren overgebracht. De politie had nog geen verdere aanwijzingen in verband met het neerstorten van de twee Europese toeristen.

Dat was allemaal zo merkwaardig. Het vliegtuig was gehuurd, dus Toni had het niet gekocht. Misschien kon hij dat als toerist niet.

Het zoeken had haar vermoeid. Ze bedankte de jonge hulpvaardige bibliothecaresse, die haar nog nariep: 'U moet ook het museum aan de haven bezoeken, dat is gewijd aan de geschiedenis van onze streek. Mijn vriend werkt daar.' Maar Sonja wist al waar ze naartoe zou gaan. Ze draaide zich om.

'Weet u hoe ik bij Shipman's Cove kan komen?'

16

De weg was zo bochtig en zo onoverzichtelijk, dat Sonja er al vanuit ging dat ze verkeerd was gereden. Plotseling was daar een baai met een laag prefab gebouw en een lichtblauw huis met puntgevel. GREEN-BLUE AIR stond op een bord. Sonja's hartslag versnelde. Toen ze de deur van haar truck dichtgooide, zag ze in de verte een watervliegtuig knetterend hemelwaarts stijgen. De lucht was koel, vanaf zee woei een lichte bries die haar haren deed wapperen. Het rook naar vis.

Ze betrad het gebouw van de luchtvaartmaatschappij, dat bestond uit een kantoor aan de linkerkant en een wachtruimte aan de rechterkant. Een handjevol mensen zat op oranjekleurige kunststof stoelen te wachten. De mensen die tegenover Sonja zaten hadden bijna allemaal indiaanse gezichten. Aan de muur hing een overzicht van bestemmingen en vertrektijden. Er sprong Sonja direct een naam in het oog: Kitkatla.

'Kan ik u helpen?' Een medewerker was van zijn stoel opgestaan.

Sonja draaide zich met een snelle beweging om, alsof ze betrapt was op verboden handelingen.

'Is dat de enige vlucht naar Kitkatla?' Ze wees op het vluchtschema.

'Voor vandaag is het de laatste vlucht, morgen hebben we twee vluchten, een om acht uur en een om drie uur 's middags.'

'Zijn er ook retourvluchten op dezelfde dag mogelijk?' vroeg Sonja.

'Om vijf uur in de namiddag is de laatste. Wilt u meteen boeken?'

Sonja aarzelde. 'Hoeveel kost het?'

'Heen-en-terug kost honderdtachtig dollar.'

Dit bedrag mocht niet op de onkostenrekening van het museum gezet worden. Ze pakte haar creditcard.

'Morgen, de eerste vlucht.'

Ze ondertekende met een onbestemd gevoel in de maagstreek. Met de kwitantie in de hand slenterde ze over de aanlegsteiger waar twee watervliegtuigen lagen aangemeerd. Een lange, slanke persoon was net bezig een van de machines vast te leggen. Ze zag hem met de rug naar haar toegekeerd.

Toni! Ze stond als aan de grond genageld. Ze zag hoe hij rond het vliegtuig bezig was. Ze zag hoe hij een sporttas op de steiger wierp. Hij controleerde nog een keer het vrachtruim en sprong daarna lichtvoetig op de planken van de steiger.

Ze wilde 'Toni' roepen, maar haar keel leek dichtgeknepen. De gestalte bukte zich, pakte de sporttas, zette zijn baseballcap recht en nam de zonnebril van zijn neus. Ze staarde de man aan alsof hij een spookverschijning was.

'Hallo!' riep hij haar toe, enigszins verwonderd. 'Zoek je iets?'

In eerste instantie kon ze geen woord uitbrengen.

'Nnnnee, ik... ik wil naar Kitkatla, maar morgen pas, ik...' Ze zweeg.

De man lachte. 'Dan ben je aan het juiste adres, ik vlieg morgen naar Kitkatla. Ben je de nieuwe ziekenverzorgster?'

'Nee, nee, ik... ik ben op vakantie en wil graag vanuit een watervliegtuig de omgeving bekijken.'

'Zeg maar tegen kantoor dat je met Sam wilt vliegen.' Hij zette de sporttas neer en nam zijn baseballcap af. Hij keek omhoog. 'Hopelijk is het morgen net zulk goed weer als vandaag.'

Hij schoot in de lach toen hij haar gezicht zag. 'Maak je niet ongerust, we vliegen alleen met goed weer. Maar ik heb nu trek in koffie en een sigaret.'

Hij liep vanaf de loopplank de wal op. Sonja bleef stokstijf staan. Ze was niet in staat tot het vormen van één enkele gedachte. Haar ademhaling was oppervlakkig. Over het water vloog een arend. Hij zweefde kalm en zonder inspanning door de lucht, hij liet zich als het ware door de wind dragen. Voor de indianen was de arend een boodschapper van de goden. Dat had Sonja een keer gelezen. Maar wat was de boodschap die de goden haar op dit moment wilden toespelen? Ze bleef afwachtend een poosje staan, maar hoorde slechts het geruis van de zee, het gekrijs van de meeuwen en het getuf van de boten. Ze vulde haar longen met zilte zeelucht en ging op weg naar de parkeerplaats.

Ze voelde sigarettenrook in haar neus kriebelen. De piloot, die zich als Sam had voorgesteld, zat op een versleten keukenstoel aan de achterkant van het gebouw. Lekker uit de wind.

'Heb je trek in koffie?' riep hij haar toe.

Sonja bedankte hem vriendelijk in het voorbijgaan.

'Waar kom je eigenlijk vandaan?' ging Sam onverstoord verder. 'Jouw accent... Kom je uit Nederland?'

'Nee,' Ze bleef staan en draaide zich om. 'Ik ben hier op doorreis. Werkt u al lang bij Greenblue Air?'

Hij blies een wolkje rook de lucht in. 'Zeven jaar. Maar ik vlieg al zo'n 26 jaar.'

Nu ze hem beter kon bekijken, zag ze dat hij helemaal niet zo op Toni leek. Zijn gezicht was harder, met diepe lijnen, en hij had de vochtige ogen van iemand die veel had meegemaakt: geen betaalde op genot gebaseerde avonturen, geen verzetjes voor sporters die de maatschappij moe waren, maar gevaren die het leven in Noord-Canada met zich meebracht. Ja, dacht Sonja, en dat gerook heeft natuurlijk ook zijn sporen nagelaten.

Sam zoog lang en nadenkend aan zijn sigaret. 'Vroeger heb ik op het noordpoolgebied gevlogen en op de toendragebieden. Daar vind je alleen maar kale rotsen en stinkende moerassen. En sneeuw en ijs in de winter. Ik heb kleine houthakkerskolonies bevoorraad.'

Sonja deed een stap naderbij. 'U bent dus een *bushpilot*?'

Hij knikte. 'Dat waren nog eens tijden daar in het noordpoolgebied. Ik heb een keer een cylinder van mijn Otter opgeblazen. Het was een DC-3 Otter. Ik moest een noodlanding maken. Ik heb vier dagen in de barre kou vastgezeten voor er hulp kwam opdagen. Maar mensen als ik hebben altijd geluk. Een piloot van Air Canada ving mijn noodsignaal op toen hij over de Noordpool naar Londen vloog. Die heeft het bericht doorgestuurd.'

'Zo, dus u bent een ongelofelijk ervaren piloot,' zei Sonja.

Sam lachte droogjes. 'We zijn allemaal door de wol geverfd. Green-blue Air neemt geen piloot in dienst die er niet minstens zes- à ze-venduizend vlieguren op heeft zitten. En dan bedoel ik natuurlijk met een watervliegtuig. Wil je niet gaan zitten?'

Hij stond op en bood haar zijn stoel aan, maar Sonja bedankte opnieuw.

'Ik moet zo weer verder.' Weifelend voegde ze er nog aan toe: 'Ik heb gehoord dat er nogal wat ongelukken gebeuren met watervliegtuigen.'

Sam keek verbaasd. 'Bij Greenblue Air?'

'Nee, maar wel in deze omgeving.'

Hij deed opnieuw een lange haal aan zijn sigaret, wierp de overgebleven peuk op de grond en draaide hem met de hak van zijn schoen kapot.

'Op de kaart in ons kantoor kan ik je vijf plaatsen aanwijzen waar vrienden van mij zijn neergestort. Het weer hier is bar en boos: wind, vooral rukwinden, nevel, mist en regen. Het kan hier ontzettend snel omslaan. Eerst schijnt de zon en als bij toverslag komt de regen met bakken uit de hemel. Ben je bang vanwege morgen?' Hij keek haar met zijn vochtige ogen aan.

Sonja sloeg haar ogen neer. 'Een beetje. En u, bent u niet bang?'

Hij straalde zekerheid uit en Sonja voelde dat.

'Ik ben goed, dat weet ik. Ik ben mijn machine altijd vijf stappen voor. Je moet gewoon sterker zijn dan je kist.'

Hij stak een nieuwe sigaret op en draaide zijn hoofd in de richting van de baai. 'Dat is waarschijnlijk het lastigste gebied in Noord-Amerika, en dan heb ik het over het weer. Er is geen radar, geen verkeerstoren, je kunt met niemand contact maken. Daarboven ben je helemaal in je eentje.'

Hij vond het aangenaam dat Sonja zo aandachtig luisterde en vroeg: 'Blijf je nog lang in Canada?'

'Ik weet het nog niet.' Ze maakte aanstalten om op te stappen, maar bedacht zich. Ze moest van de gelegenheid gebruikmaken. 'Als dit gebied zo gevaarlijk is, mogen hier dan buitenlandse piloten vliegen?'

'In principe wel, als ze hun vliegbrevet aan de luchtvaartautoriteiten overleggen en toestemming krijgen. Maar de vraag is of ze het kunnen. Soms komen hier van die typen uit het zuiden die denken dat ze alles beter weten. Nou, reken maar van niet! Wij vliegen strikt VFR.'

'Wat is VFR?'

'Regels voor zichtvluchten. Je moet het zien, je moet het zelf zien, weet je. Het kan gewoon niet anders; ook al vlieg je met een GPS-kaart op je monitor. Kom morgen maar naast me zitten. Dan zal ik het je laten zien.'

Had ze te veel haar nek uitgestoken? Was ze te nieuwsgierig geweest? Het was tijd om te gaan.

'Heel erg bedankt, Sam, dat was heel interessant.'

Zijn ogen bleven een paar seconden op haar rusten. 'Het was me een genoegen,' zei hij ten slotte.

Toen ze haar truck achterwaarts van de parkeerplaats reed, zag ze in haar achteruitkijkspiegel een zwarte terreinwagen. Bij het passeren wierp Sonja een korte blik op de bestuurder. De mijningenieur!

Het zweet brak haar uit. Wat deed die hier? Instinctief trapte ze het gaspedaal in. Na een paar honderd meter keek ze weer in de spiegel. De zwarte terreinwagen volgde haar. Ze stuurde snel een zijstraat in. Bij de volgende kruising sloeg ze linksaf en dan meteen weer naar rechts. Ze had geen enkel idee meer waar ze was toen ze vol gas door een woonwijk stoof. Even later zag ze een afslag die naar de doorgaande route van de stad leidde.

Drijfnat van het zweet parkeerde ze haar auto voor de jeugdherberg. Ze zwoer dat ze van nu af aan zichzelf nooit meer het verwijt zou hoeven maken dat ze te goed van vertrouwen was.

17

Al om zeven uur 's morgens zat Sonja op een van de oranjekleurige plastic stoelen in de wachtkamer van Greenblue Air; alsof ze zich voor een internationale vlucht moest inchecken. Het maakte haar niet uit, ze had de hele nacht geen oog dichtgedaan. Ze droeg een strak T-shirt met lange mouwen en met een diepe halsuitsnijding die meer onthulde dan ze eigenlijk van plan was. Nee, dat is gelogen, hield ze zichzelf voor, het was wel degelijk haar bedoeling. Waarom zou ze er niet verleidelijk uit mogen zien?

Iemand rukte de deur open. Een rijzige, donkerharige vrouw rolde een bijna uit de naden barstende reistas naar binnen.

Toen ze Sonja zag, verscheen er een glimlach op haar gezicht.

'Hé, hallo!' zei in het Duits, alsof elkaar al jaren kenden.

'Goedemorgen,' zei Sonja verrast. 'Bent u Duitse?'

'Canadese, maar oorspronkelijk kom ik uit Duitsland. Uit Mainz. En u?'

'Uit Zwitserland.'

'Dat dacht ik al. Ik heb u wel eens horen telefoneren in de jeugdherberg.'

Het was toch niet te geloven, Sonja dacht dat ze volledig anoniem door de wereld stapte, en nu vertelde een onbekende vrouw dat ze getuige was geweest van een telefoongesprek met Inge! Ze had zich door Inge op de vaste telefoon laten bellen, omdat de verbinding met haar mobiele telefoon zo slecht was. Het had Inge hoorbaar geamuseerd dat Sonja haar nachten in een jeugdherberg doorbracht.

'Bent u naar Canada geëmigreerd?'

De jonge vrouw schoof haar reistas met de voet opzij en ging naast Sonja zitten.

'Ja, ik woon hier alweer dertien jaar. Nou ja, niet hier, in Vancouver. Ik kom hier alleen voor mijn werk.'

'Wat doet u voor werk?'

'Ik ben een *outpost nurse*, een vliegende verpleegster.' Ze liet een spontane lach horen. 'Ik neem tijdens vakanties waar voor verpleeg-kundigen in verafgelegen gebieden. Ongeveer zes keer per jaar. En voor de rest werk ik in een ziekenhuis in Vancouver, op de Eerste Hulp.'

Ze streek haar glanzende, zwarte haar, dat telkens voor haar ge-zicht viel, achter de oren.

'En waar gaat ú naartoe?'

'Ik ga een rondvlucht maken met een korte tussenstop in Kit-katla.'

'Ik werk in Kitkatla! Tenminste, ik begin er morgen met mijn werk. Maar waarom gaat u niet met mij mee naar de medische post? Dan kan ik u daar rondleiden, als u het leuk vindt. Trouwens, ik heet Kathrin.'

Sonja was verbaasd. Wat ging alles hier toch eenvoudig. En wat gingen de mensen hier vriendelijk met elkaar om. Wat een ongelo-felijke losheid en spontaniteit. Ik heet Kathrin. Ik heet Sonja. Haar lichaam vulde zich met een warm en weldadig gevoel.

Kathrin verdween naar de wc. Er zaten nog twee andere mensen op hun vlucht te wachten.

Opeens stond Sam voor haar neus. Zijn gezicht was nog gegroefder dan de dag ervoor.

'We kunnen vertrekken,' zei hij. 'Is deze tas van Kathrin?'

Ze was hier geen onbekende.

'Ze komt zo,' zei Sonja.

Sam zette zijn handen losjes op de heupen. 'Je hebt een mooie dag uitgekozen. Het zicht had niet beter kunnen zijn.'

Toen Kathrin terugkwam, nam hij haar tas. Vervolgens begroette hij een oude indiaan die een kartonnen doos droeg.

'Hoi, Joe, ga je naar huis?'

'De hoogste tijd, Sam,' zei de indiaan. 'De stad wordt steeds cha-otischer.'

'Je hebt gelijk, Joe, en het zal alleen nog maar erger worden met die nieuwe containerhaven. Daar heb je vast al het een en ander over gehoord. Zet die doos maar neer, Joe, die sjouwen wij wel voor je. Kom, we gaan!'

Onderweg naar de aanlegsteiger zei Kathrin: 'Sam is een ervaren piloot. Hij zorgt er wel voor dat we veilig aankomen.'

'Zie ik er dan zo ongerust uit?' Sonja's gezicht was altijd een graad-meter voor haar gemoedstoestand.

'Een beetje.'

Kathrin liet haar kristalheldere lach klinken.

Het vliegtuig had slechts zeven zitplaatsen. Sam hielp haar op de stoel naast die van hem. 'Daar zie je het meest.'

Kathrin ging naast de oude indiaan zitten en begon onmiddellijk met hem te babbelen. Sonja trok op aanwijzing van Sam de koptelefoon over haar hoofd en hoorde direct zijn stem in haar oren.

'We moeten constant alert zijn op arenden. Een arend heeft geen natuurlijke vijanden, waardoor hij niet voor ons opzij gaat. Een arend kan een flinke beschadiging aan het vliegtuig toebrengen.'

'Wat is dit voor vliegtuig?' vroeg ze.

'Een DHC-2 Beaver.'

Toni's ongeluksmachine. Sonja slikte.

Sam startte de motor. Ze gleden over het water van de baai. De nieuwe dag was gehuld in een tintelende glinstering van zachte kleuren. De hemel had de transparantie van een met veel water opgezette aquarel. Het pruttelende gebonk van de motor ging over in een nasaal gedreun, en de Beaver begon alras hoogte te winnen.

'We vliegen op het moment op duizend feet. Hier, kijk maar.'

Sam wees naar een klein beeldscherm waar gele contouren op een blauwe achtergrond zichtbaar waren. 'Dat is een GPS-kaart. Hierop kunnen we onze positie zien.'

Sonja keek door het raam naar beneden. De eilanden voor de kust waren zo dichtbij, dat ze bomen, moerassen en huizen duidelijk kon herkennen. Prince Rupert lag reeds achter hen.

Sam keek haar van opzij aan.

'Hier heb je vaak ontzettende windvlagen. Er zijn al drie vliegtui-gen bij het opstijgen in de bomen terechtgekomen.'

Sonja's aandacht werd getrokken door een kanariegeel water-vliegtuig in de baai van een klein eiland. Hij lichtte tegen de groene achtergrond op als een zonnebloem.

Zonnebloempje. Toni's troetelnaam voor haar.

Ze had slechts één keer bij Toni in het vliegtuig gezeten; dat was tijdens een uitstapje naar Milaan geweest. Tot haar verrassing hield ze van vliegen. Maar toen ze van haar peettante een luchtballonvaart cadeau kreeg, gaf ze die door aan Odette. Ze was voor geen goud in het mandje geklommen. Toni's vliegtuigje was echter andere koek. Dat was dikke pret. Iets wat ze met hem had kunnen delen. Toni stopte echter vrij plotseling met vliegen en dat betekende het einde van met zijn tweeën in de wolken. 'Het kost me op het moment te veel geld,' had hij gezegd. Vervolgens had hij het toestel verkocht en was hij met het geld naar Canada vertrokken. Zo was het gegaan.

Dat hij de verleiding niet kon weerstaan om hier met een watervliegtuig te gaan vliegen, kon ze heel goed begrijpen. Uiteindelijk had hij tijdens een langer verblijf in Alaska het vliegbrevet voor watervliegtuigen verworven.

En uitgerekend dat was hem en Nicky fataal geworden.

'Zie je dat eiland aan de horizon?'

Haar ogen volgden Sams arm.

'Dat is het eiland Bonilla. Daarop bevindt zich een weerstation. Onze weersinformatie komt daarvandaan. Als de wind op dit eiland een sterkte van 45 knopen bereikt, is de windsterkte in de baaien ongeveer 15 knopen minder.'

Sonja keek achterom. Kathrin had de ogen gesloten. Ze had de koptelefoon niet op. Ze leek te slapen.

De Beaver koerste op een eiland af. Een paar houten huizen met daken van golfplaat stonden aan de oever van het water.

'Dat is Oona River. Ik breng er driemaal per week post naartoe. Het is een oude Scandinavische nederzetting.' Sam liet de motor minder toeren draaien.

'Het water is hier niet diep, je moet precies in de zeearm blijven en maar hopen dat je geen walvis tegenkomt.'

Sonja zag een man over de steiger rennen.

Sam lachte en zwaaide naar hem. 'Kom, vang me op!' En tegen Sonja zei hij: 'Ik heb geen remmen.'

Ze keek hem geschrokken aan. Daar moest hij nog meer om lachen.

De Beaver maakte een verbazingwekkend zachte landing op het water en Sonja stak waarderend beide duimen omhoog.

Sams donkere ogen straalden. Hij zag er tevreden uit. De Beaver gleed zachtjes op de aanlegsteiger af, en de man, die ze over de steiger hadden zien rennen, nam de postzak in ontvangst.

Kathrin gaf haar van achteren een por. 'Alles in orde?'

Sonja knikte.

Ze verlieten Oona River en vlogen in de richting van Kitkatla.

Vroeger was het slechts een abstract woord geweest, Kitkatla, maar nu werd het aangevuld met beelden.

Sam zei wat, maar ze verstond hem niet. Hij knikte met zijn hoofd naar links.

'Daar is de Beaver neergestort.'

Sonja verstarde onmiddellijk. Ze hoorde hem zeggen: 'Drie à vier jaar geleden alweer. Alle inzittenden dood.'

Sonja keek strak naar het wateroppervlak. Hier dus. Hier was het gebeurd. Hier lagen ze in het ijskoude water. Hier sloegen hun lichamen te pletter. Hier kwamen ze aan hun einde. Was Nicky als eerste dood of had hij zijn vader zien sterven? Of waren ze beiden onmiddellijk dood, zoals de autoriteiten haar in Zwitserland verzekerd hadden? Ze stelde hier maar geen vragen over. Sam had er toch geen antwoord op kunnen geven. In plaats daarvan vroeg ze: 'Waar is het precies gebeurd?'

'We vliegen er nu precies overheen. Een problematische zone als het slecht weer is. Hier komen uit verschillende richtingen de winden samen.' Hij trok een grimas. 'Dan word je als een zak aardappelen door elkaar geschud.'

Het water bewoog als een natte, verkreukelde, grauwe doek. Er was geen enkel punt waar haar ogen houvast aan hadden, alleen deze ruwe, door de wind aangejaagde, oneindig uitgestrekte oceaan, waarvan de golftoppen als zilverkleurige visschubben het licht leken te vangen. Wat ging er een kracht van deze geweldige watermassa uit! Een in water opgeloste eeuwigheid. Hoe langer ze naar de ongrijpbare grootsheid onder haar keek, hoe kleiner ze zich voelde. Een onbeduidend leven, een nietige gebeurtenis, maar zulke levens en gebeurtenissen waren even talrijk als er golven waren in deze machtige, onpeilbare oceaan. Zo veel rampen, zo veel ongelukken, en niemand kon zich ertegen beschermen. Het leven was niet rechtvaardig – het was dwaas om dat wel te veronderstellen. Misschien was dat de boodschap die de goden haar via de arend wilden overbrengen: dat men zich alleen maar in bescheidenheid kan handhaven. Bescheidenheid ten opzichte van de natuur en van het lot, die zo veel machtiger waren dan het leventje van ene Sonja Werner.

Sams stem trok haar uit haar verre denkwereldje terug in de werkelijkheid.

'De piloot heeft de omstandigheden onderschat. Dat gebeurt maar al te vaak.'

Sonja zweeg gedurende lange tijd. Ze had met alles rekening gehouden: dat ze in huilen zou uitbarsten of dat ze het bewustzijn zou verliezen, of dat de ongeluksplek in haar een of ander onbekend, overweldigend gevoel zou losmaken. Ze had gehoopt dat de demonen uit de kooi van haar ziel zouden breken, zodat ze eindelijk van hen bevrijd zou zijn. Maar dan had ze haar kleine roze pillen, die alles in dons en harmonie verpakten, door de wc moeten spoelen. En daar was ze niet toe in staat. En nu voelde ze… bijna niets. Het liet haar niet onverschillig, haar ziel was niet koud, ze voelde een soort… objectieve prikkeling. Een drang haar missie tot een goed einde te brengen. Een soort morele verplichting jegens Toni en Nicky om de ware toedracht van hun dood te achterhalen.

Haar stem klonk rustig toen ze Sam vroeg: 'Gebeuren dit soort ongelukken zó vaak, dat de kranten er geen berichten meer aan wijden?'

Hij keek haar recht in de ogen. 'De kranten? Het maakt ons niet uit wat de kranten schrijven. Wij hoeven de krant niet te lezen. Als er wat gebeurd is, dan weten we dat. Vroeg of laat krijgen we alles te horen.'

Het leek Sonja verkieslijk geen verdere vragen meer te stellen.

De neus van de Beaver wees naar beneden. Sam zette de landing in.

'Kitkatla,' zei hij.

18

Sonja liep met wankele tred over de aanlegsteiger. Het was een vreemd gevoel weer vaste grond onder de voeten te hebben. Kathrin haalde haar schouders even op. 'Geen taxi. Dan moeten we lopen. Gelukkig is het niet zo ver.'

'Zijn hier dan auto's?' vroeg Sonja, en ze had gelijk spijt van haar vraag; alsof de beschaving hier nog niet was doorgedrongen. Kathrin nam haar de vraag niet kwalijk. 'Vanuit Prince Rupert worden de auto's per veerboot naar Kitkatla vervoerd. Maar je hebt hier eigenlijk geen auto nodig, uitzonderingen daargelaten.'

Sonja pakte een handvat van Kathrins zware reistas. Samen liepen ze door de onverharde hoofdstraat van Kitkatla. De huizen van de nederzetting zagen er relatief nieuw uit of leken in goede staat van onderhoud te verkeren. In ieder geval waren ze niet zo verwaarloosd als de woningen in de indianenreservaten, waarover Sonja in de krant had gelezen. Haar vielen de talrijke trampolines voor de huizen op. Plotseling klonk er een opgewonden, helder geroep. Uit alle hoeken kwamen kinderen aangerend en algauw waren de beide vrouwen omringd door een roerige, door elkaar heen schreeuwende meute. Sonja lachte enigszins verlegen naar de donkere gezichtjes.

'We wisten dat u vandaag zou komen,' riep een meisje in een bontgekleurde parka en sportschoenen.

'Hoe wisten jullie dat?' Kathrin streek met haar hand door de haren van het kleine meisje.

'Van Molly!'

'En wie is dat?' Een jongen wees naar Sonja.

'Dat is iemand uit Europa die onze medische post graag wil bekijken.'

'Molly,' vertelde Kathrin, terwijl ze zich tussen de kinderen door een weg baande, 'is de receptioniste van de post. Met haar breng ik hier de meeste avonden door.'

Er was in Kitkatla helemaal niets te doen, er was geen enkel vermaak behalve de televisie. Er werd vaak bingo gespeeld, en dat werd door de gemeenschap georganiseerd. Kathrin groette de mannen die aan de straatkant hun visnetten repareerden. Sonja groette ook. Op houten stellages lag zalmfilet in de open lucht te drogen. Ze passeerden de katholieke kerk, daarachter was de medische post. Op een groot bord stond aangegeven dat Kitkatla een alcoholvrij reservaat was en daaronder stond de wettelijke sanctie vermeld: HET DRINKEN VAN ALCOHOL WORDT BESTRAFT MET EEN GEVANGENISSTRAF VAN TEN MINSTE ZES MAANDEN. Sonja verwonderde zich erover hoe modern en proper de medische post was. Ze beet op haar tong om niet over te komen als een betweterige Europese vrouw. Kathrin stelde alle medewerkers aan haar voor: de conciërge, de directrice, de wijkverpleegster en natuurlijk Molly, de receptioniste.

Sonja was naar Canada gekomen om het overlijden te verwerken van twee dierbare personen, en nu was ze opgenomen in een kring van gastvrije onbekenden, die haar behandelden alsof ze een lang vermiste dochter was en met wie ze gezamenlijk aardappelen, gegrilde zalm en gestoofde wortels at.

In de namiddag nam Kathrin haar mee voor een kleine wandeling naar de heuvel achter het dorp. Kathrin had een pepperspray meegenomen, niet vanwege de beren, maar 'vanwege de honden die hier in roedels rondzwerven'.

'Soms zijn er in Kitkatla meer honden dan mensen,' zei Kathrin. 'Dan gaat men ertoe over niet-aangelijnde honden dood te schieten.'

Sonja versnelde haar pas. Het liefst had ze ook een pepperspray bij zich gedragen. Ze had genoeg slechte ervaringen met honden achter de rug. Maar toen ze met Kathrin boven op de heuvel stond, aan de rand van het oerwoud, was ze de honden alweer vergeten. Het uitzicht was adembenemend. Voor hen strekte zich een labyrint uit van met bossen overwoekerde eilanden, waarvan de hoge bergen tot ver in de grijsblauwe hemel reikten. Sonja zag tussen de eilanden plotseling de zeilschepen van vroegere ontdekkingsreizigers opduiken, terwijl de indianen zich in groten getale naar de stranden repten, niet beseffend dat hun bestaan vanaf dat moment bedreigd zou worden. Ze zaten lange tijd boven op een met korstmos en andere mossen begroeide rots en keken uit over de oceaan en op het dorp aan hun voeten. Met Odette waren er weinig van dit soort ontspannen momenten geweest. Ze was altijd onrustig. Ze was altijd bezig met de voorbereiding van een bergbeklimming in Alaska, een trektocht in Jemen of een wildwatervaart in Frankrijk. Odette was heel gedreven, ze had een niet te stillen verlangen naar prestatie en succes en wilde daarom altijd beter zijn dan anderen.

Zou Odette ook niet liever op zo'n rots willen zitten om haar fanatisme los te laten en haar ziel rust te gunnen? Om te genieten van de Amerikaanse zeearenden die over hen heen vlogen. Ze zou waarschijnlijk wel met grote belangstelling naar Kathrin hebben geluisterd, die Sonja vertelde over de inwoners van Kitkatla, die tot de stam van de Tsimshian-indianen hoorden en al zo'n vijfduizend jaar in de omgeving van Prince Rupert woonden. Sonja liet het even tot zich doordringen: vijfduizend jaar geleden liet farao Djoser de beroemde trappenpiramide van Sakkara bouwen, het eerste monumentale stenen gebouw uit de wereldgeschiedenis.

'In de buurt van Prince Rupert,' zei Kathrin, 'ligt een steen waarin de afdruk van een lichaam te herkennen is: kop, romp, benen en armen. Tot op de dag van vandaag vertellen de Tsimshian-indianen de legende van deze steen. Het is de legende van de man die uit de hemel viel. De man werd door de dorpsgemeenschap van Metlakatla verstoten. Hij moest het dorp verlaten, maar hij keerde terug en vertelde dat hij in de hemel was geweest. Hij was vanuit de hemel terug op de aarde gevallen. De dorpsbewoners wilden hem niet geloven. Ze zeiden: "Bewijs maar eens dat je in de hemel was." Daarop leidde hij ze naar de steen, en de verbaasde dorpsbewoners zagen de afdruk van zijn lichaam in de steen. Dit was het bewijs dat hij uit de hemel was gevallen. De gemeenschap schonk de man eerherstel en nam hem weer op.'

De man die uit de hemel viel. Op zee blijven er geen afdrukken achter, dacht Sonja. Geen sporen. En bovenal geen bewijzen. Er zijn geen doden die verrijzen. Misschien moest ze er gewoon vrede mee hebben.

Op weg naar de aanlegsteiger raadde Kathrin haar aan de Queen Charlotte Islands te bezoeken.

'Als je het niet doet, zul je er spijt van krijgen.'

'Ik zal het serieus overwegen,' zei Sonja.

'Je kunt er Jack Gordon tegenkomen. Hij heeft vroeger hier gewoond, maar hij woont tegenwoordig in Queen Charlotte City.'

'Wie is Jack Gordon?'

'De piloot die de lijken in het neergestorte vliegtuig heeft gevonden.'

Sonja schrok. Kathrin had in het vliegtuig dus helemaal niet geslapen, ze had het hele gesprek gehoord!

'Waarom is Jack uit Kitkatla weggegaan?'

'Niet uit Kitkatla, maar uit Prince Rupert. Ik geloof dat hij in de loop der tijd genoeg lijken had geborgen... na het ongeluk van drie jaar geleden. Hij is ermee opgehouden en is vertrokken. Waarschijnlijk is er iets gebeurd dat hem tot dat besluit heeft gebracht. Jack is er de man niet naar om zomaar ergens mee te kappen.'

Op datzelfde moment stond Sonja's besluit vast. De Queen Charlotte Islands, Jack Gordon, daar moest ze heen.

De Beaver verscheen een paar minuten later.

'Ik moest nog iemand bij de Rainy River Lodge afzetten, een sportvisser uit Oostenrijk,' vertelde Sam, toen Sonja in het verder lege vliegtuig naast hem plaatsnam.

Ze luisterde maar half naar wat hij zei. Ze zwaaide naar Kathrin en hield pas op toen ze uit haar gezichtsveld verdwenen was. Op een dag zou ze hier terugkeren en de tijd nemen om naar de verhalen te luisteren van de mensen die al duizenden jaren deze eilanden bewoonden.

Ze draaide zich naar Sam en zag direct dat er iets aan de hand was.

'We hebben geen tijd te verliezen,' zei hij.

Sonja zag dat er een grijze sluier over het water lag.

'Het weer is veranderd, hè?'

'Ja, en het begint nog maar net. We kunnen het nog redden.'

De Beaver won hoogte. In eerste instantie gedroeg het watervliegtuig zich nog vrij normaal, maar plotseling begon het hevig te trillen en te schommelen.

'Alles in orde?' Sams stem klonk in de koptelefoon.

Voordat ze kon antwoorden, meldde zich iemand via de radio. Een luide klik en een sissend geruis onderbraken het gesprek, waarop een andere mannenstem klonk.

Sonja staarde door het glas van de cockpit in het grauwe niets.

'Heb je dat ook gehoord?' Dat was de stem van Sam. 'Er hangt mist boven Alaska. Zo dik als mosselsoep. Heel gevaarlijk. En dichte nevelflarden tussen Dundas Island, Wales Island en Tree Point.'

Ze vond het moeilijk om zich op zijn woorden te concentreren. Ze voelde hoe haar keel werd dichtgeknepen. Waarom had hij het over Alaska, ze waren toch veel zuidelijker? Alaska, wat kon haar Alaska nou schelen!

'Als het gletscherwater uit de Portland Inlet stroomt en in aanraking komt met de warmere lucht van de Grote Oceaan, dan krijg je mistvorming. Dan kun je beter over land dan over water vliegen.'

Nu begreep ze het: hij kletste maar wat om haar af te leiden van het gevaar waarin ze zich bevonden.

'Maar hier is geen land,' kaatste ze terug.

'Maak je geen zorgen, we –'

Een windvlaag drukte de Beaver plotseling naar beneden. Sonja's maag daarentegen schoot als een gummibal naar boven.

'Verdomme,' liet Sam zich ontvallen.

Het toestel ging als een jojo op en neer.

Sams stem klonk vervormd: 'Het is niet ver meer, maar als het erger wordt, gaan we naar beneden.'

'Wat?' brulde Sonja.

'We gaan naar beneden. Een noodlanding op het water. Versta je me?'

'Waar beneden? Op het water?' ze schreeuwde, zodat haar stem niet zo angstig zou klinken.

'Natuurlijk op het water. Dit is een watervliegtuig, of vergis ik me?'

Sonja wierp een korte blik op Sam. Hij grijnsde! Ze snapte er niets van.

'Opgepast, ik ga nu heel langzaam dalen.'

Sonja sloot haar ogen, maar dat hielp weinig. Ze bevond zich midden in een nachtmerrie. Haar grootste angst was zo-even bewaarheid geworden. Een noodlanding op de oceaan. Midden in een vliegende storm. *Was dat het? Ga ik nu sterven?*

De Beaver leek rechtstreeks op het wateroppervlak af te stevenen. Vanuit haar ooghoek zag ze Sams handen hendels en schakelaars bedienen.

'Klaar voor de landing.'

Deze woorden vormden geen vraag, maar een waarschuwing. Sonja had geen flauw benul hoe ze zich had kunnen voorbereiden, dus was ze er in zekere zin 'klaar' voor. Ze kon toch niets meer doen, behalve heel hard gillen.

Het vliegtuig zwenkte abrupt en maakte vervolgens een wijde bocht. Sonja zag iets groens. Land! Ze zag een aanlegsteiger. Een huis. Een geel watervliegtuig. Dit alles nam ze in een fractie van een seconde waar. Toen smakten ze hard op het water. Het schuim spatte tegen de ramen. Sonja werd eerst tegen Sam aangeworpen en daarna tegen de deur. De Beaver helde gevaarlijk naar de zijkant over, richtte zich weer op en bleef heftig heen en weer schommelen.

'Kom,' zei Sam. 'Kom, kom, kom.'

Steeds weer drukten windvlagen het vliegtuig op zijn kant, maar Sam ving het telkens behendig op. Voor Sonja leek deze spookachtige dans eindeloos te duren. Ze waren zo dicht bij de reddende oever. De wind hield ze echter gevangen.

'Ik kan het toestel niet aanmeren, ik kan het simpelweg niet aanmeren,' hoorde ze Sam zeggen.

Ze antwoordde niet. Er was niets wat ze had kunnen doen. Of wel?

'We hebben het bijna klaargespeeld, Sam, je hebt het geweldig goed gedaan, het gaat ons lukken.' Ze liet haar stem stoer en overtuigend klinken.

De Beaver dreef nu vlak bij een vooruitstekend gedeelte van de oever. Een windstoot drukte zijn neus naar links. En nu... nu gleden ze als vanzelf de inham binnen, waar Sam het vliegtuig uiteindelijk tot stilstand liet komen.

Ze keken elkaar opgelucht aan.

'Ben je goed in verspringen?'

Sonja wist meteen wat hij wilde. Ze opende de deur en liet zich op de drijver zakken. Haar gezicht werd geteisterd door wind en regen. Met haar rechterhand hield ze zich aan de vleugelsteun vast. Met haar voeten zocht ze evenwicht op de drijver. Ze liet los en sprong.

Ze kwam op de oever terecht, gleed naar beneden, maar klampte zich vast aan een paar graspollen en trok zich bij de walkant omhoog.

Hij wierp haar een touw toe, dat ze aan een bolder vastmaakte. Pas toen ze daarmee klaar was, merkte ze hoe haar hart tekeerging en haar benen trilden. Haar drijfnatte jack hing zwaar rond haar lichaam.

Sam richtte zijn blik op het huis. 'Eens kijken of George thuis is. Vreemd dat zijn honden nog niet naar beneden zijn gekomen.'

George! Sonja bleef dicht bij Sam, voor het geval de honden toch nog plotseling aan kwamen rennen. Het huis maakte in deze woeste omgeving een buitengewoon solide en bijna statige indruk. De bouwer had voor grote ramen gekozen. Achter hen was het nu aardedonker. Ze liepen op een deur aan de achterzijde af. Sam bewoog de deurkruk. De deur was niet op slot.

'George? Hallo!' riep hij. Er kwam geen antwoord. Hij duwde Sonja naar binnen.

'Hij is niet thuis. Hij wacht waarschijnlijk ergens tot de storm is gaan liggen.'

Ze gingen vanuit de benedenruimte met de trap naar boven. Sonja trok haar trekkingschoenen uit en liep door de woonkamer naar de keuken achter hem aan. Hier was het warm.

'Mogen we hier zomaar naar binnen?'

'Uiteraard. De deur staat altijd open. Vooral als de nood aan de man is. Koffie?'

Hij pakte twee koppen van het afdruiprek en zette die op tafel.

'Het vuur is aan. Waarschijnlijk is hij nog niet zo lang weg.'

Sonja hing haar natte jack over een stoel. Ook haar T-shirt was kletsnat. Ze kon de verleiding weerstaan het shirt uit te trekken en te drogen. Hoewel die gedachte haar ergens wel aanstond. Ze keek om zich heen. In de hoek van de woonkamer stond een houtkachel. Daarvoor stonden twee fauteuils. Overal hingen jachttrofeeën. Reusachtige opgezette dierenkoppen van een eland, beer, poema en veelvraat.

Het koffiezetapparaat borrelde.

'Ik ben zo terug,' zei Sam. 'Ik moet even met de radiotelefoon van George bellen.'

Sonja zag hem in de voorkamer met een ouderwets apparaat bezig. Hij sprak in een soort trechter. Waarschijnlijk telefoneerde hij met Greenblue Air.

Sonja schonk koffie in de koppen en vond een geopend pak koffiemelk in de koelkast. Ergens ver weg meende ze het gebrom van een stroomgenerator te horen.

Ze ging zitten. De hete koffie warmde haar lichaam. Wat maakte het uit dat hij niet biologisch en cafeïnevrij was. Ze voelde zich plotseling licht, bijna gewichtloos. Ze was aan een groot gevaar ontsnapt. Hier was ze veilig. Ze had het overleefd, al het andere was onbelangrijk.

Sam kwam vanuit de voorkamer naar haar toe gelopen.

'We zijn niet de enigen die gestrand zijn. Deze storm komt voor iedereen als een verrassing.'

Hij roerde suiker door zijn koffie.

'Zo gaat het hierboven. Altijd leven in de brouwerij.' Hij grinnikte.

Door het raam zag Sonja twee watervliegtuigen op de golven schommelen.

'Waar kan George zijn? Zijn watervliegtuig is hier.'

'Waarschijnlijk is hij met zijn boot gaan vissen en wacht hij in een inham op betere tijden.'

'Woont hij hier alleen?'

'Ja, alweer een aantal jaren. Sinds zijn vrouw is gestorven. Hij is een eenzame wolf, iemand die zijn eigen gang gaat. Tja, eenzaamheid kan ook zijn bekoring hebben.'

Sonja streek een paar vochtige haarlokken van haar voorhoofd weg. Er viel een waterdruppel op haar neus. Helemaal alleen in de wildernis. En als George iets zou overkomen, een ongeluk met bijl of kettingzaag? Of als hij van een ladder viel? Wie bracht hem dan naar het ziekenhuis? Zou hij wel op tijd gevonden worden?

Sonja herinnerde zich een passage uit Else Seels boek. Het speelde zich af in maart van het jaar 1936, tijdens een strenge winter met temperaturen van dertig graden onder nul. Georg Seel was niet thuis, zoals gewoonlijk, hij was vallen aan het zetten. Else en haar twee kleine kinderen bivakkeerden alleen nog maar in de woonkamer. Ze aten en sliepen voor de grote gietijzeren kachel waarin altijd een vuurtje brandde. Plotseling begonnen haar oren pijn te doen, haar amandelen zwollen, ze kreeg hoge koorts en had niet meer de kracht om een wak te hakken in de ijslaag op het meer. Ze was ten einde raad.

Toen werd er op de deur geklopt. Het was een oude kennis uit de buurt. Een innerlijke stem had hem ingefluisterd om langs te gaan bij Else en de kinderen. Else huilde van dankbaarheid. In dezelfde winter vroor een oude man in zijn blokhut dood. De buren vonden hem pas weken na zijn dood, stijf bevroren, met beide armen om de kachelpijp geklemd.

'Vertel mij eens iets over Zwitserland,' onderbrak Sam haar gedachten. 'Ik ben er nog nooit geweest.'

Sonja was verrast. Had ze hem dan verteld waar ze vandaan kwam?

'Zwitserland is dichtbevolkt, heel anders dan hier. Overal zijn huizen en mensen. Op veel bergen zijn kabelbanen waarmee je je naar een *Gasthaus* kunt laten brengen. Om een teruggetrokken leven te leiden, moet je in Zwitserland diep de bergen intrekken.'

'Daarom vinden veel toeristen het hier zo fijn toeven, omdat er zo veel ruimte is. Een beetje te veel ruimte naar mijn smaak.'

'Te veel ruimte? Daarvan kun je toch nooit genoeg hebben, Sam?'

'Nou... Hier kunnen mensen zich goed verstoppen, mensen die hier helemaal niet thuishoren, weet je. Die kunnen zich hier bezighouden met zaken die het daglicht niet kunnen verdragen, zonder dat er ook maar een haan naar kraait.'

Hij schonk koffie bij. 'Onze kust is zo lang. Die kan door niemand bewaakt worden. Niet door de kustwacht en ook niet door de politie. Onmogelijk. Veel te veel land en veel te weinig bewaking.'

'Bedoel je smokkelaars?' Ze moest aan het gesprek met de visser in Powell River denken.

'Ja, die ook. Op een keer hebben criminelen geprobeerd Chinezen naar Prince Rupert te smokkelen. Die hebben hier wekenlang vastgezeten, waarna de regering ze heeft teruggestuurd. Mensen zie je niet zo gemakkelijk over het hoofd. Andere dingen kun je gemakkelijker verbergen. Maar ik –'

Hij zweeg plotseling, er had een geluid geklonken. Sonja had het ook gehoord. Was George terug?

Sam scheen haar gedachten te lezen. Hij schudde zijn hoofd.

'George gaat niet weg zonder zijn honden.'

Hij luisterde ingespannen. 'Het kan ook een wild dier zijn. Ik ga eens even poolshoogte nemen.'

Hij daalde de trap af en sloeg de deur dicht. Minutenlang hoorde ze alleen maar het huilen van de wind – maar misschien was het ook wel het geruis van de oceaan – en de brommende generator. Plotseling klonk hetzelfde geluid weer. Het kwam vanuit het huis, daarvan was ze nu overtuigd. Op haar sokken liep ze de woonkamer in en aan de rechterkant ontdekte ze een deur naar een andere kamer. Ze liep een paar stappen in de richting ervan, gereed om haar hand op de deurkruk te plaatsen. Met de andere hand hield ze nog steeds haar koffiekop vast.

Zou ze er niet beter aan doen op Sam te wachten? Ze voelde zich net een inbreker.

Een krassend geluid! Heel duidelijk! Heel dichtbij! Ze deinsde achteruit, verstapte zich en verloor haar evenwicht. Het koffiekopje ontglipte haar en sloeg kapot tegen de vloer.

Nog voor ze van de schrik bekomen was, hoorde ze miauwen. Een kat!

Met een sprongetje stond Sonja weer voor de deur en draaide de kruk naar beneden. Er schoot iets zwarts langs haar in de richting van de keuken. Tegelijkertijd werd de deur door een sterke luchtstroom dicht geduwd. Sam was terug. Ze had hem helemaal niet binnen horen komen.

'Het is een kat!' riep ze. 'Ze zat opgesloten in de kamer achter deze deur.'

'Een kat? Ik wist niet dat George van katten hield. Misschien heeft hij wel last van ratten. Inderdaad, het is zo'n zwart kreng.'

De kat bewoog zich rond haar benen. Sonja vond een zak katten-brokjes, deed er wat van in een bakje en voegde wat water toe. De kat at er gulzig van.

'Ik hoorde iets kapotslaan toen ik buiten was,' zei Sam.

'Ja, dat was ik, ik heb mijn koffiekopje laten vallen.' Ze verzamelde de grote scherven en dweilde het plasje koffie op.

'Hier.' Sam reikte haar een veger en blik aan. Sonja veegde de rest van de scherven bij elkaar. Ze wreef over haar voorhoofd.

'Wat zullen we tegen hem zeggen?'

Alsof ze George nog zou ontmoeten.

'Geen probleem. Het is maar een kopje.'

Sonja zag hoe schoon de houten vloer was. Alsof iemand hem net nog met een nat doekje had afgenomen. Ze had daar oog voor. Op de grote scherven waren gedeelten van bonte koeien en een paar letters zichtbaar. Misschien wel een souvenir uit Café Cowpuccino, in Prince Rupert, waar aan de plafondbalken, deuren en ramen honderden plaatjes met koeien hingen. Misschien kon ze daar zo'n zelfde koffiekop kopen. Ze liet de scherven in de zak van haar groene, gewatteerde jack verdwijnen.

Sam was weer aan het bellen met de radiotelefoon. Hij wilde waarschijnlijk weten of hij verder kon vliegen.

Sonja keek uit het raam. De beide watervliegtuigen deinden nog slechts zachtjes. De wind bracht de takken van de dennenbomen nog maar nauwelijks in beweging. In het water zwommen, in formatie en met luid gesnater, een aantal zwarte eenden. Zwarte eenden. Een zwarte kat. Als dat geen goed teken was.

'We kunnen het erop wagen.'

Sam stond achter haar. Toen ze zich omdraaide, viel ze bijna tegen hem aan. Een moment lang stonden ze met hun lichamen heel dicht bij elkaar, zich allebei beradend over de volgende stap. De spanning werd gebroken door een zacht 'miauw'.

'Ga je mee?'

'Ja, ik wil hier niet blijven.'

Ze trok haar nog altijd natte jack aan. De kat likte zich voor de kachel.

'En zij dan? Ze moet toch naar buiten kunnen?'

Sam lachte. 'In de benedenruimte staat een venstertje open. Goed dat jij je met de kat bemoeit en niet met de vlucht.'

Boven de oceaan heerste een bijna onheilspellende rust. De storm was net zo onverwacht gaan liggen als hij was losgebroken. De Beaver koos probleemloos het luchtruim. Sonja zag het gele watervliegtuig tot een nietig puntje ineenschrompelen, tot het helemaal niet meer zichtbaar was.

Sam en Sonja zeiden lange tijd niets tegen elkaar. Eiland na eiland gleed onder hen voorbij.

Opeens zei hij: 'Robert kon vandaag waarschijnlijk ook niet uitvliegen.'

'Wie?' vroeg Sonja.

'Je kent Robert toch wel? Robert Stanford.'

Ze probeerde ontspannen te blijven klinken en vroeg: 'Wat is er met Robert Stanford?'

'Dat is een oude maat van mij.'

'Dus je kent hem al heel lang?'

'Ja, ik heb hem vaak heen en weer gevlogen, in het noordpoolgebied.'

'Wat heeft hij daar gedaan?'

'Hij is mijningenieur. Hij kijkt of het de moeite waard is om een vindplaats van bodemschatten te exploiteren. Financieel dan, bedoel ik.'

'Is hij daarom in Prince Rupert?'

'Weet ik niet. Hij wilde daar niets over zeggen. Dat soort dingen zijn vaak geheim. Vanwege de beurs en zo. Ook vanwege de concurrentie. Kan ik me wel voorstellen.'

'Is hij een... Ken je hem goed?'

Het antwoord bleef uit, Sam concentreerde zich op de landing. De Beaver vloog in een wijde bocht en koerste vervolgens op het wateroppervlak af. Met indrukwekkende precisie wist Sam de machine binnen de inham te manoeuvreren.

Sonja stond onvast op haar benen toen ze vanuit het vliegtuig op de steiger stapte. Haar oren zoemden. Ze draaide zich naar Sam om, die bezig was de Beaver vast te leggen.

'Sam, ik wil je bedanken voor... voor de redding.'

Hij richtte zich verrast op. 'Redding?'

'Ik bedoel... We hadden, ik had... het had slecht kunnen aflopen.'

'Niet met Sam, Miss Switzerland, en ook niet met deze Beaver. We hebben dat speciaal voor jou gedaan, zodat je thuis wat te vertellen hebt.'

Ze kon uit zijn gezicht niet opmaken of hij nu een grapje maakte of niet, maar ze begreep dat het geen man was die zijn gevoelens op grootse wijze uitte.

'Je was fantastisch,' zei ze terwijl ze haar rugzak omdeed.

116

'Niets te danken. Overigens, hij wilde je spreken, maar je was gisteren iets te snel voor hem.'

'Wie?'

'Robert Stanford. Hij zit in het Best Western Hotel. Als het je interesseert.'

'Heel erg bedankt,' zei ze en ze stak haar hand ten afscheid omhoog. 'Tot ziens.'

'Yep.' Sam tikte tegen zijn baseballcap en draaide zich om.

19

Toen ze de volgende morgen uitgerust de ontbijtzaal van de jeugdherberg binnenkwam, zag ze hem meteen.

Hij sprong van zijn stoel op. 'Kunnen we ergens met elkaar praten?'

Ze keek om zich heen. De keukentafel was al door gasten van de
herberg bezet. Hij moest het toch wel eigenaardig vinden dat ze hier
verbleef. Nou ja, het was niet anders.

Opeens schoot Café Cowpuccino haar te binnen.

'Zullen we naar de oude haven gaan?'

Hij knikte, liep naar de deur en opende hem voor haar.

Van wie had hij gehoord waar ze logeerde? Van Sam?

Hier schenen de mensen in een mum van tijd alles over elkaar
te weten, terwijl ze over het algemeen op grote afstand van elkaar
woonden. Ze keek hem met een steelse blik aan. Hij zag er goed uit.
Onmiskenbaar. Hij zag er zelfs heel goed uit. Een krachtig, open
gezicht, dat hij nu naar haar toewendde.

'Ik was heel opgelucht toen ik hoorde dat u gezond en wel was
teruggekeerd.'

'Waarom was u opgelucht?'

'Het had desastreus kunnen aflopen met dat plotselinge noodweer.
Gelukkig is Sam heel betrouwbaar.'

Sonja begreep het niet. Wat maakte het Robert Stanford nu uit of
ze van een vlucht veilig terugkeerde? Waarom was hij hier? Ze liet
haar ongeduld echter niet blijken.

'U had geen enkele gelegenheid meer om op te stijgen, heb ik
gehoord.'

'Ja, ik ben vandaag pas teruggekomen.'

'Waar was u dan?'

'Dat kan ik helaas niet zeggen. Beroepsgeheim.'

Ze zwegen tot ze Café Cowpuccino bereikten. Er waren slechts enkele tafels bezet. Ze namen plaats bij het raam in de erker, vanwaar ze uitzicht hadden op de veelkleurige, gerestaureerde havengebouwen.

'Wat wilt u drinken?' vroeg hij.

'Chai-thee, graag.'

Plotseling moest ze denken aan de gebeurtenis op de veerboot. *Misschien heeft iemand wat in mijn thee gedaan.* Ze stond op.

'Laat mij het maar halen. Ik heb nog niet ontbeten; eens kijken of ze hier lekkere muffins hebben.'

Hij wierp haar een onbestemde blik toe, maar protesteerde niet. Toen ze weer aan tafel zat, keek hij haar strak aan.

'Ik heb me zorgen om u gemaakt nadat u op de veerboot onwel bent geworden. Het was zo'n rare toestand.'

Sonja lepelde het melkschuim van haar Indische kruidenthee en zweeg.

'Dat Duitse stel – zijn dat bekenden van u?'

'Ja.' Sonja had geen zin om de aard van haar relatie met Gerti en Helmut uit te leggen.

'Ik was u heel graag behulpzaam geweest, maar zij voerden u zo resoluut weg, dat ik niets meer kon doen. Begrijpt u?'

'Meneer Stanford...'

'Alsjeblieft, noem me toch Robert.'

'Ik wil niet langer om de hete brij heen draaien. Iemand heeft in het restaurant iets in mijn thee gedaan. Een drug. Tenminste volgens de arts die mij in Prince Rupert heeft onderzocht.'

Zijn gezicht had een paar seconden een bevroren uitdrukking. Hij leek met zijn ogen te denken. Bruin-groen gespikkelde ogen, zoals Sonja kon vaststellen.

'Wat zei je net?' vroeg hij even later. 'Wat voor drug?'

'Dat weet de arts niet precies, maar de drug heeft mij in diepe slaap gedompeld en geheugenverlies veroorzaakt.'

'Zijn er sporen in je bloed gevonden?'

'Nee, maar ik had alle symptomen die op het gebruik van een drug wijzen.'

Hij keek stomverbaasd.

'Heb je je kopje alleen gelaten?'

119

'Ja... Het stond op de tafel waar jíj aan zat toen ík theewater haalde.'

De woorden misten hun uitwerking niet.

'Zeg, je denkt toch niet... je gelooft toch niet dat ik...?'

'Het is een mogelijkheid die ik niet kan uitsluiten.'

Het was er eindelijk uit. Hij keek uit het raam, bracht het kopje naar zijn mond en dronk met kleine slokjes, als wilde hij tijd winnen. Met een hoop gerinkel zette hij het kopje terug en hij boog zich naar voren.

'Wie stond er bij je in de buurt toen je theewater haalde?'

'Ik heb geen flauw idee. Ik was moe en er waren tamelijk veel mensen in het restaurant.'

'Denk goed na. Misschien schiet je iets te binnen.'

Beleefdheidshalve deed ze alsof ze nadacht. 'Nee, het spijt me. Ik kan me niemand in het bijzonder herinneren.'

Hij bleef volhouden. 'Stonden er mensen om je heen?'

'Ja, natuurlijk stonden er mensen om me heen, ik zei toch al dat het druk was.'

'Maar je hebt toch een kannetje thee gehaald, hè?'

Zijn ogen keken dwars door haar heen. Ze ontweek zijn blik en liet haar ogen dwalen over de afbeeldingen van bonte koeien op de plafondbalken van het café.

'Ja, ik vraag meestal om een kannetje thee.'

Robert streek met zijn vlakke hand over zijn kin. Sonja werd de spanning te veel.

'Waar ben je op uit, Robert? Verklaar je eens nader, want ik weet niet wat ik er verder over moet zeggen.'

Hij kantelde zijn koffiekopje en ving het op, vlak voordat het dreigde te vallen.

'Het is logisch dat het je aangrijpt, uiteraard, het is een rare situatie. Maar...' Hij aarzelde.

'Maar?'

'Als het een drug was, hè, misschien... misschien was het wel een vergissing.'

'Een vergissing?'

Hij keek haar recht in de ogen. 'Wat ik zeggen wil: misschien dacht iemand dat dat kannetje thee voor ons beiden bedoeld was.

Voor buitenstaanders zagen we eruit als een paar, als man en vrouw, begrijp je?'

'Nee, ik begrijp er helemaal niets van.'

'Misschien was de aanslag niet voor jou bedoeld, maar voor mij.'

Laat die nacht lag ze te woelen in haar bed, wakker gehouden door luid dichtslaande deuren, luide muziek en voetstappen. Aanslag, had hij gezegd. Het woord bleef maar door haar hoofd malen. Ze moest meer over deze Robert Stanford te weten zien te komen. Het was haar in Café Cowpuccino niet gelukt informatie uit hem los te peuteren. In plaats daarvan wilde hij allerlei dingen over haar weten: over de noodlanding, Kitkatla, de medische post, het huis van George, de zwarte kat. Zelfs over Else Seel.

Ze had hem van alles verteld, en zelfs nog een beetje meer, om hem gunstig te stemmen, om hem gevoelig te maken voor haar vragen. Toen ze echter van hem horen wilde wie er achter hem aan zat en waarom, zei hij slechts: 'Dat zou ik zelf ook graag willen weten, geloof me.' Ze had niets uit hem kunnen krijgen, helemaal niets.

'Wanneer ga je naar de Queen Charlotte Islands?' had hij ten slotte nog gevraagd.

Hoe wist hij dat nu weer? Had ze dat aan Sam verteld?

Ze hield het met opzet vaag: 'Waarschijnlijk heel gauw.'

Bij het afscheid maakte hij nog een laatste opmerking.

'De afstanden hier zijn reusachtig, en toch is het maar een klein wereldje. Nieuwtjes verbreiden zich razendsnel.'

Ze wist niet wat ze aan moest met zijn ernstige blik. Eigenlijk wilde ze gewoon met rust gelaten worden. Daarom rechtte ze haar rug en zei ze droogjes: 'Dat geldt tegenwoordig toch voor de hele wereld… ja, toch?'

Ze had de indruk dat hij daar nog iets aan toe wilde voegen, maar hij zei alleen maar: 'Vergeet de tabletten tegen zeeziekte niet.'

Het lawaai op de gang was opgehouden. Hoe laat zou het zijn? Waarschijnlijk na middernacht.

Plotseling werd er op de deur gebonkt. Ze wilde eerst niet opendoen, maar het gebonk hield aan. Ik ga nooit meer naar een jeugdherberg, dacht ze terwijl ze slaapdronken naar de deur waggelde.

Het was de jonge vrouw van de receptie. Ze had een mobiele telefoon in haar hand.

'Telefoon voor u.'

Versuft pakte Sonja de telefoon aan.

'Sonja.'

Ze herkende de stem meteen. Robert.

'Luister goed. Ga morgen niet met de veerboot. Hoor je wat ik zeg? Neem morgen níét de veerboot.'

'Wat? Waarom niet. Wat bedoel je?'

'Neem morgen niet de veerboot. Kies een andere dag uit. Maar doe het niet morgen.'

'Hoezo? Ik wilde –'

'Ik kan het je niet uitleggen. Ik zal later... Geloof me nou, doe wat ik zeg. Het spijt me. Je moet je niet ongerust maken. Ik wil gewoon niet dat er weer problemen ontstaan.'

'Hoe kom je erbij, dat –'

'Later. Heb geduld. Slaap rustig verder.'

De verbinding werd verbroken. Ze gaf de mobiele telefoon terug aan de jonge vrouw met een uitdrukking op haar gezicht alsof ze jarig was maar geen cadeautjes mocht ontvangen.

20

Weliswaar scheen de zon op Sonja's gezicht toen ze de volgende dag door de binnenstad van Prince Rupert reed, maar in haar hoofd donderde en bliksemde het. Wat dacht die Robert Stanford wel? Hij belde haar in het holst van de nacht op met de mededeling de volgende dag niet met de veerboot uit te varen en weigerde er een deugdelijke verklaring voor te geven! Wat haar echter het meest dwarszat, was haar eigen lafheid. Ze had gewoon aan boord moeten gaan. Het was toch bespottelijk dat een onbekende zich met haar zaken bemoeide!

Ze liep Ziggy's Internetcafé binnen, ging achter een computer zitten en tikte de naam 'Robert Stanford' in het venster van de zoekmachine. Veel treffers. Bij de eerste ging het om een artikel in een tijdschrift; veel tekst en weinig foto's. Ze begon aandachtig te lezen.

De Canadese geoloog Charles Fipke, zoon van een boer uit Alberta, was bezeten van het idee dat er in het noordpoolgebied van Canada diamanten te vinden waren. Niet slechts een paar kleine verspreide diamantsplinters, maar aanzienlijke diamantvoorraden die commercieel geëxploiteerd konden worden. Het feit dat het machtige Zuid-Afrikaanse diamantconcern De Beers aan het begin van de jaren tachtig aan de oever van de Mackenzie River, in de Northwest Territories van Canada, in het geheim bodemmonsters verzamelde, sterkte hem in zijn geloof. De Beers had destijds een wereldwijd diamantmonopolie. De medewerkers van De Beers hadden echter niet de kennis die Canadese geologen wel hadden, namelijk dat gletsjers grondmorenen, dat wil zeggen keien en losse stenen, met zich meevoeren. Daarom hadden diamantzoekers eigenlijk de gletsjers in de tegengestelde richting moeten volgen om de bron van de diamanten te vinden. Het is echter niet eenvoudig om de richting van een gletsjer te reconstrueren. Fipke begon na jarenlang vergeefs gezocht te hebben in de toendra, ongeveer vierhonderdvijftig kilometer van Yellowknife, bodemproeven te nemen. Aan de inwoners van Yellowknife, de hoofdstad van de Northwest Territories, vertelde hij echter dat hij naar goud zocht.

Fipke vond in deze streek gidsmineralen die op grote hoeveelheden ruwe diamant wezen. Onder een meer, het Lac de Gras, ontdekte hij een kimberlietpijp. Hij ging een samenwerking aan met het Australische mijnbouwbedrijf BHP Billiton, en in 1991 verbaasden ze alles en iedereen met de mededeling dat ze substantiële diamantvoorraden hadden ontdekt. Hun Ekatimijn werd niet alleen de eerste diamantmijn van Canada, maar ook van Noord-Amerika. De Beers daarentegen vond niets. 'De volharding en het succes van kleine mijnbouwbedrijven hebben meegeholpen het wereldwijde monopolie van De Beers te ondermijnen,' zegt Robert Stanford, een mijningenieur uit Vancouver.

Sonja printte het verhaal uit en klikte op een andere link, de website van een bedrijf met de naam Shining Mountain Explorations. Robert Stanford werd hier als onafhankelijk adviseur genoemd.

Zijn naam dook ook op in een bericht van het ministerie van Natuurlijke Hulpbronnen van British Columbia. Het downloaden van de documenten duurde een eeuwigheid.

Sonja liep naar het buffet. 'Hebt u biokoffie?'

Het meisje schudde van nee. 'Maar waarom probeert u onze mokkakoffie niet?' vroeg ze. 'Het is een mengsel van koffie en chocolade met slagroom.'

Sonja keek haar besluiteloos aan. Cafeïne, chocolade en slagroom. Ze rekende. Tot nu toe drie treffers op internet. Drie zonden. Dat verhield zich uitstekend met elkaar. Het was slechts een kwestie van toegepaste wiskunde.

'Een mokkakoffie, graag,' zei ze.

Ze keerde terug naar haar computer en stelde met afschuw vast dat het bericht van het ministerie, dat ze gedownload had, 56 pagina's lang was. Het ging om de veiligheidsproblematiek in de mijnbouwindustrie. Sonja scrolde door de tekst tot ze een paragraaf over diamantmijnen tegenkwam. Canadese diamanten konden zich niet alleen wereldwijd meten met de kwalitatief beste diamanten, las ze, maar van Canadese diamanten kon ook de herkomst eenduidig worden vastgesteld. Dat was van grote betekenis, want in tegenstelling tot diamanten uit bepaalde Afrikaanse landen, waar met de edelstenen afschuwelijke burgeroorlogen gefinancierd werden, waren Canadese diamanten politiek zuiver. Nochtans probeerden criminele elementen de certificaten van 'bloeddiamanten' te vervalsen en ze voor Canadese diamanten uit te geven; deze duistere praktijken dienden uiteraard met alle middelen gestopt te worden. Sonja's ogen schoten naar beneden en bleven bij een passage hangen.

Met name de infiltratie van leden van de georganiseerde misdaad binnen de Canadese diamantmijnen baart ons grote zorgen. De politie dient undercover een grotere opsporingsinspanning te leveren om deze ontwikkeling tegen te gaan.

Sonja had genoeg detectiveromans gelezen om te weten wat 'undercover' betekende. Undercoveragenten of politiespionnen.

Ze vond Roberts naam in een voetnoot. Hij werd als informatiebron genoemd. Sonja had graag geweten van welke informatie hij het ministerie had voorzien.

En omdat ze nu toch achter de computer zat, ging ze ook maar op zoek naar informatie over die andere onbekende, de man in de markthal van Granville Island en vinder van haar portefeuille. Ze voerde het trefwoord 'Kamelian' in en kwam op een bedrijfswebsite terecht die ze al in Vancouver bekeken had. Ze las de tekst nogmaals door. Als laatste bekeek ze de referenties van bedrijven die gebruik hadden gemaakt van de diensten van dit beveiligingsbedrijf. Willekeurig klikte ze een paar links aan, en verstarde. Ze keek recht in een gezicht dat haar zeer vertrouwd was: kort zwart haar, grote donkere ogen en een stralende lach. Het was Diane Kesowsky.

Sonja surfte als een bezetene over het internet. Ze kwam steeds weer andere sites tegen en vergat daardoor omgeving en tijd.

'Sonja! Hallo!'

Ze viel bijna van haar stoel.

'Wat een toeval, we hebben je overal gezocht. We waren bang dat je vertrokken was, hè, Helmut?'

Gerti stond voor haar neus. Ze droeg een zalmkleurige bloes en een rode broek. Ze straalde over haar hele gezicht. Achter haar stond Helmut, zoals altijd enigszins verlegen.

Gerti's oog viel op de stapel uitgeprinte velletjes.

'Zeg, ben je aan het werk tijdens je vakantie? Of vergis ik me?' Ze zag er oprecht ontdaan uit.

'Helmut, we moeten onze Sonja mee uit eten nemen. En dan denk ik eigenlijk aan zeekreeft, dat kan ze beslist niet weigeren.'

Zeekreeft. Ze kreeg plotseling door hoe hongerig ze was.

'Ik… eet geen zeekreeft, uit principe niet,' zei ze en ze negeerde Gerti's teleurgestelde gezicht. 'Die arme kreeften worden levend in kokend water gegooid en lijden ondraaglijke pijnen.'

Ze wist dat ze stond te preken, maar dat kon haar even niets schelen.

'Tja, tja…' Gerti was voor een kort moment met stomheid geslagen. 'Maar een zalm of een heilbot is toch zeker ook niet te versmaden, hè, Helmut? Naast Café Cowpuccino, dat jij ook kent, schijnt een heel goed restaurant te zijn.'

Sonja kreunde. Hoe wist Gerti dat ze daar geweest was? Maar Gerti ratelde door.

'We hebben iets te vieren.' Ze knipoogde samenzweerderig naar Sonja. 'Jij hebt toch dat vreselijke onweer overleefd? Dat is een reden om jezelf eens flink te verwennen.'

Ditmaal greep ze in: 'Hoe weet je dat allemaal?'

'Helmut was op het kantoor van Greenblue Air, omdat we een rondvlucht wilden maken. Die hebben het hem verteld.'

Op dat moment mengde Helmut zich ongewoon krachtig in het gesprek: 'Gerti, hou op met kletsen. Je geeft Sonja de kans niet haar spullen te pakken.'

In het restaurant bestelde Sonja baars, hoewel ze niet wist of dat wel gepast was. Gerti vertelde tijdens het eten over haar drie dochters en over haar kleinkinderen en over de nieuwe onderwijsmethoden op de scholen en hoe ingewikkeld alles voor kinderen was. Sonja beaamde haar verhaal met regelmatige tussenpozen, terwijl ze met haar gedachten heel ergens anders was. Ze kon nauwelijks bevatten wat ze tijdens haar internetsessie te weten was gekomen.

Diane bleek de eigenaresse te zijn van een bedrijf dat gespecialiseerd was in het opsporen van diamanten. Ze deed dus inderdaad iets met edelstenen! Maar Inge was daarover klaarblijkelijk niet helemaal juist ingelicht. Diane was afgestudeerd geologe. En zoals het zich liet aanzien een bekende dame in deze door mannen gedomineerde industrie. Een vrouw die niet had stilgezeten. Ze had aanwijzingen gevonden voor de aanwezigheid van diamant in het Canadese Territory Nunavut, maar greep naast de vergunning voor de exploitatie ervan, omdat een Australisch concern de ontginningsrechten voor dat gebied reeds bij de autoriteiten had vastgelegd. Het scheen dat daarbij niet alles geheel volgens de regels was gegaan, want Dianes bedrijf klaagde vervolgens de Australiërs aan en die betaalden haar een aanzienlijk geldbedrag volgens een buiten de rechtszaal tot stand gekomen schikking. Met dit geld financierde Diane – dat had Sonja tenminste op internet gelezen – haar nieuwe zoekexpedities naar de fonkelende stenen. Dit keer in het grootste geheim, zodat niemand roet in het eten zou kunnen gooien.

'Je moet die heerlijke wijn eens proberen, Sonja, hij is afkomstig uit British Columbia.' Gerti hield haar glas omhoog om te klinken.

Sonja vond ook dat ze iets te vieren had: een waardevolle vondst in de elektronische archieven.

'Op jullie gezondheid!' riep ze.

'Nu moet je ons toch eens over je avonturen vertellen, we zijn reuze benieuwd!'

Háár avontuur. Iemand wilde van haar avonturen horen. Dat was nieuw. Niet Toni's avontuur. Niet Odettes avontuur. En dat terwijl haar leven vroeger altijd zo saai had geleken naast dat van anderen. Sonja keek naar de oceaan en zag een watervliegtuig in de verte verdwijnen. En toen brandde ze los: Kitkatla, de medische post, Kathrin, de storm, de noodlanding, het huis van George, de zwarte kat achter de deur – ze bracht alles op de gloedvolle toon die ze vroeger ook altijd aansloeg bij geschiedkundige voordrachten.

Het miste zijn uitwerking op Gerti en Helmut niet. Ze wisselden voortdurend verbaasde of bezorgde blikken uit, al naargelang het vertelmoment, en voorzagen haar woorden van korte commentaren.

Toen ze haar verhaal gedaan had – ze zaten toen reeds aan de koffie – riep Gerti uit: 'Lieve hemel, zeg, wat een gevaarlijk leven heb jij! Ben je van plan nog meer te gaan doen?'

'Ach, ik laat me graag verrassen,' zei Sonja licht aangeschoten. Ze gaf haar volgende reisdoel niet prijs, ook al bleef Gerti er hardnekkig naar vragen. Dit avontuur ging alleen haar aan.

Bij het binnengaan van haar sober ingerichte jeugdherbergkamer schoot haar iets te binnen. Merkwaardig. Gerti en Helmut hadden met geen woord gerept over hun reis naar het Khutzeymateenreservaat.

Alsof ze er helemaal niet geweest waren.

21

De veerboot zwoegde zwaar door de hoge golven. Sonja zwoegde mee. De regen striemde tegen de ramen van de passagiersruimte en de zee kwam haar voor als een hongerig monster. Ondanks de pillen tegen zeeziekte was ze zo misselijk, dat ze in haar hut op bed was gaan liggen. Ze was er nu geheel van overtuigd dat Hecate Strait tot de meest woeste wateren ter wereld behoorde. *Stil blijven liggen, gewoon heel stil blijven liggen.* Van de zes uur durende overtocht was pas een uur voorbij, nog vijf lange uren. Het was haar een raadsel hoe de Haida-indianen vroeger in hun achttien meter lange boomstamkano's de wild tekeergaande golven de baas konden. Zouden ze ook wel eens zeeziek zijn geworden?

Als door een dichte nevel hoorde ze plotseling een stem. Ze verstond alleen 'aankomst', 'auto' en 'twintig minuten'. Ze wreef haar ogen uit. Had ze geslapen? Ze sleepte zich naar de wastafel en plensde koud water in haar gezicht.

De zware deining was opgehouden. In de passagiersruimte wierp ze snel een blik door het raam: de vage contouren van de bergen van Haida Gwaii, het 'eiland van de mensen'. Sonja snelde de trappen af en vergiste zich een paar maal in het juiste dek, tot ze eindelijk haar truck vond. Wat een reis!

De naam Queen Charlotte City was een weidse benaming voor wat niet meer was dan een dorpje dat Sonja alweer verlaten had toen ze nog maar nauwelijks haar auto van de boot had gereden. Ze koos een gunstig geprijsd pension uit, met een weide ervoor waar eenden rondliepen. Sonja's kamer beschikte over een telefoon en over een koffiezetapparaat, dat ze meteen aanzette.

Vervolgens maakte ze een ommetje door de 'City'. Het motregende. Vlak boven de baai hing een dichte mist. Niet ver van haar pension vandaan zag ze het gebouw van Northern Cold Air en de landings-plek voor watervliegtuigen. Ze voelde zich na de lange overtocht echter nog niet fit genoeg om te informeren naar Jack Gordon. In plaats daarvan liep ze de Rainbow Galerie binnen, waarvan de voorgevel met gevarieerde zeedrift bedekt was. Binnen bevond zich een grote collectie kunstvoorwerpen van de Haida-indianen: sieraden en souvenirs, maar niet het boek waarnaar ze op zoek was. Men wees haar de weg naar de enige boekwinkel van Queen Charlotte City, gevestigd in een woonhuis aan het eind van de hoofdstraat. Ze slalomde langs uitstaltafels en kasten en vond de winkeleigenaar in de achterste van de met boeken volgepakte ruimten. Hij zat achter een computer. Twee ogen achter een goudgerand brilletje keken naar haar omhoog.

'Bent u hier wel op de juiste plek?' vroeg de man.

Sonja keek verwonderd en stelde als tegenvraag: 'Waarom wilt u dat weten?'

'Ik zie aan de gezichten van mensen of ze belezen zijn. Wat is uw vakgebied?'

'Geschiedenis.'

'Interessant, interessant.' De boekhandelaar stond op. Zijn haar was kortgeknipt, als bij een monnik. Zijn brillenglazen fonkelden.

'Waar bent u naar op zoek?'

'Naar een boek over de geschiedenis van de Haida-indianen.'

'U hebt een grappig accent. Waar komt u vandaan?'

Weer had dat vervelende accent haar verraden en stond ze uit te leggen hoe ze hier terecht was gekomen, hoe haar belangstelling voor de Haida-indianen was ontstaan, en hoe ze van de Queen Charlotte Islands had gehoord. Ze vertelde hem ook van Else Seel en over de tentoonstelling, en dat Else Seel hiernaartoe was gereisd en dat ze een gedicht over de Haida-indianen had gemaakt.

'Else Seel? Die naam zegt me niks. Heeft ze hier ook gewoond?' vroeg hij verbaasd.

'Nee, ze is hier een keer geweest, met een stoomboot. Dat moet in de jaren dertig of veertig van de vorige eeuw zijn geweest.'

'Interessant, interessant,' zei hij weer.

Hij trok een boek uit een rek. 'Als u dit leest, zult u een hoop van de Haida-cultuur begrijpen.'

Hij gaf haar ook een veelkleurige brochure waarin korte beschrijvingen stonden voor kajaktochten, boottochten en expedities naar

Ninstint, een van de legendarische verlaten Haida-dorpen, die sedert 1981 op de werelderfgoedlijst van UNESCO voorkomen. Helaas kwam deze bescherming ietwat te laat, las Sonja, want de etnologen en avonturiers hadden de jaren daarvoor flink huisgehouden met de culturele schatten van deze uitgestorven dorpen.

De boekhandelaar, aangespoord door haar kennelijke belangstelling, besloot dat het tijd was voor wat historische feiten: 'De Haida-indianen wonen al duizenden jaren – zo'n zeven à tienduizend jaar – op deze eilanden. Ze waren de koningen van de zee. Met hun kano's zijn ze tot vlak bij Alaska en tot aan Vancouver Island gevaren.'

'En toch ook naar Savary Island?'

'Ah, u bent aardig op de hoogte. Ja, inderdaad. De Haida-indianen waren wrede krijgers. Ze hebben mannen en vrouwen van andere stammen als slaaf gebruikt.'

Hij ging achter zijn computer zitten om de rekening uit te printen.

'Hebt u al kennis gemaakt met de kunst van de Haida? Fenomenaal! Hun kunstwerken worden op het moment zelfs in Europa geëxposeerd. Trouwens, nu u toch hier bent, moet u ook de Haii Gwanaas zien, het nationale park met de verlaten Haida-dorpen. Daarom heb ik u deze brochure gegeven. Het is de moeite waard, dat vergeet u nooit meer! Overigens, hier hebt u mijn kaartje.'

Sonja las zijn naam: Ian Fleming.

'Ik ben helaas maar een paar dagen hier,' zei ze enigszins gereserveerd.

Ian Fleming liet zich daardoor niet uit het veld slaan. 'Weet u wat? Komende zondag zal ik u naar Toe Hill varen. Hebt u wandelschoenen? We kunnen naar Rose Spit wandelen. Dat is de bakermat van de Haida-indianen. Hun zogenaamde Bethlehem. Als historica móét u daar geweest zijn.'

Ze bedankte hem voor het aanbod, ze zou erover nadenken.

Toen ze naar de uitgang liep, kwam hij haar achterna.

'Als u iets over het leven van vrouwen in de wildernis wilt weten, moet u eens met Kara praten, zij is een kennis van mij. Zij heeft daar jarenlang gewoond.'

Nu had hij eindelijk beet. Ze gaf hem de naam van haar pension, zodat zijn kennis haar kon benaderen.

Met het boek onder haar arm liep ze naar het pension terug. Van lezen kwam echter helemaal niets meer. Zodra ze was gaan liggen, viel ze in slaap.

De volgende morgen stond ze al om negen uur bij de receptie om de pensionhouder naar een garage te vragen. Ze wilde de banden van haar truck laten controleren.

'Daar staat iemand op u te wachten,' zei de man.

Sonja draaide zich om. Een vrouw kwam op haar toegelopen.

'Ben jij Sonja?'

'Ja?'

'Ik heet Kara. Ian heeft me over jou verteld.'

'Zo, dat gaat hier rap!'

'Tja, wij laten niks aan het toeval over. Zeg nu zelf, wanneer heb ik de gelegenheid te praten met een geschiedkundige uit Zwitserland! Ik heb nog niet ontbeten,' zei ze. 'Zullen we in de snackbar wat gaan eten?'

Ze had kunnen weten dat ze het specialiteitenmenu niet zou kunnen weerstaan, maar nu was het daar te laat voor. Ze bestelde een vissersontbijt: gestoofde zalm, eieren, aardappelen en toast. De vissers van Haida Gwaii moesten toch ook ergens van leven. De zalm ging schuil onder een dikke gele saus. Wat maakt het uit, dacht ze, na de ellende van gisteren moet ik weer op krachten komen. Kara bestelde een ei op toast met paddenstoelen en spek.

Sonja stak direct van wal. 'Ik ben zo benieuwd om over jouw leven in de wildernis te horen.'

'Tja, ik heb het een en ander meegemaakt. Als jonge vrouw koesterde ik altijd al de droom van een leven in de wildernis.'

Ze nam een slok van haar zwarte koffie.

'Als kind woonde ik op Vancouver Island, in Victoria. Ik was een echt stadsmeisje. Maar ik wilde wat anders. Ik trouwde op mijn achttiende. Mijn man en ik trokken naar het noorden en kochten land in de Kispiox Valley. En dat was heel ver van de bewoonde wereld. We hadden paarden, kippen, koeien en een grote moestuin. Maar dat was nog niet alles. Bij de boerderij bouwden we ook nog een houtzagerij. Ik moest vaak helpen bij het houthakken. Dat viel niet mee.'

Ze streek over haar gezicht, alsof ze haar zorgrimpels wilde wegpoetsen.

'Het was zwaar werk, elf uur per dag. Er was geen enkele afwisseling, geen enkel verzetje. Alleen maar werk. We konden ons geen machines veroorloven, we deden alles met eenvoudig gereedschap. Het ergste was de eenzaamheid. Ik had geen buren. Er kwam niemand op bezoek. En ik heb zo graag mensen om mij heen.'

Kara schonk zich nog een koffie in. Sonja luisterde met ingehouden adem.

'Mijn droom van het eenzame leven spatte uiteen. Geen huwelijk houdt dat uit. Het mijne eindigde in ieder geval in een scheiding. Ik heb hier in Queen Charlotte City land gekocht. Ik wil buren, ik heb genoeg van de wildernis.' Ze lachte. 'Voor jou is Queen Charlotte City misschien een negorij, maar voor mij is het een drukke stad. Ik ben weer met schilderen begonnen. Dat was vroeger niet mogelijk geweest.'

Sonja keek haar gefascineerd aan. Kara leek precies te begrijpen wat ze wilde horen.

'Veel vrouwen in Europa dromen van een leven in de wildernis, hè?'

'Ja, maar ik weet niet of die vrouwen zich kunnen voorstellen hoe het in werkelijkheid is.'

Else Seel kon het beslist niet, dacht Sonja. Voor haar was het een cultuurshock. Wat haar uit Berlijn verjaagd heeft, moet echter erger zijn geweest dan alle moeilijkheden en teleurstellingen die ze in de wildernis ervoer. Ze had in ieder geval buren, al woonde die niet om de hoek. Er waren regelmatig dansavonden in het gemeenschapsgebouw van Wistaria. En Else ging ook af en toe op reis, zoals naar Haida Gwaii. Hoe dan ook... Else hield het meest van de wildernis. Het was haar thuis geworden.

'Else heeft het beslist niet eenvoudig gehad,' vertelde ze nu aan Kara, die aandachtig luisterde, 'maar zij en Georg hadden een gemeenschappelijk doel, namelijk te overleven.'

Ze moest denken aan een passage in Elses dagboek. *Teamwork: de kar met daarin de kinderen moet door beiden getrokken worden, de kar moet altijd verder, stilstaan is geen keuze. Dus geen gedoe en geen gezanik.*

Maar toen kwam er een moment waarop de rek eruit was. Dat was toen Georg van een van zijn wekenlange strooptochten huiswaarts keerde en vertelde dat hij goud had gevonden. Hij was twee maanden met de goudpan onderweg geweest en had onophoudelijk het bodembezinksel van een rivier gezeefd. Toen zich in de goudpan een brede rand goudstof had afgezet, geloofde hij een goudader te hebben gevonden, maar het was slechts goudglimmer, nepgoud. Alle hoop was in één keer weggevaagd. Else moest in de winkel alles laten opschrijven, omdat er geen geld meer in huis was. Op haar verjaardag kon ze niet eens een taart bakken. De enige koe die ze hadden, moesten ze aan de buren geven, omdat ze geen geld voor hooi hadden. Voor de beide kinderen was er alleen nog maar gecondenseerde melk. Eén keer in de week zette Else koffie, en daar moesten ze zeven dagen mee doen. Daar aten ze droog, geroosterd brood bij. Uiteindelijk haalde Else geld van haar Duitse spaarrekening af om meel, reuzel en benzine te kopen, maar Georg nam bijna al deze spullen mee toen hij weer op zoek ging naar goud. Vlak voor Kerstmis kwam hij met lege handen thuis. *Is hij een dwaas of ben ik het?* dacht Else vaak en ze huilde dan bittere tranen.

Kara knikte heftig met haar hoofd.

'Geloof me, ook ik heb zulke extreme gevoelens ervaren,' zei ze. 'En het gaat niet eens zozeer om fysiek te overleven, maar om je gevoel voor eigenwaarde.' Ze zweeg even.

'Als kunstenares is het gevaarlijk je te isoleren.'

Sonja gaf haar gelijk. 'Elses dichtkunst leidde een kwijnend bestaan in deze omgeving, die zo veel van haar vergde. Het ontbrak haar aan uitwisseling van gedachten met anderen, ze was te ver verwijderd van de Duitse cultuur. Dat had ze niet kunnen voorzien. En misschien heeft ze deze achteruitgang ook niet als zodanig herkend.' De laatste zin zei Sonja eigenlijk tegen zichzelf.

Kara voelde Sonja echter volledig aan: 'Niemand kan dat zonder ondervinding weten, geloof me.'

Ze stonden beiden op. Sonja wilde nog wat vragen.

'Ken je Jack Gordon?'

Kara keek verrast.

'Ik wil wat informatie over rondvluchten boven de Queen Charlotte Islands.'

'Hij vliegt niet meer zelf, nou ja, hij is een man met een gebruiksaanwijzing.'

Ze legde geld op de tafel.

'Misschien wil hij wel met jou praten. Heb het niet over zijn dochter... en ook niet over dodelijke ongelukken.'

'Waarom niet?'

Kara wierp haar een onbestemde blik toe.

'Hoe minder je daarover weet, des te beter.'

22

Ze kon het bijna niet geloven: ze was alweer aan boord van een veerboot. Jack Gordon woonde op een eiland in de buurt, in een gebied dat Sandspit genoemd werd. Dat had men haar op het kantoor van Northern Cold Air verteld. Gelukkig duurde de overtocht maar twintig minuten. De zee was rustig en de zon scheen zowaar. Het tankstation dat men haar beschreven had, was in een ommezien gevonden. Het was een van de gebouwen aan de hoofdstraat die parallel liep aan de kust. De pompbediende van het tankstation wees haar het huis van Jack Gordon aan. Er lag een grote herdershond voor de ingang. Sonja maakte direct rechtsomkeert.

'Is die hond gevaarlijk?' vroeg ze aan de pompbediende.

'Als de hond voor de deur ligt, moet Jack ook thuis zijn.'

'Ik ben bang voor grote honden.'

'O, die hond doet geen vlieg kwaad.'

Sonja was niet van plan weg te gaan. Ze bleef staan, waardoor de hond het probleem van de pompbediende leek te worden.

'Als u wilt, kan ik Jack wel even halen.'

Sonja slaakte een zucht van verlichting en bedankte hem. Ze hoorde geroep en geblaf. Na drie minuten kwam de pompbediende terug met een forse man.

'Dat is ze.'

Jack Gordon keek haar tamelijk knorrig aan.

'Ik wilde net weggaan,' zei hij.

'Het duurt niet lang, ik wil u een paar vragen stellen.'

Ze liepen naar buiten. Jack Gordon stonk naar sigarettenrook.

'Ik heb gehoord dat u de piloot bent die drie jaar geleden een Beaver heeft gevonden die in de buurt van Kitkatla is neergestort.'

'Daarover praat ik niet.'

Hij draaide zich om en liep weg. Sonja volgde hem.

'Het is heel belangrijk voor mij, ik ben ervoor uit Zwitserland gekomen.'

Zijn donkere ogen vernauwden zich. 'Wie bent u? En wie heeft u over mij verteld?'

Sonja negeerde de tweede vraag. Ze wilde Kathrin niet in een lastig parket brengen.

'Ik heb mijn man en mijn stiefzoon bij dat ongeluk verloren.' Het was eruit. Ze had alles op één kaart gezet. Ze voelde instinctief aan dat het haar enige kans was om deze man te laten praten.

Jack Gordon keek haar zwijgend aan.

'Ik wil erachter zien te komen wat er met hen gebeurd is, hoe ze gestorven zijn. Het is het enige wat ik mee naar huis kan nemen.'

De grote herdershond snuffelde aan haar broek, maar haar nieuwsgierigheid naar het antwoord van Jack Gordon was op dat moment groter dan haar angst voor de hond.

Eindelijk deed hij zijn mond open. 'U moet begrijpen, dame, dat er regelmatig mensen op het water om het leven komen. Zo gaat dat hier nou eenmaal.'

Hij had zijn handen op de heupen geplaatst en schoof met de hakken van zijn leren laarzen over de grond.

'Waren ze allebei dood toen ze gevonden werden?'

Hij antwoordde niet meteen. 'Ik vervoerde lijken met mijn vliegtuig en dat is alles wat ik u kan zeggen. U moet naar de politie gaan als u meer wilt horen. Kom, Bunker.'

Hij liep van haar weg, zijn hond volgde hem.

'Als het uw zoon was geweest, zou u het toch ook willen weten?'

Jack Gordon keerde zich zo snel om, dat zijn hond ervan begon te blaffen. Sonja greep nu alle middelen aan.

'Hij was nog geen achttien. Hij verdiende het niet om zo aan zijn einde te komen.'

Haar ogen vulden zich met tranen.

'Ik moet weg, dat had ik u al gezegd. Waar logeert u?'

'In de Ocean View Lodge.'

'Ja, dat ken ik. Ik zal u bellen, zodra ik terug ben.'

Hij klom in zijn truck, de hond sprong achter hem aan. De deur knalde dicht, de motor begon te brullen. Jack Gordon stak zijn hoofd uit het portierraam.

'Hoe heet u?'

'Sonja Werner.'

'Sonja, soms is het beter om de waarheid niet te weten. Geloof me.'

'Wie heeft de reddingswerkers gemobiliseerd? Wie heeft ze verteld waar het vliegtuig was neergestort?'

'Via de noodradio. Jouw man... Hij was onvoorzichtig... Het was veel te gevaarlijk. Het was onbezonnen.' Hij stak zijn hand omhoog. 'Sonja. Tot ziens.'

De auto reed de straat uit. Ze keek hem na. Jack Gordon zou haar niet bellen, dat was duidelijk.

Haar rode truck stond naast de pomp. Ze vulde de tank met tranen in haar ogen.

De pompbediende keek haar bedremmeld aan toen ze betaalde.

'Het is geen slecht mens,' zei hij, 'maar hij heeft het niet gemakkelijk gehad.'

Sonja zweeg toen hij een afdruk van haar creditcard maakte.

'Zijn dochter is bij een ongeluk om het leven gekomen. Zijn enige kind.' Ze keek hem vragend aan.

'Ze reed met haar auto over een donkere weg door het bos. Plotseling liep er een eland voor haar bumper. Een reusachtige stier. Hij brak dwars door de voorruit heen. Ze was op slag dood. De stier ook.'

'Hoe lang is dat geleden?'

'Ongeveer twee jaar.'

'Bedankt,' zei ze, 'ontzettend bedankt voor alles.'

23

Sonja voelde zich alsof ze gedrogeerd was. Te weinig slaap en te harde muziek van Bonnie Raitt, die uit twee luidsprekers dreunde in Ians groene Ford Explorer.

Ze zag de oude totempaal van de Haida-indianen aan de baai van het dorpje Skidegate, dat zij beslist nog eens wilde bezoeken, maar niet vandaag. Ze sloot de ogen. Ian zong met Raitt mee, dronk tussendoor koffie uit zijn thermoskan en prees het mooie weer. Sonja verwenste haar zucht naar avontuur. Waar had ze zich nu weer mee ingelaten? Ze hoefde toch niemand iets te bewijzen. Nu kon ze echter niet meer terug.

Na ongeveer een uur ging de asfaltweg over in een onverharde weg. Sonja werd heen en weer geworpen in haar stoel. Aan dommelen viel niet meer te denken. De Ford Explorer stoof over de bosweg die vol kuilen en gaten zat. De dennen waren bedekt met korstmossen. Door het struikgewas was de zwakke glans van een zwartgroen moeras zichtbaar. De auto bonkte van kuil naar kuil.

'We zijn er bijna!' brulde Ian.

De bossen weken. Langs de weg stroomde een rivier die uitwaaierde in de oceaan. Ian reed zijn auto langs het water naar het zandstrand.

'North Beach,' riep hij op de neutrale toon van een reisleider.

Hij reed keihard over de zandstrook, alsof het een racebaan was; vlak langs de uitlopers van de golven. Er was geen mens te zien. De melkachtige zon wierp een geheimzinnig licht op het witte zand en op het zilveren patina van de boomstronken, die zich verhieven als bizarre sculpturen. Achter het strand strekte zich het regenwoud uit, donker en onheilspellend.

Na nog een paar kilometer parkeerde Ian de wagen in een opening aan de bosrand, direct achter de duinen. Hij monsterde de omgeving.

'We moeten deze plek markeren, zodat we hem terug kunnen vinden.'

Sonja wees op een aangespoelde boomstam, die er met zijn vergroeide takken als een draak uitzag.

Ian knikte. 'Die is opvallend genoeg.'

Hij keek op zijn horloge. 'Het is nu elf uur. We hebben gelukkig tijd genoeg.'

Het lopen viel Sonja minder zwaar dan ze gedacht had. De frisse zeelucht deed haar goed. Haar hoofd voelde aangenaam ontspannen aan.

Tijdens de eerste kilometers vertelde Ian de scheppingslegende van de Haida-stam. Van de raaf – voor de indianen een mythologisch dier – die met zijn spitse snavel de mosselschelp opende waarin de eerste mensen zaten. Maar de mensen hadden angst om eruit te kruipen. Ze wilden zich liever koesteren in de warme bescherming van de mossel. Daarop vertelde de raaf hoe mooi de aarde was, met haar lange witte stranden, de bergen en de zee. De mensen waren nu nieuwsgierig geworden en zagen dat de raaf gelijk had. En dat was het begin van de mensen op aarde.

Sonja vond deze legende veel mooier, veel warmer dan de geschiedenis van Adam en Eva en de verdrijving uit het paradijs. Af en toe raapte ze een mooie mosselschelp of de vuistgrote behuizing van een zeeslak op en stopte die in haar rugzak. De zon nam steeds meer in kracht toe. Ian hield het grootste gedeelte van de tijd de conversatie levendig, wat Sonja prima uitkwam.

Aan het begin van de middag sloegen ze een door struiken omzoomd pad in, dat na een uur uitkwam op een langgerekte weide van duingras.

'Dit is een waar vogelparadijs,' zei Ian, wijzend op de luid kwetterende en kwinkelerende vogels. Sonja was inmiddels enigszins moe geworden, maar de grootste uitdaging stond hen nog te wachten. Ze moesten over een aan de oceaan grenzend terrein klauteren dat bezaaid was met stenen, boomstronken, kreupelhout en graspollen. Een gebied met wel duizend valkuilen, voetangels en klemmen, zoals Sonja al spoedig vaststelde. Vanuit de zee stak een koude wind op. De zon had zich teruggetrokken. Bij Rose Spit liet ze zich uitgeput op de grond zakken. Ze hadden de plek bereikt waar volgens de scheppingslegende van de Haida de eerste mensen ter wereld waren gekomen. In de taal van de Haida-indianen heette deze streek Naikoon, wat 'lange neus' betekent. Sonja had 'koude neus' gepaster gevonden, ze rilde van de kou.

'Bij helder weer,' begon Ian, en Sonja vulde aan, 'kun je van hier tot aan Alaska kijken.'

Ze lachten, fotografeerden elkaar en besloten terug te keren. Sonja struikelde voortdurend en verwondde haar hand aan een afgebroken, scherpe tak. Tot tweemaal toe zakte ze weg in een diepe door het struikgewas gecamoufleerde kuil. Haar concentratie liet het afweten en haar voeten begonnen pijn te doen.

'Gelukkig regent het niet,' zei ze bemoedigend, toen ze de duinweide met de tsjilpende en kwinkelerende vogels bereikten. Ian bromde instemmend en versnelde zijn pas. Sonja kon zijn tempo nauwelijks bijhouden. Dat kwam haar vertrouwd voor, indachtig de uithoudingstochten met Toni.

Het smalle pad tussen de bosschages door leek eindeloos. Hadden ze werkelijk zo'n eind gelopen? Eindelijk doemde het witte strand op. Een mistsluier liet zich langzaam over de kust zakken. Nu begreep ze waarom Ian zo'n haast had. Er begonnen eerst fijne, bijna transparante nevelsliertjes in hun richting te zweven en plotseling ontstond er een muur van mist, zo dik en dicht als de rookwolken uit een fabrieksschoorsteen.

'Ellendige mist,' hoorde ze zichzelf zeggen. Ze voelde echter nog geen angst, want ze konden immers niet verdwalen. Ze hoefden alleen maar het strand te volgen.

Het lopen ging haar steeds moeilijker af. Ze zakte telkens in het zand weg, veel vaker dan op de heenweg het geval was geweest. Ook Ian liep niet meer zo snel.

Alles zag er gelijkvormig uit. Wit zand onder een ondoordringbare nevel en daarachter het geruis van een onzichtbare zee. Ze hadden nauwelijks een meter zicht. Ineens drong de verschrikkelijke waarheid tot haar door: ze zouden de auto niet meer kunnen vinden! Het woud was door de mist onzichtbaar geworden, dus hun markering was ook niet te zien! Alles was wit. De draak – hun oriëntatiepunt – ze zouden er straal langslopen! De plek was op geen enkele manier te herkennen.

'De auto,' zei ze.

Ian bleef doorlopen, terwijl hij zei: 'We zijn nog lang niet bij de auto en als we er zijn, is de mist misschien wel opgetrokken. Dat gaat dikwijls heel snel hier.'

Ze was zo moe dat ze voor eeuwig wilde gaan zitten.

'Kunnen we even een korte stop houden?'

Ian draaide zich om. 'Natuurlijk,' zei hij. Het klonk bijna berustend.

Sonja at haar laatste appel op. Ze had nog bijna een halve liter water over.

'Hoe ver is het nog naar de auto?'

Hij wierp een blik op zijn horloge. 'Ongeveer twee uur.'

Twee uur! De moed zonk haar in de schoenen. Ze wilde echter niet zwak zijn.

Ze besloten verder te lopen. Sonja begon haar passen te tellen. Dat had haar tijdens de tochten met Toni ook altijd geholpen. Ze telde steeds tot honderd en begon dan weer van voren af aan. Dat gaf structuur aan de tijd en richting aan haar energie.

Ze durfde Ian niet uit het oog te verliezen. Dan zou ze alleen zijn – alleen op een eenzaam strand. Wanneer zou het donker worden?

'We gaan het voor elkaar boksen,' zei Ian, alsof hij haar gedachten had gelezen, en hij vervolgde met geforceerde vrolijkheid: 'Dan heb je in ieder geval iets meegemaakt dat je thuis aan je gezin kunt vertellen.'

Deze opmerking kwam haar bekend voor. Had Sam niet iets soortgelijks gezegd? Maar… welk gezin zou ze iets moeten vertellen? Haar gezin was niet meer, daarvoor was ze hier.

Ian gaf zich veel moeite het gesprek op gang te houden.

'Bij Rose Spit strooiden de Haida-indianen zwanendons over de zee om de stormgeesten en zeemonsters gunstig te stemmen. Het was de kinderen verboden te lachen, want anders werden de geesten en monsters kwaad. Ook mocht er niet in zee gespuugd worden.'

Toen hij haar vertelde dat de Nepalese sherpa's tijdens de Puja-ceremonie offers brengen en gebeden prevelen om de berggoden welwillend te bejegenen, meende ze Toni's stem te horen. Toni zou onder de indruk zijn geweest van een dergelijk ritueel eerbetoon. Sonja vond de meeste bergbeklimmers respectloos, omdat ze zo veel

142

afval achterlieten. De Mount Everest lag er vol mee: zuurstofflessen, aluminium dozen, kunststof verpakkingen, kleding. De berg was voor deze alpinisten slechts een object om hun veroveringsdrang op bot te vieren, hun egotrip. Al het andere moest daar ondergeschikt aan worden gemaakt. Het had echter geen zin gehad om daar met Toni over te discussiëren. Dat begrijp je toch niet, zei hij iedere keer. Buitenstaanders snappen daar niets van.

Zo zag hij haar, als een buitenstaander. Iemand die er eigenlijk niet bij hoorde en er daarom ook niet over kon meepraten.

Maar toen Viktor – zijn klimkameraad – in de Zwitserse Alpen voor Toni's ogen te pletter viel, werd Sonja er door hem op uitgestuurd om Viktors vrouw te troosten. Hij kon dus blijkbaar wel het gevaar recht in de ogen zien, maar niet de vrouw van Viktor, een moeder van drie kinderen. Toni had niet willen horen wat Viktors vrouw aan de keukentafel huilend tegen Sonja had gezegd: 'Het zijn allemaal egoïsten, pure egoïsten. Mijn man had nooit kinderen op de wereld mogen zetten. De bergen waren voor hem belangrijker dan zijn gezin. Laat je door Toni niet zwanger maken, Sonja, dat verdienen de kinderen niet. Toni is in dat opzicht net zo laf als Viktor. Ze waren altijd samen, ze zaten altijd aan hetzelfde touw. Wat Viktor overkomen is, zal Toni niet afschrikken. Hij zal het niet onder ogen willen zien en alles in het werk stellen om zijn zelfvertrouwen terug te krijgen. Hij staat te trappelen om weer te gaan klimmen, daar durf ik een eed op te doen.'

Zo was het ook. Viktors dodelijke ongeluk in de bergen was een taboe waarover Toni nooit wilde praten. Alsof hij nooit met hem bevriend was geweest.

Wat eigenaardig, dacht Sonja, dat ik nu daaraan moet denken, hier, op dit zandstrand op de Queen Charlotte Islands.

Op dat moment doken er reusachtige vormen uit de mist op. Sonja kromp ineen. De vormen vervlogen. In het wit van de mist tekende zich een donkere contour af. Er lag iets op het zand. Sonja bleef stokstijf staan. Ian liep erop af.

'Een dode zeehond,' riep hij. 'Je kunt er het beste met een grote boog omheen lopen.'

Te laat. Een rottingslucht drong reeds haar neus binnen. Iets verderop landden er twee arenden op een verweerde boomstam. Sonja liep vlak achter Ian. Ze keek achterom. De arenden hadden hun plaatsen op het kadaver weer ingenomen.

Sonja pakte Ian opgewonden bij de arm. 'Ik kan ze zien!'

'Wat?' Ian keek haar verwonderd aan.

'De arenden! Ik kan ze zien! De mist lost zich dus op!'

Hij gooide triomfantelijk zijn armen in de hoogte. 'Ik heb het toch gezegd! Komaan, de laatste loodjes, het is niet ver meer.'

Ondanks haar vermoeidheid voelde ze zich als op vleugels gedragen. De mist trok zich steeds meer terug. Ze kon nu zelfs het regenwoud achter het strand zien.

Maar er ging nog ruim een uur voorbij voordat ze de draakvormige boomstam ontdekten. Sonja had van opluchting wel kunnen huilen. Ze sleepte zich met haar laatste krachten over de barricade van het aangespoelde wrakhout aan de bosrand.

Ian tastte in zijn rugzak. Daarna doorzocht hij de zakken van zijn jack en broek. Sonja zag zijn gejaagde bewegingen.

'Wat is er?'

'Ik kan mijn autosleutels niet vinden.'

Had ze het goed verstaan? Dat kon toch niet waar zijn?

Ian doorzocht alles opnieuw: rugzak, jas- en broekzakken.

'Waar heb je ze weggestopt?'

'Ik dacht in dit zijvak. Maar daar zitten ze niet in.'

Hij leegde zijn rugzak op de bosgrond. Geen sleutels.

'Heb je de auto afgesloten?' Ze herkende nauwelijks haar eigen stem. Ze was bekaf.

'Hij heeft een centrale vergrendeling.'

Zuchtend zonk ze neer op een bemost plekje.

'Het wordt me even te veel.'

Ook Ian was de wanhoop nabij.

'Wat een verdomde klotezooi.'

Sonja keek op haar horloge. Halfzeven. Ze waren waarschijnlijk drie uur lopen van de wegsplitsing verwijderd waar ze een bord van een camping had gezien. Het was de vraag of er iemand was, en ze hadden hun hele watervoorraad opgebruikt!

'Ik moet even mediteren,' zei Ian. 'De goden van de Haida zullen ons helpen.'

Hij liep in de richting van het strand.

Sonja keek hem enkele seconden verbouwereerd na en riep: 'Wát moet je?'

Hij draaide zich om. 'Ik ga mediteren, dat zal waarschijnlijk wel tot een oplossing leiden.'

Hij is gek geworden, hij is knettergek geworden. Sonja dacht na. Wat zou Toni in deze situatie gedaan hebben? Eén ding wist ze zeker: hij zou niks van nervositeit of angst laten merken. Hij zou de situatie nuchter beoordelen en dan de nodige stappen nemen. Als Sonja zich over iets opwond of zorgen maakte, vroeg hij altijd wat de ergste consequentie was. Dat deed Sonja immer weer met beide benen op de grond belanden. Als ze het ergste wat er kon gebeuren tot in detail ontleedde, leek het eigenlijk helemaal niet zo 'erg' te zijn.

Ze dacht aan de waterpoel in het bos. Van dorst zouden ze niet omkomen. Misschien moesten ze de nacht in de buitenlucht doorbrengen. Midden in het bos, in het gezelschap van beren. Zwarte beren, die op Haida Gwaii groter waren dan elders in Canada. Ze rilde bij de gedachte.

Ze zag hoe Ian in kleermakerszit op de grond plaatsnam, de handpalmen naar buiten gekeerd, het gezicht naar de oceaan toe. Ze maakte van de gelegenheid gebruik om achter een boom neer te hurken. Terwijl ze haar behoefte deed, hoorde ze Ians stem vanaf het strand. Nu riep hij ook nog de goden aan… Waarom zocht hij niet naar de sleutels? Het was toch niet te geloven!

De tijd verstreek. Ze ging in de buurt van Ian op een boomstronk zitten en wachtte tot hij klaar zou zijn met zijn meditatie. Ze kreeg de onweerstaanbare aandrang de man die een paar passen van haar verwijderd zat een handvol zand in het gezicht te werpen. En nog een. En nog een. En nog veel meer. Ze had zin om hem te lijf te gaan met de bruutheid van alle zeemonsters uit de diepte van de Grote Oceaan tezamen.

Haar hand klauwde zich in het zand vast.

Daar hoorde ze wat. Een licht gebrom. Ze draaide haar hoofd en liet haar ogen over het strand gaan. Zag ze daar iets bewegen? Nee, ze had last van zinsbegoocheling. Uit pure wanhoop wilde ze blijkbaar dingen zien.

Maar het gebrom bleef aanhouden. Nu reageerde Ian ook.

'Wat is dat?'

Hij keek om zich heen. Dan ineens een luide kreet.

'Een auto! Een auto!' Hij sprong overeind. 'Ik zie hem! Daar! Hij komt dichterbij!'

Nu zag ze de auto ook. Ze voelde een verlammende angst. Kon de bestuurder hen wel zien? Zou hij de auto niet draaien en wegrijden? Als bij toverslag begonnen ze beiden in de richting van het voertuig te rennen. Ian stak steeds zijn armen in de hoogte, als een hardloper vlak voor de finish.

De auto kwam dichter- en dichterbij. Hij reed recht op hen af. Toen stopte hij. Er stapte iemand uit.

'U bent door de hemel gezonden!' riep Ian met veel gevoel voor drama. 'We hebben een lift nodig om in Queen Charlotte City te komen.'

'Dat kan geregeld worden,' zei Robert Stanford, maar hij keek niet Ian aan, maar Sonja. Ze las in zijn ogen opluchting en bezorgdheid.

'Stap in.'

Op de terugtocht schetste Ian, die voorin naast Robert zat, hun belevenissen van die dag. Tot Sonja's verwondering zweeg hij echter over het aanroepen van de Haida-goden. Ze was languit op de achterbank gaan liggen. Haar ledematen voelden loodzwaar aan. Robert liet tijdens Ians verhaal op gezette tijden een 'begrijp ik' of 'tjonge' horen. Soms vermoedde ze zijn blik in de achteruitkijkspiegel, maar ze ontweek hem. Ze wilde Robert niet aankijken en ze wilde er ook niet over nadenken waarom hij naar North Beach was gekomen. Langzaam gleed ze in een diepe slaap.

Toen ze bij haar pension in Queen Charlotte City waren aangekomen, wekte Robert haar liefdevol. Hij ondersteunde haar bij het uitstappen. Ze bood geen weerstand aan zijn krachtige hand. Slaapdronken draaide ze zich om en zwaaide naar Ian, die in de auto was blijven zitten. Robert hielp haar de trap voor de ingang op. De pensioneigenaar opende de deur.

'Ah, daar bent u!' riep hij uit. 'Ik ben zo blij dat alles goed is gegaan.'

Sonja lacht zwakjes. Ze was duizelig. Ze wendde zich tot Robert. 'Ik weet niet hoe ik je bedanken kan. Ik...'

Hij legde heel even zijn hand op haar schouder. 'Rust lekker uit. We zien elkaar morgen.'

Ze wankelde de trap op. Haar rugzak sleepte ze achter zich aan. Met beverige handen maakte ze haar kamerdeur open. Er lag iets wits op het tapijt. Het was een dubbelgevouwen papiertje. Ze opende het onhandig. Het briefje bevatte een in blokletters geschreven zin. De woorden trilden voor haar ogen.

'In het vliegtuig zaten meer dan twee personen.'

24

Als eerste een close-up van de totempaal, vervolgens de houtsnijwerken in detail, de arend helemaal bovenaan, dan de kikker, de zwaardwalvis en de raaf. Langzaam wordt er uitgezoomd op de omgeving. Het imposante huis van het stamhoofd van de Haida-indianen van Old Masset, het hoge riet, de bossen daarachter, het zandstrand. Nu de zee-engte aan de horizon, de wouden op de tegenoverliggende oever. Daarboven de schapenwolkjes aan de blauwe hemel. Daarna een panoramashot maken van de in bonte kleuren geschilderde huizen van de indiaanse bevolking van Old Masset.

Sonja zette haar videocamera uit en liet zich voorzichtig op een aangespoelde boomstam zakken. Elke spier in haar benen deed pijn. Ze zou zich niet meer zo snel laten uitnodigen voor een wandeling van onbekende duur.

Ze noteerde plaats en tijd in haar videodagboek. Deze totempaal had Else Seel niet kunnen zien op haar reis naar Old Masset, want hij was van recentere datum, dat had Sonja meteen al opgemerkt. Hij was zwart en rood beschilderd, terwijl Else het alleen over ongeschilderde totempalen had, maar hij kon desondanks heel goed als authentiek voorbeeld dienen. Ze las Elses gedicht over de Haida-indianen.

Ik ben jouw vrouw
die in de vroege morgen cedertakken snijdt
om voor jou een zweep te vlechten.
Ze waren bedekt met zoete druppels
die nog herinnerden aan de nacht.

Sonja liet het boek zakken. Wat bedoelde ze daar nu weer mee? Ze zuchtte. Poëzie was niet haar sterkste kant. Gelukkig waren er nog de historische feiten. De stoomboot had in New Masset aangemeerd en Else had de hele nacht met de scheepsarts gedanst, een blonde

Nederlander: *mijn eerste en laatste danser.* Ze danste met hem tot twee uur in de morgen. Else moet van dit uitstapje genoten hebben. Ze was dol op het gezelschap van mensen, hoorde graag hun levensverhalen aan en vond het prachtig om met andere mannen te dansen, vooral als ze er goed uitzagen. Maar deze nacht sliep ze slecht. Ze droomde dat haar hond dood was, dat de kippen verhongerden en dat de kat was verdwenen. De volgende morgen wilde ze zo snel mogelijk naar de blokhut in Wistaria terug. En inderdaad, bij terugkeer hoorde ze dat coyotes haar haan en vier hennen hadden opgevreten en dat haar hond door onbekenden vergiftigd was. De dag daarop lag Else met hoge koorts in bed. Georg stelde zijn vertrek naar de bergen met een dag uit en masseerde haar tot ze ervan zweette. Vervolgens vertrok hij en liet hij haar alleen achter.

Sonja's blik gleed van het boek naar de zee-engte buiten. In gedachten zag ze de stoomboot van Else de baai uitvaren.

Ik ben dus niet de enige met boze dromen, dacht ze. Odette met bebloede slapen. Else zou deze droom serieus hebben genomen, zij zou Sonja's bezorgdheid begrepen hebben.

In het vliegtuig zaten meer dan twee personen.

Had Odette in het vliegtuig gezeten? Was ze met Toni en Nicky neergestort? Had ze het overleefd? Was ze ondergedoken? Wat verborgen Odettes ouders voor Sonja? Of de politie? Odettes vader was een invloedrijk man, voorzitter van het Zwitserse parlement. Hij had veel macht, had overal een vinger in de pap en kon veel gedaan krijgen als het nodig was. Ze voelde zich gedrevener dan ooit de waarheid te achterhalen.

Zo snel als Else vanwege de boze droom naar Wistaria terugkeerde, zo snel reed Sonja nu naar Queen Charlotte City terug.

De pensioneigenaar kwam net zijn kantoortje uit. 'Uw vriend was hier,' zei hij, 'die van gisteren. Ik heb gezegd dat u nog niet vertrokken was. Hij komt later op de dag terug.'

'Heeft hij een adres of telefoonnummer achtergelaten?'

'Nee, dat heeft hij niet. Weet u dan niet waar hij woont?'

Sonja ontweek de vraag met een wedervraag. 'Hebt u hem gisteren verteld waar ik naartoe was? Wist hij dat ik naar Rose Spit zou gaan?'

'Ja, hij leek me heel bezorgd, en ik heb hem verteld dat u met Ian op stap was, maar dat leek zijn bezorgdheid niet weg te nemen. Hij is toch een vriend van u?'

'Ja, ja,' zei ze snel. 'Dank voor uw hulp.' Halverwege de trap draaide ze zich om. 'Ik neem morgen de veerboot naar Prince Rupert.'

Op haar kamer zag ze het antwoordapparaat knipperen. Het was een bericht van Ian Fleming. Hij informeerde naar haar gezondheid.

Ook Kara wilde haar spreken. Sonja belde haar nummer, maar er werd niet opgenomen. Met Ian wilde ze later praten. Ze trok de lade van haar nachtkastje open en haalde het witte briefje tevoorschijn. Ze bekeek het enige tijd, alsof ze wachtte tot het zou gaan praten.

Ze was ervan overtuigd dat deze geheime aanwijzing van Jack Gordon afkomstig was. Ze concludeerde uit de afgelopen gebeurtenissen dat Gordon haar iets verteld had dat hij haar eigenlijk niet had willen vertellen. Maar door wie werd het hem verboden en waarom? De politie? Waarom waren de kranten er niet achtergekomen dat buiten Toni en Nicky er nog iemand in het vliegtuig zat?

Een onbestemd gevoel in haar maag maakte haar duidelijk dat het de hoogste tijd was om met Robert Stanford een lang gesprek te voeren. Ze wist ineens hoe ze hem kon vinden. Als een mijningenieur zich op dit eiland verplaatst, dan doet hij dat beslist door de lucht.

Haastig liep ze het kantoor van Northern Cold Air binnen.

'Weet u wanneer Robert Stanford terugkomt?' vroeg ze aan een medewerkster. 'Ik zou hem namelijk afhalen.'

De vrouw scheen niet in het minst verrast. 'Bob? Ik geloof over ongeveer een uur. Maar ik zal het even snel voor u nakijken.'

Ze bladerde in haar papieren. 'Die zullen om ongeveer halfvier hier zijn.'

Een voltreffer. Sonja was trots op haar combinatievermogen. Ze slenterde naar de Rainbow Gallery en kocht een kunstig gevlochten mand van cederbast voor haar moeder en een uit leisteen gesneden walvis voor Inge. Ze wist nog niet wat ze voor haar vader zou meenemen. Cadeautjes voor mannen waren altijd moeilijk. Op een keer had ze voor Toni een apparaatje gekocht waarmee je voetstappen kon tellen, waarmee je de hoogte ten opzichte van het zeeniveau kon bepalen, dat de gemiddelde polsslag uitrekende en dat je om je pols kon dragen. Dit apparaatje bevond zich bij de bezittingen die vanuit Canada naar Zwitserland overgebracht waren, samen met de lijken.

Om iets voor halfvier stond Sonja bij de landingsplaats van Northern Cold Air te wachten. Ze hoorde het geronk van het watervliegtuig nog voor ze het kon zien. Tien minuten later zag ze Robert uit het toestel stappen. Hij zag haar meteen en scheen niet verbaasd. Hij zag eruit als een onderzoeker die van een excursie terugkeerde, tevreden, maar enigszins verkreukeld. Waar vloog hij telkens naartoe? Wat was zijn missie?

Hij kwam direct op haar toegelopen. 'Je oogt zo fris als een lentemorgen. Heb je goed kunnen uitrusten?'

Ze sloeg haar armen over elkaar. 'Ja, maar jij schijnt niet aan rusten toe te komen.'

Hij bekeek haar glimlachend.

'En dat uit jóúw mond, rusteloze vrouw.'

Via de houten trap klom hij van de steiger aan wal.

'Gun me de tijd om even snel te douchen, dan kunnen we samen vis gaan eten of zo. Als je dat leuk vindt.'

'Waar is jouw hotel?'

'Dat is de Witte Raaf. In de buurt is een goed restaurant. Zal ik je afhalen, over een halfuur ongeveer?'

'Ik loop er wel naartoe, het is niet zo ver.'

Het was maar een paar honderd meter lopen, maar de spierpijn herinnerde haar aan de inspanningen van de vorige dag, en aan Roberts wonderbaarlijke verschijnen op het strand; iets wat vele vragen opriep.

Het restaurant naast de Witte Raaf zat bijna vol. Sonja liet haar keus vallen op mosselsoep. Robert, wiens vochtige naar achteren gekamde haar prachtig glansde, koos voor heilbot.

Daarna keek hij haar verwachtingsvol aan. Ze rook de frisse lucht van zijn aftershave. Hij droeg een katoenen pullover en een spijkerbroek.

'Waarom ben je hier?'

Verdraaid. Dat had zíj hem als eerste willen vragen. In plaats daarvan had hij het heft in handen genomen.

151

Ze voelde ergernis in zich opstijgen. Ze had de indruk dat ze voortdurend rekenschap over haar reis moest afleggen. Alsof haar aanwezigheid door niemand op prijs werd gesteld. Maar meteen dacht ze aan Jack Gordon en het witte briefje. Aan Kathrin, de verpleegkundige, en Sam, de piloot. Aan Diane en de vinder van haar portefeuille, die mysterieuze veiligheidsman. En Gerti en Helmut. Allemaal hulpvaardige, vriendelijke mensen. Of vergiste ze zich?

Roberts ogen waren nog steeds op haar gericht. Nu gleed zijn blik langs haar lange slanke hals. Ze voelde haar gouden hanger op haar naakte huid branden, in de lage opening van haar lichtgroene blouse.

Ze stak haar kin in de hoogte. Zo gemakkelijk zou ze het deze zelfverzekerde kerel niet maken.

'Ik zal je vraag beantwoorden...' Vervolgens vertelde ze hem van Else Seel. Van haar leven in Berlijn, de contactadvertentie in de krant, de reis naar Vancouver, de ontmoeting met Georg de pelsjager, van hun gemeenschappelijke leven in de blokhut en van Elses briefwisseling met de dichter Ezra Pound.

Robert luisterde aandachtig, en toen ze haar verhaal gedaan had, zei hij: 'Ik kan me goed voorstellen dat deze vrouw je fascineert, Sonja.'

Ze prikte een stukje mosselvlees aan haar vork.

'Zo, waarom?'

'De parallellen zijn toch onmiskenbaar.'

Het stukje mossel viel van de vork en kwam naast haar bord terecht. Waar had hij het over? Parallellen? Wat wist deze man eigenlijk van haar?

Hij keek haar geamuseerd aan. 'Natuurlijk Sonja, dat moet jou toch ook opgevallen zijn. Je reist alleen naar Canada, je bent een beschaafde, intellectuele stedelinge, je bent avontuurlijk ingesteld en kennelijk hou je van de natuur en...'

Hij beëindigde zijn zin niet, omdat de ober bij hun tafel was komen staan om de wijnglazen bij te schenken.

Sonja maakte van de gelegenheid gebruik om van thema te wisselen.

'Heb je een gezin?'

'Ik ben gescheiden, al vier jaar. Ik denk dat ik mijn ex-vrouw te veel alleen liet. Ik was vaak en meestal lang op reis; dat brengt mijn beroep met zich mee.'

'Was voor jou je werk belangrijker dan je relatie?'

'Ik heb nu eenmaal dit werk. Het is een heel specialistisch vak. En dat maakt het ook niet eenvoudig om eventjes van beroep te veranderen. Maar het is waar, ik hou van mijn werk. Vooral nu. Omdat er zo intens naar nieuwe delfstoffen wordt gezocht en er nieuwe mijnen worden geopend, is het ongelooflijk spannend. En ik word er ook nog eens goed voor betaald.'

Sonja legde haar lepel terzijde. 'Mannen gunnen zich de luxe om hun leven in dienst te stellen van hun beroep, maar... wat gebeurt er met de partner, en de kinderen?'

'Jij houdt toch ook van je beroep, Sonja. Dat is duidelijk te horen aan de verhalen die je vertelt. Zou jij dat willen opgeven?'

'Ik heb geen gezin... althans ik heb geen gezin meer. Mijn man en mijn stiefzoon zijn een paar jaar geleden om het leven gekomen.' Ze keek langs hem heen, naar de schepen in de haven beneden. 'Hier in Canada.'

Hij zei niets. Hij wachtte af of ze nog meer zou vertellen. Ze bleef echter zwijgen. Ze was geschrokken van haar openhartigheid.

Hij leunde achterover. 'Ik zou heel graag met jou een korte wandeling over het strand willen maken. Voel jij daar ook voor?'

Ze knikte. Hij betaalde de rekening en hielp haar in haar jack.

Ze reden zwijgend naar Skidegate, langs de totempalen en het stamhuis van de Skidegate-indianen. Het strand was verlaten en het hemelgewelf spande zich ver en weids over de eilanden voor de kust. Een oceaanbries bracht verkoeling op Sonja's gloeiende gezicht. Ze trok de ritssluiting van haar jack helemaal omhoog en slenterde aan de zijde van Robert, die zich eveneens warm had aangekleed. Ze kon zich voorstellen hoe hij bij temperaturen onder het vriespunt in de mijngangen rondscharrelde, op zoek naar aders en ertsen die mogelijkerwijs het begin waren van rijkdom en voorspoed. En misschien ook wel van list en bedrog. Wie wist, behalve vakmensen als Robert, wat de werkelijke opbrengst van een mijn was? Men moest op hun oordeel vertrouwen – of rekening houden met hun kritische blik. Men moest er vooral voor waken dat ze hun mond voorbijpraatten voordat de contracten en vergunningen getekend waren. Hun kennis leidde naar veel geld of naar de ondergang. Dat had Sonja gelezen in de door haar uitgeprinte documenten.

Robert verbrak als eerste het zwijgen.

'Die Zwitserse piloot, die omgekomen is, dat was dus jouw man.'

Ze kon uit zijn toon niet goed opmaken of het een vraag of een vaststelling betrof. Hij had kennelijk van het ongeluk gehoord en misschien een aanwijzing van Sam gekregen en daaruit een conclusie uitgetrokken. Ze besloot open kaart te spelen.

'Ja.'

'En de jongen was jouw stiefzoon?'

Ze keek hem van opzij aan. 'Maar dat wist je toch al, nietwaar?' Ook geen vraag, weer een vaststelling.

Hij zweeg. Hij hield zijn ogen naar de grond gericht. De invallende avond onttrok de nuances aan zijn gezicht.

Ze raapte een steen op en wierp hem met een sierlijke boog in het water.

'En nou moet je mij eindelijk eens vertellen wat er precis aan de hand is? Wat wordt hier verdoezeld? Gaat het om een misdrijf? Weet jij er meer van? En, waarom volg je mij?'

Ze keek hem strak in de ogen. Hij pakte een schelp op en liet die wisselend van de ene hand in de andere rollen, terwijl zijn blik op de zee gericht bleef. Alsof hij tijd wilde winnen. De bruisende golven rolden sissend en schuimend over het strand.

Toen hoorde ze hem dwars door het geraas van de zee spreken.

'Zie je deze oceaan en dit prachtige strand. Daarboven die ontzagwekkende hemel en daarachter die ondoordringbare oerbossen. Dit land is zo geweldig, zo fantastisch, dat het me iedere keer weer de adem beneemt. Maar heel veel mensen zien de bomen, de bergen en de zee niet. Ze denken alleen maar aan wat er daaronder verborgen ligt: goud, zilver, koper, diamanten, aardolie, aardgas, uranium, zink en wat er nog meer aan bodemschatten voorhanden is. De zeebodem rond deze eilanden, rondom Haida Gwaii, bevat gigantische hoeveelheden energie. Het gaat om aardgas. Er zijn mensen die alleen maar daaraan denken, als ze de naam Haida Gwaii horen.'

'Mensen zoals jij,' zei Sonja met een knipoog.

'Ja, eens behoorde ik tot die mensen, dat is juist, maar... ik ben veranderd. Ik geloof er heilig in dat we met deze bronnen verantwoordelijk om moeten gaan. Ik ben voor duurzaam gebruik, zodat er voor de komende generaties ook een toekomst is. Ik geloof stellig dat de natuur op veel plaatsen belangrijker is dan de exploitatie van bodemschatten.'

Ze liepen zij aan zij over het steenachtige strand. In diverse waterplassen werd het zwakker wordende licht van de hemel weerkaatst.

'Ik ben hier om de Haida-indianen te adviseren hoe ze het eigendomsrecht op hun bodemschatten veilig kunnen stellen. Ik ben belast met het technische aspect, de advocaten voor het juridische aspect. De indianen willen weten hoe mijnbouwbedrijven te werk gaan en hoe de besluitvorming tot stand komt. Ze zijn slim, ze willen niet opgelicht worden.'

Sonja zag aan de horizon een witte punt oplichten. De veerboot uit Prince Rupert.

Robert hield zijn pas even in. 'Als het om geld gaat en om economische belangen, heeft men met sterke tegenstanders te maken. Niet alleen met machtige regeringen, die ook een deel van de taart willen, of met invloedrijke concerns, maar ook met... criminele elementen.'

'Ik weet het. Ik heb gehoord dat de georganiseerde misdaad de Canadese diamantindustrie infiltreert.'

Hij draaide zich met een ruk naar haar toe. 'Waar heb je dat gehoord?'

'Dat heb ik op internet gelezen.'

'Heb jij belangstelling voor diamánten?'

Sonja aarzelde. Ze was niet van plan om informatie achter te houden, maar wilde zich eigenlijk niet helemaal bloot geven.

'Ik heb je naam ingevoerd in een zoekmachine.'

'Heb je mijn naam ingevoerd? Waarom?'

'Onderzoek doen is mijn vak, dat is mijn tweede natuur.'

Hij fronste zijn voorhoofd.

'En? Wat heb je gevonden?'

'Niets over jou. Maar...'

Hij wachtte.

'Ik kwam wél de naam van een bekende tegen.'

Hij keek haar vragend aan. Ze was al zo eerlijk geweest te vertellen

155

dat ze onderzoek naar hem gedaan had, dus was er geen reden voor verdere geheimzinnigheid.

'Diane Kesowsky.'

Hoewel hij niks zei, was het haar duidelijk dat de naam hem bekend was. Hij wierp de schelp in zijn hand tegen een rotsblok kapot.

Sonja bleef haar ogen op hem gericht houden.

'Wat was er met mijn man aan de hand, Robert?'

Hij stak zijn handen in de zakken van zijn jack. 'Jouw man is in een rampzalige situatie terechtgekomen. Hij vloog in een voor hem volkomen onbekend gebied. Hij was lichtzinnig. Een waaghals, als je het mij vraagt. Vooral omdat hij andere mensen in gevaar bracht.'

'Ik heb gehoord dat er meer dan twee mensen aan boord waren,' flapte Sonja eruit.

Hij keek haar lang aan. Als hij zich afvroeg hoe zij dat wist, liet hij dat niet merken. Misschien was hij er zich nu ook van bewust dat hij maar beter niet tegen haar kon liegen. Toch verraste hij haar.

'Er waren met elkaar vier personen aan boord.'

Sonja kromp ineen.

'Vier! Wie waren die andere twee?'

'De politie wil dat niet bekend maken. Het onderzoek is nog niet afgesloten. Daarom wordt bepaalde informatie nog niet vrijgegeven.'

'Wat? Loopt het onderzoek nog? Maar dat heeft niemand mij verteld!'

Ze stampte woedend in het zand.

'Jouw man heeft met deze twee personen niets te maken. Het was louter toeval dat ze met hem mee vlogen. Zo zie ík dat in ieder geval.'

Ze keek hem onthutst aan. Ze wist niet meer wat ze moest denken. Hij voelde medelijden. Hij knikte haar bemoedigend toe.

'Waarom weet je dit allemaal, Robert? Wat is jouw aandeel?'

Hij perste zijn lippen samen.

'Ik werkte destijds voor een niet nader te noemen bedrijf. Het ging om het vinden van diamanten. Een van de medewerkers van dat bedrijf... Nou ja, deze persoon werd ervan verdacht met criminelen samen te werken.'

'En die persoon zat in het vliegtuig?'

'Ja, maar dat is alles wat ik je zeggen kan.'

'En die vierde persoon? Was dat een vrouw?'

'Nee. Ik kan je echt niet meer zeggen, Sonja. Geloof me, als het kon zou ik het doen, maar ik ben vanwege mijn beroep aan geheimhouding gebonden. Ik heb overeenkomsten ondertekend die het mij verbieden over mijn werk te praten. De mij toevertrouwde geheimen kunnen miljarden waard zijn, begrijp je? Als ergens diamanten gevonden worden... Het kan mij de kop kosten.'

Zijn gezicht stond ernstig en zijn ogen lieten haar niet los. Plotseling raakte ze in een impuls met haar hand bijna zijn wang aan. Verward wendde ze zich af.

Ze begon te rennen en nog harder te rennen. Toen ze ver genoeg van hem verwijderd was, ging ze op een rots zitten. De eindeloze zee leek de spot met haar te drijven. Wat was ze toch nietig. Wat aanmatigend van haar om het lot te willen doorgronden. Het leven was iets wat je overkomt, en wie verstandig was, onderwierp zich er zonder verzet aan. Het leven van een ander te doorzien was gemakkelijk, maar het eigen leven was te dichtbij, te direct, te onvermijdelijk.

Misschien zou ze nog wel ongelukkiger zijn als ze de gehele waarheid zou weten. Robert had gelijk: bepaalde geheimen waren geheim en moesten geheim blijven. *Het kan mij de kop kosten.*

Ze zag Robert op dezelfde plek staan als waar ze hem had achtergelaten. Een stoere en slanke gestalte. Hij stond rechtop als een totempaal, zijn gezicht was naar de zee gekeerd.

Ze wandelde langzaam terug. Hij draaide zijn hoofd, hij zag haar aan komen lopen. Een man die geduldig kon wachten, dacht ze. Zijn gezicht verzachtte toen ze naast hem kwam staan.

'Zullen we maar eens teruggaan?' vroeg hij. 'Het zal zo donker zijn.'

Ze ging voorbij aan zijn vraag.

'Waarom heb je mij gewaarschuwd... die bewuste nacht, waarom heb je gezegd dat ik die dag niet naar Haida Gwaii mocht reizen?'

'Omdat je geschaduwd werd. Men wilde er achterkomen door wie en waarom.'

'Wie schaduwt mij? En waarom?' vroeg ze zo rustig mogelijk.

'Dat stel uit Zwitserland.'

Ze wist niet wat ze hoorde. 'Gerti en Helmut? Dat meen je toch niet! Die zijn hier met vakantie.' Ze was het liefst in een luid gelach uitgebarsten. 'Die waren trouwens vijf dagen weg, die zaten in de Khutzeymateenvallei, om naar grizzlyberen te kijken.'

'Nee, dat waren ze niet.' Hij pakte haar arm om haar tot lopen te bewegen. Sonja liet hem begaan en bood geen weerstand.

'Ja, ja, dat waren ze wel. Gerti en Helmut komen uit Duitsland, niet uit Zwitserland, ze –'

'Sonja, ze waren beiden niet in het reservaat, geloof me toch.'

Ze voelde instinctief aan dat hij de waarheid sprak.

'Maar, waar waren ze dan in hemelsnaam?'

'Ze zaten je op de hielen. Bij Greenblue Air hebben ze bijvoorbeeld geïnformeerd waar je naartoe zou vliegen.'

Sonja moest even gaan zitten. De vochtigheid van het zand drong door de stof van haar broek heen, maar het kon haar niet schelen. Robert hurkte naast haar neer.

'Wees niet bang. Ze zijn niet op de Queen Charlotte Islands. Men heeft ze op een dwaalspoor gebracht. Ze geloven dat je via de snelweg naar Vancouver onderweg bent.'

'Wie heeft ze op een dwaalspoor gebracht?'

'Mensen die ervoor zorgen dat jij je onderzoek ongestoord kunt voortzetten.'

'Maar wie zijn dat, en waarom zou iemand mijn onderzoek willen saboteren?'

'Het is een pure veiligheidsmaatregel, er bestaat geen concreet gevaar.'

'Is dat weer een van je geheimen?'

'Ja.' Hij hielp haar overeind. Zijn handen waren verbazingwekkend warm. *Pas op, dat is er weer zo een die het gevaar opzoekt. En ook weer een met geheimen.*

In zijn stem klonk een kalme zekerheid door toen hij zei: 'Jij hebt toch ook geheimen, Sonja?'

Ze kon zijn ogen niet meer goed zien, het was nu te donker. Waar was hij op uit?

'Ik verwacht niet dat je mij verraadt. Het heeft zijn tijd nodig. Kom, ik zal je naar huis brengen, je rilt van de kou.'

In de auto zei hij plotseling: 'Eén geheim kan ik je echter wel vertellen. Ian Fleming heeft niet de goden aangeroepen toen hij op het strand mediteerde.'

'Pardon? Hoe weet je, dat Ian –'

'Hij heeft me met zijn mobiele telefoon gebeld. Ik bevond me op dat moment in Old Masset.'

'Ik begrijp het niet. Ken je Ian dan al langer? En waarom wist je dat Ian en ik –'

Hij streek zachtjes over haar arm en glimlachte. 'Dat is streng geheim.'

25

De volgende morgen woedde er een storm. De regen sloeg tegen de ramen. Sonja kon de eenden, die anders om deze tijd op het grasveld rondliepen, nergens ontdekken. De veerpont zou met dit weer niet uitvaren had de pensioneigenaar al aangekondigd, en dus verlengde ze haar verblijf met een nacht. Er gebeurde nog iets onverwachts. Ze hoorde niets meer met haar rechteroor. De gehoorgang zat volledig dicht. Er bleef haar niets anders over dan door de stromende regen naar de kliniek te lopen. Het kleine gebouw lag onder aan de steile helling weggedoken, alsof het niet gezien wilde worden. Sonja hoefde maar een paar minuten in de wachtkamer door te brengen, voor de wijkverpleegster haar naam afriep. Ze spoelde Sonja's oor tot de druk weg was, terwijl ze onophoudelijk op haar inpraatte. Spoedig bleek dat ze Kathrin kende.

'Ze heeft hier een jaar geleden tijdens de vakantie als invalster gewerkt. En nu zit ze weer in Kitkatla... asjemenou, zeg! Ik zal haar een keer bellen. Misschien kunnen we elkaar een keer treffen. Blijft u nog lang hier?'

'Nee,' zei Sonja, 'eigenlijk wilde ik vandaag al terug, maar de veerboot –'

'Ik weet het, ik weet het, die afschuwelijke storm, die laat alles in het honderd lopen. Ach, je kunt maar beter even wachten en het zekere voor het onzekere nemen, hè?'

Sonja betaalde de rekening en stak haar hand uit. De verpleegkundige drukte die krachtig, maar hield niet op met praten.

'Een paar jaar geleden was er een ongeval met een Zwitserse vrouw in onze omgeving, ik weet niet meer precies waar, maar ze was tamelijk ernstig gewond. In ieder geval moest ze met een helikopter naar Vancouver vervoerd worden. Dat kan ik me nog herinneren.'

'Heeft ze het overleefd?'

'Ik heb geen flauw idee, ik heb het maar zijdelings meegekregen. Kathrin weet er waarschijnlijk meer van. Ik zat in Yukon, toen het gebeurde. Zulke ernstige ongevallen gebeuren maar zelden op het eiland, zodat je het eigenlijk een beetje verleert. Kathrin heeft veel ervaring door haar werk op de Eerste Hulp, maar ik –'

Iemand riep haar naam.

'Wat? Ja, ik kom eraan. Neem me niet kwalijk, maar ze hebben me nodig. Het was even leuk met u te babbelen.'

Sonja's polsslag ging sneller dan de regen op de daken sloeg toen zij de heuvel naar de hoofdstraat afdaalde. Misschien was dit een aanwijzing die betrekking had op Odette! Maar volgens Roberts informatie had er geen vrouw in de Beaver gezeten. Van welk ongeluk zou hier dan wel sprake kunnen zijn? Lag Odette verlamd in het ziekenhuis? En wilden haar ouders dat geheim houden? Maar waarom?

Misschien wist Robert wel meer dan hij zei. Ze stak voor de haven over en liep op de Witte Raaf af. De receptioniste hoefde niet lang in de computer te zoeken.

'Bob is afgereisd, zei ze.

'Maar de veerboot… die vaart vandaag helemaal niet,' stamelde Sonja verbluft.

'Ik weet niet of hij nog op het eiland is, dat kan ik u helaas niet zeggen, het spijt me.'

'Heeft hij geen bericht achtergelaten of heeft hij gezegd waarom hij zo plotseling is vertrokken?'

'Bob had tot vandaag geboekt, ik heb die boeking zelf genoteerd.'

De vrouw was vriendelijk, maar desondanks ergerde Sonja zich. Hoe durfde ze hem zo amicaal 'Bob' te noemen! Alsof hij een oude vriend van haar was.

Hij had zich simpelweg uit de voeten gemaakt!

Sonja stormde het hotel uit en worstelde zich door regen en wind naar haar pension terug. Ook daar had Robert geen bericht voor haar achtergelaten. Niet op haar antwoordapparaat noch bij de receptie. Er was echter wel een pakket voor haar afgegeven. Ze pakte het in haar kamer uit en keek recht in een bontgekleurd indiaans dansmasker. De omslagafbeelding van een fotoboek. Ze had dit loeizware boek in Ians boekwinkel doorgebladerd, maar het vanwege het gewicht niet gekocht.

161

Ze bedacht zich niet en trok er met gummilaarzen en regenkleding onmiddellijk op uit.

'Ah, daar is onze moedige historica,' zei Ian verheugd, toen zij zich voor zijn bureau opstelde. 'Ben je de vermoeienissen te boven gekomen?'

'Bedankt voor de belangstelling. Waar ken je Robert Stanford van?'

Ian keek haar met grote ogen aan. Deze felle toon had hij beslist niet verwacht. Maar Sonja was te kwaad om beleefd te zijn.

'Bob? Die komt hier vaak. Hij heeft grote interesse voor Haida Gwaii.'

'Waarom wist hij dat wij tweeën naar Rose Spit gingen?'

Ian keek naar de vloer.

'Ik heb open kaart met hem gespeeld.'

'Hoezo heb je open kaart met hem gespeeld? Waarom? Waar was dat voor nodig?' Ze kon haar woede niet meer verbergen.

'Ik wilde verhinderen dat er problemen zouden ontstaan.'

'Problemen? Wat voor problemen?'

'Wel...' zei hij aarzelend. 'Dat ik daar met jou naartoe ging.'

'Waarom zou je daar problemen mee krijgen? Dat begrijp ik niet.'

Van haar natte regenjack vielen druppels op het bureau. Ian verschoof een stapel papier.

'Ik wilde niet dat er misverstanden zouden ontstaan. Ik heb hem gewoon gezegd, dat ik jou Rose Spit zou laten zien. Dat keurde hij goed.'

Sonja sperde haar ogen wijd open. 'Dat keurde hij goed? Hij hoeft helemaal niets goed te keuren! Jij hebt zijn goedkeuring helemaal niet nodig, ik ben –'

'Ik weet het, ik weet het,' zei Ian. 'Het is mij natuurlijk niet ontgaan dat hij een speciale belangstelling voor jou heeft, als je begrijpt wat ik bedoel. Ik wilde niet in zijn vaarwater komen. Wie als eerste de winkel binnen stapt, wordt als eerste bediend. Zo is het nu eenmaal.'

Sonja was sprakeloos. Wat was deze man haar allemaal aan het vertellen?

'Jij denkt dus... Jij denkt dus, dat Robert en ik... dat wij... Heeft hij daarop gezinspeeld?'

Ian streek met zijn vlakke hand over de stoppels op zijn schedel. 'Goed, als je het dan met alle geweld wilt weten, maar, mondje dicht tegen Robert, hij heeft tegen mij gezegd: "Blijf van haar af, ik ben geïnteresseerd in haar."'

Hij zag Sonja's ontdane gezicht en bracht verontschuldigend zijn handen omhoog. 'Ik ging er vanuit dat iemand Bob verteld had dat we samen naar Rose Spit zouden gaan, en dat hij toen naar mij toe is gekomen om zijn territorium af te bakenen. Da's nogal logisch, hè?'

Sonja haalde een aantal keren diep adem. Ze wist niet wat ze hoorde, ze snapte er niks van. Ian kletste ongestoord verder.

'Ik wilde hoe dan ook met jou dat uitstapje maken. Mij is het in ieder geval prima bevallen en Robert vond het ook in orde. Ja toch?'

Hij keek haar omzichtig aan.

'Ja, ja,' zei Sonja snel. Ze was nu in staat het een en ander te verklaren.

Robert had haar Ians winkel zien binnengaan – hij was haar al vanaf het begin op het spoor geweest – en had Ian over haar plannen uitgehoord. Hij maakte Ian wijs dat zij met hem iets had of dat hij op zijn minst iets voor haar voelde. Zo zorgde hij ervoor dat Ian haar persoonlijke bewaker werd. Heel geraffineerd.

Robert speelde een gemeen spelletje. Dat was haar nu wel duidelijk. Hij volgde haar en bespioneerde haar. En als hij haar al beschermde, dan diende dat belangen waar ze slechts naar kon gissen.

Gerti en Helmut haar achtervolgers? Wat een onzin!

En nu was hij in het niets verdwenen. Hoe had ze hem ooit kunnen vertrouwen! Dat was een les die ze uit de hele affaire had kunnen trekken, na alles wat er met Toni gebeurd was. Je kon blijkbaar niet wantrouwend genoeg zijn.

Ian stond nog steeds tegenover haar. Ze had bijna medelijden met hem.

'Ik heb er ook reusachtig van genoten,' zei ze. 'Dit uitstapje zal me mijn leven lang bijblijven.'

'Als het met Robert niets wordt, dan ben je hier altijd welkom. Maar het is een goeie vent. Daar kan ik niets van zeggen.'

'Inderdaad.' Ze veegde de laatste regendruppels van haar gezicht.

'Maar ik kom hier vast en zeker nog een keertje terug.' En op dat moment geloofde ze dat ook.

'Ik heb het boek uitgepakt en –'

'Heb je een momentje.' Ian richtte zijn aandacht even op een klant die net de winkel was binnengekomen.

'Er zit een kaartje in,' zei hij snel, en met een vriendschappelijke omhelzing nam hij afscheid van Sonja.

In haar pension hoorde ze dat de veerboot 's avonds zou uitvaren. Ze begon meteen haar koffers te pakken. Het zware boek legde ze als eerste in de koffer. Het kaartje was ze vergeten.

26

'Wat is dat voor herrie?' vroeg Inge.

'Dat zijn sportvissers die zich bezatten omdat ze een grote vis hebben gevangen,' zei Sonja.

'Waar ben je dan in hemelsnaam terechtgekomen?'

'Ik heb een kamer in een lodge voor hengelaars geboekt, een echte blokhut. Ik wilde een keer in een echte Canadese blokhut overnachten.'

Ze voerde het gesprek via de telefoonautomaat in de gang van de lodge, omdat ze met haar mobiele telefoon opnieuw geen ontvangst had. Haar stem moest opboksen tegen het gejoel van de whisky en wodka drinkende mannen die zich in de bar rond het open haardvuur hadden geschaard.

'Hé, hoe laat is het eigenlijk bij jullie?'

'Eén uur 's nachts.' Door het kabaal van de gasten had Sonja niet kunnen slapen, zodat ze uiteindelijk na twaalven besloot om Inge te bellen. In Zwitserland was het tien uur in de morgen.

Sonja wilde nog een vraag stellen die haar al heel lang op de lippen lag: 'Inge, wist jij dat Diane naar vindplaatsen van diamanten heeft gezocht?'

Het bleef stil op de lijn.

'Inge, ben je daar nog?'

'Ja, natuurlijk. Maar die zuipschuiten maken het me wel heel moeilijk je te verstaan. Van wie heb je dat gehoord?'

'Ik heb het ergens gelezen.'

'Ach, die oude diamantgeschiedenis. Dat was allemaal een hoop gedoe om niks, maar dat kun je het best aan Diane zelf vragen. Ik weet daar absoluut te weinig van. Schiet je een beetje op met Else Seel?'

Sonja vermoedde dat Inge niet het achterste van haar tong liet zien, maar ze kende haar bazin goed genoeg om te weten dat dit niet het juiste moment was om druk op haar uit te oefenen.

'Morgen, vandaag dus, bezoek ik het ziekenhuis waar haar beide kinderen geboren zijn.'

'Tjonge, Sonja, het gaat dus fantastisch!'

'Ja, fantastisch.'

Ze vertelde Inge niet dat ze zo snel mogelijk naar Vancouver wilde terugkeren. Ze had namelijk gehoord dat Kathrin niet meer in Kitkatla was, en helaas wilde niemand haar het telefoonnummer of het adres van Kathrin in Vancouver geven. Sonja had bij de medische post haar mobiele nummer voor haar achterlaten. Ze had vervolgens geprobeerd Sam te bereiken, maar die was met zijn vliegtuig onderweg. Iets zei haar dat ze het ontbrekende puzzelstuk in de verdwijningszaak van Odette in Vancouver zou vinden. En Odette was de sleutel tot Toni's dood.

's Morgens bij het ontbijt vertelde Walt, de eigenaar van de lodge, dat het oude ziekenhuis in Hazelton er volgens hem niet meer stond. Sonja wilde dat heel graag met eigen ogen zien. Ze probeerde Walt uit te leggen waarom ze met alle geweld deze plek wilde opzoeken. Geen enkele gebeurtenis in Elses dagboek had zo'n indruk op haar gemaakt als haar avontuurlijke reis naar het ziekenhuis in Hazelton en de terugreis naar de blokhut in Wistaria.

'Zowel de baby als zij was daarbij bijna om het leven gekomen,' vertelde ze aan Walt, terwijl ze de ijsblokjes uit haar jus d'orange viste. Ze haatte ijsblokjes.

Else, die Berlijn nog geen twee jaar daarvoor verlaten had, wilde haar eerste kind in een ziekenhuis met de hulp van een arts ter wereld brengen. Haar man Georg begeleidde haar en liet haar daarna alleen omdat hij in de bergen op marters ging jagen. De geboorte verliep naar wens en in januari 1929 verliet Else het ziekenhuis om met haar pasgeborene naar Wistaria terug te keren.

'Het vroor dertig graden, toen ze per trein met haar baby naar Burns Lake reisde,' vervolgde Sonja.

Walt ging de keuken in, waar ze hem eieren hoorde breken.

'Ja, dit soort temperaturen komen in deze streken voor.'

Hij kon haar fascinatie niet helemaal plaatsen, maar Sonja liet zich niet weerhouden, ze kende de beschrijving van de reis uit haar hoofd.

Else stapte om twee uur 's nachts met de baby in Burns Lake uit. Ze liep voorzichtig over de bevroren spoorweg naar het hotel waar ze een kamer had geboekt. De kamer was ijskoud, want de enige houtkachel stond op de gang en had onvoldoende capaciteit om de hotelkamers te verwarmen. De ramen waren met ijs bedekt en Else lag in haar bed te rillen van de kou. 's Morgens was de zuigeling blauw aangelopen. Dus nam Else de baby mee naar de enige verwarmde kamer in het hotel, het slaapvertrek van het vrouwelijk personeel.

Een auto bracht ze naar het volgende onderkomen, een pension aan het François Lake. Na een paar dagen dook Georg eindelijk op om zijn pasgeboren zoon Rupert te zien. Hij glom van trots en was opgetogen van vreugde. De volgende dag stak hij het meer over, zogenaamd om een glas bier te drinken, maar hij keerde niet meer terug. Hij was een boer uit Wistaria tegengekomen, die een slee had. Hij zag zijn kans schoon om zo eerder in de bergen te kunnen zijn.

Sonja verslikte zich bijna in haar jus d'orange. 'Stel je toch eens voor, hij liet Else en de baby gewoon aan hun lot over,' riep ze in de richting van de keuken, waar Walt spek aan het bakken was. Als antwoord hoorde ze slechts het sissen van het vet. Sonja liet zich er niet door weerhouden.

Else moest wachten totdat het François Lake bevroren was, zodat ze met de auto naar de overkant gebracht kon worden. Maar omdat de eigenaresse van het pension haar dochter in Prince Rupert een bezoek wilde brengen en haar pension gedurende haar afwezigheid sloot, moest Else gedwongen haar kamer verlaten, ofschoon het ijs op het meer nog niet sterk genoeg was voor een overtocht.

Bij deze passage trok er altijd een huivering door Sonja heen.

Een jachtopziener was van plan met zijn oude Ford het ijs over te steken. Hij had lange stokken aan zijn auto vastgemaakt, die het voertuig bij het eventueel breken van het ijs voor zinken zouden behoeden. Eerst weigerde hij Else en haar kind mee te nemen. Maar ze haalde hem over. Ze reden langs kieren, spleten en scheuren. Else had vreselijke angst dat ze door het ijs zouden zakken en in het ijskoude water zouden verdrinken. Maar als door een wonder bereikten ze veilig de andere oever, waarvandaan een groepje mensen angstig hun gevaarlijke overtocht had gadegeslagen.

De jachtopziener werd overmoedig en wilde nogmaals het bevroren meer oversteken. Ditmaal echter zakte zijn auto door het ijs. Hij kon zich het vege lijf redden door er net op tijd nog uit te springen.

'Het had de dood van Else en haar baby kunnen betekenen – ze moet zich vreselijk gevoeld hebben toen ze ervan hoorde,' zei Sonja.

Het dodelijke gevaar van het ijskoude water, waarin het kind had kunnen sterven, schreef Else later. Zij en de kleine Rupert brachten de nacht door bij kennissen en de volgende dag reisden ze verder per paardenslee door de dikke sneeuw. De tocht duurde de gehele dag en Else controleerde haar kind regelmatig op een teken van leven. Haar bezorgdheid bleek gegrond. Een vrouw uit de buurt had haar baby voor de thuisreis per slee zodanig ingepakt, dat het kind bij thuiskomst, bevrijd van zijn warme kleren, dood bleek te zijn: gestikt.

's Avonds kwamen ze in Ootsa Lake aan. Haar lichaam was door de koude zo verstijfd, dat ze niet zonder hulp de slee kon verlaten. Rupert leefde echter nog.

'Zie je,' zei Walt, die uit de keuken kwam en naast haar ging zitten, 'hier blijkt maar weer uit hoe moeilijk het voor ouders is een evenwicht te vinden tussen veiligheid en risico. Beide kan het kind het leven kosten.'

Sonja staarde hem aan. Hij had precies begrepen wat ze bedoelde. Ze voelde zich enigszins ontmaskerd. Daarom voegde ze er nog aan toe: 'En Georg, haar man, keerde pas een paar maanden later van de jacht terug.'

Tegen de middag reed ze naar Hazelton. Ze moest over een hangbrug die een diep ravijn overspande. Het ziekenhuis bevond zich aan de andere kant van het dal, binnen het indianendorp. Walt had gelijk gehad. Waar het oorspronkelijke gebouw had gestaan, stond nu een bedrijfsgebouw.

In de hal zag ze bijna alleen maar indiaanse gezichten. Op een muur in een van de gangen ontdekte ze een foto van het oude ziekenhuis. Het zag er eerder uit als een zomerresidentie.

Sonja filmde de kliniek met de imposante bergen erachter en met de indiaanse huizen op de heuvels eromheen. Later reed ze langs de onstuimige, snelstromende Skeena River in de richting van Burns Lake.

Ze genoot van de loofbomen met hun door het zonlicht versterkte diepgeel, oranje en helderrood gekleurde bladerkronen. Ze voelde zich overspoeld door een plotselinge golf van geluk, tot ze zich dwangmatig ging bezighouden met de vraag of Robert Stanford kinderen had.

27

Dat was dus het François Lake, waarop Else Seel in die bitterkoude winter doodsangsten had uitgestaan. Op Sonja maakte het water een haast idyllische indruk, maar dat lag hoogstwaarschijnlijk aan de warme herfstzon. Ze stond aan de reling van de kleine veerboot – weer een veerboot! –, waarop haar truck met aan zekerheid grenzende waarschijnlijkheid naar de andere oever gebracht zou worden. De zacht glooiende heuvelruggen vlijden zich tegen de zilverblauwe hemel aan als spinnende katten. In plaats van wildernis ervoer Sonja ingetogenheid. Ze voelde de aangename opwinding die zich voordoet als namen die men alleen uit boeken kent, zich eindelijk manifesteren in de werkelijkheid.

Aan de oever parkeerde ze haar truck voor een klein verwaarloosd houten huis met boven de deur een bord: SCHOOL. Dat kon niet het gebouw zijn waar Elses kinderen naar school gingen. Sonja liep naar het saaie gebouw ernaast, waar de leiding van de plaatselijke indianenstam Chislatah gevestigd bleek te zijn. Een jonge vrouw stapte net de deur uit.

'Wistaria?' zei ze. 'Nee, die school lag aan het Ootsa Lake, maar die bestaat niet meer. De huizen van Wistaria zijn destijds onder water komen te staan, omdat men stroomopwaarts een stuwdam gebouwd had.'

Sonja wist dat, maar ze had gehoopt nog enige huizen te vinden die de stijging van het water doorstaan hadden. De jonge indiaanse wees naar een schuurtje achter de oude school.

'Als u er meer over wilt weten, kunt u dat aan mijn grootvader vragen. Hij is in de zeventig, hij heeft het allemaal nog meegemaakt. U kunt hem daarbinnen vinden; hij is een kano aan het snijden.'

Sonja bedankte haar en haalde haar notitieboek en videocamera uit de truck. De deur van het schuurtje knerpte luid, toen ze hem openduwde. Eerst zag ze slechts een half uitgeholde kano, die de hele lengte van de ruimte in beslag nam. Daarna zag ze een man met een stuk gereedschap eraan werken. Hij keek op toen ze naderbij kwam.

Ze stelde zich voor en zei dat ze in het stamkantoor gehoord had dat hij een kano aan het snijden was, en dat had haar nieuwsgierig gemaakt. De oude indiaan droeg een spijkerbroek, een paars hemd en een baseballcap. Zijn gezicht leek op de verweerde bast van een hemlockspar. Ze kon de raadselachtige uitdrukking van zijn ogen niet duiden.

Hij keek haar aan en stak zonder vragen te stellen direct van wal.

'Mijn grootvader heeft de laatste kano in deze streek gesneden. Uit een cottonwoodboom, een Amerikaanse populier, zoals deze hier.'

Hij streek met zijn vinger over het hout.

'Dat was in 1946.'

Hij liep naar een tafel met allerlei gereedschap en kwam terug met een zwart-witfoto.

'Dat is mijn grootvader. Hij behoorde tot de Killerwhale Clan.'

Sonja dacht even na: 1946, dat was vijf à zes jaar voordat de door een Canadees concern gebouwde stuwdam het water deed stijgen, waardoor de huizen van de indianen en de blanke kolonisten er een voor een ten prooi vielen. Ze vroeg de oude man ernaar. Hij wendde zijn gezicht af en ze hoorde hem zeggen: 'Ze hebben mijn dorp onder water gezet. Nu is alles weg. Ze hebben ook het gebied onder water gezet waar wij onze stammoeders begroeven.'

Zwijgend werkte hij enige minuten aan zijn kano om vervolgens de draad weer op te pakken: 'Ik was destijds zeventien jaar. We woonden in blokhutten bij het meer. We hadden maar twee weken de tijd om onze huizen leeg te halen. We moesten een hoop achterlaten.'

Hij liep weer naar de werktafel en ruilde zijn werktuig om voor een ander. Zijn bewegingen waren zowel efficiënt als waardig.

'Naderhand noemden we dit land hier de Hongerige Vlakten, omdat we nog maar zo weinig weidegrond voor onze koeien hadden.'

Ze keek toe hoe hij houtkrullen uit de boomstamkano schaafde, een oeroud ambacht dat waarschijnlijk met hem zou uitsterven. Ze vroeg hem of zij hem met de videocamera mocht filmen. Hij gaf met een hoofdknik toestemming. Toen ze even later weer in het daglicht stond, had ze het gevoel uit een andere tijd te komen.

Ze vervolgde haar reis langs weiden met grazende koeien en boomgroepen en kleine boerenbedrijven die aan de weg lagen. Het landschap deed haar een beetje aan Zwitserland denken. Ze sloeg af bij de plek die de oude indiaan had aangegeven en reed nu op een brede macadamweg die hoogstwaarschijnlijk was aangelegd voor de reusachtige met boomstammen beladen vrachtwagens die ze zo af en toe tegenkwam. Soms zag ze vanwege de enorme stofontwikkeling de weg niet meer. Ze hoorde de kiezelstenen tegen haar truck slaan, en al spoedig ontdekte ze een haarscheurtje in de voorruit.

Ze minderde vaart, wat een gelukkige greep bleek te zijn, want kort daarna stoof er een kudde geiten over de weg. Uitgeput bracht Sonja haar auto tot stilstand en ze keek om zich heen. Aan de rechterkant stond een wit kerkje dat door een houten omheining van ontschorste latten was omgeven. Sonja's hart sloeg bijna een slag over van vreugde. Dit moest de kerk zijn die Else en Georg jarenlang bezocht hadden. Hier waren ook haar kinderen Rupert en Gloria gedoopt. Op de plaats van de klokkentoren stak een schoorsteen uit het dak, een latere aanpassing. Door het kruis op de deur werd dit eenvoudige huis een kerk. De sneeuwwitte voorgevel was pas nog geverfd, maar voor de rest leek de tijd hier stil te hebben gestaan. Sonja pakte haar videocamera en liep naar de kerk toe. Ze rukte aan de deur. Gesloten. Ze keek naar de vervallen hoeve die tegenover de kerk stond, maar die was onbewoond – in de voortuin stond een auto zonder nummerbord in het hoge gras weg te roesten. Ze zuchtte. Ze kon dus niet naar binnen, maar wat trof ze een prachtig licht voor buitenopnamen!

Enige kilometers verderop vond ze ook het door de kolonisten gebouwde gemeenschapshuis van Wistaria. Net als het kleine kerkje stond het onopvallend langs de kant van de weg. Sonja zou er waarschijnlijk aan voorbij zijn gereden, als ze niet zo ingespannen op het bord WISTARIA COMMUNITY HALL gelet zou hebben. Het gemeenschapshuis leek op een bijgebouw van een boerderij, met een blinde muur aan de straatkant.

Sonja zocht vliegensvlug Elses beschrijving in het boek op. Dus hier had de voormalige dochter van een Duitse grootgrondbezitter zovele nachten gedanst, op muziek van een driemanschap, bestaande uit een gitarist, een violist en een accordeonist. *De grote sterke man-*

nen tilden de vrouwen hoog in de lucht en schreeuwden van plezier, schreef Else. *Zo had ik nog nooit gedanst, en ik werd gevraagd voor elke dans.* Om twaalf uur was er koffie en er waren ook koeken en belegde broodjes, en na het dansen gleden de sleden voor: *de jongelui te paard, en tussen de sleden en de paarden blaften de honden opgewonden. Alles suisde naar beneden langs de steile helling die op de grote weg uitkwam, waarvandaan de sleden via de zijwegen naar de boerderijen verdwenen.*

Sonja liet haar ogen van boven naar beneden langs het sobere gemeenschapshuis gaan en snapte helemaal niets van Else. Dit kon toch niet geweest zijn waar de Berlijnse van gedroomd had! Dansen met belegde broodjes na afloop? Daarvoor had ze toch niet haar leven in Berlijn opgegeven, de gepassioneerde discussies in studentenkringen, die vaak de hele nacht duurden, de literaire bijeenkomsten, de voordrachten over geschiedenis en filosofie aan de Humboldt-Universität? In Duitsland had Else net haar eerste succes als schrijfster mogen smaken: een verhaal dat in 1921 was verschenen en diverse bijdragen aan kranten en tijdschriften. Ze moest beslist over een carrière als gevierd dichteres hebben gedroomd.

En toch had ze gekozen voor dit volstrekt glansloze leven in Wistaria, voor het gezelschap van eenvoudige mensen die geen enkel gevoel voor en geen enkel benul van kunst hadden. Een paar dansjes vormden het culturele en sociale hoogtepunt. Waarom toch? Sonja keek om zich heen. Vanaf de bergtop, waarop het gemeenschapshuis stond, kon ze de blauwe vlag van Ootsa Lake onder in het dal zien wapperen. De dichte bossen, die tijdens Elses leven de bergflanken bedekt hadden, waren in de loop der tijd uitgedund, gekapt en van hun woestheid beroofd. Het gebied was in de ogen van Sonja veel minder bedreigend als uit Elses beschrijvingen naar voren kwam. Maar wat een contrast met het Berlijn van de jaren twintig!

Natuurlijk was er die ongelukkige liefdesgeschiedenis geweest. Een getrouwd man, en ook nog eens een beroemd dichter. Een Deense schrijver, Martin Andersen Nexø, die van 1923 tot 1930 in Duitsland woonde. Hij was vijfentwintig jaar ouder dan zij. Hij was haar mentor. Zij werd verliefd op hem, maar zoals gewoonlijk koos hij niet voor haar maar bleef hij bij zijn vrouw. Else was hevig teleurgesteld. Het literaire wereldje, de mensen die daarbij hoorden, ja, het gehele oude Europa hadden plotseling voor haar afgedaan. Ze wilde alles de rug toekeren, alles vergeten en een nieuw leven beginnen.

Dat voelde Sonja allemaal haarfijn aan. Een uit pijn ontstane afkeer. De behoefte aan een wedergeboorte. Eigenlijk niks nieuws onder zon. Maar wist Else eigenlijk wel wat haar in Canada te wachten stond? Wilde ze haar oude leven kwijtraken om hier een nieuw leven te beginnen? Een leven waarin ze in de winter met gevaar voor bevriezing ijs voor drinkwater uit het meer moest hakken en het gehele jaar door brood moest bakken, vis pekelen en de moestuin bewerken.

Sonja had hier met Inge vaak over gepraat en nu moest ze haar gelijk geven. Er was echter in Duitsland nog wat gebeurd, iets wat Else uit Duitsland had verdreven: haar donkere geheim.

Een geheim dat alleen via een radicale aanpak, een onstuitbare ommekeer, door de nieuwe Else overwonnen kon worden.

Else, wat verberg je voor mij?

28

De stevig gebouwde man met de overhangende wenkbrauwen, die een uur later tegenover haar zat, sprak liever over Georg Seel dan over Else.

Hij heette Alan Blackwell en had nog met Elses kinderen op school gezeten. De directrice van het museum in Burns Lake had Sonja naar Blackwell verwezen en had haar zijn adres gegeven. Ze vond zijn huis aan het eind van een hobbelige, niet verharde weg. En ze had geluk: Blackwell en zijn vrouw waren net grondig aan het opruimen. Ze wilden verhuizen naar de omgeving van Burns Lake. Desondanks nodigden ze Sonja spontaan uit voor een kopje thee met wat lekkers erbij, en nu zat ze met hen in de met dozen volgestapelde keuken.

Alan Blackwell, schatte Sonja, moest halverwege de zeventig zijn. Het wond haar buitengewoon op dat haar de kans geboden werd een getuige uit het begin van Elses verblijf in Ootsa Lake te interviewen. Zijn eerste woorden waren echter gewijd aan Georg Seel.

'Hij was werkelijk een heel sympathieke man, zorgzaam, maar ook ruw en weerbarstig. U moet weten dat de pelsjagers vroeger een heel hard bestaan hadden. Ze trokken er begin november op uit, op sneeuwschoenen, en bleven tot aan Kerstmis weg.'

Hij keek zijn vrouw Marion aan, een pezige vrouw met zilvergrijze haren, die zwijgend naar hem luisterde.

'Tegen Kerstmis kwamen ze naar huis, bleven dan een paar dagen, en waren dan weer tot maart onderweg. Ze vingen marters, lynxen en in het voorjaar otters en bevers. Ze maakten gebruik van wildklem-men.'

Sonja stelde zich de pijn, paniek en radeloosheid voor van zo'n dier dat in een wildklem gevangen zat. Ze rilde ervan. Haar reactie ontging Alan Blackwell niet.

'Het was hard, zowel voor de dieren als voor de mensen. De pels-jagers hadden geen contact met de buitenwereld. Als George Seel in zijn hut in de bergen bevror, zou niemand daar ooit van weten. Het waren harde tijden, maar het was hierboven de enige manier om geld te verdienen.'

Sonja maakte notities. Alan Blackwell hoefde niet te worden aangespoord om zijn verhaal te vervolgen.

'George was een goed uitziende man, een vlotte man, maar het was ook een beetje een viespeuk.' De oude man lachte. 'Onder pelsjagers deden diverse verhalen over hem de ronde. Dat hij terugkwam uit de wildernis, met vieze, stinkende kleren, en zo het bed indook met Else.'

'Waren ze gelukkig?' vroeg Sonja.

Blackwell keek zijn vrouw weer aan. 'Als George en Else samen ergens waren, leken ze altijd gelukkig. Else heeft zich nooit over George beklaagd en hij heeft haar altijd als een goede echtgenote beschouwd.'

'Was hij niet een hopeloze dromer, ik bedoel, wat betreft zijn eindeloze zoeken naar goud en zilver?'

'Hij was een dromer, dat is waar. Bij het minste of geringste spoortje zilver of goud dacht hij schatrijk te worden. Maar weet u, al die goudzoekers zijn dromers.'

Hij realiseerde zich iets, nam een slok van zijn thee en zei toen: 'Soms scheen ze ongelukkig te zijn.'

Sonja wachtte.

'Ze was vaak alleen. Ik wist dat ze dichteres was. Ik vind het eigenaardig dat ze voor dit leven koos... als je bedenkt waar ze vandaan kwam.'

Hij moest hoesten. Sonja had gehoord dat hij als soldaat tijdens de Tweede Wereldoorlog in Europa had gevochten.

'Mijn moeder is vanuit Engeland naar Canada gegaan,' vervolgde Blackwell peinzend. 'Ze komt uit Londen. Ze was verloofd met de broer van mijn vader, maar die is in de Eerste Wereldoorlog omgekomen. Mijn vader heeft haar toen gevraagd met hem te trouwen.'

Hij streek met zijn grote hand langzaam over zijn robuuste onderarm, alsof hij daar pijn voelde.

'Mijn moeder vertelde me later dat ze gedurende de eerste drie jaar in Canada elke avond voor het slapen gaan gehuild heeft. Ze had geen enkel idee in wat voor leven ze hier terecht zou komen.

Op een gegeven moment was ze eraan gewend en wilde ze niet meer weg.'

Sonja luisterde gefascineerd toe. Ook Else wilde later niet meer weg. Vooral toen het haar in het vierde jaar financieel beter ging. Toen had ze die nijpende geldzorgen niet meer. In die tijd bouwden ze een stal en een grote schuur bij hun huis. Georg kocht gezonde, krachtige koeien die kalveren konden baren. De Seels wilden zich gaan toeleggen op veeteelt. Ze kochten meer dan tachtig hectare grond, met een beek en hooiland. Else stuurde na de oorlog voedselpakketten aan familie en vrienden in Duitsland. Georg kocht twee paarden en Rupert een kettingzaag. Het leven lachte hen toe.

En toen ging het mis. De nederzettingen aan het Ootsa Lake waren gedoemd ten onder te gaan. Een Canadees concern bouwde in de nabijheid van het dorp Kitimat een stuwdam om de stroomvoorziening op peil te brengen. De dam keerde de richting van de Nechako River en het peil van het Ootsa Lake steeg hoger en hoger.

Sonja vroeg Blackwell naar de overstroming. Hij nam haar mee naar de rand van zijn tuin. Deze plek bood een weids uitzicht over het meer, de bergen aan de horizon en de bossen op de glooiende hellingen.

'Het meer was vroeger vijfenveertig meter diep,' zei Blackwell. 'De medewerkers van het concern kwamen met de mededeling dat ze het waterniveau van het meer zouden verhogen en gaven ons niet veel tijd om onze spullen te pakken. De kolonisten hebben voor hun verloren gegane land nauwelijks een vergoeding gekregen.'

Sonja hoorde in zijn stem een verbitterde berusting doorklinken.

De Seels moesten alles opgeven, het huis, de stal, de schuur, de tuin met de bessenstruiken, de bloembedden, de dennenbomen, de weide met de gletsjerstenen en het haverveld. Voor Else was de overstroming niet het enige ongeluk. In 1950 stierf Georg op zestigjarige leeftijd.

Mensen kunnen van de ene op de andere dag alles kwijtraken, dacht Sonja, toen ze over het meer uitkeek. En ik ben niet de enige die dat ervaren heeft.

Toen ze afscheid nam, drukte Marion Blackwell haar een briefje in de hand.

'Bel deze vrouw, ze is de dochter van Elses vroegere buren. Ik heb gezegd dat u bij haar langs zal komen.'

In de achteruitkijkspiegel zag Sonja het oude paar voor het huis staan, geflankeerd door hun zwarte kat en honingkleurige labrador. Ze zwaaiden Sonja nog lang na.

Sonja draaide het portierraam naar beneden. De zon brandde fel, veel te fel voor september, vond ze. Ze wilde naar de oever van het Ootsa Lake en sloeg een steenachtige weg in die naar een aanlegsteiger voerde. Bij het meer was een grote open plek, een met veelkleurige bloemen overdekte weide. Het water glinsterde als was het met een laagje edelmetaal bedekt. Sonja ging in het gras zitten en at met smaak van de door haar op een linnen servet uitgestalde tomaten, kaas, brood en peren. Een zachte bries liet de bladeren in de lucht dansen. Het herfstlicht was van een tintelende schoonheid, Sonja had het gevoel alsof ze goudstof inademde. Aan de andere oever ruisten de eeuwige bossen.

Sonja liep naar het strand en waste haar handen in het koele water.

Ze ging aan de waterkant zitten en sloeg de *Vancouver Sun* open.

Het eerste wat ze zag was een foto op de voorpagina: een man van midden veertig met uitgestrekte hand. Maar in plaats van vingers waren slechts stompjes te zien. Zijn vingers waren geamputeerd. Ze begon te lezen. De alpinist had de hoogste berg van Canada, de Mount Logan, met twee metgezellen beklommen, toen ze in een sneeuwstorm verzeild raakten. Ze zaten drie dagen lang op een gevaarlijke bergkam vast, terwijl de wind met snelheden van honderd kilometer per uur op ze inranselde. De tent was al weggeblazen en de mannen dachten dat ze zouden sterven. Een helikopter had ze in veiligheid gebracht. De reddingswerkers hadden daar hun leven voor geriskeerd. Sonja las het interview met de bergbeklimmer, een vader van drie kinderen.

Bergbeklimmen is een egoïstische bezigheid, dat geef ik toe. Het is een verslaving. En zoals bij elke verslaving doe je de mensen pijn van wie je het meeste houdt. Sterven is gemakkelijk. Iedere idioot kan sterven. Het zijn de mensen die achterblijven die het er moeilijk mee hebben. Maar ik kan er niet mee ophouden. Elke dag is een avontuur. Die euforie op de berg, ik kan het niet verklaren. Het is onaangenaam, smerig, koud en eigenlijk is alles ellendig en zwaar, maar ik word er gelukkig van... Ik zal prothesen krijgen en dan hoop ik me weer aan het bergbeklimmen te kunnen overgeven. Ik wou dat ik zeggen kon dat ik het nooit meer zal doen. Ik weet dat ik mijn kinderen daarmee gelukkig zou maken. Maar ik weet niet of ik het ze kan beloven... Ik denk niet dat ik hier veel van leer, omdat ik niet denk dat ik het anders gedaan zou hebben...

Sonja verfrommelde de krant en stapte woedend in haar auto.

Ze had alles verkeerd gedaan. Het was verkeerd geweest met een man als Toni te trouwen. Het was verkeerd geweest hem te vertrouwen. Het was verkeerd geweest haar leven zo in dienst van hem te stellen. Het was verkeerd geweest tijd en energie te steken in het onderzoek naar de omstandigheden van zijn dood. Dat stompzinnige gedoe! Ze weten zogenaamd niet wat ze doen. Hoezo! Ze weten toch donders goed wat ze ánderen aandoen? En ze blijven er gewoon mee doorgaan.

Het beven van haar lichaam werd pas minder toen ze haar truck een uur later op de veerboot reed. Ze keek op haar horloge. Te laat om nog op zoek te gaan naar het adres op het briefje. Ze was moe. Ze ging terug naar haar *bed and breakfast*, waar ze ook de nacht daarvoor geslapen had.

Ze zette een kopje thee in het gastenverblijf en ging met het boek over de Haida-kunst op de bank zitten. Voor een poos dompelde ze zich onder in de voortbrengselen van een bijna verdwenen wereld, maar haar gedachten keerden steeds weer terug naar het gesprek met Alan Blackwell. Hij moet Georg Seel bewonderd hebben. Jongens hebben mannelijke voorbeelden ter navolging nodig. Nicky had zijn vader ook bewonderd. Hij had er zich erg op verheugd om met zijn vader naar Canada te gaan. Alleen hij met zijn vader in dat geweldige land, een avontuur waar hij bij zijn vrienden mee kon aankomen. Zij had nog tegen Toni gezegd: 'Goed dat je het nu doet, want straks trekt Nicky met een vriendin de wijde wereld in.' Niet dat hij toen een vriendin had. De laatste had hij twee jaar daarvoor ineens de bons gegeven. Maar Toni had in de zakken van Nicky's spijkerbroek condooms gevonden, toen hij zijn was afhandelde. Met wie slaapt hij eigenlijk, had hij haar gevraagd. Sonja was enigszins verrast. Uiteindelijk was Nicky bijna zeventien. Het is toch prima dat hij condooms gebruikt, had ze tegen Toni gezegd, maar die had alleen maar zijn voorhoofd gefronst.

Stiekem moest ze bekennen dat het voorval ook haar de ogen had geopend. Ze zag plotseling hoe gespierd Nicky was. Hij had krachtige dijbenen, die ze een keer zag toen hij in zijn onderbroek rondliep. De jongen zag er verdomd goed uit, en Toni moest dat ook gezien hebben. Nicky was een dromer die zich het liefst terugtrok in een fantasiewereld. Maar waarvan droomde hij? Wat waren zijn fantasieën? Nicky vertelde haar nauwelijks iets. Ze schreef het toe aan zijn leeftijd en aan de fase van zijn leven waarin hij verkeerde. Misschien moest ze ophouden hem als een kleine jongen te bemoederen, had ze destijds gedacht. 'Schei er toch mee uit me zo te betuttelen! Wat weten jullie nou van het leven?' had hij haar en Toni nog vlak voor de reis naar Canada voor de voeten geworpen.

Haar oogleden werden zwaar. Het boek gleed langzaam uit haar handen.

Er viel iets wits uit. Een envelop.

Ze scheurde hem open en haalde er een kaart uit.

Lieve Sonja,
Dit boek is een herinnering aan de schoonheid en betovering van de Haida Gwaii. Misschien kom je er nog wel eens onder gelukkiger omstandigheden terug. Je bent een fantastische vrouw en ik voel me zeer vereerd jou te hebben leren kennen.
Ik wil graag contact met je blijven houden.
Wil je me bellen? Onderaan staat mijn mobiele nummer.
Tot ziens,
Robert

Robert had haar dat boek gegeven, niet Ian!

Ze las het briefje nog een keer en zag Roberts gezicht voor zich: de ogen met de wisselende uitdrukking, die stille glimlach in de mondhoeken.

Ze ging naar haar kamer en belde het nummer op de kaart. Een computerstem zei: 'De klant bevindt zich buiten het ontvangstgebied. Probeer het later nog eens.'

Ze gooide haar mobieltje op het bed.

Ze ging onder de douche staan en liet het water net zo lang over haar lichaam stromen tot ze zich ontspande.

29

Alice Harrison leidde haar de kamer binnen waar een televisie op volle sterkte stond te schetteren. Ze boog zich over haar man heen, die in een fauteuil zat met zijn rollator binnen handbereik. 'Dit is Sonja uit Berlijn. Ze is hier vanwege Else en George,' brulde ze in zijn oor.

De oude man keek Sonja met tranende ogen aan.

'Alford is 95 jaar oud,' zei Alice Harrison trots. 'Ik ben 87.' Ze ging zwierig op de bank zitten. 'Wij beheerden het postkantoor van Wistaria. Mijn vader was postmeester, weet u. Maar gaat u toch zitten. Ik ben zo af en toe langsgegaan bij mevrouw Seel, op mijn paard. Haar huis was gezellig. Ze had veel geborduurde spulletjes. Tja, ze was vaak eenzaam, hè.'

Het kostte Sonja moeite de woordenstroom van de oude dame te volgen, omdat haar stem nauwelijks tegen het gedreun van de televisie op kon. Ze wierp een blik op het beeldscherm: rugby.

'Alford was pelsjager, net als George. Maar hij bleef niet zo lang weg als George. Else noemde hem Georg, op z'n Duits. Heb ik het op de juiste manier uitgesproken? George was een goede kostwinner, hij was trots op zijn gezin. Maar hij zorgde niet goed voor zichzelf. Hij rookte.'

Ze sloot de ogen en zweeg. Opeens veerde ze van de bank omhoog. 'Hij fokte bevers.' Ze draaide haar hoofd naar haar man toe. 'Hoeveel bevers had George?' riep ze. 'Hoeveel bevers?'

'Een paar.' Zijn zwakke stem was nauwelijks hoorbaar door het ratelende commentaar van de sportverslaggever.

'Else moest voor de bevers zorgen,' vervolgde Alice. 'Ze was een pientere vrouw. Ze was heel anders dan George. En ze was zeer emotioneel.'

'Waaruit bleek dat?'

'Ja, ze was zeer emotioneel. Toen de regering vlak bij hun huis een weg naar het meer aanlegde en men daarvoor een paar dennenbomen moest omhakken, was ze diep gekwetst. Ze was kwaad op de arbeiders. Jullie mogen mijn bomen niet omhakken, schreeuwde ze. Maar natuurlijk mochten die mannen dat wel, geloof mij maar.'

'Waren Else en Georg gelukkig met elkaar?'

Alice Harrison dacht na. Ze vond de vraag onaangenaam, dat kon Sonja duidelijk zien.

'Ze maakten er het beste van. George was een goede buur. Hij zag er goed uit en werkte hard. Ze klaagde eigenlijk nooit, behalve... Alleen als hij niet op de afgesproken dag naar huis kwam. Ik geloof wel dat hij trots op haar was, maar hij had een nogal vreemde manier om dat te tonen. Maar wacht, ik heb heel veel foto's.'

Ze sprong verbazingwekkend kwiek op en kwam na een poosje met een aantal fotoalbums terug. Sonja voelde haar vingers kriebelen. Foto's voor de tentoonstelling! Ze moest de oude vrouw overreden haar wat foto's mee te geven.

Alice Harrison nodigde Sonja uit om naast haar op de bank plaats te nemen. De foto's waren klein, zwart-wit, met witte getande randjes, maar Sonja zag met haar geoefende oog precies wat ze wilde zien.

Else Seel die picknickte met de scholieren van Wistaria. Met een breedgerande hoed op zat ze in het gras.

Else met haar dochter Gloria. Ze zag er fors uit, en haar gelaatstrekken waren harder en meer uitgesproken dan bij het meisjesportret dat Sonja bij haar zoon Rupert had gezien.

Else met zuigeling. Ze stond met haar warm ingepakte baby in de sneeuw. Haar haren waren kortgeknipt en lagen strak tegen haar hoofd aan.

Georg Seel met Rupert op zijn arm. Hij zat in de kamer op een stoel. Een sterke man en een nietige baby.

Terwijl Sonja opgewonden de foto's bekeek en ze reeds als vergrotingen in het museum zag hangen, vertelde Alice honderduit, waardoor Sonja niets meer hoefde te vragen.

'George had veel ongelukken. Hij verbrandde een keer zijn hals met een lamp. Hij heeft daar flinke littekens aan overgehouden. Hij was haar trouw, daar twijfel ik niet aan. Waarom mevrouw Seel voor dit leven gekozen heeft? Ik weet het niet. In die tijd heb ik haar daar nooit naar gevraagd. Ik mocht haar wel. Ze kreeg veel boeken en kranten over de post. Dat vond ze belangrijk.'

Ze verzonk even in gedachten. Sonja wachtte. Ze kon niet geloven hoeveel geduld ze plotseling kon opbrengen.

'We waren daar, bij de Seels, op de avond voor George stierf. Alford en ik waren daar. George was op bed gaan liggen. Hij zag er heel moe uit.'

Alice Harrison zweeg. Haar man was overeind gekomen uit zijn stoel en steunde nu op de rollator. Ze sprong op en haastte zich naar hem toe. Ze is zelf 87, dacht Sonja, en ze verzorgt een man van 95.

'Ik moet me even om Alford bekommeren,' zei Alice Harrison verontschuldigend.

'Mag ik van u een aantal foto's lenen, zodat ik ze kan kopiëren?' Sonja was eveneens opgestaan.

'Als u tegen tweeën nog even langskomt, slaapt Alford en heb ik wat meer tijd.'

Alice Harrison liet haar man een paar seconden alleen en omhelsde Sonja spontaan. 'Uw vragen hebben me weer teruggevoerd naar vroeger, dat is zo mooi.'

In de namiddag stoof Sonja zingend over de highway. In haar handtas zat een envelop met foto's. Wat een buitenkansje! Ze kon het nauwelijks bevatten. Ze had Elses geheim weliswaar nog niet ontsluierd, maar ze voelde zich er dichterbij dan ooit. En spoedig zou ze in Vancouver zijn. Misschien over twee dagen. Ze was ervan overtuigd dat ze ergens in deze stad een belangrijke ontdekking zou doen. Alle sporen wezen in die richting.

Een hoge vrachtwagen ontnam haar het zicht op de weg. Ze wilde net gaan inhalen, toen haar mobieltje piepte: een sms'je. *De Zwitserse vrouw stierf bijna. Informeer bij het VGH.*

Sonja staarde naar haar telefoon, alsof die haar het raadselachtige bericht kon verklaren. Wat betekende VGH? En van wie kwam dit anonieme bericht? Van de verpleegkundige in Queen Charlotte City die haar van een gewonde Zwitserse verteld had? Maar die had haar nummer toch niet!

Het herinnerde haar aan het bericht waarmee ze Diane haar aankomst in Vancouver gemeld had. Een antwoord was tot dusverre uitgebleven.

In een impuls draaide ze Roberts nummer.

'Ja?' Zijn stem leek van ver weg te komen.

'Ik ben het, Sonja.'

'Sonja. Waar ben je?'

'Ik ben op weg naar Vancouver. En jij?'

'Ik zit midden in een vergadering. Wacht, ik ga even de kamer uit.'

Ze hoorde het sluiten van een deur.

''Sonja, luister: Jack Gordon is dood.'

'Wie?' Ze kon hem niet goed verstaan.

'Jack Gordon. Jij hebt hem op de Queen Charlotte Islands ontmoet.'

Sonja was te verbluft om hem te vragen hoe hij van die ontmoeting af wist.

'Spreek er met niemand over. En rij zo snel als je kunt naar Vancouver. Ik zal daar ook spoedig zijn. Sonja?'

Haar gedachten gingen vliegensvlug. Had ze een reden om zich zorgen te maken?

Hij schatte haar zwijgen goed in. 'Ik wil niet dat je je ongerust maakt, maar we moeten voorzichtig zijn. Gaat het goed met je?'

'Ja, maar alles is zo verwarrend, zo –'

'We zullen elkaar gauw zien. Alsjeblieft, heb nog een beetje geduld, dan leg ik je alles uit.'

'Ja.' Wat kon ze anders zeggen?

'Ik moet nu ophangen. Nou, tot gauw dan.'

'Tot gauw. En bedankt,' zei ze, 'dank voor je boek.'

Aan niets denken nu. Niets meer voelen. Gewoon rijden. Zo snel mogelijk. Weg van iedereen. Weg van Robert en zijn geheime ondernemingen. Van Toni en het verleden. Van de pijn en de nachtmerrie en de herinneringen. En morgen niet meer ontwaken en ervaren dat alles weer is zoals het was, alsof er geen ontkomen aan is.

Zou ze ooit weer een normaal leven kunnen leiden? Zou ze ooit weer gelukkig kunnen zijn?

Ze moest snelheid minderen. Voor haar reden twee campers met een slakkengangetje achter elkaar aan. Ze had al een aantal van deze rollende olifanten ingehaald, maar er doken steeds weer nieuwe voor haar op. Er waren er simpelweg te veel.

Ze dacht terug aan de tijd met Toni. Was zij gelukkig geweest? Ze was rusteloos geweest, dat kon ze zich nog herinneren. Voortdurend op zoek. Op zoek naar... het ongewone. Destijds wilde ze breken met het gewone. Ze wilde eraan ontsnappen. En als ze dat niet alleen voor elkaar kreeg, dan wilde ze dat samen met hem doen. Maar dat ontsnappen was niet gelukt. Niet met Toni. Het avontuur, het risico, het gevaar – dat was zijn domein. En door zich met Toni te vergelijken ging ze zich nog angstiger en laffer voelen en had ze nog meer behoefte aan zekerheid. En toch had hij haar wat dat betreft nooit bekritiseerd. En ook had hij haar nooit laten merken dat ze niet gelijkwaardig aan hem was. Nee, het was haar eigen innerlijke stem die streng was en haar onzeker maakte.

Maar nu, op dit moment, was het háár avontuur, háár reis in het ongewisse. Ze zat er middenin, helemaal alleen, en wat ze voelde was woede, verwarring, verzet en ongeduld. Maar geen angst.

Ze stuurde haar truck de inhaalstrook op en trapte flink het gaspedaal in.

Nee, normaal zou haar leven nooit meer worden. Maar dat hadden anderen al voor haar meegemaakt. Het leven van haar moeder was niet meer normaal geweest nadat ze erachter was gekomen dat de plotselinge dood van haar vader niet een hartaanval was geweest, wat men haar als kind altijd verteld had, maar zelfmoord. Het leven van Inges levenspartner was niet meer normaal sinds hij met prostaatkanker moest leven. Het leven van Toni's ex-vrouw was niet meer normaal nadat ze haar enig kind had verloren.

En Odettes leven. Dat was absoluut niet normaal. Als ze nog leefde, kon ook Odettes leven niet meer normaal zijn.

Ik kan me een leven zonder jou niet meer voorstellen. Zonder mijn geliefde Tonio. Mijn leven is nu eindelijk volmaakt. Vanaf nu voor altijd.

Nee, Odette, vanaf nu nooit meer. Voor jou niet en voor mij niet.

30

Het zag er allemaal zo idyllisch uit: het bord dat naar het Provinciale Park verwees; de wegen die er naartoe leidden; de picknicktafel op het grasveld voor het meertje. Sonja verheugde zich op de heerlijke dingen die ze onderweg in de supermarkt gekocht had. Ze parkeerde de truck en was blij toen ze zag dat er een oudere man en vrouw aan de stenen tafel zaten te eten. Ze werd door hen vriendelijk toegeknikt. Het was goed niet alleen te zijn.

De zon wierp een smalle glinsterende baan, als een reusachtige met diamanten bezette armband, op het water.

Sonja moest aan Diane denken. Over enkele dagen zou ze zich in haar woning bevinden, met wel honderd vragen in het hoofd. Ze moest voorzichtig zijn. Ze moest haar woorden wegen.

Ze sloot de deur van de truck. Een wegwijzer leidde haar naar de sanitaire ruimte. Het was er verrassend schoon. Ze waste het fruit en de tomaten en slenterde via het pad terug naar de parkeerplaats.

Plotseling voelde ze zich bedreigd. Een intense, eigenaardige geur prikkelde haar neus. Vervolgens nam ze vanuit haar ooghoek een schaduw waar. Ze was verlamd van schrik.

Een beer!

Hij was nu ongeveer vijftien meter van haar vandaan. Het was een reusachtig dier. Hij leek van de ontmoeting net zo geschrokken te zijn als Sonja. Ze stond een aantal seconden als aan de grond genageld. De beer stond tussen haar en de verderop geparkeerde truck in. O, mijn god!

De beer bewoog zijn kop. Ze kon de kleine ogen zien. De spitse snuit.

Toen hoorde ze hem. Een diep dreigend gegrom waarvan de haren Sonja te berge rezen: oefffoefffoefff. Hij richtte zich op.

Niet gaan rennen. Absoluut niet gaan rennen. Niet voor een beer wegrennen.

Ze draaide zich om en rende voor haar leven.

Naar de toiletten. Terug naar de toiletten.

Ze bereikte het gebouw en sprong het gehandicaptentoilet in, omdat dat het dichtstbij was. Snel vergrendelde ze de deur maar ze zag direct dat die onvoldoende bescherming bood. Een dunne houten plaat die onder en boven een behoorlijke ruimte open liet. Voor een beer was het een koud kunstje om dat schot met zijn lichaamsgewicht kapot te drukken. Met één slag van zijn klauw kon hij het hout versplinteren.

Sonja probeerde te luisteren, maar haar hart sloeg te luid. De zenuwen gierden haar door de keel. Ze kon nauwelijks ademhalen.

O, mijn god, ik wil niet sterven.

Waar was de beer? Wat deed hij? Ze moest hem toch kunnen horen?

Ze moest denken aan het stel aan de picknicktafel. Hadden zij de beer gezien? Of de beer hen?

Wat deden die twee?

Hopelijk schieten ze mij te hulp. Hopelijk is er iemand die mij te hulp schiet!

Ze durfde zich niet te bewegen. Ze stond stokstijf in het kleine hokje, dat net groot genoeg was voor een rolstoel. Naast de wc-pot zat aan de muur een metalen handgreep bevestigd.

Er klonk enig gekraak? Dan niets meer. Dan een hele tijd niets meer. Het was stil. Af en toe liet de wind de bomen ruisen.

Er moesten in dit park toch wel meer mensen komen. Meer auto's. Dat moest de beer toch verjagen. Beren hielden daar niet van.

Ze was met geen stok uit dit toilethok te slaan. Daarbuiten liep een beer! En zij was een heel gemakkelijke prooi. Ze rilde. Ze verzamelde al haar moed en ging op de toiletpot staan. Er was niets anders te zien dan een modderig paadje en dichte struiken.

Het werd spoedig donker. Moest ze om hulp roepen? Waarom had ze haar mobiele telefoon in de auto gelaten! Je moest je mobieltje altijd bij je hebben.

Een beer valt mensen slechts zelden aan, dat wist ze. Meestal rent hij van ze weg. Maar deze beer was misschien wel aan mensen gewend, want sommige toeristen hadden de slechte gewoonte de beren te voeden. Waarschijnlijk vond hij hier voedselresten, achtergelaten door nalatige parkbezoekers.

Had ze maar een wandelstok of een paraplu gehad. Uit een zak van haar regenjack haalde ze een Zwitsers mes. Tja, wat kon ze daarmee bereiken? Belachelijk.

Ineens kreeg ze een idee. Ze klapte de schroevendraaier uit en zette het uiteinde op een schroef van de metalen handgreep aan de muur naast de wc-pot. Ze draaide en draaide, tot ze alle schroeven uit de muur losgedraaid had. Ze trok de handgreep van de muur. Het was geen wapen en ook geen schild, maar op de een of andere manier voelde ze zich er minder kwetsbaar door.

Nu moest ze nog de moed vinden om de deur te openen en naar buiten te sluipen. Ze moest het doen voor het donker was, maar ze bleef op de wc-pot zitten.

Daar hoorde ze voetstappen. Heel duidelijk. Ze kwamen dichterbij.

Iemand stapte een hokje binnen, trok de deur dicht en schoof de grendel ervoor. Menselijke geluiden.

Het kwam Sonja voor als een droom.

Toen de wc werd doorgespoeld, schoot ze uit haar gevangenis tevoorschijn. Het was een vrouw.

'Help me alstublieft, daarbuiten is een beer,' wist Sonja uit te brengen.

De jonge vrouw droeg een kleurige hoofdband. Ze keek verrast: 'Hebt u een beer gezien?'

'Ja, hij was vlak bij me. Ik ben het toilet ingedoken en ik durfde er niet meer uit te komen.'

Het kon Sonja niet schelen wat de vrouw van haar dacht. Ze had haar van pure opluchting om de hals kunnen vallen.

'Hebt u dat binnen gevonden?' De vrouw knikte naar de handgreep die Sonja bij zich droeg.

'Ik moest wat hebben om me te verdedigen, snapt u?'

De vrouw glimlachte en waste haar handen. 'Waar komt u vandaan?'

'Uit Zwitserland.'

'O, ja. Waar ik woon komen veel beren voor. Ik heb altijd wat bij me.'

Ze haalde een spuitbusje uit haar veel te grote jack. 'Pepperspray.'

Ze lachte. 'Ik heb het nog niet kunnen gebruiken, want je moet behoorlijk dicht in de buurt van de beer zijn om hem in zijn ogen te kunnen spuiten. Te dichtbij naar mijn smaak.' Ze stak de spray weer in haar zak. 'Ik geloof niet dat de beer er nog is. Mijn vriend wacht met onze hond op de parkeerplaats. Tucker zou allang geblaft hebben, die ruikt beren onmiddellijk. Wilt u dat ding meenemen?'

Sonja aarzelde. Vervolgens knikte ze.

Samen liepen ze naar de parkeerplaats terug.

Sonja zag haar rode truck in het schemerlicht staan. Nog nooit was ze zo blij geweest de auto terug te zien. Een met modder bedekte Jeep stond ernaast. De herdershond van een rokende man met lang haar snuffelde aan de truck van Sonja.

Op dat moment reed een camper de parkeerplaats op. Er stapten twee personen uit. Sonja geloofde haar ogen niet. Ze was aan een beer ontsnapt, maar niet aan Gerti en Helmut.

31

Toen er een dampend bord spaghetti voor haar werd neergezet, kon niks haar meer schelen. Ze had alleen nog maar een ontzettende honger.

'Tast toe, lieve Sonja, daar knap je van op.'

Gerti schonk haar nogmaals wijn in. Sonja had goed opgelet dat haar gastvrouw en gastheer uit dezelfde fles dronken. Voor alle zekerheid.

'Jij moet honger hebben als een beer.' Helmut lachte om zijn eigen grapje.

Het was de eerste keer dat Sonja hem zo vrijelijk hoorde lachen.

'Wie had kunnen denken dat wij elkaar weer zouden tegenkomen? Tja, het is een kleine wereld, hè, Helmut.'

Ze strooide geraspte kaas over haar spaghetti. 'En weer hebben wij je gered. Weer moesten wij je te hulp schieten.'

Daar moest Helmut weer om lachen. 'Jij had weinig kunnen schieten met dat komische schietijzer van je, dat wapen uit de wc, die berendoder!'

Sonja herkende hem zo nauwelijks. Maar ja, hij had flink aan de wijn gezeten. Overigens een uitstekende gewürztraminer.

Hoe kon Robert nou serieus denken dat dit ietwat kneuterige, maar hartelijke stel iets in hun schild voerde? Waarom ze uitgerekend hier opdoken, liet zich gemakkelijk verklaren: de highway naar Prince George was de enige weg naar Vancouver. Je kon niet anders dan voor deze weg kiezen. Ze meende echter dat Gerti en Helmut allang in Vancouver waren. Een halfuur later wist ze waarom dat niet zo was. Ze vertelden haar namelijk heel gedetailleerd waar ze onderweg allemaal gestopt waren: Nass Valley met de resten van een vulkaanuitbarsting, het historische indianendorp 'Ksan, een tocht naar de grens van Alaska, naar de Salmon Glacier in Hyder, naar het monumentale Babine Lake, en de vlucht over de bergen bij Smithers.

Sonja hoorde het aan en dacht: ik laat me niet meer bang maken. Ik leef. Ik heb het overleefd.

Ze stribbelde dan ook niet tegen toen Gerti en Helmut voorstelden dat ze in de ruimte boven de stuurcabine kon slapen: ze was te aangeschoten, te vermoeid en te opgelucht. Alleen maar slapen en aan niks meer denken. Het geblaf van een hond was het laatste wat ze hoorde voordat ze insliep.

Toen ze haar ogen opende, lag ze op zachte mosgrond. Het zonlicht werd gefilterd door de dennenbomen die als machtige zuilen om haar slaapplaats stonden. Verward en geschrokken keek ze om zich heen. Waar was ze? Niets dan struikgewas en hoge bomen om haar heen. Eekhoorns lieten vanaf de takken schrille kreetjes horen. Met een sprong kwam ze overeind. Wildernis, niets dan wildernis. Ze baande zich een weg door het kreupelhout. Dennentakken sloegen haar in het gezicht. Om haar ogen kleefden spinnenwebben. Ze klom langs hellingen omhoog, waadde door moerassen, doorkruiste beken en balanceerde over vermolmde boomstammen die op de bosbodem lagen. Ze werd omringd door muggenzwermen. Haar inwendige kompas dreef haar naar het westen, steeds sneller, steeds sneller.

Daar, een blaffende hond. Gevaar. Maar haar honger en dorst wogen zwaarder. Een huis. Mensen. Ze liep op het licht af, een grasveld voor een blokhut. Een vrouw hing de was op. Die zou haar redden, vast en zeker. Maar de vrouw rende bij haar aanblik gillend het huis in. Ze bleef geschrokken staan. Wat was er aan de hand? Er kwam een man de deur uit. Hij had een geweer in zijn hand. Ze bekeek haar onderlichaam. Ze zag een bruine, ruige vacht. Klauwen met lange spitse nagels.

Nee, nee, wilde ze schreeuwen, ik ben geen beer, ik ben… Maar toen werd ze door het geweer geraakt. Er explodeerde iets in haar lichaam.

Sonja richtte zich geschrokken op en sloeg met haar hoofd tegen de zoldering. Twee mensen stonden in de keuken van de camper en keken of ze hun laatste oortje versnoept hadden.

'Ach, we hebben je wakker gemaakt,' zei Gerti, 'de deur van de wc sloeg dicht. Het spijt me.'

Helmut zweeg. Beiden waren aangekleed.

Voordat Sonja iets kon zeggen, wuifde Gerti met haar handen. 'Je hoeft niet meteen op te staan, we gaan onze ochtendwandeling maken en dan kun jij rustig douchen.' Ze wees op een ruit van melkglas achter haar. 'Als we terugkomen – Hoelang blijven we weg, Helmut? Een uur? Ja, ongeveer een uur – dan gaan we een stevig ontbijt klaarmaken met alles erop en eraan.'

Ze knikte haar toe en stapte naar buiten. Helmut volgde haar.

Sonja liet zich terugzakken. Ze zat dus uitgerekend in de camper van Gerti en Helmut! Tja, er hoefde maar een nieuwsgierige beer op te duiken en direct sloeg ze alle waarschuwingen in de wind.

Ze tuurde door het spleetvormige raampje boven haar kussen naar buiten. Haar rode truck was niet te zien, die stond aan de andere kant. Ze had hem zoals altijd goed afgesloten. Ze tastte onder het kussen en trok haar rugzak met paspoort en autosleutels tevoorschijn. Alles was er nog. Geen enkele reden om zich ongerust te maken. Ze liet zich uit de slaapruimte glijden en ging de doucheruimte in.

Toen ze de deur van de camper opende, woei haar een koele, vochtige wind tegemoet. Ze hoefde alleen maar in haar truck te stappen en weg te rijden. Gerti en Helmut zouden haar nooit kunnen inhalen. Niet met dit bakbeest van een camper. Als de waarschuwing van Robert terecht was, moest ze deze kans met beide handen aangrijpen om het tweetal af te schudden.

Toen zag ze een oranje dekzeil. Iemand had een plastic dekzeil over de voorruit en het voorste deel van haar truck gelegd en die met stenen verzwaard. Iemand die haar truck wilde beschermen tegen de dennennaalden en bladeren. Ze wist meteen dat dit het werk van Gerti en Helmut moest zijn, omdat er een zelfde zeil over de voorruit van de camper zat.

Op dat moment reed een terreinwagen de parkeerplaats op. Er stapten twee geüniformeerde mannen uit. Een van hen kwam naar haar toe gelopen.

'Dag, ik ben de jachtopziener. Bent u de vrouw die gisteren een beer heeft gezien?'

'Ja, gisteravond. Hij was daar.' Ze wees naar de dichte struiken.

'Een beetje te dichtbij,' zei de man en hij smakte met zijn lippen.

'Is er iets gebeurd?'

Sonja schudde haar hoofd.

'We zullen hem vangen en in de wildernis weer vrijlaten.'

Hij wees op een reusachtig metalen vat dat in de laadbak van de terreinwagen stond.

'Er lopen twee mensen in het park, toeristen,' zei Sonja.

'Wanneer komen die terug?'

'Over ongeveer twintig minuten.'

'Tot zolang blijven we hier. Waarschuw ons als er problemen zijn.'

Ze begonnen het vat uit te laden.

Gerti en Helmut keerden stipt op tijd terug. Toen Helmut de berenval zag, haalde hij meteen zijn camera tevoorschijn. De beide jachtopzieners poseerden welwillend.

'Ach, de beer, die waren we helemaal vergeten,' zei Gerti, 'maar je kunt niet altijd met het ergste rekening houden.'

Voor het ontbijt bakte Gerti in de kleine oven van de camper een Zwitsers brood af dat ze bij een Zwitserse bakkerij in Smithers gekocht had. Volgens Sonja was Gerti de goedheid zelve en ze vond het helemaal niet erg dat Gerti onafgebroken vragen op haar afvuurde.

'Wanneer ga je terug naar Zwitserland?'

'Mijn vlucht gaat op 20 september.' Ze vertelde niet dat ze van plan was haar verblijf in Canada te verlengen.

'En wat staat er nog allemaal op je programma?'

'Ik wil naar het archief van de universiteit in Victoria. En misschien ga ik ook nog een walvistoer doen. Ik heb altijd al walvissen willen zien.'

Ze wilde het gesprek een andere wending geven, maar Gerti liet zich niet van haar onderwerp afbrengen.

'Dat is een goed idee. Wij kennen een fantastisch pension in Victoria. Wanneer ben je daar, denk je?'

'Ik heb al een kamer geboekt. Op de campus, dat is veel handiger voor mij.'

Het ontging haar niet dat Gerti en Helmut even oogcontact hadden.

'Tja, jullie wetenschappers hebben internationale contacten, hè? Met wie heb je in Victoria afgesproken?'

Een luid gesjirp maakte een einde aan het gesprek. Het was Sonja's mobieltje.

'Hallo, met Diane.'

'Diane! Ik –'

'Sonja, ik bel je van grote afstand. Ik zit in het noorden, ik kom over een week terug. Uiteraard kun je gewoon in mijn huis logeren. De conciërge heeft mijn sleutel. Bel hem, voordat je aankomt. Heb je iets om mee te schrijven?'

Sonja keek om zich heen. Helmut zat naast haar, ze kon niet bij haar rugzak. Gerti had onmiddellijk door wat ze nodig had en gaf haar een klein, zwart schoolbordje en een krijtje, waarmee ze tijdens het kaartspel de stand bijhield.

Sonja noteerde naam en telefoonnummer.

'Diane, zullen wij elkaar nog zien?' Sonja wist dat haar stem bijna wanhopig klonk.

'Zeer zeker, ik zal op tijd terug zijn. Is alles goed gegaan?'

'Ja, alles is in orde. Heel erg bedankt, ik ben heel blij –'

'Niet de moeite waard. Weet je, ik moet ophangen. Tot gauw.'

Sonja borg haar mobiele telefoon op en zag direct de verwachtingsvolle blik op het gezicht van Gerti.

'Een vriendin uit Vancouver,' legde ze enigszins opgelaten uit, 'die ik morgen zal ontmoeten. Ik moet daarom meteen vertrekken.' Ze lachte verontschuldigend. 'Maar het was heel fijn jullie weer te ontmoeten.'

'Ja, wat een krankzinnig toeval, hè?' riep Gerti. 'Als ik dat thuis vertel, gelooft geen mens me! Hè, Helmut?'

'Ja,' zei haar man.

Toen ze kort daarop wegreed, voelde Sonja een lichte weemoed. In haar rugzak zaten twee belegde broodjes, door Gerti klaargemaakt.

's Middags was ze de houthakkersstad Prince George al gepasseerd. Plotseling schoot het door haar hoofd dat ze het telefoonnummer op het kleine schoolbordje niet had uitgewist.

32

Het was avond, toen ze haar truck voor het flatgebouw van Diane parkeerde. Ze kon het nauwelijks geloven dat ze de reis had geklaard en weer terug was. Het voelde een beetje als thuiskomen. Haar hart klopte sneller. Ze belde aan bij de conciërge die ze van tevoren over haar komst had ingelicht. Hij begroette haar als een oude bekende. Sonja moest haast huilen van dankbaarheid.

In Dianes woning geurde het naar bloemen. Als welkomstgebaar stond er groot boeket op de eettafel en daarnaast lag een vel briefpapier met een paar regels: *De koelkast is gevuld, neem zo veel je wilt, ook van de wijn en de wodka. Ik weet nog niet precies wanneer ik terug ben, ik bel je.* Daaronder had ze nog iets geschreven.

ps: de man die die Zwitserse vrouw naar mijn feestje had meegenomen, heet Vince. Bel hem maar op. Daarnaast stond een telefoonnummer. Diane was haar vraag dus niet vergeten. Ze werd door een gevoel van warmte bevangen. Wat was ze tijdens deze reis toch veel leuke mensen tegengekomen! En nu Diane weer, die haar zomaar haar woning toevertrouwde en voor bloemen en een volle koelkast had gezorgd. En als dank daarvoor moest ze Diane beliegen, zodat de ambtenaren van de immigratiedienst zich koest zouden houden. Wat een flauwekul. Zelfs Inge wist niets af van Sonja's ware bedoelingen, laat staan Diane.

Ze haalde haar bagage uit de auto, maakte soep uit een pakje en nam daarna een heet schuimbad. Ze kon de gedachten aan de gebeurtenissen van de afgelopen dagen echter niet zo gemakkelijk wegspoelen als het laagje zweet op haar huid. Ze moest aan Roberts woorden denken.

Jack Gordon is dood. Het trof haar opeens als een mokerslag. *Jack Gordon is dood.*

Het was de laatste gedachte voordat ze insliep en de eerste bij het wakker worden.

Na de eerste kop koffie belde ze het nummer van Vince. Een slaperige mannenstem nam op. Sonja bedacht ineens dat het zondag was. Stotterend verontschuldigde ze zich.

'Geen probleem,' zei Vince. 'Ik maak ondertussen gewoon een kopje koffie, oké?'

Sonja legde hem uit dat ze erachter wilde komen of de Zwitserse vrouw die hij naar het feestje had meegenomen, wellicht een kennis was. Vincent wist meteen wie ze bedoelde.

'Ik heb Yvonne ontmoet in de bar van hotel Opus, in Yale Town. Een beeldschone vrouw, die Yvonne. Zijn alle Zwitserse vrouwen zo mooi?'

'Uiteraard,' zei Sonja. 'Had Yvonne kort haar?'

'Nee, lange blonde lokken.'

Dan kon het in geen geval Odette geweest zijn, tenzij... tenzij ze een pruik had gedragen.

'Was ze alleen?'

'Ze is alleen naar Vancouver gekomen, maar dáár waren we met zijn tweeën, Yvonne en ik.'

'Hoelang is ze gebleven?'

'Een week ongeveer. Of misschien waren het ook wel tien dagen. Daarna leerde ze een andere Zwitserse kennen. Ze wilden samen de Inside Passage maken. Ja, dat was de mooie Yvonne. Ze heeft me met een gebroken hart achtergelaten.'

De Inside Passage. Vince had volstrekt niet in de gaten hoe waardevol deze informatie was. Hij babbelde tussen zijn drinkgeluiden vrolijk verder.

'Ik heb haar altijd een keer in Zwitserland willen bezoeken, maar ik had het te druk. Wij hebben niet zo veel vakantiedagen als jullie Zwitsers. Yvonne had zes weken vakantie, en dat alles betaald. Wat een decadentie! Jullie mogen jezelf gelukkig prijzen, het –'

'Hebt u een adres van Yvonne? Of een telefoonnummer of e-mailadres?'

'Ja, ik geloof... Wacht, moet ik even nakijken... Momentje ... Ja, dat is ze, Yvonne Berger. Dus...'

Sonja noteerde het nummer.

'En u? Bent u hier ook met vakantie?'

'Nee, ik ben hier voor zaken. Maar heel veel dank voor uw hulp.'

'Goed dan, ik wens u veel succes en doe Zwitserland de groeten van mij.'

Ze liet geen tijd verloren gaan en belde direct het nummer van Yvonne Berger.

Er klonk een vrouwenstem. 'Hallo?'

'Mijn naam is Sonja Werner. Ik –'

'Hoe heet u?'

'Sonja Werner.'

'Sonja Werner? Dat kan niet waar zijn!'

'Hoe bedoelt u?'

'Hoe bent u erachter gekomen?'

De stem klonk hoorbaar verrast.

Sonja aarzelde. Zou ze Vince mogen verraden? De vrouwenstem ging verder.

'U weet het van Odette, hè? Odette heeft het u verteld.'

De adem stokte Sonja in de keel. Deze vrouw kende Odette!

'Zij vond het helemaal niet erg, dat had ik toen al gemerkt.'

'Pardon, maar ik kan u niet volgen. Wat vond Odette niet erg?'

'Dat met die naam. Het spijt me ontzettend. Het is zomaar in me opgekomen, ik had er geen kwade bedoelingen mee.'

Sonja probeerde haar opwinding te verbergen. 'Hoe is het dan in zijn werk gegaan?' vroeg ze voorzichtig.

'Het gebeurde eigenlijk heel spontaan. Odette had een boek, met veel foto's en zo, en voor in dat boek stond uw naam. Zo is dat idee ontstaan. Allemaal vanwege Vince.'

Een boek met haar naam! Sonja moest even gaan zitten.

'Waarom vanwege Vince?'

'Ik heb hem in Vancouver leren kennen. Hij heeft me overal achtervolgd, hij wilde me niet meer loslaten. Toen ik hem vertelde dat ik mijn reis wilde voortzetten, wilde hij met alle geweld mee. Hij was ontzettend aan het klitten. Een lieve man, maar een ongelofelijke plakker. Daarom heb ik de overtocht op uw naam geboekt, zodat hij niet zou ontdekken met welke veerboot ik vertrok. Dat was de reden. Ik heb nog met de mogelijkheid rekening gehouden dat ik er last mee zou krijgen.'

'De veerboot van Port Hardy naar Prince Rupert?'

'Ja, precies. En toen heeft –'

'Waar bent u Odette tegengekomen?'

'Odette? In het vliegtuig. We zaten naast elkaar en zij was vreselijk bang.'

'Bang? Waarvoor?'

'Voor vliegen, ze zag helemaal groen, echt waar, ik overdrijf niet. En ze had van tevoren ook nog tabletten geslikt!'

Odette en vliegangst! Ze had Sonja daar nooit iets van verteld; maar ze hadden natuurlijk ook nooit samen gevlogen.

'Ze was er slecht aan toe,' zei Yvonne. 'Ze vroeg me om haar hand vast te houden. Ze heeft zich aan me vastgeklampt alsof ik een reddingsboei was. Ik heb onafgebroken over koetjes en kalfjes gepraat om haar af te leiden. We hebben iedereen om ons heen wakker gehouden. Goeie grutten, wat een malle vlucht!'

'Waarom hebben jullie dan samen de veerboot in Port Hardy genomen?'

'Odette heeft me op het idee gebracht. Ze heeft me in Vancouver mee uit eten genomen, weet u.' Ze onderbrak zichzelf. 'Bent u eigenlijk familie van haar?'

'Nee, een goede vriendin.'

'Dat dacht ik al. Odette had dat album met uw naam steeds bij zich.'

Bij het noemen van het album voelde Sonja een pijnscheut.

'Dus u was ook aanwezig bij het eten in Vancouver,' zei ze ongeduldig.

'Ja, ze had me uitgenodigd, als een soort bedankje, dat ik me als reddingsboei had opgeworpen. En toen heeft ze mij van de Inside Passage verteld, dat het zo'n mooie reis is, met de veerboot naar... Hoe heet die stad ook alweer?'

'Prince Rupert.'

'Ja, precies, en ik zei zomaar ineens tegen haar, dat het ook wel wat voor mij zou zijn.'

'Heeft ze u ook verteld wat ze in Canada van plan was?'

'Wat ze van plan was? Hoe bedoelt u? Dat kunt u Odette maar beter zelf vragen. Wij konden op een gegeven moment niet meer zo goed met elkaar opschieten. Waarschijnlijk heeft ze u verteld dat ik een oplichter ben. Maar het was gewoon een domme inval. Meer niet. Een stommiteit.'

'Nee, ik wil u niet tegen Odette uitspelen,' zei Sonja snel. 'Ik wil alleen maar weten hoe het precies zat.'

'Ik had het haar niet moeten vertellen, maar zo ben ik nu eenmaal. Ik flap het eruit voor ik er erg in heb.'

'Ah, dus zó is Odette erachter gekomen... U hebt het haar verteld?'

'Ja, dat was bij onze tweede ontmoeting. We hebben later op de markt van Granville samen inkopen gedaan. Trouwens zij heeft zich de hele tijd Antoinette genoemd, terwijl ik wist dat ze Odette heette. Dat had ik al op de kaart gelezen. U weet wel, zo'n kaart die in het vliegtuig wordt ingevuld en bij de douane moet worden afgegeven. Nou, op haar kaart heb ik dus de naam Odette zien staan en geen Antoinette.'

'Hoe reageerde ze erop toen u het haar vertelde?'

'Ze voelde zich op haar teentjes getrapt. Ze zei dat Odette een verkorte vorm was van Antoinette. Dat heb ik natuurlijk niet kunnen controleren. Ik heb haar wel gezegd dat het geen misdaad is om een andere naam aan te nemen. En toen heb ik haar verteld dat ik vanwege Vince de overtocht onder de naam Sonja Werner geboekt had. Woeaah, nou, toen is ze bijna uit haar vel gesprongen!'

'Ze was woedend?'

'Wat heet! Ze heeft me talloze verwijten gemaakt. Vanaf toen waren de rapen gaar. Maar wat er gebeurd is ben ik niet vergeten. Ik hoop dat u het mij niet kwalijk neemt.'

Sonja hoorde op de achtergrond een stem.

'Ik moet zo weg,' zei Yvonne, 'maar één ding wil ik heel graag weten. Waarom heeft Odette u dat van die naam nu pas verteld? Het is zeker drie jaar geleden gebeurd.'

'We zijn elkaar lange tijd uit het oog verloren.'

'Ik hoop niet dat u kwaad op me bent, het spijt me enorm.'

'Het is goed. Ik waardeer uw eerlijkheid. Dat boek, dat boek met mijn naam, het album, heeft dat een oranje omslag?'

'Ja, dat geloof ik wel. Ze had het voortdurend bij zich, in het vliegtuig, tijdens het eten, overal.'

'Dank, heel veel dank,' zei Sonja en ze beëindigde het gesprek.

33

Ze liep als in trance door de woning en ging toen op het terras zitten. Vanaf de nabijgelegen brug klonk een dof verkeersgeruis. De frisse, zilte ochtendlucht werd door meeuwengekrijs verscheurd. Sonja voelde zich in de greep van een gloeiende onrust.

Alles waar ze aan kon denken, was het oranje boek. Odette had dat oranje boek bij zich gedragen. Yvonne Bergers woorden klonken nog na in haar oren. *Ze heeft het voortdurend met zich meegesleept.*

Ook Sonja was in het bezit van een oranje album. Voorin stond Odettes naam. Het lag ergens op zolder te verstoffen. Ze had het al jaren niet meer ingezien. Maar Odette had het op die noodlottige reis naar Canada meegenomen. Waarom?

Het oranje boek was de bezegeling van hun vriendschap geweest. Het bloedzusterschap van twee vijftienjarigen. Gedurende een jaar hadden ze het album met uitingen van jeugdige euforie gevuld. Sonja plakte er inspirerende foto's in en schreef daar haar gedachten bij. Ze nam citaten over en ontwierp haar eerste droomjurk voor een imaginaire film. Ze plaatste er een lijstje van favoriete liedjes in en met haar pas verworven kennis van het Frans vond ze een poëtische tekst die Odette op het lijf geschreven was, en die ze geleend had van de Franse zangeres Juliette Gréco: *Belle et rebelle.*

En steeds weer een aan Odette gerichte tekst: *Lieve Odette…*

Na een jaar ruilden ze de albums met elkaar. Odette had er veel tekeningen in gemaakt. Schrijven was niet haar sterkste kant. Ze kon wel goed tekenen. Veel stripverhalen, maar ook stemmige tekeningen en portretten. En ze had kleine souvenirtjes toegevoegd: gedroogde bloemen en bladeren, knipsels uit tijdschriften, horoscopen, bioscoopkaartjes, bus- en treinkaartjes, en zelfs een mozaïek van kleurige wol.

Later dacht Sonja geamuseerd en met een zekere gêne aan die

dweperige periode terug. En toen kwam het moment waarop het oranje album volledig uit haar gedachten verdween.

Anders dan Odette, want die had het bij zich. In Vancouver. En waarom zocht ze eigenlijk het gezelschap van Yvonne? Waren dat de uren die Toni met Nicky doorbracht? Verstopten ze zich samen voor Nicky? En waar was Nicky gedurende hun liefdesuurtjes? Waarom noemde Odette zich Antoinette? Was dat afgeleid van Toni? Of was het om haar sporen uit te wissen? Sonja kon er geen wijs uit worden.

In ieder geval wist ze nu dat Yvonne Berger zich onder de naam Sonja Werner had ingescheept voor de Inside Passage. En ze wist nu ook dat Odette drie jaar geleden in Vancouver was geweest. Rond dezelfde tijd als Toni en Nicky, in september.

Er bleven echter nog heel wat onbeantwoorde vragen over.

Het werd tijd Kathrin op te sporen. Ze werkte op de eerstehulppost van een ziekenhuis in Vancouver. Dat was het enige aanknopingspunt. Ze ging naar de keuken waar ze een telefoonboek had zien liggen. Kathrin had de naam van het ziekenhuis een keer genoemd. In Sonja's oren had het als Zürich geklonken. Maar een Z kon niet de beginletter zijn, eerder een S. Ze nam de lijst met ziekenhuizen door en kwam het Surrey Memorial Hospital tegen. Haar hart begon sneller te kloppen.

Ze belde het nummer en vroeg naar Kathrin van de Eerste Hulp.

'Kathrin Ritter?' vroeg de stem aan de andere kant van de lijn.

'Ja,' zei Sonja hoopvol.

'Is het dringend? Wij staan tijdens werktijd geen privégesprekken toe.'

Sonja dacht bliksemsnel na. 'Wanneer is Kathrins dienst afgelopen? Ik ben een vriendin en zou haar graag komen ophalen.'

'Moment… Om een uur 's middags. Kan ik voor haar een boodschap achterlaten?'

'Ja, zeg tegen haar dat Sonja uit Zwitserland gebeld heeft.'

Toen ze de hoorn neerlegde, vouwde ze een stratenplan van Vancouver open en ging op zoek. De voorstad Surrey lag in het zuidoosten. Ze schreef de straatnamen van de route op en ging op weg. Anderhalf uur later stond ze voor het Surrey Memorial

Hospital. Ze meldde zich bij de receptie, waar Kathrin even later verscheen.

Het bleek dat ze beiden flinke trek hadden, dus zochten ze in de buurt een cafetaria op.

'Hoe heb je me gevonden?' vroeg Kathrin.

Sonja legde het uit.

'Ik had je reeds in Kitkatla mijn telefoonnummer moeten geven.' Ze gaf Sonja haar kaartje. 'Wat heb je al die tijd gedaan?'

Sonja vertelde over de Queen Charlotte Islands en haar bezoek aan de wijkverpleegster.

'Dat moet Brenda zijn geweest,' zei Kathrin.

Ze gaf een kloppende beschrijving van de wijkverpleegster en vertelde van de Zwitserse vrouw, van wie de verpleegkundige had gezegd dat Kathrin haar daar meer over kon vertellen.

'Heeft ze dat gezegd? Dat verbaast me.' Kathrin verfrommelde het lege suikerzakje tussen haar vingers. 'Weet je, ik mag niet over patiënten praten. Beroepsgeheim.'

'Ik hoef geen medische details te weten. Het kan namelijk zijn dat ik die vrouw ken, dat het een oude bekende is die ik uit het oog ben verloren.'

Kathrin aarzelde. 'Ik… Het was zo, dat… De politie vertelde me indertijd dat ik erover moest zwijgen. Het ging in dit geval, zoals wij zeggen, om een… uitzonderingsgeval. Ik wil mijn baan niet op het spel zetten, snap je?'

'Ja, dat begrijp ik heel goed. Maar er moeten toch mensen zijn die er meer van weten.' Ze vertelde van het sms'je dat ze had ontvangen: *De Zwitserse vrouw stierf bijna. Informeer bij het VGH.*

Kathrin leek verrast. 'Dat is heel eigenaardig, maar ik zou niet weten wie dat zou kunnen zijn. Ik kan je in ieder geval bevestigen, maar zeg tegen niemand van wie je deze informatie hebt, dat de patiënte destijds naar het VGH is overgebracht.'

'Wat is VGH?'

'Het Vancouver General Hospital. Of die jou meer informatie geven, waag ik te betwijfelen. Voor de privésfeer van de patiënt is wettelijke bescherming van kracht.'

Sonja zuchtte. Ze leek steeds zo dicht bij haar doel, en dan werd er plotseling een muur opgeworpen. Maar ze gaf nog niet op.

'Heeft het ongeluk destijds voor veel opschudding gezorgd? Ik bedoel, hebben de kranten erover bericht?'

Kathrin haalde haar schouders op. 'Ik weet het niet. Het was tegen het eind van mijn verblijf in Kitkatla. Ik blijf meestal slechts twee à drie weken. Het zou mij verwonderen, als de identiteit van de vrouw... als de politie die openbaar heeft gemaakt. Na al dat geheimzinnige gedoe.'

Sonja roerde peinzend in haar thee die intussen koud was geworden. Ook de tonijnsandwich had ze maar voor de helft opgegeten. Misschien viel er toch wel wat te vinden, dacht ze. Als het ongeluk zo ernstig was, moet het bericht zich toch als een lopend vuurtje verspreid hebben. Of was iedereen monddood gemaakt?

Niet iedereen. Niet de persoon die dat sms'je had gestuurd. Kathrin deed haar uit haar gedachten opschrikken.

'Deze vrouw... die is heel belangrijk voor jou, hè?'

'Ja,' zei Sonja langzaam en haar maag trok zich plotseling pijnlijk samen. 'Ja, zij is de sleutel tot een tragedie in mijn leven.'

Kathrin keek haar zwijgend aan. Uit haar ogen sprak medelijden.

'Maar ik maak je geen verwijt,' zei Sonja, 'ik respecteer jouw zwijgen.'

'Het spijt me dat ik je niet helpen kan, ik...' Kathrin stond abrupt op.

Sonja voelde dat ze bijna iets gezegd zou hebben. Toen ze ook opstond, omhelsde Kathrin haar.

'Ik wens je het allerbeste, en... soms gaat er plotseling een deur open, geloof me.'

Ze zei het met zo veel nadruk, dat Sonja met nieuwe hoop naar Vancouver terugreed.

Toen ze naar de ingang van het woonblok liep, stapte er plotseling een man uit een van de geparkeerde auto's. Ze kromp ineen.

'Mijn god, wat heb je me laten schrikken!'

'Daar ben ik toch de hele tijd al mee bezig?' zei Robert Stanford met een knipoog.

34

'Ik weet niet wat ik van je moet denken,' zei Sonja, hoewel ze moest toegeven dat het voor deze constatering rijkelijk laat was. Ze zat met Robert, op zijn uitnodiging, in een Indiaas restaurant. *Je bent een onruststoker, een ondoorgrondelijke spin in wiens web ik niet verward wil raken.* Ze sprak haar gedachten niet hardop uit, maar keek hem met gefronste wenkbrauwen aan.

'Hoe kun je me leren kennen, als je me steeds ontwijkt?' Zijn stem was zacht, zijn ogen waren strak op haar gericht.

Ze wendde haar blik van zijn aantrekkelijke gezicht af, dat ze in een moment van onbedachtzaamheid bijna had aangeraakt.

'Soms moet je het noodlot tarten, vind je ook niet?'

Het noodlot? Waar had hij het over?

Hij rolde zijn linnen servet tussen zijn handen heen en weer. Als gehypnotiseerd volgde Sonja's blik de beweging.

'Je bent zo dicht in de buurt. Je moet het bijltje er nu niet bij neergooien. Blijf volhouden.'

Ze negeerde de dubbelzinnigheid van zijn woorden.

'En dat zeg jíj? Ik had tot dusver de indruk dat jij me er juist van wilde weerhouden om de dingen grondig te onderzoeken.'

De ober kwam bij de tafel staan om de bestelling op te nemen. Robert hielp haar bij de keuze van de gerechten omdat ze er veel niet kende. Toen de ober zich verwijderd had, viel er een stilte. Opeens begon Robert te praten, en voor Sonja was het heel snel duidelijk dat hij op dit moment gewacht had.

'Ik zal wat meer over mezelf vertellen, dan begrijp je me misschien beter. Ik ben in Zuid-Afrika geboren, in Kaapstad, maar ik heb daar niet lang gewoond. Mijn vader was mijningenieur, net als ik. Of liever gezegd, ik net als hem. Mijn vader werkte over de gehele wereld, in Afrika, Noord-Europa, Azië, Amerika, Canada. Hij was constant onderweg. Dat was niet gemakkelijk voor ons. Niet voor de kinderen en niet voor mijn moeder. Ze had drie dochters en twee zonen. Ik was de op twee na jongste. Ik denk dat we tijdens mijn jeugd zo'n veertien keer verhuisd zijn.'

Ze zag hoe moeilijk hij het met zichzelf had. Intieme bekentenissen kwamen bij hem kennelijk niet zo gemakkelijk over de lippen. 'Ik kon me nergens een vaste basis verwerven. Toen ik opgroeide, had ik er dan ook schoon genoeg van, want het onvermijdelijke afscheid viel me elke keer veel te zwaar. Het huwelijk van mijn ouders liep uiteindelijk op de klippen. Maar dit lag, merkwaardig genoeg, niet aan de lange afwezigheid van mijn vader. Mijn moeder verbrak het huwelijk toen hij met pensioen ging. Ik geloof dat mijn moeder het niet uithield om de hele tijd met hem samen te zijn. Ze wilde niet ineens overleg met hem voeren over de gewone dagelijkse beslommeringen.'

'En jij bent ook mijningenieur geworden,' merkte Sonja op. Robert lachte. 'Dat heb je heel goed gezien. Het was iets wat ik kende, waar ik vertrouwd mee was. Wanneer ik maar kon, ging ik als kind met mijn vader mee.' Hij staarde in gepeins verzonken in de verte.

Sonja streek het servet op haar knieën glad en nam het gesprek over. 'Ons gezin is maar één keer verhuisd. Tja, ik had al op jonge leeftijd een verlangen naar vreemde streken. Wij waren in het bezit van het dagboek en de fotoverzameling van een oom die maandenlang door Australië was getrokken. Dat heeft mijn fantasie een flinke zet gegeven. Het was voor mij belangrijk om te weten dat er ergens achter die hoge Zwitserse bergen een andere wereld lag, een onbegrensde, wijde wereld.'

Door diverse obers werd de tafel vol gezet met dampende schalen en schotels. Sonja's neus werd aangenaam verrast door de heerlijkste exotische geuren. Op dit moment was ze heel blij dat ze op Roberts uitnodiging was ingegaan.

'Heb je veel gereisd?' vroeg hij terwijl hij haar een schaal aanreikte. 'Spinazie met kokossaus.'

'Niet zo veel als ik eigenlijk gewild zou hebben.' Ze had Toni nooit vergezeld op zijn expedities in Noord-Amerika, Azië of Afrika. Waarom had ze er eigenlijk nooit op aangedrongen eens een keer met zijn tweeën te reizen, zonder een doel, zonder een hoge berg in recordtijd te bedwingen, stroomversnellingen de baas te zijn of een uithoudingstocht te volbrengen? Zonder die eeuwige druk die Toni zichzelf altijd oplegde om prestaties te leveren en succesvol te zijn.

Ze had altijd de angst gehad dat hij het maar saai zou vinden om gewoon over een alpenweide te wandelen en een glas frisse geitenmelk te drinken. Of om 's morgens naar het gekwetter en gekwinkeleer van de vogels te luisteren. Hij was altijd druk in de weer geweest, bevreesd dat het leven te kort zou zijn om te doen wat hij allemaal dacht dat hij moest doen. Het was voor hem een race tegen de biologische klok.

Robert onderbrak haar gedachten. 'Maar nu heeft de reislust je volledig in zijn greep, dat is onmiskenbaar. Je hebt de smaak van het avontuur te pakken.'

'Avontuur? Zie jij mij als een avonturierster?'

'Maar Sonja, hoe kan ik je anders zien? Jij bent nieuwsgierig en je hebt die speciale glinstering in je ogen. Je hebt de geur van het onbekende geroken. Ik kan je verzekeren dat het een ziekte is die zich lastig laat genezen.'

Ze zag de schalkse wijze waarop hij zijn mondhoeken spande. 'Je slaat wederom de spijker op de kop, meneer de waarzegger. Ik moet toegeven, dat ik het liefst helemaal op de bonnefooi zou willen reizen,' zei ze. 'Geen reisschema, geen plannen, gewoon alles op je af laten komen.'

'Ik heb ervaren dat onverwachte dingen ook gebeuren als je plannen maakt of een bepaald doel voor ogen hebt. Eigenlijk hebben we de gebeurtenissen zelden onder controle, vind je ook niet?'

Ze keek hem vragend aan. Waar zinspeelde hij op? Ze prikte een stukje kip tandoori op haar vork en wachtte even voordat ze antwoord gaf.

'Misschien... Dat is best mogelijk. Dingen gaan vaak anders dan je verwacht.'

'Is dat niet de aantrekkingskracht ervan?'

'Ik geloof niet dat dat altijd zo aantrekkelijk is. Ik bedoel, altijd achter iets aan jagen. Als mijningenieur wil je uiteindelijk toch een keertje goud vinden, of iets anders waar je naar op zoek bent. Of is voor jou het zoeken een doel op zich? Gaat het alleen maar om de jacht?'

Hij glimlachte. 'O, nu ben je me onder een vergrootglas aan het bekijken. Maar weet je, bij de jacht ben ik slechts zijdelings betrokken. Ik analyseer of de exploitatie van een mijn lonend is. Welke machines er nodig zijn en vooral wat het project in zijn totaliteit kost.'

'Heb je al eens bodemschatten gevonden?'

'Nee, dat zijn de prospectors en de geologen. Zij zijn de jagers, ik ben geen jager. Waarschijnlijk zijn ze ook heel gedreven. Die indruk heb ik af en toe. Anders zou je al die jaren van beslommeringen, modder, koude en teleurstellingen niet overleven. Mannen als Chuck Fipke kunnen simpelweg niet ophouden met zoeken. Hij had stil kunnen gaan leven na zijn diamantvondst. Hij is zo rijk, dat hij geen enkel rotsblok meer hoeft om te draaien. Maar ik heb me laten vertellen dat hij toch weer aan het zoeken is geslagen. Ergens in Afrika.'

Hij schepte rijst op zijn bord. 'Misschien zie je mijn bezigheden wel te romantisch. Ik ben pas van de partij als de schat reeds gevonden is.'

'Wie zijn er allemaal in dit geheim ingewijd?'

'Bedoel je als er iets gevonden is?'

Sonja knikte.

'De geologen sturen steenmonsters naar het laboratorium. Vervolgens komen de resultaten terug en die vergen een uiterste geheimhouding. Er mag helemaal niks naar buiten uitlekken, totdat de handelspartner en de beurs geïnformeerd zijn. Dat is elke keer weer een aanslag op je zenuwen. Wil je nog wat rijst?'

Ze aten een poosje zonder iets te zeggen. Robert scheen net als Sonja in gepeins verzonken te zijn.

'En wanneer word ik in het geheim ingewijd?' vroeg ze onverwachts.

Hij keek haar verrast aan, maar toen begreep hij het.

'Over ongeveer een week.'

'Verkeer ik tot dan toe in gevaar?'

'Niet als je in Vancouver blijft.'

Ze liet bijna haar vork vallen. 'Wat zeg je daar?'

Robert pakte haar hand en gaf haar een korte handdruk.

'Alsjeblieft, vertrouw me.'

'Wat is er met Jack Gordon gebeurd?'

'Hij was onvoorzichtig.'

'Hoe bedoel je dat? Waarin was hij onvoorzichtig?'

'Dat wordt op het moment door de politie onderzocht.'

'Hoe is hij dan… Wat is er dan met hem gebeurd?'

Ze durfde niet het woord 'vermoord' uit te spreken.

'Hij is gewurgd op zijn boot gevonden.' Robert werd ineens weinig spraakzaam.

'Waarmee is hij gewurgd?' Sonja bleef haar vragen krachtig afvuren.

'Met een touw.'

Ze kon zich niet precies een beeld van de situatie schetsen. 'Lag hij in de boot?'

'Nee, hij hing half in het water.'

Ze keek hem fel aan om hem wat praatlustiger te maken.

'Wanneer is het gebeurd?'

'Waarschijnlijk 's avonds laat. Het kan ook een ongeluk geweest zijn, de politie zoekt dat nog uit. Misschien was hij dronken en is hij in het touw verward geraakt en gestikt.'

'Alweer een bizar ongeluk in dat gebied.'

De ober bracht chai-thee. Robert scheen de onderbreking aangenaam te vinden.

'Heet en zoet, daar hou ik van.' Hij stak zijn neus in de damp die vanuit zijn kopje opsteeg. 'Dat zal smaken na die smulpartij.'

'Ja, en je kunt je er ook aan branden,' zei Sonja. 'Hou je daar ook van?'

Hij keek haar met een ondoorgrondelijke blik aan, als wilde hij in haar ziel kijken.

'Je bent een vasthoudende vrouw, Sonja. Je weet net als ik dat er dingen zijn die je móét doen, ongeacht de consequenties. Ze moeten gedaan worden omdat het leven verder gaat. Soms moet je simpelweg iets afmaken, en daarbij goed opletten dat je daarbij niet ten onder gaat.' Hij nam voorzichtig een slokje thee en sloot seconden lang zijn ogen. 'Helemaal niet zo heet, maar wel lekker zoet.' Hij grinnikte, maar werd meteen weer ernstig. 'Meestal trek je niet aan het korte eind, geloof me. Meestal win je.'

'Ik ben bang,' liet Sonja zich ontvallen.

Ditmaal pakte hij haar zodanig bij de pols dat het bijna pijn deed.

'Goed,' zei hij. 'Goed: Draag deze angst als een talisman met je mee. Hij zal je tegen gevaren beschermen.'

Ze trok haar hand terug. 'Ik ben bang, omdat ik niets weet. Snap je dat? Omdat niemand mij iets zegt.'

'Je weet al heel veel, Sonja, echt, geloof me. Het is allemaal een kwestie van tijd. En dat is op het moment van beslissende betekenis, het juiste tijdstip. Wij hebben nog wat tijd nodig.'

Ze wilde hem net zeggen dat haar tijd in Canada bijna op was, maar toen nam hij opnieuw het woord.

'Je moet beslist nog een tochtje met een kajak maken, nu je nog in Canada bent. We kunnen samen naar de Twin Islands peddelen. Morgen wordt het een zonnige dag. Je zult het fantastisch vinden, het is net een droom. Hoe laat zal ik je op komen halen?'

Zijn woorden hadden iets dwingends. Sonja aarzelde. Het Else Seel-archief ging pas op maandag open, zondag wilde ze reizen. Dus bleven er twee dagen in Vancouver over.

Ze viel opnieuw aan een innerlijke strijd ten prooi. Hij wist heel goed dat zij zijn uitnodiging nauwelijks kon weerstaan. Al dit soort ervaringen had ze zich zo lang ontzegd, en hier was een man die tegen haar zei: Dat kun jij ook, Sonja, en we gaan het samen doen. Maar wie was deze man? Er schoot haar een verlossende gedachte door het hoofd: wat er ook gebeuren zou, over tien dagen was ze terug in Zwitserland. Veilig thuis.

Maar nu was ze hier, in een ander land, en leefde ze intenser dan ze in lange tijd gedaan had. Dat was… Wat was dat? Toch geen adrenaline? Was dat de beroemde prikkeling, dit ruisen van het bloed? Dit gevoel van vrijheid?

'Is tien uur vroeg genoeg?' vroeg ze.

Hij stak zijn duim in de hoogte, als hadden ze een akkoord gesloten.

Toen ze in de slaapkamer stond, merkte ze dat ze het notitieboek kwijt was waarin ze alle gebeurtenissen van haar reis bijhield. Ze keek in haar rugzak, in de half uitgepakte koffer, in de keuken, op de salontafel en zelfs in bad. Niets. Ze keerde weer naar de slaapkamer terug.

Misschien had ze het uit gewoonte in de lade van het nachtkastje gelegd, hoewel ze zich dat niet kon herinneren. Ze trok de lade helemaal uit. Daar lag iets, maar het was geen notitieboek. Een dubbelgevouwen vel papier. Was dat de e-mail die ze in de namiddag in het internetcafé had uitgeprint? Hij was afkomstig van een anonieme afzender, die haar de homepage van de Vereniging ter Bescherming van Beren had toegezonden. Het ging klaarblijkelijk om een campagne tegen het afschieten van grizzlyberen. Ze moest meteen aan Walt denken, de eigenaar van de lodge voor sportvissers. Misschien had hij gedacht dat het thema haar interesseerde, omdat ze tijdens haar verblijf zo veel vragen over beren had gesteld. Dat was de enige verklaring die ze zo gauw kon bedenken. Ze had op 'beantwoorden' gedrukt en hem verzocht haar e-mailadres vertrouwelijk te behandelen. Ze wilde niet dat gegevens zonder haar toestemming doorgegeven werden.

In gedachten verzonken vouwde ze het vel open. Het was niet de kopie van Walts e-mail. De dikgedrukte zin die haar onmiddellijk opviel, was in het geheel niet gewijd aan grizzlyberen. Het was een artikel uit een tijdschrift. Of liever gezegd, een kopie daarvan. Er was een foto bijgevoegd. Een heel bekend gezicht. Alleen veel jonger. Het had in allerlei lades kunnen liggen. Maar niet hier.

Haar handen trilden. Hoe was die kopie hier in hemelsnaam terechtgekomen?

35

Haar zenuwen waren tot het uiterste gespannen. Gelukkig kon Robert, die haar rugzak in een zijvak van de kajak opborg, dat niet zien. Hij kon trouwens helemaal niet veel van haar zien, want haar bovenlichaam ging schuil onder een zwemvest en om haar heupen hing een zware, ovale reddingsboei van gummi. Ze droeg ook zo'n kennelijk niet meer te vermijden baseballcap en waterdichte schoenen. Sonja vond dat ze eruitzag als eend en voelde zich hevig opgelaten, maar Robert oogde tevreden. Hij strekte zijn hand naar haar uit.

'Kom maar, ik help je bij het instappen.'

Ze stapte met onhandige passen door het water. Hij liet haar zien hoe de peddel onder een bepaalde hoek tussen kajak en zeebodem geplaatst moest worden, zodat ze voldoende steun had bij het instappen. Met veel vertoon liet ze zich in het mangat glijden. Het leek haar wel een eeuwigheid te duren voordat het spatzeil over de opening was bevestigd. Robert hield ondertussen geduldig de kajak vast. Vervolgens stapte hij in het tweede mangat dat zich achter haar bevond. Ze gleden kalm over het water en verlieten de baai van Deep Cove, een kustplaats in de buurt van Vancouver.

Met elke peddelslag schoot de kajak vederlicht over het wateroppervlak. Rondom de gele kunststof romp borrelde en siste het zachtjes. Sonja's nervositeit verdween onder invloed van de warme stralen van de herfstzon. Tot haar verrassing voelde ze zich gewichtloos en één met de kajak. Het water was zo helder, dat ze de rozerode zeesterren vanaf de bodem zag oplichten. Ze raakte vervuld van een plotseling geluksgevoel. Pas na een tijdje verbrak Robert hun gezamenlijk stilzwijgen.

'Hoe voel je je?'

'Geweldig!' riep ze zonder zich om te draaien.

Ze gleden langs de kust en passeerden huizen die alleen per boot bereikbaar waren. Hoog boven hen trokken zeearenden cirkels in de ijle, blauwe lucht. Af en toe pauzeerde Sonja om haar spieren te ontspannen en de omgeving te bekijken. Plotseling werd haar aandacht getrokken door een donkere vorm die soepel heen en weer draaide. 'Robert, daar!' riep ze.

De zeehond bekeek hen nieuwsgierig. Na een poosje trok hij zijn lichaam als een springveer samen en dook in het water. Sonja hoopte dat de zeehond zich weer liet zien, maar er kwam een motorboot aan die grote golven veroorzaakte. Ze voelde zich kwetsbaar in de kajak, ofschoon Robert haar verteld had dat een tweepersoonskajak niet zo gemakkelijk kan omslaan. Ze wilde zich net naar hem omdraaien, om te zien hoe hoog hij het gevaar van een botsing inschatte, toen de motorboot zwenkte. Hij suisde langszij en bij het passeren zag ze een man aan het stuurwiel op het dek staan. Hij kwam haar op de een of andere manier bekend voor, maar ze kon hem niet plaatsen.

Ze probeerde een blik van Robert op te vangen, wat in haar positie niet gemakkelijk was. Hij reageerde direct op haar beweging.

'Bevalt het je nog steeds goed?' riep hij naar voren.

'Ja, heel erg,' antwoordde ze.

Veel sneller dan ze verwacht had, kwamen de Twin Islands dichterbij: kleine met bomen en struiken begroeide eilanden. Robert stuurde de kajak handig tussen de uit het water stekende rotsen door naar een zandige plek. Ze stapten uit en klommen langs de rotsachtige helling omhoog. Ze zochten een door de zon beschenen platte rots uit om te gaan zitten. Robert zette allemaal plastic doosjes, bakjes en zakjes naast haar neer: broodjes zalm, sushi, fruit, aardappelsalade en muffins. Sonja keek verbaasd.

'Waar heb je al die lekkernijen opgegraven?'

'Waar ik die heb opgegraven? En dat vraag je aan een mijningenieur? Uit de aarde natuurlijk.' Hij knipperde even met zijn ogen. 'Dat is Canada: ik hoefde maar een beetje te wroeten, en raad eens wat ik vond?'

Ze lachte. 'Sinds wanneer groeien sushi's onder de grond?'

'Zoals truffels in Frankrijk, weet je dat niet?'

Ze nam een hapje van haar broodje zalm. 'Heb je ook een zwijn nodig om ze op te snuffelen?'

'Wat denk je wel! Ik ruik bodemschatten al op een afstand van duizend meter.' Hij stak zijn neus arrogant in de lucht.

'En nu ruik ik alweer een bijzondere schat. Hij ziet eruit als een parel, helder en stralend en volmaakt van vorm, en je kunt hem niet alleen met handschoenen aanpakken.'

Ze lachte. 'Ik denk dat je een gekookt ei ruikt.'

Robert wierp haar een bestraffende blik toe. 'Eieren geuren niet als exotische bloemen.'

'Ach!' Ze nam de baseballcap van haar hoofd en streek door haar haren. 'Jij ruikt natuurlijk mijn nieuwe bodylotion. Robert, jij bent geen goede schatgraver.'

'Daar vergis je je geweldig in.' Hij deed een greep in zijn rugzak en trok een fles wijn tevoorschijn. 'Een Pinot Grigio, gebotteld in een Canadese kelder.'

'Wijn! Wat een fantastisch idee! Maar ik dacht dat het in Canada verboden was op openbare stranden alcohol te drinken.'

Robert gaf haar een kartonnen beker. 'Deze wijn is goed gecamoufleerd. Het is overigens superbeschaafde vrouwen van Europese komaf verboden om Canadese wijn af te wijzen.'

Ze pakte de kartonnen beker aan en hield hem besluiteloos in haar hand. Haar weifeling ontging Robert niet. Hij keek haar schalks aan.

'Zal ik eerst drinken? Vind je dat prettiger?'

Ze voelde zich betrapt, maar ze was geenszins van plan zich te verdedigen. Hij moest beter dan ieder ander weten dat zij een reden had om voorzichtig te zijn. Robert schonk zijn beker in.

'Ik hef mijn glas op deze wonderschone dag en op deze wonderschone vrouw met wie ik hem delen mag.' Hij nam een kloeke slok, waarna hij zijn lippen aflikte.

'Ik ben meer een liefhebber van Zuid-Afrikaanse wijn, maar, ik moet zeggen, de Canadezen doen goed hun best.'

Sonja nipte aan de wijn en maakte een smakkend geluid: 'Mhm, mhmmmm... mmm.'

Robert grinnikte. 'Heel veel dank voor deze scherpzinnige en evenwichtige bijdrage. Ik weet hem op waarde te schatten.'

Hij doopte een stuk sushi in de sojasaus die hij in een plastic dekseltje had gegoten. Sonja keek naar het zeewier dat zich op het ritme van de golven zachtjes heen en weer bewoog. Zij voelde zich net zo traag en loom. Ze vlijde haar hoofd op haar opgerolde windjack en strekte haar lichaam. Alleen het geplas van het water en een zacht gebrom, ergens vanuit de verte, drongen nog tot haar door. Robert ging ook liggen. De nabijheid van zijn lichaam verwarde haar dusdanig, dat ze niet anders kon dan de stilte doorbreken.

'Robert, ken jij Diane Kesowsky?'

'Waarom vraag je dat?'

Het verkeerde antwoord, dacht Sonja.

Ze kwam overeind. 'Ik probeer een puzzel op te lossen.'

'Ah!' Hij hield zijn ogen gesloten.

'Ik heb op internet dingen over haar gelezen. Dat ze diamanten zoekt en dat een Australisch concern onder haar duiven schoot, waarna ze dat bedrijf voor de rechtbank heeft gesleept, en dat ze op dit moment weer naar diamanten zoekt. Dat was allemaal nieuw voor mij.'

Robert ging ook overeind zitten. 'Ze is toch een kennis van jou?'

'Ze is het achternichtje van een collega van mij. Zo is het contact tot stand gekomen. Diane heeft mij niet van haar... van haar ontdekking verteld.'

Robert hield zijn ogen op het water gericht. 'Diane Kesowsky is in onze branche een vooraanstaand persoon. Ten eerste omdat ze een zeer vakbekwame geologe is, en ten tweede, wel, er werken niet al te veel vrouwen in deze industrie. De mijnbouw wordt nog altijd door mannen gedomineerd.' Hij trok een wortel uit een plastic zakje. 'De diamantindustrie is heel overzichtelijk, weet je. Iedereen kent iedereen. Of denkt elkaar te kennen. Maar dat is aan het veranderen.'

'Waarom?'

'Het is niet voldoende om diamanten te vinden. Dat is pas het begin. Je moet een mijn bouwen, compleet met de hele infrastructuur, en je moet professionele lonen aan vakmensen betalen. Dat kost verschrikkelijk veel geld. Daar komt bij dat vooral in het noorden van Canada de productiekosten gigantisch zijn. Het kan daar moordend koud zijn, tot wel veertig graden onder nul, de bodem is dan kei- en keihard. En de bevoorrading over land kan alleen maar in de winter gedurende acht tot tien weken plaatsvinden. Dat betekent lange kolonnes vrachtwagens, die over de ijsweg rijden.'

'De ijsweg?'

'Dat is een soort ijsbaan die zich in de winter vormt. In de zomer bestaat het gebied uit niets anders dan moerassen en meren, dan is alles onbegaanbaar.'

'En waar komt al dat geld vandaan?'

'In de meeste gevallen van grote concerns. Die hebben de financiele mogelijkheden. Kleine bedrijven ontberen de nodige contanten daarvoor. Behalve…' Hij aarzelde.

'Behalve?'

'Behalve als men geld betrekt uit anonieme bronnen, financiers die liever niet in de openbaarheid treden, maar uiteraard alleen maar genoegen nemen met klinkende winst.'

Ze keek hem van opzij aan. 'Heeft dat iets met Diane te maken?'

Robert stond op. 'In mijn branche doen er altijd veel geruchten de ronde, maar ik heb daar nooit aan meegedaan. Je moet het maar aan je vriendin vragen.'

Hij klonk nu bijna afwijzend. Zwijgend pakten ze hun spullen bij elkaar. Over de heerlijke dag was een schaduw gevallen. Ze liepen naar de kajak terug. Robert waadde in het water en reikte haar zijn hand om haar bij het instappen te helpen. Sonja wilde hem pakken, maar struikelde en verloor het evenwicht. Voor ze er bedacht op was, plonsde ze vrij onzacht in het water.

Bliksemsnel grepen de krachtige armen van Robert haar onder de armen en tilden haar omhoog. Naar adem snakkend leunde ze met haar hele gewicht tegen zijn borst. Hij trok haar steviger tegen zich aan en hield haar seconden lang in zijn armen. Haar gezicht rustte op zijn schouder. Ze voelde hoe hij zijn hoofd kort tegen het hare aandrukte. Voordat een heldere gedachte zich in haar hoofd voordeed, hoorde ze het zachte getril van een mobiele telefoon in zijn borstzak. Ze maakte zich los uit zijn armen.

'Heb je je pijn gedaan?' vroeg hij. Zijn ogen en zijn lippen waren heel dichtbij. Ze schudde bedwelmd het hoofd. Hij pakte haar zacht bij haar heupen vast. 'Ga even zitten, ik kom zo.'

Hij liep weg van haar. Sonja hoorde hem van afstand in zijn mobiele telefoon praten, terwijl ze met beverige ledematen op hem wachtte. Haar broek was kletsnat. Haar voeten sopten in de waterdichte schoenen. De baseballcap lag in het water. Toen ze opstond om hem eruit te vissen, piepten haar schoenen bij elke stap die ze deed. Ze moest om het geluid lachen. Ze deed de reddingsboei om en klom met behulp van de peddel in de kajak.

Robert kwam aangerend. 'Vlucht je voor mij? Ben je zo van mij geschrokken?'

Ze keek naar hem op en kreeg het voor elkaar hem vriendelijk toe te lachen.

Hij bevestigde haar spatzeil en raakte haar daarbij af en toe aan. Ze zat doodstil en liet het gebeuren.

Langzaam manoeuvreerde hij de kajak om het eiland naar de zee-engte. Daar blies hen een frisse wind in het gezicht. Om warm te blijven, peddelde Sonja met al haar kracht. Haar vochtige handen schuurden bij iedere beweging over de steel.

Ze vonden samen hun ritme, en de kajak vloog over het water.

'Gaat het?' brulde Robert van achteren.

Sonja wilde net gaan vertellen dat ze zich de blaren op de handen peddelde, toen ze een groot motorschip pijlsnel op hen af zag komen.

'Die ziet ons toch wel?' schreeuwde Sonja.

Robert antwoordde niet. Hij was gestopt met peddelen.

Toen hoorde ze hem roepen: 'Sonja maak het spatzeil los!'

'Wat?' Ze verstond het niet.

'Maak het zeil los van de kajak, snel!'

Zijn stem duldde geen verder getreuzel.

Sonja deed wat haar gezegd werd, terwijl ze krampachtig met de andere hand haar peddel vasthield.

De boot raasde rechtstreeks op hen af. Het zag er angstaanjagend uit.

'Wat doet die verdomde idioot!' schreeuwde Robert terwijl hij als een bezetene peddelde.

Het schip koerste nog steeds op de kajak af.

Sonja keek om zich heen. Tot haar schrik zag ze nu ook vanaf de andere kant een boot op hen af komen. Ze hoorde een luide scheeps-toeter die als een sirene over het water loeide.

De kajak helde gevaarlijk over en kon elk moment omslaan. Vanuit haar ooghoek zag ze dat het grote jacht langzamer ging varen en van koers veranderde. De kleine motorboot, die verder weg was, kwam echter nog altijd met grote snelheid op de kajak af. Het jacht draaide vervolgens een grote lus en voer op de kust af. Tot Sonja's verwondering volgde de motorboot in zijn kielzog.

De kajak bleef gevaarlijk schommelen in de hoge boeggolven die door beide boten veroorzaakt waren. Robert koerste op de oever af, in de richting van een huis met een steiger. Sonja's handen deden pijn, net als haar armen en schouders, maar ze peddelde met de blik strak op het huis gericht dat steeds dichterbij kwam.

Een vrouw kwam over de steiger aangelopen. 'Ik heb alles vanuit mijn woonkamer gezien!' riep ze rood aangelopen. 'Die halvegaren met hun dure boten laten zich helemaal vollopen en brengen anderen in levensgevaar. Het is een schandaal!'

'Mogen wij hier heel kort even op adem komen?' vroeg Robert.

'Natuurlijk, wacht, ik zal u helpen.'

'Sonja, stap jij eerst uit, dan kan ik de kajak stabiel houden.'

Ze was zo stijf dat ze dacht dat ze niet op de steiger kon klimmen, maar de vrouw, een flinke vijftiger, pakte haar beet en trok haar op de houten vlonder. Vervolgens boog ze zich voorover en hield de kajak vast, terwijl Robert zich op de steiger worstelde.

'Dank u wel,' zei hij, 'U bent een engel.' Hij stapte op Sonja af en legde zijn hand op haar schouder. 'Jij bent drijfnat,' zei hij. Hij wendde zich tot de vrouw: 'Kan ze ergens haar kleren drogen?'

'Ja, natuurlijk, anders vat ze kou.'

Robert kneep zacht in Sonja's schouder. 'Je was geweldig. Je hebt het heel goed aangepakt, ik ben zeer onder de indruk.'

'Kom maar mee,' zei de vrouw, voordat Sonja hem kon antwoorden. 'Ik denk dat een kopje thee wel tegen de schrik zal helpen.'

Robert knikte haar toe. 'Gaan jullie maar vast, ik kom er zo aan.'

De vrouw leidde haar via een houten trap naar de ingang van het huis. In de woonkamer wikkelde ze Sonja in een wollen deken en zette een kopje kruidenthee voor haar. Nooit eerder smaakte een kopje thee haar zo goed. Ze bedankte de vrouw voor haar goede zorgen. 'Wat fijn dat u zo goed voor me zorgt.'

Haar gastvrouw keek haar tevreden aan. 'Ik haal wat droge kleding voor je, dan stoppen we de natte spullen in de droger.'

Bij het verlaten van de kamer mopperde ze verder over die lawaaischoppers die met hun gejakker de wateren rond Deep Cove onveilig maakten: 'Verwende rijkeluiszoontjes!'

Sonja had maar met een half oor geluisterd. Door de hoge ramen van de woonkamer zag ze Robert nog steeds op de steiger heen en weer lopen, als een tijger in een kooi, zijn mobieltje tegen zijn oor gedrukt. Ineens zag ze een kleine motorboot de steiger naderen. Robert was opgehouden met telefoneren en liep naar de boot toe. Een man stapte over de reling. Robert begroette hem met een schouderklop. Sonja stond van haar stoel op om het beter te kunnen zien. De beide mannen gingen eerst met de rug naar haar toe staan. Even later draaide de man van de boot zich om en keek omhoog naar het huis.

Sonja kromp ineen. Het was de man die 's morgens hun kajak voorbij was gevaren. De man achter het stuurwiel, van wie ze dacht dat ze hem al eens eerder had gezien. En nu wist ze ook waar: in de markthal op Granville Island, aan de tafel met Diane. De man die haar portefeuille bij het politiebureau had afgegeven en die misschien kopietjes van haar creditcards en haar identiteitsbewijzen bezat.

Op dat moment kwam haar gastvrouw met een stapeltje kleding binnen. Haar blik werd onmiddellijk getrokken door de twee pratende heren op de steiger.

'Is dat een kennis van u?' vroeg ze.

'Ja,' antwoordde Sonja.

Opeens stond Robert weer in de kamer.

'Er gaat niks boven een wollen deken, alleen het kampvuur ontbreekt nog,' schertste hij.

'Ik breng u snel naar een kamer, waar u zich kunt omkleden,' zei de gastvrouw. En tegen Robert zei ze: 'En ik zal voor u zo ook een kopje thee inschenken.'

Toen Sonja een halfuur later droog en warm over de steiger liep, keek Robert haar lachend aan.

'We varen met de motorboot terug,' zei hij.

Aan de reling stond een onbekende man.

Ze draaide zich verbluft om. 'Waar is die andere man?' vroeg ze.

'Ik ken die andere man, hij werkt in de beveiliging.'

Voordat Robert kon antwoorden, stak de stuurman zijn hand naar haar uit.

'Hallo, ik ben Rick, welkom op mijn bootje.'

Ze keek de man vragend aan. Had ze zich vergist? Had ze de stuurman met die onbekende in de markthal verwisseld? Robert knikte haar geruststellend toe.

'Op Rick kun je bouwen, hij is de meest ervaren zeeman die ik ken.' Aan boord hielp Robert haar in een zwemvest. 'Veiligheid boven alles,' zei hij. Ze ging achter in de boot uit de wind zitten. Ze zag het huis, waar ze zo vriendelijk ontvangen was, langzaam kleiner worden. En ook de gele kajak, die nog steeds op de steiger lag. Toen zag ze iemand via de voordeur het huis verlaten. Een man. De beveiligingsman! Ze wist dat hij naar de kajak ging en in de voorste bergruimte een waterdichte zak zou vinden, die zij vergeten was. In deze plastic zak zou hij een krantenartikel vinden met de kop: TRAGISCHE DOOD STOUTMOEDIGE ALPINIST IN CANADA. Daaronder een foto: een stralende bruid die aan de arm van Toni onder een spalier van omhooggehouden ski's schrijdt. Maar Sonja was niet de bruid.

36

'Alstublieft, bekijk de foto's alleen met deze handschoenen aan,' verzocht de archivaris vriendelijk en hij overhandigde haar een wit nylon paar handschoenen. Sonja beloofde het en keek tersluiks langs hem heen naar het verrijdbare rek met de kartonnen dozen en de ordners. Daar moest het zich in bevinden, het geheim van Else Lübcke Seel. Opgewonden ondertekende ze een aanmeldformulier, waarna ze de archivaris vol verwachting aankeek.

'Wat wilt u zien?' vroeg hij.

'De foto's, de dagboeken, de gedichten, de verhalen, de brieven en de familiedocumenten.' Sonja somde haar lijstje op als een marktkoopman zijn waar. De archivaris die een korte, katoenen broek droeg, alsof het midden in de zomer was, zette de ene na de andere doos op de tafel neer.

'Mag ik u vragen waar uw belangstelling voor Else Seel uit voortspruit? Wij hebben zelden bezoekers, tenminste niet uit het buitenland, die harentwege hier naartoe komen.'

'Zoals ik u reeds gezegd heb, maakt ze deel uit van een tentoonstelling over vrouwen die in hun eentje geëmigreerd zijn.' Ze kon haar ongeduld nauwelijks bedwingen.

'Maar waarom juist zíj?'

Sonja bedacht welk antwoord zijn nieuwsgierigheid het best zou bevredigen. Toen hoorde ze, tot haar verrassing, haar eigen stem plotseling zeggen: 'Omdat ze zo veel op mij lijkt.'

'Ah,' zei de archivaris, en hij had niet meer de moed om nog meer vragen te stellen.

Ze glimlachte vriendelijk naar hem en ging aan de met dozen en ordners overladen tafel zitten. De ruimte was donker, de kleine ramen lieten het daglicht maar mondjesmaat toe. Het archief bevond zich op de begane grond van een gebouw met diverse verdiepingen dat deel uitmaakte van de University of Victoria, maar Sonja had geen oog voor haar omgeving; ze kon niet wachten om al die dozen en ordners van Else Seel zo snel mogelijk door te kijken. De geur die uit de kartonnen dozen steeg, was haar vertrouwd: die van oud papier en bedorven lucht. Op het moment dat ze met eerbiedige vingers in de documenten bladerde, viel alles van haar af: de vermoeidheid, het verdriet, de lichte steken in de buurt van haar hart. Nu kon ze Robert vergeten en de beveiligingsman en de angstige momenten in Deep Cove. In haar hoofd schoten nu niet meer gedachten als op hol geslagen vogels heen en weer. Ze voelde rust en opperste concentratie.

Ze trok de handschoenen aan en begon met de foto's. Hier! Else Lübcke, vlak voor haar vertrek naar Canada: een jonge vrouw in een dirndljurk in de alpenwei met bergen op de achtergrond, het lange haar uit het gezicht gekamd en hoog opgestoken.

Sonja bekeek de stapel langzaam. Een van de foto's was veel groter dan de andere. Sonja was er meteen door gegrepen. Else stond met blote voeten op een rotsblok dat uit een bergmeertje omhoogkwam. Haar witte broek had ze omhoog gestroopt, het mannenhemd had ze in de broek gestopt en haar haren waren in een zachte wrong gedraaid. Haar gezicht hield ze enigszins van de fotograaf afgewend, één hand had ze losjes op de heup geplaatst en de blik was gericht op het water waarin de bergtoppen zich weerspiegelden.

Op dit verlichte moment, voelde Sonja, was Else één met haar omgeving, één met de natuur. Een ogenblik van geluk en vrijheid voor de jonge dichteres uit Berlijn. Water, bergen, steen en zijzelf. In het ontspannen gezicht zag Sonja een stille extase, die Else waarschijnlijk alleen tijdens haar wandelingen ervoer.

Onder aan de stapel ontdekte ze een foto uit 1942 van Else en haar echtgenoot. Toen was ze al 48 en tamelijk gezet. Georg daarentegen stond als een jonge slanke den naast haar.

Geen wonder, dat hij haar beviel, deze Georg. Dat kon Sonja heel goed begrijpen. Ze had nu een ansichtkaart in haar hand die Else hem kort voor haar aankomst in Vancouver had geschreven, tijdens de treinreis door Canada. Ze had last van hartkloppingen, stond er op de kaart, en hij moest niet schrikken van haar kapsel dat ze in een pagekopje had laten knippen. Over haar gevoelens schreef ze niks. Wat zou er die dagen door haar hoofd zijn gegaan, zo vlak voor hun onmoeting? Een onbekende man, een onbekend land, een onbekende toekomst...

Sonja kon niet langer wachten. Ze stak haar hand uit naar het kleine zwarte schrift voor haar: Elses dagboek. Het begin. Ze opende het met trillende handen.

'Daar hoeft u de handschoenen niet voor te gebruiken,' zei de archivaris, toen hij langs haar tafel liep. Toch hield Sonja ze aan, haar handen waren vochtig. Als eerste viel haar het fragiele en enigszins slordige handschrift op, waarmee de regels dicht opeen waren geschreven. Ze herinnerde zich dat Else telkens daar geschreven had waar ze de behoefte voelde, en dat hoefde niet noodzakelijkerwijs aan een tafel te zijn. Else had 23 jaar lang een dagboek bijgehouden, en nu las Sonja het eerste verslag, opgetekend in Canada.

(...) de grote onbekende, overmorgen zal ik hem zien – Georg. Gedurende de nacht probeerde ik zijn gedachten te begrijpen – ik kon niet slapen, angst en hoop voerden een ondraaglijke strijd met elkaar, ik gloeide alsof ik koorts had, mijn lichaam stond in brand – wie zou ik tegenkomen?

Het schrift gleed Sonja uit de handen. Ze kon niet meer rustig zitten. Alsof iemand haar achterna zat, zo hard rende ze de deur van het archief uit, om terecht te komen in het felle licht van een grote zaal waar studenten alleen of met zijn tweeën achter computers zaten. Er klonk een zacht gefluister. Ze liep naar de toilet en koelde haar gloeiende wangen met water. Tot haar verbazing zag haar gezicht er in de spiegel fris uit: haar lichtrode huid had een zachte glans. Ze gaf zichzelf een ironische knipoog.

De archivaris wierp haar een keurende blik toe, toen ze weer aan haar tafel ging zitten. In het dagboek zocht ze naar de beslissende dag, de dag van de eerste ontmoeting van Else en Georg: op 5 september 1927.

Ik kwam aan, zag Georg en was rustig. Godzijdank, ik ben heel blij en hoop dat alles goed gaat, want dan hebben een paar regels in een krant me geluk gebracht. Ja, wagen, inzetten en winnen. G. is een goede man, een échte man, en dat is het beste wat je kunt hebben.

Op de achtergrond rinkelde een telefoon. Een mannenstem begon een gesprek. Sonja las verder.

Er wordt geklopt, Georg komt binnen, schuchter, verlegen, groot, met brede schouders en stevige handen. We kunnen beiden niet spreken, stotteren, ten slotte kan ik lachen, hij is gaan zitten en ik neem lachend zijn hoed af. Toen ging het beter.

Er stond iemand naast Sonja. Met tegenzin keek ze op van het dagboek.

'We gaan sluiten,' zei de archivaris.

Ze knikte, maar moest met alle geweld verder lezen. *Voor het overige ben ik de vaste overtuiging toegedaan, dat Georg en ik een zeer gelukkig huwelijk zullen hebben, want hij beantwoordt niet alleen aan mijn verwachtingen, maar overtreft ze ruimschoots.*

Zo eenvoudig was dat dus voor Else, dacht Sonja. Wat een vertrouwen klonk uit deze regels. Zo zou het dus moeten zijn.

Je denkt veel te veel, had Toni vaak gezegd. Vertrouw op je gevoel en laat je daardoor leiden.

Else had op haar gevoel vertrouwd. *Ik kwam aan, zag Georg en was rustig.*

Else had zich niet door twijfel gek laten maken. Ze had niet gedacht: Hoe zal dat toch met ons gaan? Ik, een intellectueel uit Berlijn en hij, een ongeschoolde pelsjager, die slechts met moeite een brief kan schrijven. Sonja had zich daarentegen gedurende haar korte huwelijk constant het hoofd gebroken. Ze had het geluk, dat wel degelijk aanwezig was tussen haar en Toni, nooit echt vertrouwd. Ze waren zo verschillend, hoe kon dat op de lange duur ooit goed gaan? Toen ze de brieven van Odette vond, voelde ze zich in haar twijfels bevestigd. Toni had het aan iets ontbroken, het had hem hun hele huwelijk aan iets ontbroken.

'Neemt u mij niet kwalijk.' De archivaris onderbrak haar verdrietige herinneringen.

Sonja pakte snel haar spullen bij elkaar. 'Ik kom morgen weer.'

De zaal met de computers was helemaal leeg. Sonja ging achter een beeldscherm zitten en controleerde of er nog post voor haar was. Inges naam lichtte op. Ze vroeg: *Hoe gaat het in het archief? Wat heb je ontdekt?? Laat me niet al te lang in spanning! Het bezorgt me slapeloze nachten!*

Sonja bekeek haar andere e-mails. Bij een van de e-mails bleef ze wat langer hangen. Iemand had haar de website van de Vereniging ter Bescherming van Beren teruggestuurd. Maar de e-mail was niet afkomstig van Walt, de eigenaar van de lodge voor sportvissers. Het ging weer om een anonieme afzender. Er was aan de e-mail een aparte regel toegevoegd: *Alle links zorgvuldig aanklikken!* Wat werd daarmee bedoeld? Wie was degene die hier achter zat? Ging het om een computervirus? Maar dat laatste leek Sonja niet erg logisch. Ze klikte de links aan: *Verspreidingsgebied van de grizzlybeer, leefwijze, nieuwste onderzoeksresultaten, bezichtigingstoer voor ecotoeristen* en tot slot *Statistieken over ongevallen met beren.* Sonja werd kwaad. Wat was hier de bedoeling van? Ze las alle teksten en kwam ten slotte terecht bij de ongevalstatistieken. Plotseling was ze een en al aandacht: een ongeval met een grizzlybeer, september, drie jaar geleden, in de omgeving van Prince Rupert.

Sonja handelde snel. Ze belde het nummer van de Vereniging ter Bescherming van Beren, maar kreeg een antwoordapparaat. Ze liet haar mobiele nummer achter en stuurde er voor de zekerheid ook nog een e-mail achteraan. De persoon die deze aanwijzing had gestuurd, wist meer dan ieder ander. De onbekende wilde bepaalde informatie met haar delen, maar wel via een omweg. Sonja was bereid het spelletje mee te spelen.

37

De volgende morgen had ze nog geen bericht of telefoontje van de dierenbeschermers ontvangen, maar ze was desondanks in een goede bui. Het hoofd van de afdeling Duitse Literatuur, die verantwoordelijk was voor het Else Seel-archief, had haar net groen licht gegeven: ze zou diverse originele documenten voor de tentoonstelling in het museum mogen gebruiken. Sonja had uit vreugde in alle bomen op het universiteitsterrein kunnen klimmen. Ze stuurde Inge direct een e-mail, waarin meer uitroeptekens dan woorden stonden. *Vandaag is mijn geluksdag*, dacht ze en ze stormde als een sprintster op de honderd meter de deur van het archief binnen. De dozen met de documenten stonden al op haar te wachten. Ze liet zich direct meevoeren in Elses wereld en vergat alles om zich heen. *Voor het overige ben ik de vaste overtuiging toegedaan, dat Georg en ik een zeer gelukkig huwelijk zullen hebben.* Else was de eerste dagen na haar aankomst van deze zekerheid vervuld geweest. Daar wilde Sonja meer over weten, want dit thema wilde ze tot middelpunt van haar tentoonstelling maken: een emigrante die haar geluk in Canada vond. Maar met iedere zin, met iedere nieuwe bladzijde van het dagboek opende zich voor Sonja een nieuwe werkelijkheid. *En plotseling begreep ik het: eenzaamheid. Als je schreeuwt, hoort niemand je. Het voelde als een steek door mijn hart.*

Else Seel, de nieuwbakken echtgenote, leerde snel en pijnlijk hoe haar nieuwe leven er voortaan uit zou zien: martelende eenzaamheid. Sonja zag haar in de simpele, afgelegen blokhut aan het Ootsa Lake zitten. De winter was reeds begonnen, een lange, strenge winter in het noorden van British Columbia. Georg liet zich vele weken niet zien, hij controleerde zijn vallen, waarin vossen, wolven, wezels, marters aan hun einde kwamen. Slechts de stilte en Else. *Ja, ik heb het heel goed, maar ik heb geen man, althans zo lijkt het. Maar vanaf de kerst blijft Georg thuis, godzijdank.* Zijn verblijf in het gemeenschappelijke huis was steeds kort. Steeds weer schreef Else: Georg is weg, Georg is weg, Georg is weg. Ze zat hunkerend aan het raam van de blokhut en keek uit over het meer, in afwachting van zijn kano. *Midden op het meer drijven kleine ijsschotsen, net tranen die ík niet vergoten heb. Nee, ik huil niet meer zo gemakkelijk.* Sonja was ontsteld. Dat was niet de vrouw over wie ze in het boek had gelezen. Daarin waren dergelijke vrijmoedige bekentenissen niet te vinden. In het gedrukte boek, dat in Duitsland van haar was uitgegeven, kwam ze over als een onverschrokken, daadkrachtige, volhardende pioniersvrouw die alle hindernissen overwon en elk probleem stoïcijns benaderde. Maar in haar persoonlijk, ongecensureerd, handgeschreven dagboek legde een kwetsbare, soms angstige en telkens weer aan zichzelf twijfelende vrouw haar innerlijk bloot. *Getrouwd. Huwelijk – zonderlinge, kolossale woorden, zoals bergen, die, althans wat mij betreft, nog niet al te veel voorstellen. Maar ze zullen dichterbij komen, of liever gezegd, ik zal dichter naar hen komen, heel dichtbij, en dan zijn er twee mogelijkheden: ze onderdrukken, of in licht en klaarheid ermee opstijgen.* Hoe langer Sonja las, des te duidelijker leek het dat er eerder van onderdrukken dan van opstijgen sprake was geweest. Als Georg bij haar was, kon ze hem haar liefde niet kenbaar maken. *Altijd is er die spoorboom tussen mensen, altijd een spoorboom als voor een voorbij razende trein.* Sonja wilde zichzelf niets wijsmaken: Georg bleef een vreemde voor Else. Ze bleven vreemden voor elkaar. Hij was jaloers als zij de kat liefdevol aaide. Zij werd jaloers toen hij na Ruperts geboorte de zuigeling in zijn armen hield en niet meer wilde afgeven. Else beklaagde zich erover dat ze in plaats van een verhaal schrijven brood moest bakken. Ze begon te smachten naar een gelijkgezinde geest, een zielsverwant.

Sonja zocht de brieven op die Else aan de Amerikaanse dichter Ezra Pound had geschreven. Ze las en las en was verrast hoe intiem, ja bijna erotisch Elses toon was. Het bleek echter een eenzijdige uitwisseling. Ezra Pound schreef haar zelden, af en toe een paar schamele zinnen. Else daarentegen wist elke keer vele kantjes te vullen en maakte de penvriend deelgenoot van nogal wat privézaken. Pas na tien jaar erkende ze hoe Ezra Pound haar overgave, haar openhartigheid en haar betrokkenheid misbruikt had. Sonja kon niet begrijpen dat het zo lang geduurd had voordat Else uiteindelijk teleurgesteld en verbitterd het contact verbrak.

En de teleurstelling jegens Georg? Sonja kwam een brisante aantekening uit 1932 tegen. De financiële omstandigheden van het gezin waren catastrofaal, Else leerde armoede kennen. *O, het valt me zo verdomd zwaar en ik huil heel vaak, zoals vandaag. Goed, dat niemand zich om mij bekommert, zo merkt niemand het.* Else speelde met de gedachte Georg en Wistaria op te geven en zich ergens anders te vestigen. *Vanwege de kinderen moet ik blijven en doorgaan, anders was ik al ver weg, om elders mijn eigen geld te verdienen.*

Zeven jaar later schreef ze: *Georg zei mij geen gedag meer toen hij tien dagen weg zou blijven – ook dit boekdeel is verscheurd.*

Sonja legde het dagboek naast zich neer. Ze werd overweldigd door een stroom van tegenstrijdige gedachten en gevoelens. Wat was het naïef van haar geweest om de inhoud van het gepubliceerde boek voor zoete koek te slikken. Als historicus had ze beter moeten weten. Woorden kunnen flatteren, misleiden, verhullen, je op het verkeerde been zetten. Verkeerde conclusies zijn snel getrokken, als je de waarheid niet kent.

Dat had ze eerder moeten bedenken. De context, Sonja, de context. Ze was ontevreden over zichzelf. Maar dan was er gelukkig ook nog genoegdoening: Else Seel was geen supervrouw. Ze had geleden en geklaagd, had angst gehad en vertwijfeling ondervonden. Georg Seel kon haar niet zien als de vrouw die ze werkelijk was: een naar geestelijke bevrediging snakkende kunstenares met diepgaande gevoelens en gecompliceerde gedachten.

Hij wilde een vrouw die brood bakte, elandenvlees pekelde, zijn kinderen opvoedde en altijd klaarstond voor buur en vriend. Als Georg weg was, bedekte Else de helft van het bed met boeken. Maar ze bleven al die jaren samen tot de plotselinge dood van Georg. Toen hij stierf, was het voor haar alsof het leven de zin was ontnomen. Op de een of andere manier had ze toch van hem gehouden.

Sonja pakte het dagboek weer op en bleef bij een passage steken.

In de laatste vier maanden heb ik hem precies vier dagen gezien! Het is eigenaardig: af en toe verschijnt hij, als een vreemde man. Zorgt voor een paar onstuimige dagen en nachten en komt er helemaal van bij. Ben ik daar in de grond van mijn hart verheugd over? Ik ben niet voor de eeuwigheid gemaakt, te stemmingsafhankelijk, te ongedisciplineerd (...).

De laatste zin raakte Sonja diep. Ze las hem steeds weer. Betekende het dat Else zich eigenlijk niet zo innig had willen binden? Dat ze het niet verdragen kon voortdurend een man in huis te hebben? Dat de uithuizigheid van Georg haar de vrijheid gaf die ze zo nodig had? Elses eenzaamheid was daarmee tegelijkertijd ook haar vrijheid! Sonja kon niet anders dan aan haar eigen huwelijk denken. Toni wilde geen vrouw die hetzelfde deed als hij, die was zoals hij en die dacht zoals hij. Dat had hij vele malen verteld. Hoewel ze aanvankelijk het gevoel had dat hij de waarheid sprak, was ze daar later aan gaan twijfelen.

Haar mobiele telefoon zoemde. Ze was vergeten hem uit te zetten. Het hoofd van de archivaris schoot meteen omhoog. Snel verliet ze de ruimte.

'Hebt u ons gebeld vanwege het ongeval met de beer in Prince Rupert?'

Een mannenstem. De Vereniging ter Bescherming van Beren.

'Ja, dank dat u terugbelt.'

'Bent u van de pers?'

'Nee, ik... ik ben onderzoeker.'

'Mag ik vragen wat u onderzoekt?'

'Menselijk wangedrag ten aanzien van wilde dieren.' Sonja was er zelf door verrast hoe rap dit antwoord haar te binnen schoot.

'Juist. Hebt u afgelopen week ook al gebeld?'

'De afgelopen week? Nee, absoluut niet.'

'Ik dacht dat... We hebben namelijk de afgelopen week ook een telefoontje gehad vanwege dat ongeval in Prince Rupert.'

'Wie was dat?'

'Ik weet het niet. Gewoonlijk behandelt mijn collega dit soort vragen. Ze heeft er wel iets over gezegd, maar dat is alles wat ik weet.'

'Kan ik uw collega spreken?' vroeg Sonja.

'Ze is momenteel met vakantie. Kunt u volgende week nog eens bellen?'

Sonja had wel kunnen vloeken, maar daarmee was ze niet verder gekomen. Beleefd beëindigde ze het gesprek.

Het was al laat in de middag, toen ze een ontdekking deed, waarop ze volstrekt niet was voorbereid. Ze had er zo lang naar gezocht en nu was het er opeens. Er was geen twijfel mogelijk. Hier lag het, vlak voor haar: Elses geheim.

Van: yh6t9abeil@yahoo.com
Verzonden: 20 september, 17:02
Aan: Inge Stollrath
Onderwerp: Gevonden!!!!!

Hallo Inge,

Je hebt zoals altijd weer gelijk gehad! Er was iets in het leven van Else Lübcke Seel dat haar naar Canada dreef. En ik heb het gevonden: het motief, het mysterie, het beslissende moment! Je zult me hier hiervoor tot 'ridderin' slaan. Of me een salaris- verhoging geven. Ik accepteer beide.

Ik kwam de zaak op het spoor, toen ik Elses gepubliceerde verhaal *Der alte Löwe* las. Ik bespaar je voorlopig de details, maar de tekst is een nauwelijks verhullende beschrijving van haar liefdes- verhouding met de veel oudere Deense dichter Martin Andersen Nexø, die zoals je weet getrouwd was en de relatie met Else niet wettelijk wilde laten bekrachtigen. Zij was destijds zo'n 32 jaar oud. (Else heeft bijna alle inspiratie voor haar werk uit eigen levenservaring gehaald; in mijn weinig literaire optiek ben je dan als dichter bijna volmaakt autobiografisch.)

In ieder geval huppel ik, meer of minder opmerkzaam, van bladzijde naar bladzijde door dit verhaal, waarin de heldin Elise (!) heet, en plotseling, als een donderslag bij heldere hemel, word ik bij deze passage getroffen door een helder besef: *Zo ga ik voort, met deze woorden in mijn hart en een kind onder mijn hart.*

Ik lees met kloppend hart verder en kom bij deze volgende passage: *Ze schrijft aan Mark* (dat is haar geliefde) *een brief, waarin ze hem alles vertelt. Hij antwoordde met de fraaie, krachtige zinnen die zo gemakkelijk uit zijn geoefende pen vloeien, dat hij over het leven beschikt. Else weet dat hij ook over haar situatie beschikt en denkt: hij zal heer en meester zijn over leven en dood – als hij leven en warmte geeft, zo zal hij leven en warmte ontvangen, is hij echter koud als de dood, dan moet dit leven sterven.*

Bij deze passage – je kunt je dat wel voorstellen – raakte ik hevig opgewonden, maar verderop is Else er zo duidelijk over, dat elke eventuele twijfel wordt weggenomen.

De volgende dag kronkelde Elise van de pijn. Haar benen, als smekende armen uitgestrekt, verzochten vergeefs om vergiffenis. Ze kermde toen haar lichaam werd opengescheurd. Ze hoorde haar bloed druppelen en zag heel even de bezoedelde hand van de arts, en een smartelijke pijn trok door haar lichaam, alsof er binnen in haar een ijsvloer in stukken brak.
De jonge arts trok haar voorzichtig omhoog. Elise was zwak en lag bewegingsloos in zijn arm. Hij zag haar bleke, betraande gezicht. Haar stralende ogen keken hem echter dapper en oprecht aan, en terwijl ze als bij een broer troost bij hem vond, vroeg ze ernstig: 'Heb ik iets verkeerds gedaan?' Daarop boog hij zich naar haar toe, en zijn gezicht had een begripvolle uitdrukking toen de woorden hem als ware het een ingeving over de lippen kwamen: 'Nee, want u bent zelf nog een kind.'

Toen ik dit las moest ik eerst op het toilet wat koud water drinken, want alles draaide me voor de ogen.
Natuurlijk wilde ik nu in de overgebleven literatuur een bevestiging van mijn ontdekking vinden, wat me vlak voor het sluiten van het archief lukte. In een verhandeling over Else Seels liefdesgedichten schreef de Duits-Canadese germaniste Angelica Arend:

De krenking en vernedering door een vijfentwintig jaar oudere man, die ze liefhad en bewonderde, maar die haar slechts als een aangenaam verzetje had gebruikt, raakten Else in haar ziel. En het aborteren van zijn kind stortte haar in de diepste vertwijfeling.

Aangenomen kan worden dat deze radicale ingreep (Arend bedoelt de emigratie naar Canada) een wanhopige poging was een definitieve streep onder alles te zetten, waardoor een nieuw begin en een verder leven mogelijk werden gemaakt.

Lieve Inge, ik had gewild dat Elses geheim wat minder triest zou zijn, want de abortus – naast het feit dat die in de jaren twintig van de vorige eeuw waarschijnlijk onder, medisch gezien, moeilijke omstandigheden moest plaatsvinden – moet voor haar zeer traumatisch zijn geweest.

Ik ben thans behoorlijk bekaf, ik haal nog een pizza en kruip dan in bed.

Je zeer tevreden Sonja

Van: soneswunder@swifel.com
Verzonden: 21 september, 07:10
Aan: Sonja Werner
Onderwerp: Zóóóóó onder de indruk!

Lieve Sonja,

Ik heb zojuist jouw e-mail ontvangen. Ik ben ontzettend onder de indruk van jouw onderzoek! Ik moet daar eens rustig over nadenken, maar dat is even niet mogelijk, omdat Wilfried met rugwervelletsel in het ziekenhuis ligt. Dat heeft hij bij het tuinieren opgelopen (!).
Ik meld me spoedig weer. Wat je doet is helemaal fantastisch!

Inderhaast, Inge

38

Sonja had een déjà vu: ze stond op een veerboot te wachten. De veerboot zou haar met haar truck terug naar Tsawwassen brengen, een haven in de buurt van Vancouver. Ze leunde tegen haar auto en koesterde haar gezicht in de ochtendzon. Een paar minuten zonlicht is goed voor me, zei ze tegen zichzelf. Na de vele uren in het donkere archief waren de frisse lucht en het heldere licht uitermate verfrissend.

Het duiken in de diepten van andermans leven had haar voor een paar dagen bevrijd van haar eigen onopgeloste vragen, maar die staken nu weer een voor een de kop op. Het krantenartikel over Toni's dood, dat ze in de lade had gevonden: Wie was er nog meer in Dianes woning geweest? Wist zij meer over Sonja's geheime missie dan zij wilde zeggen? En waarom zou ze het niet willen zeggen?

Welk verband bestond er tussen Robert en de veiligheidsman? Hij had haar geen verklaring gegeven na het voorval bij de Twin Islands in Deep Cove. Zelfs geen enkele poging tot een verklaring. Alsof hij niet doorhad dat ze het allemaal heel verdacht vond en dat ze niet meer in toeval geloofde. Hij was bezorgd om haar geweest, zonder twijfel, maar als het hem speet dat hij haar aan een dergelijk gevaar blootgesteld had, waarom zei hij dat dan niet? Ze schoof hem in haar gedachten woedend terzijde, en eigenlijk kwam haar dat wel uit. Zo hoefde ze zich niet om dat andere gevoel, dat ze als een veel grotere bedreiging zag, te bekommeren.

Ze had hem niet nog een keer op de veiligheidsman aangesproken. Misschien was dat een vergissing geweest, maar de gebeurtenissen in Deep Cove hadden haar dermate aangegrepen dat ze naderhand slechts alleen had willen zijn: ze was met een kleine roze pil op bed gaan liggen.

Haar mobiele telefoon zoemde. Waar had ze het ding ook alweer neergelegd? Ze stak haar arm door het open raam van de truck. 'Hallo.'

'Sonja, wat goed dat ik jou tref!'
Eindelijk.
'Waar ben je, Diane?'
'In Yellowknife.'
'Waar?'
'In Yellowknife. In de Northwest Territories. Helemaal bovenaan in het noorden.'
'Wanneer kom je terug?'
'Dat weet ik nog niet, maar in ieder geval niet voor je vertrek. Het spijt me heel erg.'
Sonja's stemming daalde tot het nulpunt. Zou Diane haar met opzet uit de weg gaan? Ze dacht bliksemsnel na. Ze moest haar absoluut spreken, dat stond buiten kijf. Eerder wilde ze niet naar Zwitserland vertrekken.
'Ik kan naar Yellowknife komen,' zei ze. 'Ik heb het noorden altijd al willen zien. En ik moet per se met je praten, snap je?'
'Sonja, waar ik op het moment ben, heb je een sneeuwmobiel nodig en speciaal ondergoed van pels.'
Sonja vond dat Diane haar niet serieus genoeg nam. Goed. Ze zou het nog wel merken.
'Als dat alles is, geen probleem,' antwoordde ze.
'Ik had je graag weer gezien, Sonja, maar het gaat helaas niet. Maar je komt toch nog wel eens een keer?'
'Ik kom, ik kom heel beslist.'
Weer begreep Diane haar woorden verkeerd.
'Je kunt de sleutel aan de conciërge geven of in de brievenbus gooien.'
'Ik moet hier nog het een en ander doen, ik heb mijn retourvlucht verschoven.'
'Ja, maar zorg wel dat je een plaats reserveert,' zei Diane. 'Zorg dat je een stoel reserveert. Ik wens je een goede reis. En we houden contact.'
'Dat doen we zeker. Ik beloof –'
De verbinding werd verbroken.
Sonja keek op de display en noteerde het nummer waaronder Diane haar gebeld had.

Nauwelijks was Sonja aan het begin van de middag in Vancouver aangekomen, of ze boekte een vlucht naar Yellowknife. Ze had ongelofelijk geluk, want de volgende dag was er reeds een vlucht. Ze boekte ook meteen een kamer – ze gebruikte het telefoonnummer dat ze 's middags genoteerd had – in het Redwood Garden Motel in Yellowknife.

Ze had er genoeg van zich door Diane aan het lijntje te laten houden. Ze zou nu kennismaken met háár vasthoudendheid. Een historicus liet zich niet zo gemakkelijk afpoeieren.

Vervolgens stuurde ze een e-mail naar Inge: *Kom twee weken later.*

Ze pakte haar kleine koffer. Haar groene winterjack, dat ze in Prince Rupert had gedragen, bracht ze naar de chemische reiniging, Express-Service. Met haar vooruitziende blik was ze zo slim geweest thermisch ondergoed, een warme muts en handschoenen mee naar Canada te nemen.

Die nacht sliep ze diep en vast – ze had gedaan wat ze kon. Maar 's morgens was de rust voorbij, en bijna alles ging mis. Eerst stond haar taxi vast in het drukke verkeer, vervolgens verloor ze nog meer tijd bij Express-Service, omdat de medewerkster veel tijd nodig had om het zwarte zakje te vinden dat in een van de zakken van het groene jack had gezeten. De taxichauffeur was gelukkig geduldig voor de winkel blijven wachten, en zo kon ze toch nog haar vlucht naar Edmonton halen, vanwaar ze verder vloog naar Yellowknife.

Daar werd ze ontvangen door een reusachtige opgezette ijsbeer, die de hal van de luchthaven bewaakte. Toen ze met haar koffer naar de uitgang liep, kwam ze een groep mannen met rode gezichten tegen. Ze droegen allemaal camouflagepetten, camouflagejacks en camouflagerugzakken. Een met bruin plakband omwikkeld elandengewei stond als een boegbeeld op hun bagagekar. Trofeeënjagers. Welkom in Yellowknife, dacht Sonja. Een banier van de luchthaven verkondigde trots: YELLOWKNIFE, DE DIAMANTSTAD VAN NOORD-AMERIKA.

Ze wierp een blik op de steppeachtige vegetatie. Het was onwaarschijnlijk koud; ze bevond zich slechts een paar honderd kilometer van de poolcirkel. Die gedachte vond ze opwindend en angstig tegelijk. Joost mocht weten wat ze hier te zoeken had.

Een taxi bracht haar naar het hotel. Bij de receptie informeerde ze naar Diane Kesowsky, 'mijn vriendin, ze verwacht mij'. Ze loog zonder rood te kleuren. 'Diane is reeds vertrokken,' zei de jonge, bleke receptioniste.

Sonja voelde een ijzige rilling over haar rug trekken. 'Maar gisteren was ze hier nog, ze heeft me nog gebeld.'

'Het spijt me, maar vanmorgen heeft ze uitgecheckt.'

'Vanmorgen!' Sonja had het wel willen uitschreeuwen. De hele reis voor niks. Misschien was Diane op dit moment wel in Vancouver, om afscheid te nemen van Sonja. Waarom had ze Diane niet verteld wat ze van plan was? Nu was het te laat.

'Maar ze komt over ongeveer een week terug,' zei de jonge vrouw schuchter.

'Ze is dus niet naar Vancouver gevlogen?'

'Nee, ik geloof het niet. Ze is vermoedelijk buiten.'

'Buiten?' Sonja snapte er steeds minder van.

De receptioniste bleef haar aankijken. Toen viel bij Sonja het kwartje.

'Ze is aan het werk, hè, daarbuiten?'

De receptioniste knikte.

'Hoe kan ik haar daar bereiken? Of een bericht achterlaten dat ik hier ben?'

'Ik weet niet… U zult hier en daar moeten informeren. Misschien dat iemand in de Explorer-Bar u verder kan helpen. Daar treffen ze elkaar.'

'Pardon, wie zijn *ze*?'

'De prospectors en de mensen van de mijnen en de diamantbedrijven. De bar is hier niet ver vandaan.'

Ze pakte een kaartje van de omgeving en markeerde het hotel en de Explorer-Bar.

Sonja pakte het kaartje en haar kamersleutel aan en liep in de richting van de trap.

'Mevrouw!' riep de receptioniste haar na, 'ga bij Scott Dixon langs, die kan u misschien wel helpen.'

Sonja draaide zich om. 'Wie is dat?'

'Hij heeft een winkel. Iedereen die in het veld werkt koopt bij hem: spullen, gereedschap en zo.'

'En ondergoed van pels,' mompelde Sonja toen ze de trap op liep. Scott Dixon, die naam moest ze onthouden.

In haar kamer keek ze op de klok. Halfzes. Een mooie tijd om eens een bezoekje te brengen aan de Explorer-Bar.

Alleen al de gedachte aan een café deed haar maag ineenkrimpen. Ze ging niet graag alleen naar een kroeg, en in de Explorer-Bar zou ze ook nog eens de hoogstwaarschijnlijk ruwe en aangeschoten klanten moeten aanspreken. Maar, ach, wat had ze te verliezen, sprak ze zichzelf moed in. Niemand kende haar hier.

Ze wandelde langs de bijna uitgestorven Franklin Avenue naar het centrum van Yellowknife. De Explorer-Bar bevond zich in een bedrijfspand dat grote gelijkenis vertoonde met de Oost-Duitse systeembouw. Ze liep achter een groep jongeren aan naar binnen. Het café was propvol. Een massieve mensenmassa ontnam haar het zicht op de bar. Sonja zag onmiddellijk dat hier minstens zo veel vrouwen als mannen waren. Ze viel trouwens helemaal niet op. Niemand bekeek haar met een keurende blik, geen enkel hoofd werd in haar richting gedraaid.

Iedereen had een glas in de hand. Ze ging achter een brede rug van lichtblauwe *faserpelz* staan. Het was heet. De warmte in de ruimte overtrof de zonnewarmte op een Caraïbisch strand. Het zweet stond op haar voorhoofd en ze voelde zweetdruppels in haar nek lopen.

De lichtblauwe faserpelz schoof naar voren en plotseling was daar de barman. Hij keek haar vragend aan.

'Een glas bier,' zei ze snel. In Zwitserland dronk ze nooit bier.

'Wat voor bier?' vroeg de barman en hij noemde een rij namen op.

Ze wees op een glas dat al op de bar stond. 'Zo een.'

De barman vroeg haar nog wat, maar ze verstond het niet en knikte.

Even later stond ze met een glas ter grootte van een tulpenvaas in het schemerige, afgeladen etablissement. Het was er lawaaiig en benauwd. Ze werd een beetje duizelig en ze wist niet goed wat ze moest doen.

Daar zag ze hem! Hij zat aan een klein rond tafeltje luidkeels met andere mannen te kletsen. De visser uit Powell River. Wat deed hij hier boven? Vaag herinnerde ze zich dat hij vroeger in Yellowknife gewerkt had, maar ze wist niet meer als wat. Ze liep op hem af, terwijl ze koortsachtig zijn naam probeerde te achterhalen.

Toen hij haar kant op keek, zei ze simpelweg: 'Hallo!'

Hij schrok, daarna werd zijn gezicht spierwit van verbazing. 'Krijg de pest… U hier! Onze historicus uit Zwitserland! Hé, mensen, dat is…'

Ook hij had een probleem met namen.

'Sonja. En hoe heet u ook alweer?'

'Dave.' Hij stond op.

Nu schoot het haar te binnen, Dave Gallagher. Hij had in de omgeving van Yellowknife naar goud gezocht.

'Kom, neem plaats. Dat hou je toch niet voor mogelijk! Wat doe jíj hier helemaal in het noorden?'

'Ik zoek een vriendin, Diane Kesowsky. We zouden elkaar treffen, maar we hebben elkaar gemist. Ze is al weg.'

Ze ging naast een roodharige kerel met een open hemd zitten. Op zijn borst droeg hij een amulet in de vorm van een berenklauw.

'Sonja komt uit Zwitserland,' legde Dave de mannen aan het tafeltje uit. 'Ze is bezig met een tentoonstelling over geëmigreerde vrouwen. Ze zoekt Diane Kesowsky.'

'Diane!' De mannen keken haar aan.

De rooie zei: 'Wij willen ook graag weten waar ze is.'

Allen lachten. Ze hadden verweerde koppen en eeltige handen. Het was een vriendelijk gelach.

Sonja nam louter uit nervositeit een enorme slok van haar koude bier.

Een van de mannen zei: 'Hierboven verraadt niemand waar iemand naartoe gaat. Begrijp je dat? Dat is geheim.'

'Wij weten dat ze ergens bij de poolcirkel in de grond wroet,' deed een bebaarde man naast hem een duit in het zakje. 'Maar ik heb geen idee wat ze daar nog kan vinden.'

'Ik ben speciaal voor haar hier naartoe gevlogen,' zei Sonja. 'Is het wellicht mogelijk iemand daarboven te bereiken?'

'Die lui hebben allemaal satelliettelefoons, maar de nummers zijn alleen bekend bij ingewijden. Misschien –'

'Die helikopterlui van Arctic Blue Air,' onderbrak zijn vriend hem.

'Daar moet Sonja een bericht achterlaten. Diane heeft absoluut mensen van Arctic Blue Air ingehuurd.'

'Ik dacht dat ze altijd de piloten van Jo Thirkell nam,' zei de rooie.

'Nee, das niet waar, die werken voor de Tetra-Earth-Mines. Arctic Blue heeft gisteren diverse vluchten gemaakt, heb ik gehoord.'

'Je weet weer verdomd veel, Ted.'

De mannen moesten opnieuw lachen.

'Ted is onze kleine spion!'

'*The spy who came in from the cold.*'

De mannen brulden het nu uit van plezier. Sonja lachte mee, wat maakte het uit.

'Dat is anders een heel eind van Zweden naar Yellowknife,' zei Ted.

'Zwitserland, niet Zweden. Geloof me, ik had beslist niet gedacht dat ik ooit hier terecht zou komen.' Daar nam ze meteen een slok bier op.

'Ja, het noorden heeft iets speciaals. Pas maar op, als je eenmaal hierboven bent geweest, dan laat het je nooit meer los.'

'Kijk maar naar onze goede vriend Dave, die komt elk jaar trouw naar Yellowknife om zijn tenen af te laten vriezen.' De rooie lachte zich schor. 'Daarbij vergeleken is de oceaan bij Powell River zo warm als badwater.'

'Sonja, we hebben vijf jaargetijden in Yellowknife: vroege winter, midden winter, winter, late winter en de komende winter.'

Sonja droeg haar steentje bij aan het donderende gelach. Het bier maakte het gemakkelijker. Ze keek naar Dave, de visser. Het viel haar plotseling op dat hij helmaal niets meer had gezegd. Het praten had hij aan zijn drankvrienden overgelaten.

'Ik moet zo gaan, ik ben moe,' zei ze.

'Heb je iemand nodig die je naar je motel begeleidt?' vroeg Dave meteen.

Sonja accepteerde het aanbod net zo snel.

'Kom je nog eens langs of moeten wij je in Zwitserland op komen zoeken?' riep een van de mannen.

Het groepje mannen barstte opnieuw uit in een meerstemmig gelach.

Buiten haalde Sonja diep adem. Het maakte haar niet uit dat de lucht ijzig en scherp was. Dave Gallagher bracht haar naar een gedeukte en gebutste truck.

'Ben je daarmee naar Yellowknife gereden?' vroeg ze.

'Nee, die is van een maat van me. Ik ken nog heel veel mensen van vroeger.' Hij startte de motor.

'Heeft Diane werkelijk gezegd dat ze jou hier wilde ontmoeten?'

'Waarom wil je dat weten?'

Dave aarzelde. 'In deze stad gonst het van de geruchten. Ook geruchten over Diane. Niemand weet eigenlijk wat ze hier doet. Maar...'

'Maar wat?'

'Ze loopt nogal veel bij de politie in en uit.'

'En wat wil dat zeggen?'

'Er heeft hier een moord plaatsgevonden, buiten, in de toendra.'

'En wat heeft Diane daarmee te maken?'

'De moord is in haar kamp gepleegd. Toen ze naar diamanten zocht.'

'Wat voor een moord? Hoe is het gebeurd?'

'Het was een van haar prospectors. Hij werd met een doorgesneden keel gevonden. De moord is nooit opgelost.'

'En wat is er nu aan de hand?'

'Er wordt gezegd dat de politie achter iemand aan zit.'

'Achter Diane – wilde je dát zeggen?'

'Het zijn slechts geruchten, maar wat doet ze de hele tijd op het politiebureau?'

Sonja had plotseling de indruk dat Dave zich zorgen maakte. Om Diane? Of om iets totaal anders?

'Dave, jij hebt me in Powell River verteld, dat de georganiseerde misdaad hier actief is, maffiosi die niet voor de poes zijn. Denk je dat Diane daar iets mee te maken heeft?'

'Heb ík jou van de maffia verteld?' Hij drukte van pure verrassing op de claxon. 'Dat moet vast van al het bier zijn gekomen. Nee, daar heeft Diane niets mee te maken. Maar in Vancouver zijn mensen die nu waarschijnlijk wensen dat ze beter opgepast hadden.'

'Opgepast?'

'Die hebben mensen te grazen genomen, die hebben hen gouden bergen beloofd, letterlijk en figuurlijk, maar het was één grote flessentrekkerij.'

'Flessentrekkerij?'

'De boormonsters, de rapporten, de hele santenkraam. Het was gebakken lucht. Maar ze hadden buiten de waard gerekend, want er was een mijningenieur die zich niet liet omkopen.'

Nu was het de beurt aan Sonja om verrast te zijn.

'Weet jij misschien de naam van die mijningenieur?'

'Moet ik even over nadenken, hoor...'

'Heet hij Robert Stanford?' Haar pols klopte.

'Ja, dat is mogelijk, Bob Stanford, dat zou best eens kunnen. Hij is de hoofdgetuige in het proces tegen deze schurken. Eerlijk gezegd zou ik niet graag in zijn schoenen willen staan.'

'Waarom niet?'

'Ik kan me zo voorstellen dat deze criminelen alles zullen doen om hem kwijt te raken, als je begrijpt wat ik bedoel. Maar waarschijnlijk heeft hij bodyguards of zoiets. Zou ik in zijn situatie niet overdreven vinden.'

Sonja werd een beetje duizelig en ze wist dat het niet van het ongewone bier kwam.

'Ja, dit is een rauwe branche, geloof me. Maar overal waar het om veel geld gaat, komt er criminaliteit om de hoek kijken. En de enkele fatsoenlijke mensen, of die altijd daarvoor zijn doorgegaan, blijken plotseling geen haar beter.'

Hij lachte droogjes. 'Ik kan het ze niet kwalijk nemen; wie heeft er niet graag een miljoentje of twee in zijn hand? Ik in ieder geval wel. Jij niet dan?' Hij keek haar van opzij aan.

Ze haalde haar schouders op. 'Waarom niet? Aan de andere kant: geld kun je niet in je graf meenemen. En diamanten kun je niet eten, en goud ook niet.'

Hij zweeg.

Pas toen ze voor het hotel uit de truck stapte, zei hij: 'Weet je, er is eigenlijk niets mooiers dan op een boot met een mooie vrouw vis te eten. Maar, ja, dan word ik weer hier naartoe getrokken en wil ik niets anders dan naar de toendra om de rijkste goudader te vinden die er op de wereld bestaat.'

Hij zette de wagen in zijn achteruit. 'Het is de menselijke natuur. Jij bent toch ook ergens naar op zoek, of vergis ik me?'

'Ik ben op zoek, Dave, maar ik ben niet op zoek naar goud. Zeg, bedankt voor de lift.'

Voor de deur van de truck dichtsloeg, hoorde ze hem nog roepen: 'Het is niet alles goud wat er blinkt, *Swiss made lady*.'

39

's Morgens om acht uur stond ze al voor het kantoor van Arctic Blue Air. De nevel hing als een samengepakte hoeveelheid droogijs boven het Great Slave Lake. Het meer zag eruit als een oceaan, zonder horizon en met de belofte van een onbekende wereld die er achter lag. Bij de ingang van het luchthavenbureau was een mededeling geplakt: VANDAAG GEEN VLUCHTEN WEGENS DICHTE MIST. De deur was dicht. Sonja liep naar achteren. Een aantal watervliegtuigen wachtte op beter weer. Er was geen helikopter te zien en ook geen landingsplaats.

Misschien was ze op het verkeerde adres. Ze keek om zich heen: geen hond die ze iets zou kunnen vragen. Haar aandacht werd getrokken door een bord op de blokhut aan de overkant: WILD CAT CAFÉ. Het verweerde houten huisje had ook ergens op een Zwitserse alp kunnen staan. Deze deur was ook dicht. Sonja zag een metalen plaat waarop het bouwjaar stond, 1937, maar er was niets wat op een vers kopje koffie wees. Ineens hoorde ze een sleutel in het slot en de deur werd geopend door een dikke, jonge man met een sjaal om zijn nek.

'Pardon, ik ben een beetje laat, maar komt u binnen.'

Sonja ging op een van de van grof snijwerk voorziene houten stoelen zitten en bestelde een stevig ontbijt met spek en eieren. De man met de sjaal, die de bestelling had opgenomen, was tevens kok. Sonja doodde de tijd met het bekijken van de reproducties van oude foto's aan de muren: goudzoekers met eenvoudig gereedschap, verveloze hutten met kleine raampjes om de meedogenloze kou van de winter zo min mogelijk een kans te geven.

'Een lekkere nevelsoep daarbuiten,' zei de kok, en hij zette een dampende kop koffie voor haar neer. 'Maar dat heb ik toch liever dan de muggen in de zomer. Hoe lang bent u al hier?'

'Ik ben gisteren aangekomen.'

'Tja, dan hebt u geluk. Het was deze zomer rampzalig. De muggen hebben in grote zwermen de stad overmeesterd. Die beestjes kropen overal in: ogen, oren, neus, het was zelfs gevaarlijk om je mond open te doen. Je kon alleen maar met een net over je hoofd de straat op. Katten en honden, zelfs de vogels – ze zijn er allemaal knettergek van geworden. Muggenspray? Vergeet het. Hielp voor geen meter. Nietwaar, Sven, zo erg is het nog nooit geweest, hè?' zei hij tot een man die net binnenkwam.

'*Holy shit*,' antwoordde de man terwijl hij zijn gedeukte cowboyhoed afzette, 'wat een verdomde tyfusbende. Praat me er niet van. Geef me een kokendhete koffie en iets te vreten.'

De man nam schuin tegenover Sonja aan een tafel plaats. Hij droeg een rood geruit flanellen houthakkershemd, met daarover een goedkoop leren jack.

'Op bezoek hier?'

'Zie ik er als een toerist uit?' stelde Sonja lachend als wedervraag.

'Voor Yellowknife ben je veel te mooi gekleed, zo zie je hier niemand. Zoek je misschien werk?'

'Nee, ik wilde naar Arctic Blue Air, maar het kantoor is gesloten.'

'Te gevaarlijk, geen zicht vandaag. Je zou maar weinig van de omgeving kunnen zien.'

De kok bracht hem koffie en een muffin.

'Ik heb gehoord dat ze ook met helikopters vliegen.'

'Ja, die hebben ze ook, maar niet voor toeristen. Alleen voor de bedrijven en de prospectors daarbuiten. Zou ook veel te duur zijn voor gewone lieden. Wat die vragen, dat kan geen mens meer betalen.'

'Heb je het over de huizen hier?' vroeg de kok, die alleen maar de laatste zin had gehoord.

Sonja kreeg haar ontbijt.

'Nee, helikopters.'

'De huizen zijn ook niet meer te betalen,' zei de kok. 'Sinds die poppenkast met die diamanten, is hier de hel losgebroken. Er komen steeds meer mensen, en zo veel huizen kunnen er onmogelijk zo snel gebouwd worden. Weet je waar ik slaap? Ik deel een woning met vier mensen. Ik heb niet eens een kamer voor mezelf en ik betaal een vermogen. Het is bij de beesten af.'

'Vroeger,' zei de man die Sven heette, 'vroeger kon je hier huizen voor een appel en een ei op de kop tikken. Het liep namelijk helemaal op z'n eind met de goudmijnen en niemand had een baan. Totdat Chuck Fipke ten tonele verscheen.'

'Ja, ik heb van hem gehoord,' zei Sonja.

'De mensen hier wisten dat Fipke wat in zijn schild voerde, maar de sluwe vos vertelde iedereen dat hij naar goud zocht. Wie had er nu aan diamanten gedacht! Maar dat was wel het geval. De mensen staken de draak met hem, ze zeiden dat Fipke hoogstens kariboe-keutels zou vinden in de toendra.'

'En toen brak de diamantkoorts uit?' vroeg Sonja.

Sven knabbelde aan zijn muffin. 'Nee, dat duurde nog een hele tijd. Het is niet zoals bij de goudkoorts. Er rent niemand met een zak vol diamanten door de stad. Je hebt machines nodig voor edelstenen. Heb je wel eens ruwe diamanten gezien? Niet mooi, helemaal niet mooi.'

Sonja bezat slechts één diamant, in een ring gevat. Het was Toni's huwelijksgeschenk. Later had ze een reclameslogan gelezen: *Een geschenk, zo duurzaam als de liefde.* Ze droeg de ring niet meer.

'Weet je wat een proefboring kost? Vijftigduizend dollar. Vijftig-duizend! Dat is veel te veel voor kleine prospectors zoals ik. Dat is alleen maar weggelegd voor de grote bedrijven.'

'Maar Fipke was toch helemaal niet rijk. Wie heeft dan zijn project gefinancierd?'

'Klopt. Die heeft het geld bij elkaar geschraapt. Maar die mijn, die heeft hij niet gebouwd. Die heeft BHP Billiton gebouwd, een Austra-lisch concern, een mammoetconcern. Chuck Fipke is nu miljardair, dat kan niet anders. Die moet wel miljardair zijn.'

'Ken je Diane Kesowsky?'

De kok, die net haar kopje wilde bijschenken, bevroor zijn be-weging. Hij blikte van Sonja naar Sven. De laatstgenoemde zei even niets.

'Wie kent die niet,' zei de kok.

Sven kuchte een paar keer. 'Die had ook miljardair kunnen zijn, maar...' Hij liet een veel te lange pauze vallen. 'Er wordt gezegd dat zij véél te snel een claim heeft opgegeven. Iemand anders heeft die grond overgenomen. Later heeft men daar diamanten gevonden: rozijnen in een rozijnentaart. Dat is pure pech.'

'Pech?' zei de kok. 'Ik dacht dat er sprake was van bedrog.'

'Dat zijn geruchten, je weet toch hoeveel geruchten er in Yellowknife de ronde doen? Net zo veel als er raven zijn. En van raven hebben we er meer dan elke andere stad op de wereld.'

Sonja besloot open kaart te spelen. 'Diane is een kennis van mij. Ik zou met haar contact op willen nemen; dat is de reden waarom ik hier ben. Haar kamp bevindt zich ergens in de toendra en ze heeft piloten van Arctic Blue Air onder contract. Weten jullie misschien hoe ik Diane bereiken kan?'

De beide mannen staarden haar zwijgend aan.

'Kennen jullie iemand die vluchten met haar kamp onderhoudt?' voegde ze er nog aan toe.

De kok draaide zich naar Sven. Die krabde zijn hoofd.

'Ben je soms van de politie?'

'Wat? Ik? Hoe kom je daar nu bij?'

De kok lachte nerveus. 'Zeg, Sven, nu overdrijf je een beetje.'

Sven bromde iets onverstaanbaars.

'Je kunt beter Scott Dixon vragen,' stelde de kok voor. 'Want áls er iemand voor haar vliegt, dan weet hij het.'

'De man met de spullenwinkel?' vroeg Sonja.

'Ja, de man met de winkel, die als een duivel zijn handel in Yellowknife bestiert.'

Sonja had het gevoel alsof er een duiveltje met een drietand in haar buik rondprikte, toen ze op zoek ging naar Scott Dixon. Ze werd nota bene ingeschat als iemand van de politie! Wat was er hier toch aan de hand dat de mensen zo bang waren voor spionnen? Of was het de ouderwetse pioniersgeest die hen parten speelde? Waren ze zo gehecht aan hun vrijheid en onafhankelijkheid dat ze alleen al daarom de wetshandhavers meden als de pest?

Het havenkwartier van Yellowknife, waar ze nu doorheen wandelde, deed haar denken aan de tijd van de goudkoorts in de jaren dertig en veertig. De oude hutten van de eerste goudzoekers lagen onder aan een rotsige heuvel. Ze leken haar minder comfortabel dan de woonboten in de baai, waarvan de frisse kleuren door de fijne nevelslierten werden verzacht. Verder weg van de oever, langs de Franklin Avenue, kreeg Yellowknife een meer stads karakter met hoogbouw en een modern parlementsgebouw aan de rand van de stad. De winkel van Scott Dixon vond ze in een zijstraat. Het leek net een oud pakhuis. De inrichting zou ze het liefst onveranderd in een scheepscontainer willen stoppen en naar haar museum in Zwitserland sturen, zo voelde zij zich teruggezet in de tijd, ondanks de sneeuwscooters en moderne machines.

Aan de muren verzuurden verbleekte affiches van spullen die allang niet meer verkocht werden naast een reusachtige aluminium propeller en oranjekleurige zwemvesten. Sonja had er spijt van dat ze haar videocamera in het motel had laten liggen. Op een ouderwets metalen rek ontdekte ze bekers van sneeuwmobielraces. Daaronder lagen versleten, grijze ordners en naast de toonbank zag ze een dossierkast staan zoals die te zien was in films van voor de Tweede Wereldoorlog. Een stoffige glasplaat achter de toonbank scheidde een klein rommelig bureau van de winkelruimte. Rondom het winkelraam hingen oude kalenders met de namen van bedrijven die waarschijnlijk niet meer bestonden. De kassa, schatte ze, moest zo oud zijn als Yellowknife. Jaargang 1937.

De deur naast het raam ging open. Een kleine, dunne man stak zijn hoofd naar buiten en riep: 'Ik kom zo!' Daarna verdween hij weer. Sonja hoorde hem opgewonden aan de telefoon bezig. Het ging om prijzen, hoeveelheden en om levertijden. Ze kon de verleiding niet weerstaan en ging op een sneeuwscooter zitten. Ze had met beide handen het stuur vast. In gedachten stoof ze over een witte, weidse vlakte, hoog boven in het noordpoolgebied, met niks anders dan ijs en de eindeloze horizon om haar heen. Ze zou helemaal in haar eentje het witte continent oversteken, een bagageslee op sleeptouw, en 's avonds zou ze in haar tentje dagboekaantekeningen maken, die later als historische citaten geboekstaafd en aangehaald zouden worden.

'Die is pas binnengekomen, het is het nieuwste model,' hoorde ze plotseling een stem achter zich.

Sonja voelde het bloed naar haar wangen stijgen. 'Ik heb eigenlijk geen sneeuwscooter nodig,' zei ze.

'Iedereen kan een sneeuwmobiel gebruiken, hoe wilt u zich hier anders tijdens de winter verplaatsen?'

Scott Dixon wierp zijn armen in de lucht, maar ze kon zien dat zijn verkooppraatje gespeeld was. Hij had waarschijnlijk direct in de gaten gehad dat ze een naïeve toerist was.

'U doet zeker goede zaken, want ik heb begrepen dat de mensen in hun geld zwemmen sinds er diamanten zijn gevonden,' zei ze terwijl ze van de sneeuwscooter afstapte.

Scott Dixon streek met beide handen over zijn bijna kale schedel.

'Diamanten? Dat is allemaal al verdeeld onder de grote bedrijven: Rio Tinto, De Beers, BHP Billiton. En u denkt toch niet dat die bij mij kopen! Die hebben hun eigen leveranciers.'

Hij leunde over de toonbank. Sonja kon het bijna niet geloven, maar achter zijn oor had hij een potlood. Het liefst had ze deze man ook meteen maar in een container gestopt.

'Maar het waren toch de kleine bedrijfjes die naar diamanten zochten? Volgens mij zijn de grote concerns pas later gekomen en hebben ze de kleintjes opgekocht.'

'Ah, mevrouw is op de hoogte. Waar komt u vandaan?'

'Uit Zwitserland.'

'Zwitserland, da's interessant. Chuck Fipkes voorouders kwamen, geloof ik, ook uit Zwitserland.'

'Nee, dat waren Duitsers, Duitse kolonisten die aanvankelijk naar de Oekraïne geëmigreerd waren.'

'U schijnt alles precies te weten.' Hij krabde zijn slaap met het potlood.

'Ik heb geschiedenis gestudeerd,' zei ze, alsof dat haar belangstelling voor diamanten verklaarde.

Scott Dixon leek haar uitleg niet gehoord te hebben en zei: 'Ik herinner me nog als de dag van gisteren dat Fipke mijn winkel binnen kwam. Hij kocht voor zestienduizend dollar materiaal. Ik had geen flauw benul waarnaar hij aan het graven was.' Hij schudde zijn hoofd. 'Fipke heeft me destijds aandelen van zijn bedrijf aangeboden, als betaling voor de spullen, begrijpt u. Voor een karretje, een generator, lampen, een mobiel fornuis en dat soort dingen. Twee cent per aandeel. Maar ik bedankte. Ik had liever zestienduizend dollar in mijn zak dan een paar waardeloze papiertjes.'

Hij pakte een los notitievelletje van de toonbank, keek er even naar en verfrommelde het. 'Ik ken die schatgravers als geen ander. Ze beloven je het paradijs en willen alles gratis. Niet bij mij.' Hij zweeg even, als had hij de gebeurtenis destijds nog steeds niet verwerkt.

'In de herfst kwam hij weer terug. Hij kocht vier sneeuwmobielen, diverse sleeën en huurde ook een terreinwagen. Dat zou alles bij elkaar veertienduizend dollar moeten kosten. Hij bood me wederom aandelen aan, ditmaal voor vijftig cent per stuk. Ik heb er weer voor bedankt.'

Hij bukte achter de toonbank en kwam met een notitieblokje tevoorschijn. 'Weet u hoeveel die aandelen later waard waren?' Hij trok zijn potlood en goochelde wat cijfers op papier.

Daarna keek hij Sonja veelbetekenend aan. 'Ik zou achthonderdduizend aandelen hebben gekregen. Een jaar later waren ze 44 dollar waard. Dat maakt 35 miljoen dollar.' Hij schudde zijn hoofd. 'Als ik de naam Chuck Fipke hoor, denk ik nog steeds, ja, dan denk ik nog steeds: Zal ik ooit van mijn leven nog zo'n kans krijgen?'

Sonja kon zijn frustratie bijna aanraken.

Hij stak het potlood weer achter zijn oor. 'Ik moet u wat vertellen. Ik heb deze berekening vandaag voor de eerste keer gemaakt. Ik kon het tot dusverre niet aan. Het resultaat van mijn domheid zou te schokkend zijn geweest.'

Hij keek om zich heen. 'Dan had ik deze winkel allang gesloten. Afgelopen. Uit. Finito!'

'Maar u hebt toch nog klanten,' probeerde Sonja voorzichtig. 'Ik heb gehoord dat Diane Kesowsky bij u haar spullen koopt.'

Hij fronste zijn wenkbrauwen. 'Dat weet u dus ook.'

'Diane is een vriendin van mij.' Ze vertelde hem het verhaal over de mislukte ontmoeting in het motel. 'Kunt u mij zeggen hoe ik haar bereiken kan? Kunt u contact met haar opnemen?'

Het antwoord kwam zonder aarzeling.

'Ik kan het Don vragen. Hij vliegt op haar kamp. Geen probleem.'

Sonja had van vreugde kunnen dansen.

'Wanneer vliegt Don?'

'Vandaag niet. Maar morgen misschien. Ik zal Diane ervan op de hoogte brengen dat u hier bent. Kom morgen vroeg nog even langs. Om een uur of halfnegen.'

'U kunt contact met Diane opnemen?'

'Ze belt me met haar satelliettelefoon.'

Er kwamen twee mannen de winkel binnen. Scott Dixon begroette hen. Vervolgens wendde hij zich weer tot Sonja. 'Hoe heet u?'

'Sonja Werner.'

Hij herhaalde haar naam. 'Geen probleem, ik weet er van.' Waar wist hij van, vroeg Sonja zich af toen ze de Franklin Avenue bereikt had. En kon hij haar naam wel onthouden? Ze moest hem maar zijn gang laten gaan, haar handen waren gebonden.

Ze stevende op haar volgende doel af: het Prince of Wales Northern Heritage Centre. Toen ze in haar reisgids las dat er in het museum tijdelijk relicten van de noodlottige poolexpeditie van Franklin tentoongesteld werden, wilde ze er beslist heen. De odyssee van admiraal Sir John Franklin had haar altijd al gefascineerd, niet vanwege Franklin, maar vanwege zijn eerzuchtige vrouw Jane, die haar man aanspoorde tot risicovolle expedities. Sonja vond Franklin vanwege zijn corpulente lichaam absoluut geen expeditieleider, maar lady Franklin was vastbesloten tot grote roem te stijgen door hem naar het koudste en onherbergzaamste gebied op aarde te sturen. In een andere tijd zou ze zich waarschijnlijk zelf in dat soort avonturen gestort hebben, maar de victoriaanse levenshouding beknotte haar veroveringsdrang.

In het museum liet Sonja zich meteen de weg naar de Franklinzaal wijzen. Ze werd op magische wijze aangetrokken door de modellen van Franklins schepen, de *Erebus* en de *Terror*, die beide in het ijs vast kwamen te zitten. In een vitrine zag ze voorwerpen uit de reddingboot die Franklins bemanning op King William Island had achtergelaten: de resten van een kam, een paars getint glas dat ooit onderdeel was van een sneeuwbril, de koperen knoop van een officiersuniform, de hak van een laars, of wat er nog van over was, en een paar spijkers.

Sonja bekeek de armzalige overblijfselen gefascineerd en bedroefd tegelijk. Het was slechts een expeditie die vergeefs de beroemde noordwestelijke doorvaart van de Atlantische Oceaan naar de Grote Oceaan hoopte te vinden. Franklin, die bij zijn vertrek bijna zestig jaar oud was, kwam, samen met 128 officieren en bemanningsleden, onder afschuwelijke omstandigheden om het leven, hetgeen voor een deel te wijten was aan de slechte voorbereiding. Toen berichten over het lot van haar echtgenoot uitbleven, zette lady Franklin vanuit Engeland een zoekactie op touw. Maar expeditie na expeditie keerde zonder succes terug, twaalf jaar lang. Uit mondelinge berichten van Eskimo's bleek dat Franklins expeditieleden hun dode kameraden hadden opgegeten. Dit werd door lady Franklin ontkend, maar Franklins contact met de Eskimo's was voor de toonaangevende deskundigen in Engeland overtuigend genoeg om haar vermiste man als ontdekker van de noordwestelijke doorvaart te bejubelen.

Sonja was het niet eens met de handelwijze van lady Franklin. Nooit zou ze Toni aangespoord hebben zijn leven op het spel te zetten voor eeuwige roem. Zelfs als hij een vriend in haar aanwezigheid vertelde dat hij ooit in zijn eentje het noordpoolgebied op ski's had willen oversteken en nu spijt had dat hij het nooit gedaan had, reageerde ze niet, ofschoon ze wel vermoedde wat hem bewoog iets dergelijks te willen ondernemen. Hij wilde iets bijzonders in het leven verrichten, een persoonlijke overwinning behalen die hem boven de massa deed uitstijgen. Een nalatenschap die een kort mensenleven glans gaf. Sonja kende dit verlangen uit biografieën en geschiedenisboeken, en ze kende de gevolgen voor de mensen en de mensheid.

Had hij dat als hoop gekoesterd? Dat ze deze ambitie begrijpen zou, dit verlangen naar... grootsheid? Een plaats in de geschiedenis? Franklin heeft dat doel bereikt, met de hulp van zijn vrouw en haar hardnekkige campagne. Hij heeft er met zijn leven voor betaald, net als zijn vertrouwelingen, die roemloos ten onder zijn gegaan. Toni stierf zonder zijn droom verwezenlijkt te hebben.

Lieve Tonio,
Wij delen iets, wat wij alleen begrijpen, wat ons bindt als de
aarde het water. We kennen elkaar al sinds mensenheugenis,
het was er altijd al, en nu is het bewaarheid.
Onverbrekelijk.

Ze zat op een bank voor de vitrine, toen ze een diep verdriet voelde. Haar roze pillen zaten in haar rugzak, maar ditmaal wilde ze haar tranen de vrije loop laten. In de stilte van het schemerige museum kon ze ongehinderd huilen. Ze huilde om Toni en om haarzelf, maar ze huilde vooral om Nicky. Nicky die jong was, net als de door Franklin aangemonsterde mannen, tieners nog, die onvoorstelbare pijn leden, verhongerden en bevroren, voordat hun leven werkelijk begonnen was.

Ze merkte nauwelijks dat een oudere bezoeker langs haar heen liep en vroeg of alles in orde was. Ze knikte alleen maar. Ja, alles was in orde. Ze had de sluizen opengezet en haar gevoelens hadden haar niet in de afgrond getrokken. De man verwijderde zich en kwam enige minuten later terug met een glas water dat hij haar aanreikte. 'Neem de tijd,' zei hij, en hij verdween zo stil als hij gekomen was.

Ze wist niet hoe lang ze daar gezeten had voordat ze de kracht vond om de confrontatie met de buitenwereld weer aan te kunnen. In het motel wierp de receptioniste haar een eigenaardige blik toe. Sonja had niet de moeite genomen haar opgezette rode ogen te verbergen. Ze merkte eerst helemaal niet dat de jonge vrouw haar een briefje wilde overhandigen.

'Voor u.'

De mededeling was kort. *Om zeven uur voor het motel.*

Geen naam. Geen nadere informatie.

'Van wie is dit bericht?'

De receptioniste had zich weer naar haar computer gewend. 'Geen idee. Ik was er niet toen het werd afgegeven.'

Sonja was te vermoeid om verder te informeren.

Op haar kamer legde ze haar 'arctische' kleding op het bed, en alles wat ze verder nog nodig zou hebben voor een vlucht naar Dianes kamp. Mocht het daarvan komen, dan wilde ze voorbereid zijn. Ze leegde haar rugzak.

Er kwam een plastic zakje uit tevoorschijn. Wat had Express-Service eigenlijk in haar jack gevonden? Ze keek in het zakje. Het waren scherven. Scherven met letters: een Ü, een K, een beschadigde H. Typisch! Op de een of andere manier wist ze altijd weer een hoop rommel te verzamelen. Ze gooide het zakje met inhoud en al in de papiermand.

Ze lag te woelen in haar bed. Had ze aan alles gedacht? Hoe zou Diane haar ontvangen? Hoe zou ze het gesprek met haar beginnen?

Wat moest ze doen als Diane simpelweg weigerde? Dan viel alles in duigen. Dan was ze afhankelijk van Robert.

De scherven!

Ze greep haastig naar de lamp. Licht. Papiermand. Het zakje. De scherven. De letters. Hoe had ze dat over het hoofd kunnen zien?

Op dat moment wist ze dat ze niet meer zou kunnen slapen.

40

Een zwakke lamp belichtte de ingang van het motel. Rondom was de lucht inktzwart. Geen mist, geen regen, alleen een zachte wind. In de verte klonken fijne metaalachtig geluiden. Iedere keer dat er een auto passeerde, verstijfde Sonja. Haar maag was onrustig, ze had geen hap door haar keel kunnen krijgen. Zou het bericht op het briefje een val kunnen zijn? Ze had aan Scott Dixon moeten vragen wie er achter zat. Ze kon ontvoerd worden, haar lijk zou nooit gevonden worden en niemand zou er ooit achterkomen wat er gebeurd was. Robert had geen idee waar ze was. Wat dom, om juist nú aan hem te denken. Ze wilde hem toch ontlopen: Robert en zijn mannen! Wie ze ook mochten zijn en wat ze ook in hun schild voerden. Daar buiten in de toendra was een man vermoord. De keel afgesneden.

Ze werd door grote koplampen verblind. Een wit busje kwam met een boog naar de ingang van het motel gereden. Het portier ging open.

'Sonja?'

'Wie bent u?'

'Cameron van Arctic Blue Air. Bent u Sonja?'

De man droeg een muts met flappen.

'Ja,' zei Sonja afwachtend.

'Kunt u zich identificeren?'

Sonja was zo verrast, dat ze haar paspoort direct uit haar rugzak trok. Pas toen de man het document in zijn handen hield, realiseerde ze zich haar onbezonnenheid.

'Ik moet u een paar vragen stellen. Uit veiligheidsoverwegingen,' zei de man. 'Wat vond u op de tafel in Dianes woning, toen u van uw reis terugkeerde?'

De stem van de man klonk vriendelijk.

'Bloemen,' zei ze. Had ze een antwoord moeten weigeren?

'Welke kleur heeft uw beddengoed in uw kamer in Vancouver?'

Dat was absurd. Maar ze antwoordde volgzaam: 'Violet.'

'En hoe heet de partner van een gemeenschappelijke kennis in Duitsland?'

'Inges partner? Wilfried.'

De man gaf Sonja haar paspoort terug. Hij glimlachte. 'Klopt allemaal. Stap maar in.'

Hij stak zijn hand uit om de rugzak aan te pakken, maar ze gaf hem niet af.

'Het gaat wel.'

Zwijgend reden ze door de duisternis. Toen in de verte lichten opdoemden, herkende Sonja de omgeving van de luchthaven. Het busje stopte voor een hangar. Ze gingen het belendende gebouw binnen.

'Dit is Sonja,' zei de bestuurder tegen een jonge vrouw in uniform.

Ze wendde zich tot haar. 'Ik moet uw bagage en de zakken van uw kleding doorzoeken voor we verdergaan.'

'Maar natuurlijk,' zei Sonja, die zich wat meer op haar gemak begon te voelen. Ze gaf haar rugzak aan de geüniformeerde vrouw, maar verloor hem niet uit het oog.

'Ik zal u nu naar de helikopter brengen. Als ik u een teken geef, loop dan gebukt onder de rotor door en stap in de helikopter.'

De geüniformeerde vrouw nam haar bij de arm en bracht haar naar de landingsplaats. De dreunende helikopter stond reeds te wachten. Toen ze het teken van de geüniformeerde vrouw kreeg, liep ze in gebukte houding onder de draaiende rotor door en stapte in.

Ze ging naast de piloot zitten, die aangaf dat ze haar gordel moest omdoen. Zijn gelaatstrekken waren onmiskenbaar indiaans.

Ze trok de koptelefoon over haar hoofd.

'Hallo, Sonja, ik ben Don. Is dit jouw eerste keer in een helikopter?'

'Ja,' zei Sonja, 'maar ik hoop niet voor jou.'

'Vandaag wel.' Hij grinnikte. 'Ik vlieg al negen jaar. Er is een hoop te doen, sinds er diamanten zijn gevonden.'

'Vlieg je voortdurend heen en weer?'

'Ja, met personen en goederen. Maar het meeste materiaal gaat met kleine vliegtuigjes. Die zijn goedkoper dan helikopters.'

Sonja keek naar beneden. In het donker kon ze weinig zien. Don sprak over claims en stakers. Pas nadat ze het hem meermalen gevraagd had, werd het Sonja duidelijk waar het om ging. Don vloog met prospectors boven de toendra, zodat die het gebied konden afbakenen waar ze naar diamanten wilden zoeken. Hij legde haar uit dat de ontginningsrechten bij de staat liggen en dat het daarom noodzakelijk is om bij de Canadese regering een vergunning aan te vragen. Wie bodemschatten wil ontginnen, moet gemarkeerde houten palen op een voorgeschreven afstand in de bodem slaan en het afgebakende gebied bij een plaatselijk mijnbureau laten registreren.

Dit had Sonja er in ieder geval van begrepen.

'Toen de diamantgekte toesloeg,' ging Don verder, 'was het al winter. Lieve hemel, wat een race was dat! Iedereen wilde erbij zijn om wat af te kunnen bakenen. Chuck Fipke en BHP Billiton hadden de beste gebieden afgebakend. De Beers volgde hun voorbeeld. Dat waren miljoenen hectaren die afgebakend moesten worden, en dat ging allemaal met de helikopter. Daar ging een gigantische hoeveelheid geld in om, dat begrijp je.'

Sonja vroeg zich af hoe Diane aan het geld voor die vluchten naar het kamp kwam. Volgens haar was er geen enkele aanwijzing dat ze rijk was. Dergelijke projecten moesten in de miljoenen lopen. Wie waren haar geldschieters?

Haar kalme luisteren stimuleerde de woordenstroom van Don.

'We hadden *whiteouts*, zoals iedere winter. Alles was wit, alleen maar wit, we konden niets zien, niets. En toen viel de GPS in de helikopter uit, het beeldscherm was plotseling donker. De prospector moest zijn landkaart erbij nemen en naar buiten koekeloeren of hij iets op de grond zag. Krankzinnig was dat, absoluut krankzinnig!'

'Ben je iedere keer geland om die houten palen in de grond te slaan?'

'Ja, dat hebben we tegen akkoordloon gedaan. Helikopter landt, prospector eruit, houten paal in de grond, prospector stapt weer in, helikopter stijgt op, enzovoort. Absoluut krankzinnig!'

De morgen brak aan. Sonja kon nu op de grond reliëfverschillen waarnemen en zag plotseling een zwak schijnsel, alsof er iets weerkaatst werd.

'Is dat een meer daar beneden?'

'Wat? Een meer? Da's mogelijk. Er zijn duizenden meren in de Northwest Territories, wist je dat niet?' Hij lachte. 'Er is ontzettend veel water daar beneden. Dat zul je nog wel zien. In de winter bevriest alles natuurlijk; probeer dan maar eens een paal de grond in te slaan. Dat is wat je noemt gekkenwerk. Maar er zijn trucjes.'

'Wat voor trucjes?'

'We hebben de houten palen eenvoudigweg uit de helikopter op de grond geworpen. Dat is weliswaar niet zoals het hoort, maar als iemand gezegd zou hebben dat het gebied niet op de juiste wijze was afgebakend, hadden we gewoon gezegd dat een beer de paal omver had gelopen.'

Hij lachte, en Sonja lachte met hem mee.

'Dus er zijn beren in de toendra.'

'Beren, ja. Grizzlyberen. En wolven, elanden, kariboes en vossen. Die zijn het ergst.'

'In Zwitserland zijn ook veel vossen.'

'Hier heeft 95 procent van de vossen rabiës, oftewel hondsdolheid. Zorg maar dat je niet gebeten wordt.'

Sonja huiverde; het stikte van de gevaren in deze afgelegen streek. Aan de horizon ging nu de zon op. Het was een adembenemend schouwspel. Plotseling was de toendra in sprookjesachtige kleuren gedompeld: rood, violet, wijnrood, roestrood en bruin, met daartussendoor vrolijke gele stippen; Sonja wist niet wat ze zag.

'Dit is wondermooi!' sprak ze haast in vervoering.

'Dat zijn de jachtgronden van onze voorvaderen. Het is nog steeds ons grondgebied.'

Sonja hoorde vreugde en trots in zijn stem.

'Van welke stam ben jij?'

'Ik ben een Dene. Ons dorp heet Rae. Het ligt niet ver van Yellowknife.'

'En mogen er dan toch mijnen op dit grondgebied ontgonnen worden?'

'Ze hebben ons het land eenvoudigweg afgenomen, maar we hebben ons verweerd. Ze moesten met ons onderhandelen, allemaal:

Rio, Tinto, BHP en De Beers. Nu werken er veel Dene-indianen in de diamantmijnen.'

Hij wees op een punt in de verte. 'Het kamp.'

Sonja tuurde ingespannen naar beneden. Pas toen de helikopter naar opzij zwenkte, zag ze witte vormen tussen kleurige struiken en kale rotsplateaus. Ze herinnerde zich de huisjes van Monopoly. Ineens zag ze ook een geel omrand meer; dat was natuurlijk zand. In kleine groepjes stonden schrale, door de wind toegetakelde dennenbomen dicht tegen elkaar aan.

De helikopter dook naar beneden en landde. Don brulde iets wat ze niet verstond. De deur ging open en Sonja rende gebukt onder de rotor door, tot ze buiten het bereik ervan was. Ze zag twee mannen in snel tempo kisten uit de helikopter laden. De piloot zwaaide, en de helikopter steeg op. Sonja rechtte haar rug toen een van de mannen op haar af kwam lopen. Hij droeg een kist op zijn schouder.

'U moet Dianes vriendin zijn,' zei hij. 'Op het het moment is ze niet hier; loopt u maar met mij mee.'

Sonja greep haar rugzak en volgde hem.

'Wat bedoelt u ermee dat Diane niet hier is?' vroeg ze.

'Ze moet nog het een en ander in het veld doen en daarna komt ze naar het kamp,' zei de man.

Hij was jong en sterk en Sonja zag dat hij een geweer droeg.

De tenten stonden verrassend ver weg, ze zagen er nog steeds klein uit. De koude sneed in haar gezicht. Ze struikelde over de deels moerasachtige en deels bevroren toendrabodem, waarop verspreid wat struikjes groeiden. Om haar hoofd zwermden muggen, die ze met wilde zwaaibewegingen probeerde te verjagen.

Haar begeleider draaide zich om. 'Hebt u gesprayd?'

Sonja schudde haar hoofd. Haar muggenspray zat in haar rugzak.

'Dan moet u niet blijven staan, anders wordt u in levenden lijve opgegeten,' zei hij. 'Blijven bewegen, blijven bewegen.'

Hij drijft de spot met mij, dacht Sonja. Ze telde negen tenten toen ze dichterbij kwam.

Het waren geen gewone tenten. Het witte dekzeil was over houten ramen gespannen. Een echte deur voerde naar binnen en aan de voorkant stak een schoorsteen door het puntdak.

De jongeman liep op een tent af en duwde de deur open. 'De keuken,' zei hij. 'Daar zitten we het liefst.'

De warmte kwam hen tegemoet.

'Gwen, we hebben een gast, ze heet Sonja,' riep hij over de tafel en stoelen heen.

Achter een ouderwets fornuis bewoog iets en een gespierde vrouw met getatoeëerde armen verscheen tussen de provisorische rekken.

'Hallo,' riep ze. 'Helaas kan ik de gast niet in de pan doen. Heb je mijn boodschappen?'

'Wat denk je, dat dit is?' Hij ging op de kist zitten.

'Ik kan het niet zien, maar wel ruiken. Het stinkt verdacht veel naar berenstront.' De kokkin liet een schallende lach horen. 'Ik ben Gwen.' Ze wenkte Sonja dichterbij. 'Heb je trek in een lekker bakje koffie? Je ziet eruit alsof je door een vampier gekust bent.'

Ze kwam met een thermoskan en een kopje naar haar toe.

'Daar staan de melk en de suiker.'

Ze schoof de kist naar het achterste deel van de tent, wat de plankenvloer deed trillen. Daarna ging ze aan de voorste tafel naast Sonja zitten, vlak bij het warme fornuis.

'Vandaag staan er aardappelen en gerookte forel op het menu. Een paar van onze jongens hebben in het meer forel gevangen. Ik heb ze hiernaast in het houten hokje gerookt boven een vuur van groene arctische wilgentakken. Zeg nou zelf, in welk restaurant in Vancouver krijg je zoiets te eten?'

'Dat moet heerlijk smaken,' zei Sonja, wier maag begon te knorren. Ze trok haar gewatteerde jack uit. Het fornuis gloeide. Gwens gezicht glansde.

'Zo, dus jij bent Dianes vriendin uit Zwitserland.'

Sonja glimlachte. 'Dat is kennelijk al doorverteld.'

'Tuurlijk, we willen toch weten wie er in ons kamp komt.'

Ze stond op en kwam met een plastic doos vol koekjes terug. 'Eet, anders val je straks nog om.'

Sonja tastte toe. 'Ik heb niet veel geslapen vannacht,' zei ze.

'Wij ook niet, er scharrelde hier een beer rond. Die heeft waarschijnlijk de vis geroken. Onze mannen hebben met een geweer in bed geslapen – waren ze tenminste niet zo alleen!' Ze moest hevig om haar eigen grapje lachen. 'Het alarm was te veel voor de grizzly, hij smeerde hem halsoverkop. Maar niemand is de afgelopen nacht naar de wc geweest, niemand!'

'Waar is Diane?' vroeg Sonja.

'Buiten. Ze komt zo, over twee à drie uur. Als die binnenkomen, zullen ze honger hebben als een paard.' Gwen stond op. 'Waarom help je me niet bij het koken? Je kunt toch zeker wel aardappelen schillen, of wordt dat in Zwitserland niet gedaan?'

'Wij eten geen aardappelen in Zwitserland, weet je dat dan niet? Wij eten alleen maar kaas en chocolade.'

Gwen schaterlachte. 'Ja, ja, en de spaghetti groeit aan de bomen! Lust u nog peultjes?'

Ze dook ergens naar beneden en sleepte een zak aardappelen tevoorschijn.

'O, bijna vergeten. Diane heeft me gevraagd jou het kamp te laten zien.' Ze maakte een gebaar dat 'kom mee' uitdrukte.

Sonja pakte haar jack, terwijl Gwen een faserpelz aantrok. De koude buiten had aan scherpte ingeboet omdat de zonnestralen aan kracht hadden gewonnen. De witte tenten staken als sneeuwvlekken af tegen het rood, bruin en goud van de vegetatie.

Gwen wees op een kunststof container. 'De wc.'

Ze trok Sonja een loods in, waar net daarvoor een man naar binnen was gegaan. Gwen wees op grijszwarte, pijpvormige brokken die op een grof getimmerde, ruwe houten tafel lagen.

'Hier liggen de leverworsten te rijpen,' riep ze. Ze trok een grimas.

De lange, magere, baarddragende man legde zijn hand op het steenachtige materiaal. 'Dit zijn boorkernen. Die halen we van een diepte van driehonderd meter.'

Hij streek over de dunne, lange pijpen die op diverse plaatsen gebroken waren. 'Die gaan naar het lab in Vancouver. Daar kijken ze of er indicatoren in zitten.'

'Hé, bijgoochem, vertel-es wat indicatoren zijn.' Gwen liep onrustig de loods rond als een roofdier dat spoedig gevoederd zal worden.

De man frunnikte aan zijn gewatteerde muts. Hij scheen Gwen niets kwalijk te nemen.

'Indicatoren zijn mineralen die samen met diamanten voorkomen. Als er veel indicatoren worden gevonden, dan zijn de diamanten meestal niet ver weg. Indicatoren zijn vaak alleen onder de microscoop te zien, bijvoorbeeld granaat, dat is rood. Chroom is glanzend zwart en als het een zwakke groene glans heeft, dan is het dioxide, en ilmeniet –'

'Ja, genoeg, meneer de supergeoloog, zo precies wil ze het nou ook weer niet weten.'

'Kom, kom,' zei Sonja. 'Dit is heel interessant. Ik heb gelezen, dat in de toendra diamanthoudend gesteente vaak in kommen onder meren wordt aangetroffen.'

Het gezicht van de geoloog lichtte op. 'Ja, inderdaad. Vulkaanuitbarstingen transporteren de diamanten naar de oppervlakte. Ze worden gevonden in kimberlietpijpen, die de vorm van een kegel hebben. Door deze pijpen heeft het magma, toen het door het aardoppervlak heen brak, de diamanten met zich mee gesleurd. De kommen zijn later gevormd door gletsjers die zich met water hebben gevuld.'

Sonja verbaasde zich erover dat de geoloog daar zo openlijk over sprak. Nu wist ze zeker dat Diane hier in de buurt naar diamanten zocht. Misschien waren nog niet alle interessante gebieden afgebakend en door grote concerns in beslag genomen. Diane had blijkbaar de hoop niet opgegeven dat ze nog een belangrijke vindplaats, die men over het hoofd had gezien, zou ontdekken.

Gwen maakte abrupt een einde aan Sonja's gedachten door op luide toon haar fascinatie voor diamanten en filosofie te etaleren.

'Die verdomde dingen zijn al drie miljard jaar oud; kunnen onze beperkte menselijke hersenen dat eigenlijk wel begrijpen?'

De geoloog trok aan zijn baard. 'Het interesseert de mensen niet hoe oud de diamanten zijn. Het interesseert de mensen alleen maar hoeveel geld ze waard zijn.'

Gwen zweeg. Sonja observeerde hoe hun beider blikken elkaar kruisten.

'Goed, ik ga aan het werk,' zei de geoloog. 'Ik moet alles verpakt hebben voordat de helikopter terug is.' Hij keek op zijn horloge.

Gwen maakte een paar ongeduldige armgebaren. 'Juist meneertje koekepeertje, wij gaan maar eens koken. Mijn schatten kun je in ieder geval eten.'

Ze pakte Sonja's arm en liep met haar de loods uit.

'In dit kamp is niemand normaal,' zei ze toen ze eenmaal buiten waren. 'Hierboven hebben ze allemaal een tik van de molen gehad.

Daarom zul je hier ook geen druppel alcohol tegenkomen, geen druppel. Anders komt er alleen maar narigheid van.'

Sonja stak haar antenne uit. 'Wat voor narigheid?'

'Ruzie, vechten, stelen. Iedereen kan hier doordraaien.'

'Messteken?'

Gwen draaide zich met een ruk om. 'Wie heeft jou die flauwekul verteld?'

'Een man in de Explorer-Bar.'

Gwen opende de deur van de keukentent. Bij het binnengaan mompelde ze zoiets als: 'Wat een hufter...' Sonja wist echter niet zeker of ze het goed gehoord had.

Gwen wees op een berg ongeschilde aardappelen. 'Stel je voor dat het diamanten waren, dan zou het een stuk gemakkelijker gaan.'

Ze grinnikte. Sonja keek naar het grote mes dat haar aangereikt werd.

'Hier.' Gwen gaf haar ook een emmer. 'Gooi ze er gewoon maar...' De rest ging verloren in het lawaai van motoren. 'Wat, verdomme...'

Ze stormde naar buiten, Sonja volgde.

41

Sonja kon nog net een klein vliegtuigje op het kamp zien duiken, voordat Gwen haar op de grond trok. Vervolgens hoorde ze een schot. En nog een. Ze gilde. En er gilde nog iemand: Gwen. Het motorlawaai verwijderde zich even snel als dat het gekomen was. De spanning verdween langzaam. Sonja zag nu pas de ontzetting op het gezicht van Gwen. Daarna zag ze bloed. Het liep bij Gwens arm naar beneden. 'Kom,' zei ze, en ze trok Gwen, die geen weerstand bood, de keuken in.

Ze had het wel honderd keer geoefend, ze kende het uit haar hoofd: de vragen die ze moest stellen, de voorbereidingen die ze moest treffen, het onderzoeken van de wond en de toestand van de patiënt.

'Die verdomde klootzakken,' huilde Gwen.

'Rustig blijven. Is er een arts in het kamp?'

'Nee. Ik bloed! Ik zal doodbloeden.'

'Wees rustig, ik ga nu de wond bekijken.' Ze onderzocht voorzichtig de wond en lette er vooral op of ze een kogel onder de huid aantrof. Om het beter te kunnen zien, wikkelde ze Gwens arm voor een gedeelte in. De kogel moest er aan de andere kant uit zijn gekomen.

'Waar zijn schone theedoeken?'

'Op het rek in de keuken.'

Sonja trok een paar doeken van de stapel en drukte er een van op de bloedende wond. Gwen kermde.

De deur werd opengetrokken, het was de geoloog. 'Ze hebben geschoten!' brulde hij buiten zichzelf van woede.

'Breng mij onmiddellijk de EHBO-koffer,' zei Sonja streng.

'Wel verdomme –'

'Verbandspullen, snel! Daar, achter de koelkast, op de plank links.' Dat was Gwen.

Patiënt praat samenhangend en logisch, dacht Sonja.

Ze rommelde in de koffer, vond jodium en desinfecteerde de wond. Daarna legde ze een drukverband aan.

'Je moet naar een ziekenhuis, zo snel mogelijk.'

'De helikopter kan elk moment komen,' zei de geoloog. 'Waar is John? En de politie – we moeten de politie waarschuwen. En Diane...'

Er klonk gestommel. Met één stap was de geoloog bij de deur. Er kwam een man binnen, hij droeg een geweer. Het was de jonge man met wie Sonja vanaf de helikopter was meegelopen.

'Gwen, lieve hemel,' riep hij. 'Ik heb schoten gehoord, maar –'

'Ze moet naar een dokter, dat is nu het belangrijkste,' onderbrak Sonja hem terwijl ze ondertussen het verband vastzette.

De man met het geweer was al bij de deur, gevolgd door de geoloog.

'Knal die gluiperd af!' stiet Gwen uit.

'Sst,' deed Sonja. 'Je moet heel rustig blijven.' Ze pakte wat pijnstillers, die Gwen met een slok koffie naar binnen spoelde. Daarna legde ze de patiënt op een tafel.

'Die zitten al een eeuwigheid achter ons aan,' zei Gwen.

Misschien is het wel goed haar te laten praten, dacht Sonja, dat leidt af van de verwonding.

'Wie?' vroeg ze.

'Ze willen onze claim, ze willen hem met alle geweld.'

'Wie?' vroeg Sonja opnieuw.

'Verdomde klootzakken.'

'Ken je de mensen die geschoten hebben?'

'Ik kan me heel goed voorstellen wie het geweest is. Rudy is de schuld van alles. Hij had zich niet bij hen moeten aansluiten.'

'Wie is Rudy?'

'Dianes ex-vriend.' Toen zweeg ze plotseling, als had ze al te veel verraden.

Sonja wist dat ze voorzichtig verder moest manoeuvreren.

'Die heeft waarschijnlijk ook niet geweten met wie hij zich uiteindelijk inliet,' zei ze nonchalant.

'Dat heeft hij wel degelijk geweten, die vuile verrader. Jammer dat hij verzopen is voor men hem te pakken kreeg.'

'Is hij verdronken?'

'Ze hebben hem dood uit de oceaan gevist...'

Ze beet op haar lippen. 'Heb je nog een tabletje? Het doet verdomd pijn.'

'Natuurlijk,' zei Sonja.

Weer hoorden ze motorgeluiden, maar ditmaal klonk het verder weg. De geoloog stootte de deur open. 'De helikopter is er. Gwen, we nemen je tussen ons in en ondersteunen je. Dat gaat het snelst.'

'Ik ga mee,' zei Sonja.

'Nee, iemand moet hier blijven. We brengen Gwen naar de helikopter en ík vlieg mee naar het ziekenhuis. John gaat onmiddellijk terug.'

Sonja schudde haar hoofd.

Gwen ging zich ermee bemoeien. 'Kan Sonja niet mee?'

'Ze blijft hier,' zei de geoloog. 'Ik moet versterking halen.'

Hij zei 'versterking', niet 'hulp' en ook niet 'politie'.

'We gaan!' Hij greep een parka van een wandhaak en legde die zorgvuldig over de schouders van Gwen.

Sonja trok de ritssluiting zover mogelijk omhoog.

Gwen keek haar aan. 'Goed dat het Rode Kruis in Zweden is opgericht.' Ze grinnikte met een dichtgeknepen oog.

'In Zwitserland,' zei Sonja in een soort reflex.

Gwen lachte. 'Je bent er ingetuind!'

'Linkmichel,' zei Sonja.

'Wat?' riep Gwen, die al in de deur stond.

Sonja zag John toeschieten.

'Dat was Zweeds.' Sonja hief haar hand ter afscheid.

'Voorzichtig, trap,' hoorde ze John zeggen.

Toen sloeg de deur opnieuw dicht.

Een halfuur. Alleen. Wat moest ze doen als het vliegtuig terugkwam? Geen paniek. Ze moest afleiding zoeken. De aardappelen. Ze begon met schillen. Ze schilde en schilde. Er was weer een halfuur voorbijgegaan. Er was niets te horen. Geen spoor van John. Water. Waar haalden ze water vandaan? Waarschijnlijk uit het meer. Ergens moest toch een waterpomp zijn.

Ze pakte de plastic emmer die naast de koelkast stond en liep om de tent heen. Juist, dat was een pomp. Ze zette de emmer eronder en bewoog de hendel een aantal keren op en neer. Niets. Alleen wat gepiep. Misschien werkte de pomp wel op stroom. Misschien was er een generator voor nodig. Ongeduldig sloeg ze met haar vuist op de hendel. Plotseling spoot er water uit. Een krachtige straal vulde de emmer.

Op dit moment hoorde ze het. Een brommend geluid. Een brommend geluid dat steeds sterker werd. Het vliegtuig was terug!

42

Sonja liet de emmer staan en ging achter de keukentent staan. Hiervandaan kon ze het vliegtuig zien, rood-wit, de kleuren van de Canadese vlag. Het toestel vloog reeds heel laag, toen het plotseling afboog en koers zette in de richting van het meer. Ze liep gebukt langs de zijkant van de tent. Het toestel maakte weer een draai en ging nog lager vliegen, en toen zette de machine de landing in.

In paniek rende ze weg. De veter van haar trekkingschoen bleef haken. Ze viel, maar wist weer op de been te komen. Niet in de keuken. Daar zou men het eerst gaan zoeken. In haar radeloosheid liep ze op de loods met de boorkernen af. Ze struikelde over de drempel en sloot de deur achter zich. Het was aardedonker. Ze opende de deur op een kier om wat licht binnen te laten. Ze zag het vliegtuig bij het meer staan, maar er was geen mens te zien. Sonja's ogen zochten koortsachtig de binnenkant van de loods af. Haar blik bleef steken op een kist hoog boven aan een stapel. Daarachter kon ze zich verstoppen. Ze duwde de deur dicht en kroop achter de barricade. Haar hart ging zo enorm tekeer, dat ze moeite had iets te horen. Waar waren die aanvallers mee bezig? Hielden ze de tenten in de gaten om te zien welke tegenstand hun geboden zou worden?

Waar was John? Lag hij ergens met zijn geweer op de loer? De geoloog wilde versterking halen. Wat voor versterking? Hadden ze dan geen satelliettelefoon om de politie te waarschuwen?

Daar, daar was wat! Stemmen. Heel ver weg. Maar onmiskenbaar menselijke stemmen. Geschreeuw. Een wirwar van stemmen. Nog geen schoten. Misschien was John wel met de helikopter meegegaan. Misschien hadden ze haar wel achtergelaten.

Ze hoorde plotseling voetstappen. Snelle, steeds luider wordende voetstappen. Heel dichtbij nu. Sonja durfde niet meer gewoon te ademen, uit angst dat men haar door de dunne houten wand zou kunnen horen. De deur werd opengetrokken. Weer voetstappen. Nu een licht gewrijf van zolen, alsof iemand zich omdraaide. Dan een luid gesnuif. De indringer verliet de loods.

'Will! Will!' een vrouwenstem.

'Will, die deur is niet op slot. Maar alles lijkt in orde te zijn.'

Was het een zinsbegoocheling? Ze kende deze stem!

Toen weer luider: 'Ik heb gezegd dat alles in orde lijkt te zijn.'

Sonja kwam iets overeind. Ze kroop achter de kist langs en gluurde om de hoek. Voor de open deur zag ze een vrouw staan. Ze had kort, zwart haar.

'Diane!'

'De persoon draaide zich met een ruk om. Sonja verstapte zich, verblind door het licht. Ze probeerde de rand van de kist te grijpen.

'Voorzichtig!' hoorde ze Diane roepen.

Maar het was al te laat. Onder haar lichaamsgewicht kantelde de kist en viel krakend op de grond.

De onvervangbare boorkernen binnen in de kist barstten in wel duizend stukjes uit elkaar.

Een paar seconden stonden beide vrouwen geschrokken naast elkaar. Toen begon Sonja over haar gehele lichaam te trillen.

'Het… spijt me zo.' Stamelde ze. 'Ik… ik…'

Maar Diane luisterde niet naar haar. Haar blik was op de vloer gericht.

'Tss,' deed ze, als was ze gehypnotiseerd. Ze bukte zich en raapte iets op dat op steenkool leek.

In het licht dat door de open deur viel, zag Sonja op het ronde oppervlak iets opflikkeren.

'Mijn lieve god,' mompelde Diane. De uitdrukking op haar gezicht leek wel extatisch, als van een kind dat voor de eerste keer een kerstboom ziet.

Plotseling spande ze haar gezichtsspieren aan. Ze legde het afgebroken stuk van de boorkern voorzichtig in de kist terug. 'Vertel niemand wat hierbinnen gebeurd is, hoor je? Je wilt toch geen schuld hebben aan het vernielen van een boorkern, hè? Dat kun je immers niet betalen.'

Daarop pakte ze Sonja bij de hand en liep ze met haar naar buiten.

'Ik breng je naar de keuken,' zei ze. Ze sloot de deur achter zich, maar na een paar stappen bleef ze plotseling staan.

'Sonja,' zei ze, en ze omhelsde haar. 'Wij geven beiden nooit op, hè?'

Sonja was te versuft om te antwoorden. De schrik zat er nog steeds goed in. Ze liet zich als een marionet door Diane meetrekken.

Plotseling was ze weer helemaal bij de tijd. 'Gwen is gewond, een vliegtuig... Ze hebben haar aangeschoten –'

'Ja, ik weet het,' onderbrak Diane haar. 'We zullen alles de revue laten passeren, maar eerst moet ik nog iets belangrijks afhandelen.' Ze gaf haar een hand. 'Het moet een flinke schok voor je geweest zijn.'

Ze zei het, als was er een kind met zijn fiets gevallen. In de keuken kwam de roodharige John op haar afgestapt.

'Waar heb jij in hemelsnaam gezeten?' riep hij. 'Ik kon je nergens vinden!'

'Waar is Will?' vroeg Diane meteen. Haar ogen gleden langs een tafel met mannen en vrouwen die achter lege borden zaten. Ze waren blijkbaar gelijk met Diane gearriveerd.

Het eten, dacht Sonja.

'Op de wc,' brulde iemand. Er lachten er een paar, maar de nervositeit was hen aan te zien.

'Zorg goed voor Sonja tot ik terug ben?' zei Diane en ze glimlachte haar bemoedigend toe. Vervolgens verdween ze.

In een mum van tijd kwamen de mannen en vrouwen om haar heen staan, lieten haar aan tafel plaatsnemen, werd haar uit het niets een hete soep geserveerd – twee mannen hadden zich over het fornuis ontfermd – en werd ze bestookt met vragen.

Terwijl ze aan het vertellen was, leek het haar alsof het een boze droom was geweest.

Na een heleboel vragen besloot ze zelf een vraag te stellen.

'Wie zijn die mannen in het vliegtuig en waarom doen ze dat?'

Plotseling was het stil.

Tot een jonge vrouw zei: 'Daar hoef je je geen zorgen over te maken. Die zullen hier nooit meer opduiken. Hou je van vis? Ben je zover, Ed?'

Alle ogen waren op het fornuis gericht.

'Nog tien minuten,' was het antwoord.

Sonja zag de damp uit een gigantische pan slaan, die ze zelf met aardappelen gevuld had.

'Ik vind dat Sonja dat mag weten,' zei John opeens. 'Ze zat er middenin. Het is toch geen geheim? En waarschijnlijk heeft ze Gwen het leven gered.'

Hij wachtte niet op een antwoord, maar stak meteen van wal. 'Deze claim hier' – hij wees ergens in de verte – 'die heeft Diane vier jaar geleden laten registreren. Dat heet, ze heeft hem van haar prospector gekocht, omdat die hem niet meer wilde. Hij had niets bruikbaars gevonden en hij was door zijn geld heen. Dat was een prospector uit Yellowknife. Maar Diane was ervan overtuigd dat hij niet op de juiste plekken had gezocht. Enkelen van ons hebben indertijd al voor haar gewerkt, ik ook. We hoopten allemaal op een grote knaller. We droomden dag en nacht van een fantastische diamantmijn. Nietwaar, Peggy?'

'Nou en of!' beaamde de jonge vrouw die naast Sonja zat.

'Diane bezat dit kleine exploratiebedrijf – een handjevol mensen en een beetje geld, net genoeg voor een paar proefboringen. Het was al september, net als nu, het werd vrij gauw donker en de bodem begon te bevriezen. Op het laatst hadden we nog amper vijftigduizend dollar voor een laatste proefboring, de allerlaatste. Rudy stelde voor om alles op één kaart te zetten.'

Sonja voelde de spanning in de groep toenemen toen de naam 'Rudy' viel.

'Diane wilde het ook,' zei Peggy.

'Wij wilden het allemaal,' vervolgde John. 'Het was onze laatste kans. Rudy heeft deze laatste boorkernen naar de Core Shed gebracht. Daar worden de boorkernen van een label voorzien en bewaard voordat ze naar het lab worden gestuurd. Wat dáár gebeurd is, wel niemand was erbij, maar Rudy moet stiekem de boorkernen hebben verwisseld.'

'Verwisseld?' Sonja keek John vragend aan.

Vanuit de verte klonk metaalachtig geratel en het gesis van stomend water.

'Rudy heeft in plaats van de originele boorkernen, absolute troep naar het lab gestuurd.' Johns stem trilde van woede.

'Hij heeft de boorkern door *plainblue clay* zonder indicatoren vervangen,' vulde Peggy aan.

'Waarom heeft hij dat gedaan?'

'Omdat hij een bedrieger was.'

'Omdat hij vermoedde, of wist, dat de boorkern een ongelofelijke voltreffer was. Dat we op een fenomenale schat aan diamanten waren gestoten.'

'Komen jullie? Het eten is klaar!'

Dat was niet tegen dovemansoren gezegd. Iedereen stormde naar het aanrecht naast het fornuis. Alleen Sonja bleef verdwaasd zitten. In haar hoofd maalden de gedachten wild in het rond. Voordat ze er erg in had, stond er een volgeladen bord voor haar neus. Ze was even vergeten hoe hongerig ze was.

Een tijdje was er alleen het geluid van bestek, borden en tanden te horen. Toen nam John weer het woord.

'Weet je, we hebben eigenlijk al heel gauw argwaan gekoesterd. Toen het bericht uit het lab kwam was het zo klaar als een klontje: geen indicatoren, dat kon gewoonweg niet!'

Sonja dacht aan de flikkering in de loods. Maar ze paste er wel voor op dit te vertellen.

'We hebben met Diane gepraat, maar die wilde eerst niet eens naar ons luisteren. Ze wilde het niet inzien. Rudy was...' John streek met zijn vingers door zijn vuurrode haren. 'Ze was met Rudy verloofd.'

'Maar ze heeft wel naar Robert geluisterd.' Dat was Peggy.

Sonja liet bijna haar vork vallen.

'Bob Stanford is een mijningenieur,' verklaarde John. 'Hij is onomkoopbaar. Hij heeft uiteindelijk voor het geld gezorgd.'

Sonja stopte met eten. 'Geld? Waarvoor?'

'Voor een tweede boorgat, direct naast de eerste. Dat heeft Diane toen in het geheim gedaan.'

'Je moet Sonja nog vertellen, hoe het zover is gekomen,' zei Peggy.

'Robert was erachter gekomen dat Rudy heimelijk investeerders zocht. Hij had poen nodig om de claim te kopen. Hij vertelde diverse potentiële investeerders dat Dianes bedrijf de claim spoedig zou opgeven, en dan zou hij de claim op zijn naam laten registreren en was het een beklonken zaak.'

'Wat bedoelde hij daarmee, met een "beklonken zaak"?'

Op dit moment ging de deur open. Sonja voelde een koude lucht-stroom over haar schouder. Dan een hand.

'Eet snel op,' zei Diane. 'We vliegen over een uur naar Yellow-knife.'

43

Lieve Inge,

Ik verwonder me. Ik verwonder me over jou. En nog meer over mezelf. Het is verbazingwekkend dat het zo lang geduurd heeft voordat ik erachter kwam. Net zo verbazingwekkend is het dat jij dacht dat ik het nooit zou merken. Nee, dat dacht je niet, je hoopte dat ik lange tijd niets in de gaten zou hebben. Net zo lang tot de anderen alles over mij zouden weten. Nog is mij niet alles duidelijk. Hoeveel jij bijvoorbeeld geweten hebt. Is eigenlijk ook niet zo belangrijk. De hoofdzaak is dat ik het nu weet. Op de een of andere manier heeft mijn combinatievermogen zich toch laten gelden. Maar misschien was het ook wel mijn intuïtie. Maar jij hebt je vergist. Je dacht alles te weten. Je dacht het risico te kunnen nemen. Maar met mensen behoor je niet te spelen. We kennen immers maar een deel van de waarheid. Daarover hebben we toch vaak gesproken? Hoe heb je dat nu kunnen vergeten? Maar nu is het te laat. Het noodlot zal zich voltrekken. Ik draai echter niet alleen voor de rekening op. Dat had jij je wel iets anders voorgesteld, hè? Ik kan je verzekeren: de schrik die nu je lichaam verlamt, is pas het begin. Het verschrikkelijke einde komt nog.

Sonja

Een meer, bosbessenblauw, verzadigd blauw, als inkt. Daar, waar de zonnestralen terechtkwamen, fonkelde het water in zilveren sterretjes. Dottergele struiken omzoomden de oever, daarachter het vlammende rood van de kruipplanten. Sonja stak haar notitieboek, waarin ze haar e-mail aan Inge had voorbereid, in haar rugzak. Ze strekte haar benen in het zand uit. Ze kon de witte tenten in het tegenlicht slechts als wazige vormen herkennen. Aan de andere oever graasde een kudde kariboes.

Insecten cirkelden in zwermen rond haar gezicht. Ze bracht nog meer stinkende muggenolie aan. Haar huid brandde ervan. De woede die in haar kookte, had iedere angst voor beren en wilde schietpartijen verdrongen.

Ze hoorde het snuiven van een mens en het knerpen van degelijke schoenen. Een warm ingepakte gestalte naderde haar.

Sonja bleef roerloos zitten.

'Wat doe je hier in godsnaam? Ik heb je overal gezocht!'

Diane ging buiten adem tegenover haar zitten.

'Ik wacht.'

'Wacht jij? Maar toch niet hier! De helikopter landt aan de andere kant. Dat weet je toch.'

Sonja zat nog steeds onbeweeglijk. Ze keek niet één keer op. 'Ik wacht tot we eindelijk met elkaar kunnen praten.'

'Ik heb je toch gezegd… in Yellowknife. Nu hebben we geen tijd, dat snap je toch wel? Kom, sta op. We moeten gaan.'

'Nee, Diane, eerst praten.'

'Ben je helemaal gek geworden? De helikopter komt er zo aan.'

'Die kan wachten.' Sonja was nog nooit zo vastbesloten geweest.

'Nee, Sonja, dat kan hij niet. Hij kost me duizend dollar per uur.'

Sonja keek op. 'Diane, hou toch op. Dat ding, dat je naar Yellowknife wilt brengen, is alleen al een vermogen waard.'

Het ontging haar niet dat Dianes ogen zich vergrootten. Ze was even sprakeloos.

Sonja stond op en schudde het zand van haar broek af. 'Denk je dat ik achterlijk ben? Denk je dat ik niet weet waarom je plotseling zo'n haast hebt om uit dit kamp te vertrekken? En waarom ik per se met je mee moet vliegen? Ik heb te veel gezien, hè?'

Diane bleef zwijgen.

'Ik stap pas in de helikopter als wij met elkaar gesproken hebben.'

Ze zag hoe Dianes hand in de zak van haar jack verdween. Het volgende dat Sonja zag was de loop van een pistool.

'Je hebt geen keus, Sonja.' Dianes stem klonk als gebroken glas. 'Dit is de kans van mijn leven en die laat ik me door jou niet ontnemen.'

Sonja voelde geen angst. Niet eens verwarring. Slechts leegte. Een gapend gat.

'Is dat de manier waarop je met mensen omgaat die te lastig worden? Je brengt ze simpelweg om, hè? Net als de man wiens keel is doorgesneden?'

Dianes hand die het pistool vasthield begon te trillen. Haar gezicht werd bleek. Sonja begreep plotseling wie ze voor zich had. Een vrouw die jarenlang grote gebieden had afgezocht naar sporen van diamanten. Koude nachten in dunne tenten. Duizenden monsters van stenen zonder resultaat. Steeds weer geld genereren… En dan door je verloofde bedrogen worden. Alles voor niets. En nu was ze zo dicht bij haar doel.

Het was beter haar geen strobreed in de weg te leggen. Het was slimmer om te doen wat ze zei.

'Neem je rugzak.'

Sonja bukte zich en tilde hem op.

'Langs het meer en dan naar links.'

Ze liep struikelend voorop, verblind door de laagstaande zon. Op de bodem gloeide een tapijt van rode bladeren. Ze kon de helikopter in het glinsterende licht niet zien, maar ze hoorde hem wel.

Diane pakte Sonja's arm. 'We moeten ons haasten. Vanavond vliegen we naar Vancouver.'

'Wij?' Sonja had moeite in haar pas te blijven.

'Ik moet je meenemen. Je hebt helemaal gelijk, je weet te veel.'

'En voor wie is dat vervelend?'

Het lawaai werd sterker. Nu dook uit de hemel een glanzend metalen insect op.

'Voor degenen met geld. Begrijp je dat? We hebben nu veel, heel veel geld nodig.'

Ze brulde haar woorden over de toendra. De luchtdruk van de rotoren drukte de struiken plat.

Sonja begreep het. Als in een droom zag ze een landingsbaan voor zich. Vliegtuigen waarvan de buik openging om machines uit te laden. Graafmachines, shovels en hijskranen rond een krater, alsof er een meteoriet was ingeslagen. En over de kale woestenij klonk een eindeloos gepuf, geratel, gedreun en gehamer.

'Is het je alleen maar om het geld te doen?' brulde ze terug.

Diane schudde haar hoofd. Zwijgend hief ze haar vuist hemelwaarts en spreidde de wijs- en middelvinger. Het teken voor *victory*.

De helikopter raakte de grond. Twee mannen sprongen eruit. Ze begroetten Diane, die hen toeschreeuwde. Het pistool had ze weggestopt. De ogen van de mannen richtten zich op Sonja. Pas toen ze in de helikopter stapte, zag ze dat er behalve de piloot nóg een man aan boord was, op de tweede stoelenrij.

De onbekende vloog met hen mee naar Yellowknife, reed mee naar het motel waar Sonja onder zijn toezicht haar spullen pakte en begeleidde hen naar de luchthaven. Daar trok Diane haar pistool weer tevoorschijn.

'Hij schiet niet, hij knalt alleen… om beren af te schrikken. Eigenlijk knalt hij helemaal niet meer, hij heeft allang de geest gegeven.' Ze grinnikte verontschuldigend. 'Buitengewone omstandigheden vergen buitengewone maatregelen.'

Ze gaf het alarmpistool aan de onbekende begeleider die het ding zwijgend in een afvalbak wierp.

Sonja was nauwelijks in staat een heldere gedachte te ontwikkelen. Het was alsof er een bizarre film voor haar ogen werd afgespeeld, en hoezeer ze zich er ook mee bemoeide, van het plot begreep ze steeds minder.

Diane gaf haar een papieren mapje. 'Jouw vliegticket.'

'Ik heb er al een, voor overmorgen,' zei Sonja.

'Dat heb je niet meer nodig. Missie vervuld.'

'Dus ik ben vrij om te gaan?'

Diane pakte haar bij de schouder. 'Dat zou ongepast zijn. In de wachtruimte kunnen we met elkaar praten. Kom.'

Ze gingen buiten gehoorafstand van de andere passagiers zitten. Ook hun bewaker – Sonja ging ervan uit dat het een door Diane ingehuurde veiligheidsman was – stond een aantal meters van hen verwijderd. Hij verloor hen niet uit het oog. Sonja haalde huiverend haar schouders op.

'Mijn god, wat tocht het hier.'

Ze opende haar reistas, rommelde er even in en trok haar sjaal tevoorschijn. Met een onzichtbare vingerbeweging had ze ongemerkt de videocamera aangezet. Ze kon weliswaar niet filmen, maar de microfoon stond wel ingeschakeld. Het gesprek kon beginnen.

'Hoe is Rudy omgekomen?'

'Wie heeft je van Rudy verteld?'

'De anderen in het kamp. Maar, hoe is hij omgekomen?'

'Hij is met een vliegtuig neergestort.'

'Waar?'

'In de buurt van Prince Rupert.'

'Een watervliegtuig?'

'Ja, en jouw man was de piloot.'

(Pauze.)

'Dat wist je al de hele tijd?'

'Ja, maar ik kon het je niet zeggen.'

'Waarom niet?'

'Ik wilde wachten tot je het zelf vroeg. Ik weet dat deze gebeurtenissen pijnlijk voor je zijn. Misschien wil je wel helemaal niets meer horen. Sommige dingen kun je maar beter niet weten.'

'Is Toni... Heeft mijn man zich schuldig gemaakt aan een misdaad?'

'Daar zijn geen aanwijzingen voor, maar Rudy wist heel goed hoe hij fatsoenlijke mensen in zijn smerige zaakjes kon betrekken.'

'Wat voor smerige zaakjes?'

'Ik dacht dat de anderen dat jou al verteld hadden.'

'Ik wil het van jou horen.'

'Goed dan. Vier jaar geleden hadden we een grote claim overgenomen, vijftigduizend hectare groot, precies zo groot als waar we vandaag waren. Ook het kamp bevond zich op dezelfde plek. Ik was ervan overtuigd dat we diamanten zouden vinden. De vraag was: waar? We hadden zo veel geluk gehad met het verwerven van die claim. Dat betekende voor mij karma, daar moest nog veel meer in zitten.'

'Karma? Waar heb je het over?'

'Tien jaar geleden al werden daarboven alle belangrijke claims min of meer afgebakend. Toen de diamantkoorts begon, vloog alles wat vleugels had erop uit en bakende af wat lonend was. Een prospector in Yellowknife wilde later om onverklaarbare redenen zijn claim verkopen. Waarschijnlijk had hij dringend geld nodig. Of hij geloofde dat er niets te halen was. Wij hoorden dat bijtijds en sloegen onze slag.'

'Vertel eens verder over Rudy.'

'Wees niet zo ongeduldig. Die hele geschiedenis is behoorlijk inge-wikkeld. We kwamen er dus bij toeval achter en kochten de ontgin-ningsrechten. Het was een wonder, werkelijk een wonder.'

'Jullie hebben daar ook geboord, maar vonden helemaal niets, tot die laatste boring.'

'Rudy verzamelde altijd de boorproeven. Hij moet een voorgevoel hebben gehad dat het een voltreffer was. In de loods met de boor-kernen…'

'Wat is er?'

'Laten we iets verder bij die mensen vandaan gaan zitten. We wil-len geen luistervinken.'

(Geritsel.)

'We hebben Rudy allemaal vertrouwd. Als geoloog was hij vaak alleen met de boorproeven in de loods. En daar heeft hij de boor-kernen met een vervalsing verwisseld.'

'En heeft hij die naar het lab gestuurd?'

'Waarschijnlijk had hij het al veel langer gepland. Dat geloof ik nú tenminste. Hij zal al een tijdje met het idee rondgelopen hebben.'

'Al toen jij hem hebt leren kennen?'

(Pauze.)

'Ik weet het niet, Sonja. Ik heb van hem gehouden. Ik heb nooit wat gemerkt. Maar ja, hoe goed ken je iemand?'

(Pauze. Gekuch.)

'Heb jij dan geweten wat jouw echtgenoot Toni allemaal uitvrat in Prince Rupert?'

'Nee, dat weet ik nog steeds niet. Weet jij het?'

'Ik weet dat hij vanuit Prince Rupert in een watervliegtuig naar Rainy Rover Lodge is gevlogen.'

'Wat is dat voor een lodge?'

'Dat is een drijvend hotel voor sportvissers. Het ligt op ongeveer een halfuur vliegen van Prince Rupert.'

'Maar hij was geen sportvisser. Hij heeft nooit belangstelling voor hengelen gehad!'

'Hij had drie nachten voor twee personen geboekt.'

'Voor hem en voor Nicky.'

'Misschien wilde zijn zoon wel vissen.'

'Maar...'

'Opgelet, hier volgt een mededeling: de vlucht naar Edmonton heeft een vertraging van ongeveer tien minuten.'

'Verdorie. Nu missen we misschien de aansluiting van Edmonton naar Vancouver.'

'Het is maar een vertraging van tien minuten.'

'Als je eens wist, hoe...'

(Zwijgen.)

'Heeft Toni... Waar heeft hij Rudy ontmoet?'

'In de lodge. Daar zijn getuigen van. Rudy was daar om potentiële geldschieters te ontvangen. Voor de diamantmijn.'

'Maar hij had toch geen mijn?'

'Geen mijn, maar wel mijn claim.'

'Had je die claim aan hem overgedragen?'

'Rudy wist dat ik de ontginningsrechten in dit gebied wilde opgeven. Als ik de claim had willen houden, zou me dat veel geld gekost hebben. En destijds was ik weer eens platzak. Ik had al mijn geld opgemaakt.'

'En Rudy heeft toen die claim overgenomen?'

'Ja, via stromannen, maar dat hoorde ik te laat.'

'Te laat? Je bedoelt na zijn dood?'

'Nee, nog daarvóór. Robert Standfort vertelde mij dat hij via een omweg gehoord had dat Rudy investeerders zocht voor een diamantmijn. Rudy vertelde deze mensen dat hij een absoluut zekere vindplaats kende en dat hij dat kon aantonen met een rapport. Een van de investeerders had contact gezocht met Robert om meer over Rudy te weten te komen.'

'Waarom Robert?'

'Hij heeft een uitstekende naam binnen de branche. En hij kent de verhoudingen en omstandigheden in de toendra.'

'En toen?'

'Robert heeft mij geïnformeerd. Het... was... Ik moest Robert geloven. Ik heb me daartegen verzet, maar... ik moest iets doen. We besloten de investeerder in vertrouwen te nemen. Hij speelde mee. Hij overtuigde Rudy ervan dat hij zeer geïnteresseerd was. Rudy wilde hem vervolgens nog meer documenten tonen. Het kon hem niet snel genoeg gaan. Zonder geld geen mijn – zo eenvoudig is dat.'

(Pauze.)

'Heeft Toni met Rudy samengewerkt? Is het daarop uitgedraaid?'

'De politie heeft geen bewijs gevonden dat dat zo was. Toni's rol in de hele geschiedenis is behoorlijk mysterieus. Waarschijnlijk wilde Rudy diezelfde dag nog naar Vancouver reizen, en misschien ging er wel geen vlucht die hem snel genoeg was. Toen heeft hij waarschijnlijk Toni gevraagd om hem naar Prince Rupert te vliegen. De manager van de lodge heeft verklaard dat jouw man eigenlijk de vlucht wilde verschuiven, maar Rudy heeft mensen altijd zo ver weten te krijgen om tegen beter weten in dingen voor hem te doen.'

'Dus de vierde passagier was de investeerder?'

'Wie heeft jou in godsnaam van een vierde passagier verteld?'

'Een piloot van de Queen Charlotte Islands. De piloot die als eerste bij het vliegtuigwrak arriveerde.'

'Lieve hemel, Sonja, weet je zijn naam ook?'

'Dat moet ik in mijn notitieboek nakijken, maar Robert heeft mij gezegd dat hij onlangs is omgekomen. Wat betekent dat? Waarom hij?'

'Dat zou ik ook graag willen weten. Dat is toch –'

'Dit is een aankondiging voor de passagiers van vlucht 345 naar Edmonton: het vliegtuig staat gereed, u kunt aan boord gaan.'

'Het vliegtuig staat klaar.'

'Wacht. Vertel me nog even wie die mensen waren die op het kamp geschoten hebben?'

'Een paar gekken, die zich wilden wreken. Kom.'

'Maar...'

'Sonja, later.'

44

Sonja besloot Diane niet te vertellen dat ze het gesprek had opgenomen. Hoe langer ze tijdens de vlucht nadacht over de informatie die ze net van haar gehoord had, hoe warriger die haar voorkwam. Er waren te veel tegenstrijdigheden en vooral met betrekking tot Toni liet de logica het finaal afweten. En dan die mysterieuze investeerder die plotseling zijn opwachting had gemaakt. De doden bleven voor eeuwig zwijgen, dus niet alles zou opgehelderd kunnen worden. Maar had Diane alles verteld wat ze wist?

Ze wachtte er echter voor om in een afgeladen vliegtuig verdere vragen te stellen. Ze werd al spoedig door vermoeidheid overmand en Diane moest haar vlak voor de landing in Edmonton wekken. De veiligheidsman stond alweer klaar. Ze stapten als laatste passagiers in het vliegtuig naar Vancouver. Sonja viel opnieuw in slaap.

In Vancouver maakte Sonja de taxirit in slaapdronken toestand mee, en toen ze zich over de drempel van de voordeur van Dianes woning sleepte, had ze de marmeren vloer wel willen kussen. Als een robot liep ze haar kamer in, waar ze haar rugzak op de vloer liet vallen.

'Je mag van mij direct gaan slapen,' zei Diane, 'maar de deur moet openblijven.'

Achter haar stond de bewaker.

'Waarom?' Sonja kneep haar ogen samen tegen het felle licht.

'Uit veiligheidsoverwegingen moeten we jou in de gaten houden. Niemand mag iets verraden, voor we onze geldschieters en de beurs geïnformeerd hebben.'

'Wie is "we"?'

'Er komen een paar mensen. We hebben belangrijke dingen te bespreken. Ik geef je oordopjes, zodat je kunt slapen.'

Sonja keek op de wekker naast het bed. Halfeen.

'Mag ik tenminste nog even naar de wc?'

'Ja, maar zonder mobieltje.'

Sonja wreef zich in het gezicht. Ze was zo moe, dat ze de toetsen van haar telefoon nooit uit elkaar had kunnen houden.

Later hoorde ze heel in de verte stemmen, en daarna niets meer.

Het moet de stilte zijn die mij gewekt heeft, dacht Sonja de volgende morgen. Ze draaide zich om onder haar zachte dekbed. Nu dacht ze ineens aan de oordopjes. Ze deed ze uit, maar het was nog steeds heel stil. Alleen het autoverkeer drong van heel ver, als een saai en monotoon gemurmel, tot haar slaapkamer door. Toen zag ze de gesloten deur. Waar was haar bewaker? Waar was Diane?

Ze trok haar ochtendjas aan en sloop de trap op naar de woonkamer. Op de salontafel stonden champagneflessen tussen een dozijn lege glazen. Ze wilde het koffieapparaat aanzetten, maar het malen van de bonen zou het hele huis gewekt hebben. Dan maar thee.

Ze zag een wit vel papier op tafel liggen.

Een persbericht van het bedrijf Thunderrock en haar president Diane Kesowsky. Het was strak en bondig zonder franje. Er stond in dat Thunderrock Inc. uit Vancouver een vindplaats van diamant had ontdekt die zo veelbelovend was, dat de grootste mijnbouwbedrijven ter wereld een financieel belang in het project hadden genomen.

Onder aan het persbericht stonden twee door Diane geschreven zinnen: *Ben al op kantoor! Waarom ontbijt je niet met mijn andere gast?*

Een andere gast? Zeker een van die nachtelijke champagnedrinkers. Sonja vond dat ze onder deze omstandigheden een dubbele espresso nodig had, en dat er geen rekening meer hoefde te worden gehouden met langslapers. De koffiemolen ratelde als een stoomlocomotief. In huis bleef het echter stil. Misschien was de gast al weggegaan.

Sonja douchte zich en kleedde zich aan. Daarna wandelde ze naar de markthal van Granville Island en kocht een Europees brood met een knapperige korst. Ze passeerde de tafel waaraan ze met Diane had gegeten en waar ze haar portefeuille had 'laten liggen'. Hoelang was dat alweer geleden? Minstens drie weken. Het kwam haar als een eeuwigheid voor.

Toen ze naar de woning terugkeerde, hoorde ze de douche lopen. Ze zag een tweede espressokopje in de keuken. De gast had goed voor zichzelf gezorgd. Ze had geen zin om met de een of andere vreemde te ontbijten. Geen tijd voor nutteloos gezwets. Ze moest allerlei dingen doen. De vlucht boeken. Ze haastte zich haar kamer in.

Ze kon nu haar mobiele telefoon weer ongestoord gebruiken. Iemand had haar een sms'je gestuurd. *Waarom bel je niet terug? Wil je niet een nieuwtje horen? Robert.*

Het ruisen van de douche was gestopt. Snel tikte ze Roberts nummer in. Er klonk een zacht geklingel. Dianes telefoon? Robert meldde zich niet. Op de bovenetage ging een deur open. Het klingelen was nu duidelijk te horen.

Het klingelen! Sonja begreep het plotseling.

Ze liep als in slow motion de trap op, doorkruiste de woonkamer en bleef in de gang staan.

Hij hield de mobiele telefoon in zijn hand. Een badhanddoek was losjes om zijn heupen geslagen, terwijl waterdruppels traag over zijn naakte bovenlichaam vochtige sporen trokken. Zijn natte, naar achteren gekamde haar maakte zijn gelaatstrekken compromisloos, maar in zekere zin ook kwetsbaar.

'Is het me gelukt jou te verrassen?' Zijn ogen fonkelden.

'Wie heeft jou hier binnenlaten?' Het was eigenlijk een retorische wedervraag.

'Diane wilde eerst niet, maar ik heb haar gechanteerd.'

Ze wierp een steelse blik op zijn vochtige, glanzende huid, de brede schouders en die krachtige armen.

'Diane laat zich niet chanteren, daar geloof ik niets van.'

'Toch heb ik haar gezegd dat ik iedereen zal vertellen dat ze jou met een alarmpistool heeft bedreigd.'

Sonja liet haar mobieltje bijna uit haar handen vallen.

'Hoe weet jij dat nu weer?'

'Ze heeft het gister… nee, vannacht verteld – na twee of drie glazen champagne. Ik geloof omdat ze haar geweten wilde sussen. Maar ik zal snel wat aantrekken, dan zal ik straks voor jou mijn beroemde omelet bereiden.'

Sonja kon een glimlach niet onderdrukken.

'Vergeet niet om een schort voor te doen,' riep ze, terwijl ze de woonkamer binnen wandelde. Daar verzamelde ze de lege flessen en glazen, wierp de in elkaar gefrommelde servetten in de afvalbak en maakte het tafelblad schoon.

Robert keerde opmerkelijk snel terug. Hij droeg een ruimvallend overhemd dat er fris gestreken uitzag en waarvan hij de twee bovenste knoopjes had opengelaten. Ze had een luchtje opgedaan, dat haar nog nooit in de steek had gelaten. Hij keek haar zwijgend aan. Sonja werd er zich plotseling van bewust hoe gevaarlijk dicht Robert voor haar stond.

Ze weerde echter zich als een drenkeling in de niet-aflatende golven. Ze sloeg met woorden om zich heen.

'Heeft Diane jou de opdracht gegeven mij te bewaken? Gisteren stond haar lijfwacht nog voor mijn slaapkamer.'

Robert schudde geamuseerd het hoofd.

'Ik geloof dat Diane een zenuwinzinking nabij was. Ze was zo dicht bij haar doel, ze wilde zo snel mogelijk naar Vancouver. Ze moest tot een akkoord met het concern komen. Deze mensen wilden namelijk met een ander ontginningsbedrijf in zee. Dus moest het nieuws zo snel mogelijk naar buiten, voordat iemand lucht van de zaak zou krijgen. De beurs is vandaag de dag allesbepalend. Alles hing aan een zijden draadje.'

Ze knikte met haar hoofd in de richting van de lege champagne- flessen op het aanrecht.

'Heb jij ook aan dat drinkgelag meegedaan?'

Hij stroopte langzaam zijn mouwen op, waardoor zijn gebruinde onderarmen zichtbaar werden.

'Ja, ik heb sinds lange tijd weer eens champagne gedronken. Ik had dan ook iets belangrijks te vieren.'

Ze trok haar wenkbrauwen omhoog.

'Er is blijkbaar niets zo stemmingverhogend als het vooruitzicht van veel geld.'

Nauwelijks had ze dit gezegd of ze schaamde zich er al voor. Ze had niet het recht Diane en haar medewerkers belachelijk te maken, en dat gold ook voor Robert, die kennelijk door iedereen gerespecteerd en bewonderd werd.

Hij zei even niets. Hij opende de koelkast, trok er een doos met eieren uit, zocht een koekenpan en sloeg de eieren stuk. Hij waste zijn handen en drapeerde elegant een theedoek over zijn schouder.

'Ik ben niet zo dol op schorten,' zei hij. 'Hou je van peperoni, uien en verse paddenstoelen?'

Sonja knikte. 'Mag ik je helpen?'

'Ja, natuurlijk. Wil je de peperoni fijn snijden?'

In de kleine keuken cirkelden ze als planeten om elkaar heen. Ze oefenden aantrekkingskracht op elkaar uit, zonder hun baan te verlaten. Soms raakte hij haar lichtjes aan en liet hij een gloeiend plekje achter op Sonja's huid.

Hij was de eieren aan het roeren, maar liet dit even rusten.

'Ik heb ter ere van jóú champagne gedronken, omdat je veilig in Vancouver bent teruggekeerd,' zei hij. Zonder haar aan te kijken, begon hij weer te roeren.

Ze draaide het heft van het keukenmes in haar handen.

'Ja, anderen hebben minder geluk,' zei ze.

Hij stopte.

'Ach, dat was ik bijna vergeten: het gaat Gwen naar omstandigheden behoorlijk goed, ze heeft opmerkelijk weinig bloed verloren. De artsen waren zeer onder de indruk van de efficiënte wijze waarop je het drukverband hebt aangelegd. Waar heb je dat geleerd?'

Sonja voelde dat als een warme geruststelling. Gwen was buiten levensgevaar. Gwen had het gered.

'Wat fantastisch! Ik ben zo blij dat... au!' Ze voelde een korte pijn en er liep bloed uit haar vinger.

Robert greep naar de theedoek op zijn schouder. 'Ik ben zo weer terug,' riep ze en ze stormde de badkamer in. Daar stak ze heel ondeskundig de bloedende vinger in haar mond. Op dit moment vond ze het belangrijker om haar tranen te stoppen. Tranen van vreugde en van vermoeidheid. Die wilde ze Robert niet tonen, die maakten haar kwetsbaar en zwak. En dat was het laatste waar ze nu behoefte aan had.

Ze deed een pleister om haar vinger en friste zich op.

'Alles in orde?' hoorde ze Robert vragen.

Toen ze zich weer bij hem voegde, lukte het haar zelfs te glimlachen.

'Ik heb wel duizend EHBO-cursussen gevolgd. Nou, dat is tenminste niet voor niks geweest.' Ze stak de verbonden vinger als een trofee in de lucht.

Hij lachte. 'Ik geloof dat we eerst die omelet achter onze kiezen moeten hebben en alle brandende kwesties tot nader orde moeten verschuiven, voordat er nog meer onheil geschiedt.' Hij reikte haar een glas champagne aan. 'Maar misschien moeten we eerst maar klinken.'

Ze pakte het glas aan. 'Op de diamanten!'

'Op Sonja, die nooit haar zelfbeheersing verliest, en het geloof in de mensheid,' zei hij op zijn beurt terwijl hij haar aankeek.

Haar hand trilde zo, dat ze enige champagne morste.

'Je hebt het toch niet over mij?'

Hij antwoordde niet, maar wees op de borden. 'De omelet wordt koud.'

Sonja was verbaasd over haar eetlust, die zich niets van haar nervositeit aantrok. Ze prees Roberts kookkunst. Hij was er zichtbaar mee in zijn nopjes.

Een tijdje aten ze zwijgend.

'Ik wacht,' zei hij eindelijk.

'Waarop?'

'Op jouw vragen. Ik weet toch hoe die op jouw lippen branden.'

'Je moet het ongeluk niet tarten.'

'Wie heeft het hier over ongeluk? Het maakt me juist zo gelukkig om met jou zo vredig aan de ontbijttafel te zitten.'

Ze hapte naar het aas dat hij haar voorhield.

'Wie waren die mensen in het vliegtuig? Waarom hebben ze het kamp beschoten?'

Hij smeerde pindakaas op een stukje toast.

'In het kamp van Diane en Rudy deed zich enige tijd geleden een zelfmoord voor. Een van de *dirt baggers* had zelfmoord gepleegd.'

'Wat is een dirt bagger?'

'Dat zijn mensen die aarde verzamelen. De bodemmonsters worden naar het lab gestuurd en op indicatoren onderzocht. Dat gebeurt voordat men met de diepteboringen begint. Hij was nog student, een taaie rakker, althans die indruk maakte hij. Maar Diane wist niets van zijn ziekteverleden af. Hij leed al jaren aan zware depressies. Zijn dood was afschuwelijk voor iedereen. Heel naar.'

'Heeft hij zich met een mes omgebracht?'

'Doet dat gerucht de ronde in Yellowknife?'

'Nee, daar spreekt men van een onopgeloste moord.'

Hij kauwde langzaam en nam de tijd voor zijn antwoord.

'Dat is de versie van zijn familie. Zijn ouders en zussen willen de waarheid niet weten. Ik denk dat het de teleurstelling was die hem tot zelfmoord heeft gedreven. Ondanks al die moeite en al die verwachtingen, hadden de proefboringen immers niets opgeleverd en moesten Diana en het team opgeven. De diamanten droom is een machtige stimulans, maar de nachtmerrie die volgt is een ontluisterende anticlimax. Destijds wist ook niemand wat Rudy in zijn schild voerde.'

Hij verfrommelde zijn servet.

'De familie van de student voelde zich bedrogen. Ze hadden niet alleen een geliefd gezinslid verloren, maar ook hun droom om snel rijk te worden was aan gruzelementen.'

'Maar is dat een reden om op mensen te gaan schieten? Volgens mij waren ze dronken. Het was een soort vliegende wildwest. Gwen had wel dood kunnen zijn.'

'Jij ook, Sonja.'

'Gwen heeft me met haar lichaam beschermd.'

'Ik ben haar mijn oprechte dank verschuldigd, want eigenlijk was het mijn schuld.'

'Jouw schuld? Hoe bedoel je dat?'

'Ik heb Diane verzocht jou tot haar kamp toe te laten. Ik wilde dat je eenmaal een kamp zou bezoeken. Ik wilde je de sfeer laten proeven en je de gelegenheid geven om een keer midden in de toendra te staan, in die ongelofelijk weidsheid. En ook, ja... dat je een keer een boorproef zou zien. Ik wilde je gewoon kennis laten maken met het wereldje waarin ik mijn brood verdien.'

Hij pakte de fles champagne.

'Er zit nog een beetje in. Zullen we hem leegmaken?'

Sonja knikte.

'Diane kon me dit verzoek niet weigeren, dat wist ik.'

Sonja nipte aan haar champagne.

'Het viel mij op hoe weinig medelevend ze was na de schietpartij, toen ze in het kamp arriveerde. Helemaal niet betrokken. Alsof het haar niet aanging. Alsof er niets gebeurd was. Ze heeft ook de politie niet gewaarschuwd.'

Hij keek uit het raam. 'Op zo'n moment telt niets anders dan de diamanten. Dan is er geen plaats voor andere emoties, begrijp je?

De prospectors, de schatgravers, de geologen, de gelukzoekers – ze worden allemaal door deze obsessie gedreven. En dat is sterker dan honger en slaap, sterker dan liefde. Als je niet zo bent, delf je het onderspit in deze branche.'

Hij zweeg. Zijn ogen waren nog steeds in de verte gericht. Ze hield van dit schrandere, open gezicht met die ondoorgrondelijke ernst, maar ze wilde zich er niet door laten afleiden. Nu helemaal niet. Ze had nog maar zo weinig tijd.

'Betekent dat, dat zij aan de grens zit van wat geoorloofd is? Heiligt het doel de middelen? Mocht daarom de politie niet gewaarschuwd worden – omdat die dingen had kunnen ontdekken die verborgen moesten blijven?'

Robert richtte zijn blik weer op Sonja. Zag ze ontsteltenis in zijn blik of beeldde ze zich dat alleen maar in?

'De bedrijven hebben hun eigen veiligheidsdienst. Dianes bedrijf ook. Ze heeft specialisten ingehuurd. De politie kan niet overal zijn. En al helemaal niet in de uitgestrekte Northwest Territories.'

Hij streek met zijn hand door zijn bijna droge haar.

'Het grootste gevaar is de verleiding. Lieden die zich in verzoeking laten brengen, komen vroeg of laat altijd bij de georganiseerde misdaad terecht.'

'Maar dat heeft toch niets met de schietpartij te maken?'

'Nee. Maar misschien heeft de dood van je man en je stiefzoon daarmee te maken.'

Ze staarde hem aan. Wachtte.

'Het is intussen duidelijk dat Rudy met criminele elementen omging. Lieden die hun geld uit de drugshandel wit wilden wassen: je steekt het besmette geld in de bouw van een diamantmijn waardoor het legaal wordt. De zaak groeide hem op de een of andere manier boven het hoofd, hij wilde de controle over het project weer terug. Maar… die gangsters lieten zich niet zo gemakkelijk afschepen. Die wilden vaste voet in Canada. Daarom zocht hij ook zo vertwijfeld naar investeerders.'

Sonja bekeek Roberts handen. Wat zou hij doen als ze er zacht overheen zou wrijven? Over de rug van de hand, de pezen, de aders en de zachte gedeelten tussen de lange, krachtige vingers.

Robert begreep haar zwijgen verkeerd.

'Ik wilde je niet nog meer pijn doen.'

'Nee, nee, ga door. Ik zal het toch een keer moeten horen.'

'De politie sluit niet uit dat het neerstorten van het vliegtuig geen ongeluk was.'

'Maar?'

'Misschien wel moord. Maar dat is slechts een aanname. Er zijn geen bewijzen, geen sporen, geen concrete aanknopingspunten.'

'Dus zal ik het nooit te weten komen?'

'Nee, misschien komen we het nooit te weten.'

Wat was ze daar toch goed in. Hoe vaak kwam dat in de geschiedenis der mensheid voor: geen aanwijzingen, geen getuigenverklaringen, geen bewijzen, geen zekerheid. Onherroepelijk verloren voor de wetenschap, en voor de nagedachtenis van latere generaties.

Raar, ze voelde zich er toch niet verdrietig om. Geen vertwijfeling, geen boze rebellie. Slechts berusting. Was het soms tijd zich naar het onvermijdelijke te voegen?

Ze speelde met haar halsketting. Ze was toch achter een paar dingen gekomen. Bijvoorbeeld, dat de man aan hun tafel in de markthal een door Diane ingehuurde veiligheidsman was. Diane wilde weten of ze de persoon was voor wie ze zich uitgaf. De man had een uur lang haar paspoort, persoonlijke gegevens en bankpasjes kunnen natrekken en kopiëren.

En deze man had ook de boot bestuurd die Roberts achtervolger verjoeg, voordat deze de kajak aan stukken kon varen.

'Ik heb van het proces in Vancouver gehoord en welke rol je daarin speelt,' zei ze.

Hij kruiste zijn handen op het tafelblad.

'Terugkijkend, had ik je niet aan deze gevaren mogen blootstellen,' zei Robert. 'Maar je weet nooit van tevoren hoe ver bepaalde mensen gaan. De brutaliteit van deze schurken heeft míj zelfs verrast. Ze zijn echter niet ontkomen.'

'Zijn ze gepakt?'

'Ja. Maar dat waren natuurlijk niet degenen die aan de touwtjes trokken, het waren slechts kleine jongens. Hoe dan ook, wie het kleine niet eert... nietwaar?'

'Was dat het nieuwtje waarover je het in je sms'je had? Ik kreeg je bericht pas laat. Ik moest gisteren mijn mobiele telefoon afgeven.'

Robert boog zich naar voren. 'Je Duitse vrienden zijn hier opgedoken. Ze hebben bij de conciërge naar jou geïnformeerd.'

'Wat? Gerti en Helmut?'

Hij knikte. 'Zijn ze werkelijk zo onschuldig als jij denkt?'

Ze haalde diep adem om tijd te winnen voor een antwoord. Ze had het telefoonnummer van de conciërge weliswaar op het krijtbord achtergelaten, maar hoe waren ze dan achter het woonadres gekomen? En, wat nog zwaarder woog: Waarom wilden ze dat weten?

'Dianes veiligheidsman heeft hen vragen gesteld. Ze zeiden dat je iets in hun camper had laten liggen. Hij heeft het in ontvangst genomen zonder hen verdere informatie te verstrekken. Veiligheid voor alles!'

'Wat hebben ze hem gegeven?'

Robert schoof haar een envelop toe. Ze scheurde hem open. Er rolden kleine roze pillen uit.

'Tegen mijn allergie,' zei ze blozend. Ze had die dingen helemaal niet gemist! Hij zei niets, keek haar slechts aan.

De mobiele telefoon maakte een eind aan alle verlegenheid. Ze hoorde een stem: 'Hotel Lionsgate Place.' Toni's hotel. Haar polsslag versnelde.

'Ja?'

'We hebben een mapje met foto's gevonden die van een zekere meneer Vonlanden zijn.'

45

Robert zette haar voor hotel Lionsgate Place af. Ze wist meteen dat het om Nicky's foto's ging. Toni had op zijn reizen nooit foto's af laten drukken. Hij haatte al die losse plaatjes.

Voordat ze het portier van Roberts auto sloot keek ze hem aan.

'Ik ben blij dat ik je heb leren kennen,' zei ze. 'Je bent heel belangrijk voor mij.' Ze draaide zich om en liep weg, zonder een antwoord af te wachten. De zin had veel van haar moed gevergd. Wat daar nog van over was, had ze nodig voor wat er nu volgde. De hal van het hotel leek haar donkerder dan de laatste keer. Tot haar verbazing was de hal leeg. Bij de receptie stond dit keer een man achter de computer. Volgens zijn naamplaatje was hij de general manager. Toen zij de reden van haar aanwezigheid vertelde, wist hij meteen waarover het ging. Hij had haar zelf gebeld.

'Mijn collega vertelde me dat uw man dodelijk verongelukt is,' zei hij en hij overhandigde haar een zakje. 'Ik hoop dat deze foto's een kleine troost voor u zijn.'

'Het komt als een verrassing,' zei Sonja, 'maar ik ben er heel blij mee.'

'Het mapje lag in een lade. Het zou destijds opgehaald worden, maar dat is nooit gebeurd. Zoals u ziet, gooien we nooit iets weg.'

Sonja wist een glimlach te forceren. 'Dat siert uw hotel.'

De manager bedankte haar voor het compliment.

Buiten liet Sonja haar voorhoofd door de zeewind liefkozen. Ze hield het zakje waar het mapje in zat stevig vast, alsof het door een ongelukkige omstandigheid uit haar hand kon worden getrokken.

In de crêperie naast het hotel ging ze aan een tafel bij het raam zitten. Ze vergat iets te bestellen. De jonge man achter de bar riep haar wat toe.

'Ik wacht op iemand,' zei Sonja, en ze opende het zakje. Het was zo'n bont bedrukt mapje van een fotowinkel. Er kleefde een gifgroen papiertje aan met daarop in blokletters: VOOR ODETTE.

Ze trok de foto's eruit en bekeek ze met trillende handen. Het waren allemaal opnamen van Vancouver. Het silhouet van de glazen binnenstad, de rondvaartboten bij Canada Place, de bergen ten noorden van Vanvouver, de Capilano Suspension Bridge, straattaferelen, de door stoom aangedreven klok in Gastown, een watervliegtuig in de buurt van de haven. Geen onthulling, geen aanwijzing voor wat zou gaan gebeuren. Geen bekende personen, alleen maar onbekende mensen in het stadsgewoel.

Pas op de laatste foto was het silhouet van Toni te zien, half afgedekt door een passant. Typische toeristenfoto's, en ook dan nog niet bepaald bijzonder. Ze droegen ondubbelzinnig Nicky's signatuur: snel genomen, zonder gevoel voor vlakverdeling en perspectief. Nicky had nooit artistieke pretenties gehad – heel anders dan Toni, die de door hem gemaakte foto's als inkomstenbron had gebruikt. Nicky's camera, de vierde van zijn leven, was goedkoop geweest, omdat hij hem altijd ergens liet liggen. Het fototoestel waarmee hij deze foto's gemaakt had, was een cadeautje van Sonja geweest.

Buiten waggelde een jonge, knokige vrouw voorbij. Haar diepliggende ogen waren getekend door drugsgebruik. Dit soort opnamen zaten er bij Nicky niet tussen. Hij had ten opzichte van mensen altijd een zekere beschroomdheid gehad. Als er gasten bij hen uitgenodigd waren, verdween hij altijd direct naar zijn kamer of ging hij naar de bioscoop. Dat was normaal bij tieners, had Odette schouderophalend gezegd, toen Sonja erover begonnen was. Nicky was nu eenmaal een beetje introvert. Odette had gelukkig altijd goed met hem kunnen opschieten. Alleen als zij op bezoek was, liet hij zich zien. Bij haar liet hij zijn terughoudendheid varen.

Langzaam nam ze de stapel nog een keer door. Waarom had Toni deze nietszeggende foto's van Nicky voor Odette achtergelaten? Waarom had Nicky hem deze foto's eigenlijk gegeven? Hij had ze waarschijnlijk liever zelf willen houden.

Ze keek het mapje na. Geen negatieven. Alleen een reclamestrookje van de fotowinkel. De winkel was niet ver van hier: Davie Street. Toen viel haar een tekst op: *Speciaal aanbod – twee voor één*. Dat was het! Iedere klant kreeg alle foto's twee keer voor de prijs van één.

Waarschijnlijk had Nicky de dubbele exemplaren aan zijn vader gegeven. En Toni had ze om een bepaalde reden voor Odette bestemd.
Maar waarom? Zodat Odette kon zien waar Toni en Nicky samen
hun tijd hadden doorgebracht? Deze verklaring leek Sonja weinig
logisch. Dat had Odette toch direct van Toni kunnen horen.

De jongeman was aan haar tafeltje komen staan.

'Wilt u wat drinken terwijl u op uw vrienden wacht?'

'Ik heb geen tijd meer,' zei Sonja. Ze pakte de foto's en verliet snel
het etablissement. Ze liep meteen naar Davie Street, waar ze een
reisbureau had gezien.

Het ging opnieuw allemaal verbazingwekkend snel. Om een uur
's middags had ze al een elektronisch ticket voor een vlucht naar
Prince Rupert. Ze had precies drie uur de tijd voor haar rit naar de
luchthaven.

46

Van: soneswunder@swifel.com
Verzonden: 24 september, 22:36
Aan: Sonja Werner
Onderwerp: Het verschrikkelijke einde?

Lieve Sonja,

Je hebt gelijk, het was slechts een kwestie van tijd. Ik wist van het begin af aan dat de waarheid aan het licht zou komen. Je zou hoe dan ook een beslissende aanwijzing ontdekken en je conclusies trekken. Het was onvermijdelijk.

Het krantenartikel heeft je op mijn spoor gezet, hè? Ik was het artikel al sedert mijn bezoek aan Vancouver kwijt. Ik heb het destijds aan Diane laten zien. Waarschijnlijk heb je het ergens in de logeerkamer gevonden, waar ik tijdens mijn bezoek aan Vancouver sliep.

Dat uitgerekend jij het artikel gevonden hebt, dat noem ik karma, maar jij zult het waarschijnlijk toeval noemen. Daarover waren wij het nooit eens. Dat een Zwitser, genaamd Toni Vonlanden, het watervliegtuig bestuurd heeft waarin Dianes vroegere verloofde Rudy zat, weet ik allang. Dat Toni Vonlanden jouw echtgenoot was, daarvan had ik tot voor kort geen enkel vermoeden. Jij noemt je 'Werner' en niet 'Vonlanden'. En ook op de foto in de krant sta je niet.

Geloof me, ik had er geen flauw benul van, tot een bezoekster van ons museum over Sonja Werner vertelde, Toni Vonlandens tweede echtgenote. Ze had het erover hoe moeilijk het voor Sonja Werner moest zijn om haar man en stiefzoon te verliezen. Die tentoonstelling destijds, over dodenrituelen sinds de middel-eeuwen, dat was waarschijnlijk een soort catharsis voor mevrouw

Werner geweest, aldus de bezoekster. Je had een vrije dag, en ik was blij dat je deze speculaties niet zelf hoefde aan te horen. Ik had altijd aangenomen dat jouw man bij een ongeluk in de Zwitserse Alpen was omgekomen. Je hebt er nooit over gesproken. Je was in dat opzicht altijd volledig eenkennig. Dat je geleden hebt, dat kon ik niettemin zien.

Op die bewuste dag ben ik snel naar huis gegaan om met Wilfried te praten. Rudy is de broer van Wilfried. Dat is het onderlinge verband tussen Diane, Rudy, Wilfried, ik, jij, Toni en Nicky, snap je? Rudy was het zwarte schaap van de familie. Maar dat wist ik aanvankelijk ook niet. Ik heb Rudy via Wilfried leren kennen, toen ik voor de eerste keer in Canada was. Wilfried was toen gelijk met mij op bezoek in Vancouver. Dat heb ik bijna niemand verteld. Vanwege Wilfried. Hij wilde niet meer met Rudy in verband worden gebracht. Maar nu vond hij dat jij het moest weten.

Wilfried en ik waren die bewuste avond emotioneel volledig in de war. Je moet weten, dat niet duidelijk was welke rol Toni in de hele tragedie gespeeld heeft. Niemand wist precies wat er eigenlijk in Prince Rupert gebeurd was. En dan wordt uitgerekend jij mijn medewerkster! Natuurlijk heb ik er naderhand over nagedacht of het louter toeval was. Je weet wel wat ik bedoel. Maar toen kwamen Wilfried en ik tot de slotsom dat jij niets van Rudy en Diane had kunnen weten.

De Canadese politie had de omstandigheden van de tragedie geheimgehouden. Wilfried is indertijd meermalen ondervraagd – verhoord, moet ik zeggen – met betrekking tot Rudy. Daardoor heeft hij bepaalde gevolgtrekkingen kunnen maken. Plotseling werd er gezegd dat het politieonderzoek was afgesloten, hetgeen kennelijk niet waar is.

Na het gesprek met de bezoekster in het museum was ik de mening toegedaan dat jij de waarheid moest weten. Ik hoefde jou maar aan te kijken om te weten wat er aan de hand was. Zo kan toch geen mens leven, met deze uitdrukking van pijn in de ogen. Dat moest genezen worden, anders wordt het een kankergezwel. Ik wilde niet dat je het op een dag van de politie zou horen, als het toch al te laat zou zijn.

Ik vond dat Sonja er zelf achter moest komen, beetje bij beetje, zoals ze als historicus altijd te werk gaat. Ik dacht dat ze er dan het snelst mee om zou kunnen gaan. En als het dan in het hart te veel pijn doet, heeft Sonja altijd nog haar hoofd om orde op zaken te stellen. Ik heb alles geregeld, de tentoonstelling (met dat thema wilde ik al eerder iets doen, dat moet ik toegeven, en Else Seel was echt een buitenkansje) en de logeermogelijkheid bij Diane. Ik heb een enorm risico genomen, dat geef ik heel graag toe.

Maar met mensen speel ik niet, Sonja. Jij hebt voor de reis gekozen omdat jíj het wilde. Je was ertoe bereid. En ik ben bereid met de consequenties te leven. Voel ik angst? Ja. Maar liever een einde met angst dan eindeloze angst.

Sonja, ik hoop dat je ondanks alles niet vergeet, hoe na je me aan het hart ligt.

Jouw Inge

47

Een tikje, eerst zachtjes, dan steeds heviger, tot het kletterde als tromgeroffel.

Sonja schrok wakker. Ze kneep haar ogen samen en keek omhoog. Het waren geen trommels die haar gewekt hadden. Het was regen, liever gezegd een stortregen, die het dakvenster boven haar bed te grazen nam.

Ze stopte een kussen onder haar rug en leunde tegen het hoofdeinde van het hemelbed. Ze werd overal omgeven door ruches, bloemmotieven in botergeel en roze, geborduurde wijnranken en glanzend koper.

Het was bepaald niet haar smaak, maar haar bed and breakfast was een geweldige luxe vergeleken met de jeugdherbergen.

Ze trok de gordijnen open. Het druilerige uitzicht beloofde weinig goeds. Met een diepe zucht reikte ze naar haar mobieltje op het nachtkastje. Ze had het nummer al opgeslagen.

'Greenblue Air. Goedemorgen. Wat kunnen we voor u doen?'

'Wanneer vliegt u naar Rainy River Lodge?'

'Niet eerder dan morgen, om twee uur 's middags. Retourvlucht om vier uur.'

'Is Sam de piloot op deze vlucht?'

'Nee, Sam vliegt niet eerder dan vrijdag. Dan vliegt hij ook naar Rainy River Lodge, maar om twaalf uur. Vrijdag zal het weer ook beter zijn.'

Vrijdag. Twee dagen wachten. Twee lange dagen. Maar ze had Sam nodig. Voor haar plan had ze Sam nodig.

'In orde, dan vlieg ik op vrijdag.'

'Dat is waarschijnlijk ook beter. We weten nog niet of we vandaag de lucht in gaan. Het weer is verschrikkelijk. Op welke naam kan ik u boeken?'

'Sonja Werner.'

Het ontbijt dat de eigenaresse van de bed and breakfast haar voorzette, bezorgde Sonja een uitstekend humeur. Ze verorberde pannenkoeken met bosbessencompote en slagroom, gevolgd door spiegeleieren, worstjes en gebakken aardappelen. De regen moest gecompenseerd worden. Haar volle maag maakte haar zo slaperig, dat ze opnieuw haar bed opzocht. Ze wilde de hele dag alleen maar slapen, dan zou hij sneller voorbijgaan.

Haar mobieltje wekte haar uit haar sluimering.

Een zekere Fred meldde zich. Hoe kwam hij aan haar nummer?

'Fred van de Vereniging ter Bescherming van Beren.'

Plotseling was ze klaarwakker.

'Ja, u bent aan het juiste adres. Hebt u iets kunnen ontdekken?'

'Ik kan u het een en ander aan informatie geven. Het was echter niet eenvoudig. De politiemensen met wie we gesproken hebben, waren tamelijk zwijgzaam. Vanwege de Wet bescherming persoonsgegevens.'

'Ja, ja.'

'Maar goed, we zijn het een en ander aan de weet gekomen. Het slachtoffer was een jonge vrouw, een toerist uit West-Europa.'

'Uit Zwitserland?'

'Dat wilde men niet zeggen. Deze toerist had een camper gehuurd, waarmee ze naar een meer in de buurt van Prince Rupert is gereden. Kennelijk was ze alleen.'

'Weet u ook wanneer dat was?'

'Ik weet alleen de datum van het ongeval. Dat was drie jaar geleden op 24 september.'

Sonja's hart stond stil. Het vliegtuig was op 20 september neergestort.

Fred ging verder: 'De vrouw parkeerde de camper bij het Kitsumkalum Lake. Aan het begin van de avond werd ze daar aangevallen door een beer, die in de buurt een dood hert had begraven. Ziet u, de beer heeft alleen maar zijn jachtbuit verdedigd.'

'Ja, natuurlijk,' zei Sonja automatisch.

'Het meer ligt wat afgelegen, maar gelukkig waren er vissers in de buurt. Ze hoorden het gegil van de vrouw en schoten te hulp.'

'Maar hoe heeft dan... het ongeval, hoe heeft dat zich afgespeeld?'

'We zijn er alleen achter gekomen dat de verwondingen van ernstige aard waren. De vrouw was blijkbaar in staat zich naar de camper te slepen op het moment dat de berin werd afgeleid door de terreinwagen van de vissers. In ieder geval was het dier niet meer te zien, toen de vissers bij de camper arriveerden.'

'Hoe konden ze dan weten...?'

'Die zagen bloed, overal bloed. En de wonden... De vrouw was nog bij bewustzijn. Ze was de hele tijd bij bewustzijn, ondanks de zware verwondingen aan schedel en gezicht.'

'Heeft ze het overleefd?'

'Ja, dat staat vast. De berin heeft het echter niet overleefd. De jachtopzieners hebben haar opgespoord en doodgeschoten.'

Sonja wilde dat eigenlijk helemaal niet horen. Wat ze gehoord had was al afschuwelijk genoeg.

'Weet u toevallig ook waar die vrouw zich momenteel bevindt?'

'Toen ze stabiel genoeg was, heeft men haar naar Europa gevlogen.'

'En kunt u zeggen wat haar naam is?'

'Wij kennen haar naam niet, de politie zwijgt in alle talen. Ik heb u waarschijnlijk al meer verteld dan waar ik toestemming voor heb.'

'Ik ben u heel dankbaar. Het is –'

'Ik moet u nog iets belangrijks zeggen. De berin was van nature niet agressief. Ze heeft alleen haar voedsel verdedigd. Mensen vergeten vaak dat ze zich in de wildernis bevinden. Ze dringen het territorium van deze dieren binnen. Mensen passen niet genoeg op. Deze vrouw was helemaal alleen onderweg, en dat is niet verstandig. Ze heeft ontzettend veel geluk gehad dat die vissers in de buurt waren. Ze had –'

'Ja, ik begrijp wat u bedoelt.'

'Er is altijd een reden waarom zoiets gebeurt.'

'Ja, er is altijd een reden, dat ben ik met u eens. De berin kon er niets aan doen, en die vrouw ook niet. Heel veel dank voor uw moeite.'

Ze ging de badkamer in en kletste koud water in haar gezicht. Een toeriste uit West-Europa. Dat kon iedereen zijn. Er trokken jaarlijks duizenden toeristen door British Columbia. Na alles wat er gebeurd was, zou Odette er nooit met een camper op uit trekken. Waarom zou ze? Een beetje vakantie vieren na Toni's dood? Onmogelijk. Odette bij een afgelegen meer – wat een flauwekul!

Maar waarom dan die anonieme e-mail met de verwijzing naar de berenorganisatie? Wie zat daar nu achter? Ze pakte een badhanddoek en begon haar gezicht af te drogen. Plotseling bevroor ze haar beweging. Natuurlijk! Ze had maar met één persoon uitvoerig over de Zwitserse patiënte gesproken: met Kathrin, de verpleegkundige. *Soms gaat er plotseling een deur open, geloof me.* Dat waren Kathrins woorden bij het afscheid. Ze had voor Sonja een deur geopend zonder haar beroepsgeheim geweld aan te doen.

Ze hield het in haar gebloemde kamer niet meer uit. Enkele minuten later zocht ze in waterdichte regenkleding door kletterende regenbuien haar weg naar het centrum van Prince Rupert. De wind verboog de steel van haar paraplu nog voor ze de bibliotheek bereikt had.

Drijfnat stond ze bij de ontvangstbalie. De jonge bibliothecaresse die bij haar eerste bezoek zo behulpzaam was geweest kwam naar haar toe. Ze herkende Sonja meteen.

'Ah, u bent er weer!' riep ze. 'Gaat het goed met uw onderzoek?'

'Ja, dank u wel,' zei Sonja. Vanaf haar jas liepen kleine straaltjes op de grond.

Opeens vielen haar de schellen van de ogen. Natuurlijk, dat was zíj natuurlijk. Zij was de afzender van het sms'je dat ze op de terugweg naar Vancouver had ontvangen.

'VGH staat voor Vancouver General Hospital, hè?' fluisterde ze, zodat niemand het kon horen.

De jonge vrouw werd rood. 'Ja, dat klopt.'

'De vrouw die daar voor opname is binnengebracht, kwam die uit Zwitserland?'

'Heel goed mogelijk,' zei de bibliothecaresse. 'Maar dat weet u niet van mij. Afgesproken?'

'Geen probleem. Mijn lippen zijn verzegeld.'

Dus was het misschien toch Odette. Maar hoe was Odette bij een eenzaam meer verzeild geraakt? Had ze wellicht niet van het vliegtuigongeluk geweten? Had men het voor haar verzwegen?

Sonja had haar natte jas aan de kapstok bij de ontvangstbalie opgehangen en wierp een blik op de kranten die er ter inzage lagen.

Haar aandacht werd getrokken door een grote foto op de voorkant. Een zwart maanlandschap met daarop een glanzende ijsberg. Ze vouwde de krant open en las het onderschrift: *Boorkern met een diamant van 2 karaat.* Daarna nam ze snel het bericht door.

SENSATIONELE VONDST IN HET NOORDPOOLGEBIED

Yellowknife – Diane Kesowsky, geoloog en president van Thunderrock Inc., geloofde haar ogen niet, toen zij in haar kamp een boorkern nauwkeuriger bekeek. Op het afgebrokkelde oppervlak zat een fonkelende diamant! Een zichtbare diamant in een boorkern is net zo zeldzaam als een zwarte ijsbeer. Daarbij gaat het ook nog eens om een diamant van 2 karaat, en dat is zo ongeveer een wonder. 'We hebben direct de sloten van de loods met de bodemmonsters en van de keet met de computers vervangen,' zegt Kesowsky. 'Daarna hebben we de telefoonlijnen afgesneden.' De gelukkige geologe bracht de boorkern persoonlijk nog diezelfde dag naar Vancouver, goed verpakt in haar rugzak. Thans heeft ze een contract binnen voor de exploitatie van een mijn in de toendra, op driehonderd kilometer afstand van Yellowknife. De ontginning van deze mijn is in handen van het grootste mijnbouwconcern ter wereld. Kesowsky is op weg multimiljonaire te worden. Ze wil echter haar toekomstige inkomsten gebruiken voor verder onderzoek naar het vóórkomen van diamanten in Canada. 'Ik ben ervan overtuigd dat er nog veel meer in de bodem zit,' zegt de stralende schatgraafster.

Sonja liet de krant zakken. Ze had Diane een sensationele dienst bewezen! De boorkern die door haar toedoen op de grond kapot was gevallen, was precies op de plek gebroken waar de diamant zat. Diane moest direct herkend hebben wat ze in haar handen hield. En ze moest er ook absoluut zeker van zijn dat Sonja haar medewerkers in de keuken van het kamp er niets van zou vertellen. Hoe wist ze deze zekerheid veilig te stellen? *Wij geven beiden nooit op*, had ze in het kamp tegen haar gezegd. Misschien was dat haar heimelijke ruilhandel: Diane zou Sonja's onderzoekingen in Canada niet in de weg staan en – nog belangrijker – ze zou er niets over tegen de politie vertellen. Ze wist dat Sonja dit onuitgesproken pact niet in gevaar zou brengen. Wat een briljante vrouw.

Sonja ging achter de computer zitten en tikte 'rainy river lodge' als zoekterm in. Ze haalde haar notitieboek tevoorschijn en begon te schrijven.

Een drijvend hotel aan de kust ten zuiden van Prince Rupert. In rustieke blokhutstijl. Een vissersparadijs. Foto's van gasten met reusachtige vissen die ze als baby's in de armen dragen of aan een weegschaal laten bungelen. Zalm, heilbot, lingcod, red snapper. Prijzig. Vervoer en overnachting 1000 dollar. Een week vissen met gids en boot, alles inbegrepen, 6500 dollar.

Waar zou Toni het geld voor een dergelijke luxe vandaan gehaald hebben? Alleen al de reis moest hem een kapitaal gekost hebben. Hij had tegen haar gezegd dat het eigenlijk zijn budget te boven ging, 'maar misschien is het mijn laatste reis met Nicky samen'.

Mijn laatste reis met Nicky.

Hij had toch niet... Nee, absoluut niet. Ze liet de gedachte onmiddellijk varen. Dat was onmogelijk.

Ze stond op, trok haar jas aan en nam afscheid van de hulpvaardige informante bij de ingang van de biliotheek.

Bij de supermarkt kocht ze een sneldrogende lijm: Crazy Glue. Aan de tafel op haar verwarmde kamer plakte ze zorgvuldig de scherven met de letters aan elkaar. Eindelijk, dacht ze, toen ze klaar was. Eindelijk was het zover.

48

Vroeg in de morgen werd ze wakker van haar mobiele telefoon.

Haar stem was hees. 'Hallo?'

'Sonja? Met Sam. Wil jij naar Rainy River Lodge vliegen?'

'Wat? Sam? Hoe... Ik...'

Sonja had eindelijk het lichtknopje gevonden. Het duurde echter nog een aantal seconden voor ze de tijd op de wekker kon ontcijferen. Bijna zes uur!

'Vandaag? Ik dacht... Men heeft mij verteld... dat het weer...'

'Het weer ziet er vandaag goed uit. Ik heb tijd, ik breng je er heen. Om negen uur!'

'Wacht even, wacht even. Ik heb voor vrijdag een vlucht geboekt. Waarom –'

'Je vliegt privé met mij. De vlucht is betaald. Wees nou maar blij. Tot zo.'

'Sam –'

De verbinding werd verbroken.

Ze bevond zich reeds met Sam in de lucht, toen ze de rest van de geschiedenis hoorde. Eerst vertelde hij tot in detail waarom hij wist dat het weer op deze dag, die eigenlijk zijn vrije dag was, beter zou zijn dan iedereen voorspeld had. Vervolgens deed hij omstandig uit de doeken hoe Greenblue Air hem had laten weten dat een zekere Sonja Werner naar hem geïnformeerd had.

'Wij piloten willen altijd weten wie onze fans zijn,' zei hij zichtbaar tevreden.

'Sam, klets maar een eind raak, maar nu wil ik graag weten wie deze vlucht betaald heeft.'

Hij werd plotseling serieus.

'Sonja maak het me nu niet moeilijk, het gaat mij eigenlijk helemaal niets aan.'

'Sam, heb jij Robert gebeld?'

'Oké, ja, dat heb ik.'

'Waarom heb je dat gedaan?'

Hij aarzelde even. 'Ik dacht dat het hem zou interesseren.'

'Dat hem wát zou interesseren?'

'Hij was immers zo begaan met je veiligheid.'

'Sam dat is toch bespottelijk. Ik heb geen oppasser nodig!'

'Wind je niet zo op. Bob en ik zijn maten, hij zou hetzelfde voor mij doen.'

'Wat zou hij doen?'

'Nou ja, gewoon… nieuwtjes uitwisselen.'

'Nieuwtjes uitwisselen!' Ze spoog de woorden uit als rotte kersen. 'Heeft hij de vlucht betaald?'

'Nee, Robert niet.'

'Heeft het bedrijf betaald?' Ze doelde op Greenblue Air, als coulant gebaar naar een treurende weduwe.

'Ja, het was een bedrijf, maar meer mag ik er niet over zeggen.'

'Een bedrijf?' Sonja dacht snel na. 'Dat moet dan wel Thunderrock zijn, hè?'

'Zie je die lodge daarbeneden? Ik zet nu de landing in.'

Diane dus. Maar hoe wist Diane dat ze wilde vliegen? Ze kon onmogelijk Sonja's plannen kennen.

Toen schoot haar te binnen, dat het Diane was geweest die haar van Rainy River Lodge verteld had. Had ze een vermoeden dat Sonja deze lodge op wilde zoeken?

De Beaver zweefde in een elegante bocht tussen dichte wouden door en gleed in een perfecte halve cirkel over het water. Er doemde een groot gebouw van twee verdiepingen in blokhutstijl op. Het had een spits puntdak en grote ramen. Het dreef inderdaad op het water, zoals zij op internet had gelezen.

Sam meerde aan en hielp haar bij het uitstappen. Een groepje mannen in praktische viskleding stapte net in een boot. Sam begeleidde Sonja naar de Lodge en hield een glazen deur voor haar open, die toegang gaf tot een nagenoeg lege bar met donkere tafels en rookglazen spiegels. Het kon niet anders dan dat de hengelsporters de onverwachte weersverbetering aangrepen om een recordvis aan de haak te slaan. Sam gaf haar een teken.

'Ik wacht hier.'

Ze keek hem vragend aan. Hij grijnsde.

'Geen angst, ik drink niet in diensttijd, maar ik ken iemand...' Hij gaf haar een knipoog.

Sonja liep langs de bar en passeerde een vrouw met opgestoken haar die glazen inruimde.

Via een slecht verlichte gang kwam ze bij de receptie terecht. Aan de wanden hingen ingelijste foto's. Toen ze naderbij kwam, zag ze geen hengelaars en vissen, maar bergen en alpinisten. Dik ingepakte personen met witte lippen en zwarte sneeuwbrillen, poserend op hellingen en toppen.

Ze probeerde erachter te komen uit welk land deze foto's afkomstig waren. Ze kwamen haar bekend voor. Toni had vroeger het trappenhuis van zijn kantoor in een heuse fotogalerij veranderd. Alle opnamen waren voorzien van plaats, datum en naam. Op die manier had Toni de hoogtepunten van zijn leven gedocumenteerd. Sonja was echter op geen enkele foto te zien geweest.

'Dat was in het Mont Blanc-massief. Kent u dat?'

Ze draaide zich geschrokken om. Een gespierde, rijzige man stond achter de desk en keek haar recht in de ogen. Hij was waarschijnlijk midden veertig. Ze vermoedde dat hij een van de bergbeklimmers op de foto's was, hoewel ze zijn gezicht nog niet herkend had.

'Ja, dat ken ik,' zei ze, 'ik ben daar zelf niet geweest, maar mijn man heeft ze vaak beklommen.'

'Is uw man bergbeklimmer?'

'Hij was bergbeklimmer. Hij is gestorven.'

De man kwam dichterbij.

'Ik ben Carl Stephen, de manager van deze lodge. Het spijt me van uw man. De bergen zijn een fascinerende, maar ook gevaarlijke passie.'

'Hij is niet in de bergen omgekomen, als u dat bedoelt. Drie jaar geleden is hij hier omgekomen.'

Hij deed een stap terug. 'Híér? Wat is er dan gebeurd?'

'Was u drie jaar geleden ook de manager van deze lodge?'

'Ja, maar –'

'Kan ik onder vier ogen met u praten?'

De manager aarzelde geen moment. 'Maar natuurlijk, ik zal meteen mijn assistente roepen.'

Hij verdween heel even en bracht haar dan naar een kleine kamer met een open haard waarin een houtvuur flakkerde.

'Hier worden we hopelijk niet gestoord.'

Ze namen op de glanzende, leren banken plaats.

Ze wilde net van wal steken, toen de manager zei: 'Uw man was Zwitser, hè?'

Sonja knikte verbaasd. 'U herinnert zich hem!'

'Ja, nog heel goed zelfs. We hebben het met elkaar over bergtochten gehad. Ik heb vroeger een aantal jaren in Frankrijk gezeten. Ik heb in hotels gewerkt, maar ben ook berggids geweest.' Hij keek haar begripvol aan. 'U bent zijn vrouw?'

'Ja, ik ben hier naartoe gekomen om... om te zien wat er gebeurd is.'

'Hij heeft over u gesproken, dat kan ik me nog herinneren. Hij heeft me ook verteld dat u honden wilde fokken. Hij wilde u daarbij helpen. Hij vertelde dat hij met de riskante tochten en beklimmingen gestopt was omdat hij meer tijd met u wilde doorbrengen, en met zijn zoon.'

'Heeft hij dat tegen u gezegd?' Ze keek hem onderzoekend aan. Vond hij het niet eigenaardig dat zij er niet bij was op Toni's reis?

'Ja, ik was het helemaal met hem eens. Mijn gezin komt tegenwoordig ook op de eerste plaats.'

'Weet u waarom mijn man hier naartoe is gekomen? Voor vissen heeft hij namelijk nooit belangstelling gehad.'

'Ik geloof dat hij hier met een kennis was. Ja, zo was het. Uw man wilde eigenlijk langer blijven, maar zijn kennis moest dringend naar Vancouver terug. Daarom zijn ze zo snel in het vliegtuig gestapt, terwijl het weer er heel ongunstig uitzag.'

Sonja boog zich naar voren. 'Had iemand hem niet kunnen waarschuwen? Mijn man was niet op de hoogte van de weersomstandigheden hier.'

De manager vouwde zijn armen over elkaar. 'We hebben daar ook over gesproken. Het zag er niet goed uit, en ik heb tegen uw man gezegd dat hij Sam moest raadplegen. Sam is een ervaren piloot, die had hem kunnen adviseren.'

Hoorde ze dat goed? 'Was Sam hier, toen mijn man is opgestegen?'

'Ja, hij moest gasten ophalen, maar Sam is niet opgestegen. We zijn ons in deze lodge heel goed bewust van de risico's. We willen geen rechtszaken.'

'U zegt dus, dat Sam vanwege het slechte weer niet is vertrokken, maar mijn man...'

'Ja, hij kwam na het gesprek met Sam terug en zei dat hij vond dat het weer geen probleem zou zijn.'

'Dat is wel heel merkwaardig.' Ze staarde in het vuur en probeerde haar gedachten te ordenen. Wat betekende dit allemaal?

De manager schraapte zijn keel. 'Ik meen me te herinneren...'

'Ja?'

'Uw zoon, het beviel hem hier niet. Hij verveelde zich. Misschien heeft uw man om die reden besloten...'

'Ik begrijp het.' Ze stond op en keek door het raam. In de baai lag een grote vissersboot voor anker. Nicky had zich beslist niet vermaakt met het doden van vis.

De manager was ook opgestaan.

'Deze lodge komt niet voor op de creditcardafrekening van mijn man. Heeft hij niet met zijn creditcard betaald?'

'De rekening is door die kennis betaald. Dat kan ik me nog herinneren.'

Sonja draaide zich om. 'Wie was die kennis?'

'Dat kan ik u helaas niet zeggen. Wet persoonsbescherming, begrijpt u wel?'

'Kende u de vierde persoon in het vliegtuig?'

De manager haalde een zakdoek tevoorschijn en snoot zijn neus.

'Hebt u bij de politie geïnformeerd?'

'Nee,' zei Sonja snel. 'Die hebben geen informatie vrijgegeven.'

'Dat verwondert me niet.'

Sonja registreerde een scherpe ondertoon in zijn stem.

'Dat komt u waarschijnlijk alleen maar goed van pas. Ze willen natuurlijk het toerisme in deze streek beschermen.'

Hij schudde zijn hoofd. 'Die willen helemaal niet het toerisme beschermen, wat denkt u wel. Als die iets willen beschermen, dan is het de politie zelf. Daar kunt u vergif op innemen.'

Hij deed een stap naar de deur.

'U moet mij verontschuldigen, maar ik moet mij om mijn gasten bekommeren. Ik hoop dat ik u toch enige helderheid heb kunnen verschaffen. Als u nog langer blijft, sta ik later gaarne opnieuw tot uw beschikking.'

Sonja keek op haar horloge.

'Mijn piloot wacht op mij. Hartelijk dank voor de tijd die u voor mij heeft vrijgemaakt.'

Ze weerstond de aandrang hem te zeggen dat de zaak haar helemaal niet duidelijker of logischer toescheen dan vóór het gesprek.

Ze vond Sam aan de bar. Ze wachtte discreet voor de glazen deur tot hij afscheid had genomen van de vrouw achter de bar.

'Ik wilde niet storen,' zei ze, toen ze over de aanlegsteiger liepen.

Nog geen spoor van regen, hoewel de lucht koud en vochtig aanvoelde.

'Ze is verloofd,' zei Sam, 'helaas niet met mij.'

Sonja dacht aan Robert en voelde een lichte steek in de hartstreek. Dat kwam er nu van. Ze moest zich beter in acht nemen.

Sam bleef voor de Beaver staan.

'Waar gaat de reis naartoe?'

Ze zei het hem zonder omhaal.

Hij had vragen kunnen stellen, het hoofd kunnen schudden of een uitvlucht kunnen bedenken. Hij had ook simpelweg kunnen weigeren.

Maar Sam deed niets van dat alles. Hij keek haar zwijgend aan en zei toen: 'Geen probleem.'

49

Tijdens de vlucht sprak ze nauwelijks. Wat had ze hem ook kunnen zeggen. Ze was te gespannen, te veel met haar gevoelens bezig. De kleine roze pillen konden haar niet helpen. Ze lagen in haar koffer in Vancouver.

Ik moet er doorheen, hield ze zichzelf telkens voor. Ik moet er doorheen.

Het gele watervliegtuig lichtte al van verre op tegen de achtergrond van de groene zee. Haar hart ging als een razende tekeer. Wat, als ze het bij het verkeerde eind had? Wat als alles vergeefs was geweest?

'We zijn er.' Sams stem via de koptelefoon.

Ze knikte, niet in staat om te spreken.

De Beaver maakte een zachte landing en gleed rustig op de oever af. Sonja gluurde door het raam. Geen mens te zien.

'Hij is thuis,' zei Sam. Met zijn hoofd wees hij op twee honden die met grote sprongen op de oever afkwamen. Nu, zonder koptelefoon, hoorde Sonja ze ook blaffen. Op de steiger liet ze Sam voorgaan. Ze volgde hem met slappe knieën. Ze hoorde hoe een mannenstem de honden bevelen toeschreeuwde. Het geblaf verstomde. Omdat Sams rug haar het uitzicht ontnam, zag ze de man pas toen hij op een paar passen voor haar stond.

Sam begroette hem en haalde de honden aan, die tegen hem opsprongen.

'Dit is Sonja,' zei hij met een knikje in haar richting.

'Hallo,' zei de man. 'Ik ben George.'

Uitgerekend George.

Hij was groot en zwaargebouwd, met handen als kolenschoppen. Hij leek Scandinavische trekken te hebben. Waarschijnlijk was hij een afstammeling van de Noren van Oona River. Ze kon niet zeggen of hij nu veertig of vijftig jaar oud was. Zijn gezicht was gegroefd, maar hij bewoog zich als een jonge kerel.

George keek haar nieuwsgierig aan, maar liep niet naar haar toe om haar de hand te schudden. Door de honden werd ze van alle kanten besnuffeld.

'Heb je iets voor me meegebracht?'

Zijn vraag was aan Sam gericht, maar zijn ogen schoten tussen hen heen en weer.

'We zijn –' begon Sam.

Sonja viel hem in de rede. 'Ik heb iets meegebracht.'

Ze stak haar hand in haar rugzak en haalde een koffiekopje tevoorschijn.

'Ik heb dit kopje gebroken, toen wij hier schuilden voor het noodweer. Ik heb de scherven meegenomen en ze gelijmd.'

Als George al verbaasd was, dan toonde hij dat niet. Hij nam het kopje zwijgend aan en bekeek het. Sam wierp haar een vragende blik toe. Ze staarde naar Georges kolossale handen.

'Waarom breng je het niet zelf naar de keuken?' vroeg George terwijl hij haar het kopje teruggaf. 'Sam, kun jij me helpen de draaibank in de Cessna te laden?'

De honden wilden haar naar het huis volgen, maar George floot ze terug. De deur stond open. Sonja drukte hem achter zich dicht. De treden van de trap die naar de bovenverdieping voerde, kraakten. De keuken maakte een lichtere indruk dan bij de eerste keer – misschien wel omdat er licht brandde. Op de tafel stonden een bord en een glas van een zo-even beëindigde maaltijd. In de haard smeulde een vuurtje. Door het keukenraam zag ze de mannen naar de schuur lopen. Ze betrad de woonkamer en liep over de houten vloer waarop het kopje in scherven was gevallen, hetzelfde kopje dat ze nu in haar hand hield.

Met de andere hand bewoog ze de kruk van de deur naar de aangrenzende kamer. Waar zou die zwarte kat zijn? De deur ging open, waardoor er vrij zicht was op een tafel bij een raam. Sonja stapte de kamer binnen. Ze zag verftubes en penselen en een pas opgezet schilderwerk, dat nog slechts bestond uit enige schetsmatige strepen. Het rook naar olie en terpentijn.

Aan beide zijden van de kamer waren deuren. Sonja liep op de linker af. Toen ze hem opende, wist ze instinctief dat het de juiste was. Eerst zag ze slechts donkerte en contouren. Het licht werd door rolluiken buitengehouden. Ze stopte even en probeerde zich te oriënteren. Haar ogen moesten wennen aan de duisternis. Langzaam begon ze meer te zien.

Ze herkende de rugleuning van een stoel. Een hoofd. Schouderlang, losjes vallend haar. Gebogen vingertoppen als vertrapt gras.

'Odette?' ze fluisterde bijna.

De gestalte richtte zich langzaam op. Toen klonk haar stem.

'Ik wist dat je me zou vinden.'

Sonja's hart sloeg over. Haar benen trilden. Ze volgde de bewegingen van de gestalte die een rolluik omhoogtrok. Haar donkere haar glansde in het licht dat nu naar binnen drong.

Ze draaide zich om.

Nu zag Sonja het haarscherp. Een gezicht dat eigenlijk geen gezicht meer was. Twee ogen, eigenaardig ten opzichte van elkaar geplaatst, vervormde trekken. Er was eigenlijk geen sprake van een neus. De mond bestond uit twee helften, een normale en… niets, daar ontbraken de lippen, geen aanhechting met de wangen. Slechts een deuk.

Het gezicht vertrok zich tot een bizarre grimas.

'Is dít je reis waard geweest?'

De wanhoop en de pijn die in deze stem doorklonken, haalde Sonja direct weer uit haar shock. Ze zette het kopje op een tafeltje neer en zei wat haar op dat moment inviel.

'Zal ik meer licht maken, zodat ik je beter kan zien? Het is zo lang geleden, weet je.'

Ze was plotseling rustig. Ze moest kalm zijn, anders zouden ze beiden instorten.

Ze deed het licht aan. Daarna liep ze om Odette heen, die nog steeds op dezelfde plaats stond, en ze keek haar aan. Ze bestudeerde haar gezicht, het onbeschadigde voorhoofd, de bekende welving van een van haar wenkbrauwen, de hazelnootbruine iris, de iets naar boven doorlopende rechtermondhoek.

Het was Odette.

Ze voelde dat Odette haar ook nauwkeurig bekeek. Sonja deed een stap achteruit.

'Ik heb het gezien. Kunnen we nu met elkaar praten?'

Ze ging zitten op de slaapbank die tegen de muur stond. Als antwoord draaide Odette haar stoel naar haar toe. Ze trok haar benen omhoog en leunde achterover tegen het rugkussen.

'Ik weet dat het een berin was,' zei Sonja. 'Ik heb het gehoord.'

'Ik kan ermee leven. Ik heb deze straf verdiend.' Odettes stem klonk alsof er een slechte microfoon gebruikt werd.

'Wat is er gebeurd?'

'Ik zag alleen maar een schaduw, en toen had die berin me al te pakken. Ik hoorde hoe haar tanden zich in mijn schedel boorden. Ik voelde geen pijn – niet op dat moment.'

'Wat heb je gedaan?'

'Ik heb geschreeuwd. Geschreeuwd heb ik. Ze hebben me gehoord... en de berin verjaagd.'

'Dat waren de vissers, hè?'

Odettes gelaatstrekken veranderden op een eigenaardige manier.

'Hebben ze je dat verteld? Dat ze mijn leven gered hebben? Ik wilde helemaal niet meer leven. En naderhand wilde ik zeker dood.'

Haar haar was nog steeds zo vol en mooi als vroeger. Dat was er bij het ongeval ongeschonden van afgekomen.

'Odette,' hoorde ze zichzelf als kwam het van heel ver weg zeggen, 'men kan tegenwoordig ontzettend veel met plastische chirurgie, er is –'

'Sonja, wat je ziet, is het resultaat van elf operaties; élf operaties hebben niet meer dan dít opgeleverd!' Ze bracht haar gespreide hand naar haar gezicht, alsof ze haar neus plat wilde slaan.

'Ik heb maandenlang in het ziekenhuis gelegen. Ze hebben spieren van de benen en huid van de armen genomen. En dat hebben ze allemaal voor mijn gezicht gebruikt. De operatiewonden zijn steeds weer gaan ontsteken. Ik heb honderdduizend pillen geslikt. Ik wil nu alleen maar rust. Geen operatie meer, maar rust.'

'Je was in Zwitserland?'

'Ja, alleen mijn ouders wisten ervan. Ik wilde niet... ik wilde niet dat iemand mij zo zag.'

'En nu verstop je je hier?'

'George is een goede man. Hij is goed voor mij.'

'Verstop je je ook voor mij?'

Odette trok haar benen nog dichter tegen haar lichaam aan.

'Toni heeft het jou verteld, hè?'

'Nee, hij heeft mij niets verteld, hij...'

Ze kon het niet zeggen, alsof haar keel werd afgeklemd. Plotseling liepen de tranen haar over de wangen. Ze wreef ze met haar handen weg, maar ze bleven komen, het leek wel een dambreuk.

'Heb je de brief gevonden?' fluisterde Odette.

Sonja knikte en sloeg de handen voor het gezicht. Ze had niet willen huilen, maar nu kon ze er niks tegen doen.

Na een poosje trok ze een zakdoek uit haar jack. Ze snoot haar neus en droogde haar tranen.

Toen ze weer enigszins uit haar ogen kon kijken, zag ze dat Odette haar strak aankeek. Ze kon niet zeggen wat ze in die blik las. Ze moest eerst nog aan die ogen wennen.

Ze hoorde ontsteltenis in Odettes stem.

'Ik heb er zo'n spijt van, Sonja, zo oneindig veel spijt...'

Ze zwegen beiden. Af en toe moest Sonja even naar lucht happen. Het klonk als snikken.

Odette nam het woord weer. 'Toni heeft mij er niet mee geconfronteerd. Hij is gewoonweg met Nicky op reis gegaan. Hij wilde afstand tussen ons creëren.'

Sonja begreep het niet. 'Toni wilde afstand creëren? Bedoel je, dat hij de... de affaire wilde beëindigen?'

'Natuurlijk. Hij wilde dat het nooit zover was gekomen.'

'Hij is dus naar Canada gereisd, om...' Sonja kon de zin niet afmaken.

'Hij is gewoon weggevlucht. Hij had met mij kunnen praten, maar hij is met Nicky op reis gegaan. Hij dacht waarschijnlijk dat het ons tot bezinning zou brengen. Maar toen Nicky het mij vertelde, raakte ik in paniek. Ik was bang hem te verliezen. Daarom ben ik hem achterna gereisd.'

Sonja kon het niet helemaal volgen. 'Heeft Nicky het je dan verteld? Heb je hem dan ontmoet?'

'We hebben elkaar in het geheim ontmoet, het kon niet anders. Niemand wist ervan, tot... Nicky ging er onmiddellijk mee akkoord dat ik hen achterna zou reizen. Hij vond het goed.'

'Wat vond Nicky ervan dat Toni en jij –'

'Zoals ik al gezegd heb, vond er geen confrontatie plaats tussen

Toni en mij. Hij heeft mij niet ter verantwoording geroepen. Hij is gewoon weggevlucht.'

Sonja verloor haar geduld.

'Maar hoe kwam je erbij Nicky erin te betrekken? Hij was pas zeventien jaar oud!'

'Toen alles begon was hij pas vijftien. Wat moet ik je zeggen, Sonja? Ik weet dat het verkeerd was, maar ik werd verliefd. Ik werd halsoverkop verliefd. Het was een aardbeving. Het was sterker dan mij. En bij Nicky ging het net zo.'

Sonja staarde Odette aan.

'Hoe… Waarom ging het bij Nicky net zo?'

'Nicky was verliefd op mij, hij hield van me. Hij wilde met mij samen zijn.'

In Sonja's hersenen groeide langzaam een donker vermoeden, een zo overweldigende gedachte, zo bedreigend, dat ze hem met alle geweld wilde verdrijven.

'Nicky? Ik begrijp het niet… Nicky heeft… Maar Toni, je was toch… Jij en Toni, jullie hebben toch… een affaire gehad!'

Het was doodstil. Ze keken elkaar aan. Odette liet haar benen langzaam op de vloer zakken. 'Toni en ik? Een affaire? Nee, Sonja, natuurlijk niet. Hoe kom je daarbij? Wat denk je wel?'

'Maar de brief… jouw brief. Jij hebt Toni toch liefdesbrieven geschreven!'

'Nee, niet aan Toni. Ik heb die brief aan Nicky geschreven. Maar Toni heeft hem gevonden en meegenomen. Hij heeft hem gewoonweg van Nicky gestolen.'

Sonja stond abrupt op.

'Odette, zeg me de waarheid. Dat ben je mij schuldig. Ik heb de brief gezien. *Lieve Tonio.* Ik heb het met eigen ogen gezien. Er stond Tonio op.'

Stilte.

Toen klonk Odettes gekwelde stem. 'Tonio was mijn koosnaampje voor Nicky. Je weet toch dat hij een hekel had aan zijn naam. Hij vond hem… gewoon niet goed. Hij wilde Tonio genoemd worden. Het was immers zijn tweede voornaam.'

Sonja liet zich achterover op de bank vallen.

'Tonio was Nicky's tweede voornaam?'

'Ja. Nicky heet Niklaus Tonio Vonlanden. Dat moet je toch weten. Dat weet je toch…'

Sonja zat als verlamd op de bank. Haar gedachten leken elkaar wel achterna te jagen en in de staart te willen bijten.

'Nee. Dat wist ik niet, ik… ik…'

Ze kon niet meer spreken.

Nicky en Odette.

Het mapje met de foto's. *Voor Odette*. Nicky's foto's.

Niet Toni. Nicky.

'Je hebt toch niet gedacht…' hoorde ze Odette als door een houten wand zeggen. 'Sonja, je hebt toch niet gedacht, dat Toni en ik…'

Sonja antwoordde niet. Ze was niet in staat om zelfs maar haar lippen te bewegen.

'O, mijn god, Sonja, dat is… dat is, ja… o, mijn god…'

50

Gedempt hondengeblaf. Mannenstemmen. Geroep.

Dan weer stilte.

Er klonk een krassend geluid. Als door een onzichtbare hand werd de deur opengeduwd. Er bewoog iets in de kamer. De zwarte kat liep met de staart omhoog op Sonja af en rook even. Hij draaide zijn kop en miauwde zonder geluid te maken. Vervolgens sprong hij in één keer bij Odette op schoot.

Sonja verbrak haar zwijgen. *Praten, praten, zodat ik niet aan het onvoorstelbare moet denken. Gewoon praten.*

'Het is de schuld van de kat. Ik dacht, iemand moet toch de deur voor haar geopend hebben. Dat moet toch iemand geweest zijn. En later... de scherven. De umlaut viel mij het eerst op. In Canada bestaat toch geen Ü. Toen zag ik dat het Duitse woorden waren: *Kühe*. En toen ben ik gaan nadenken.'

Over het andere kon ze niets zeggen.

Odette aaide over de rug van de kat, langzaam. Ze zocht beschutting in de aanraking.

'Ik wilde je niet zien, Sonja. Ik dacht dat ik dat niet zou kunnen. Ik zou het niet uithouden. Jij zou het mij nooit vergeven... vanwege Nicky. En dan ook nog met dit gezicht... Mijn ouders wisten dat je naar Canada zou reizen.'

'Wisten ze dat? Van wie?'

'Van Inge. Tenminste, indirect van Inge. Zij heeft jullie tentoonstellingsproject voorgelegd aan de Commissie van Cultuur. Daar stond het in, in het verzoekschrift. Inge wilde immers geld voor het project. En ook voor de reis. Die maakte er deel van uit. Mijn tante zit in de Commissie van Cultuur. Zo eenvoudig is het.'

'Jouw tante heeft jou voor mij gewaarschuwd?'

'Ze heeft het mijn ouders verteld. Ik wist meteen dat je me zou gaan zoeken. Jij zou me willen spreken vanwege Nicky. Jij bent anders dan

Toni. Jij schuwt de confrontatie niet. Jij moest altijd al de conflicten voor hem beslechten.'

'Jij gaf... Jij hebt niet zo veel om Toni gegeven?'

'In dat opzicht niet. Hoe kon je toch denken...?'

Sonja zweeg. Binnen in haar was te veel beroering.. Alles wat ze de afgelopen drie jaar geloofd, gevreesd en bestreden had, was vanbinnen ingestort. Weer scherven.

Het luide gespin van de kat detoneerde met het menselijke drama in de kamer. Zo luid had Sonja een kat nog nooit horen spinnen.

Odette verhief haar stem om de kat te overstemmen. 'Ik wilde jou uit mijn leven verbannen. Ik kon de waarheid niet verdragen.'

Ineens ontsnapte haar een eigenaardige uitroep. Misschien barstte ze wel in lachen uit, maar het klonk als een schreeuw. 'Ik kon letterlijk mijn gezicht niet meer zien. En jou ook niet. Daarom heb ik kennissen van ons erop uitgestuurd: Gerti en Helmut.'

'Gerti en Helmut! Jij kent Gerti en Helmut?'

Odette zweeg.

'Je hebt ze toch niet achter mij aan gestuurd?'

'Ja. Ik wilde weten wat je van plan was en waar je naartoe ging. Ik ken je toch, Sonja, je bent een onverbeterlijke speurneus. Je bent niet toevallig historica geworden. Het was slechts een kwestie van tijd dat je mij op het spoor zou komen.'

'Het was zuiver toeval, Odette. We moesten hier een noodlanding maken.'

'Dat was misschien toeval, maar op een dag zou iemand je verteld hebben van een verminkte Zwitserse vrouw die af en toe naar Kitkatla vliegt om aan indiaanse reinigingsceremoniën deel te nemen.'

'Wel, niemand heeft me daar iets van verteld en ik ben toch écht in Kitkatla geweest. Ze hebben allemaal gezwegen.'

'De mensen in Kitkatla schrikken niet van mij. Ze zeggen dat ik over berenkrachten beschik. Ze zeggen dat de berin mij haar kracht en moed heeft gegeven. Maar ik voel me niet moedig, Sonja. Dit gezicht is mijn straf.'

Sonja schudde haar hoofd. Zo veel raadsels. Zo veel vragen.

'Waarom Nicky? Waarom van alle mannen juist Nicky? Jij had altijd zo veel bewonderaars onder de bergbeklimmers.'

'Dat heb ik me ook vaak afgevraagd. Zo vaak. Ik heb het niet opgezocht, Sonja. Ik voelde me in zijn aanwezigheid gewoon lekker. Ik kon weer jong zijn met hem.'

'Je bent toch jong, Odette. Nog steeds.'

'Maar ik kon vroeger niet echt een kind zijn. En ook geen tiener. Ik heb me nooit vrij en zorgeloos gevoeld. Ik moest altijd presteren. Ik moest altijd beter zijn dan de rest. Wilskracht tonen, zei mijn vader altijd. Niet opgeven. Tanden op elkaar. Een doel voor ogen hebben. De top bereiken. En daarna nog een en nog een. Steeds maar hoger reiken. Heb ik ooit geleerd te spelen of een doelloos bestaan te leiden, van dag tot dag te leven of kattenkwaad uit te halen? Nooit.'

Odettes stem verraadde geen emotie, maar bleef toonloos, onbewogen. Het spreken scheen haar veel kracht te kosten.

Voor de eerste keer vroeg Sonja zich af of Odette veel pijn had. Fysieke pijn. Maar ze wilde daar nog niet over beginnen. Ze wilde meer over Odettes noodlottige liefde weten.

'Ik had al eerder gemerkt dat Nicky jou wel mocht, maar ik had niet gedacht...'

'Ik ook niet. Maar het gebeurde voordat ik er erg in had. En Nicky... hij was voor mij zo onweerstaanbaar. Hij was zo onschuldig, hij droeg geen verleden met zich mee, hij was geen opschepper, geen praalhans, hij hoefde zich niet te bewijzen. Hij was gewoon... Nicky. En desondanks een echte man.'

'Jij hebt hem verleid. Wanneer?'

'Vlak na zijn vijftiende verjaardag. Ik ben nog nooit zo gelukkig geweest als op die dag. Het slechte geweten kwam pas naderhand.'

'Daarom heb jij je van me afgekeerd.'

'Ja. Jij zou het gemerkt hebben. Jij had de liefde in mijn ogen gezien. Wat had je gedaan als je het geweten had?'

Sonja haalde diep adem. Odette en Nicky. Toni vond de brieven. Hij zei niets tegen zijn eigen vrouw. Hij vluchtte naar Canada. Dacht dat een vakantie de zaak wel zou oplossen. Of wilde hij zijn vrouw ontzien? Dacht hij dat zij de waarheid niet kon verdragen? De waarheid.

'Stel je voor, Odette, jij hebt een vijftienjarige zoon die met je beste vriendin naar bed gaat.'

Ze sprong zo onverwacht van de bank op, dat de kat onder de stoel vluchtte.

'En kijk wat de gevolgen zijn!'

'Ik weet het,' zei Odette met hese stem, terwijl haar handen steun zochten aan de stoelleuningen. 'Ik heb Nicky's leven verwoest. Ik heb jouw leven verwoest. En ook nog eens het mijne. Ik heb alles kapotgemaakt.'

Sonja liep naar de deur. 'Ik heb behoefte aan wat frisse lucht, ik ga naar buiten.'

Ze rende het huis uit. De honden hadden haar direct in de gaten en renden blaffend op haar af. George en Sam kwamen net de hoek van het huis om lopen.

'Alles in orde?' vroeg Sam.

Sonja wist dat haar betraande ogen haar verraadden. Ze durfde George niet aan te kijken.

'Ik wilde een frisse neus halen,' zei ze. 'Wanneer vertrekken we?'

George antwoordde in Sams plaats.

'Je kunt hier overnachten als je wilt. Odette zal dat beslist leuk vinden.'

Geschrokken keek ze Sam aan. Wat wist hij van Odette? Hij scheen niet verrast te zijn en zei: 'Ja, dat kan ze doen. Ik kan morgen op de terugweg van Kitkatla langs vliegen en haar oppikken.'

Sonja speelde even met de gedachte dat de beide heren deze mogelijkheid samen voorgekookt hadden, maar dat was haar om het even. Ze moest nu beslissen.

Ze rook de oceaan: nat, traag en onverstoorbaar. Ze werd erdoor aangetrokken, ze kon eigenlijk niet weg. Ze legde haar hand op Sams arm.

'Ik blijf.'

'Goed, dan zie ik je morgenmiddag om twee uur.'

'Ik sta klaar.'

Ze kneep nog even zacht in zijn arm en beklom vervolgens de heuvel achter het huis. De honden volgden de mannen naar de aanlegsteiger.

Sonja ging op een boomstronk zitten. Een van de ramen aan de achterkant van het huis moest Odettes kamer zijn, maar ze kon niets zien.

Nu ze Odettes verminkte gezicht niet meer zag en haar slepende stem niet meer hoorde, maakte zich een woede van haar meester.

Odette was immer op zoek naar risico. In de bergen, boven de afgrond, in extreme koude, in onstuimig water, in gletsjerspleten. Alleen zo voelde ze dat ze leefde. Alleen zo kon ze zich handhaven.

Sonja sloot de ogen en ademde oppervlakkig.

Nicky, dat was simpelweg nog een risico erbij. Een risico dat adrenaline direct in Odettes bloed injecteerde. Ze had Odette altijd bewonderd om haar moed, haar koelbloedigheid en haar minachting van de middelmaat.

Maar wat was Odette in werkelijkheid toch een akelige vrouw. Een akelige mislukkeling. Om zich zo te verstoppen! Als het er echt op aankwam, kneep ze er stiekem tussenuit. Liet ze haar beste vriendin verkommeren en liet ze iedereen achter met talloze vragen. Een simpel woord had het misverstand uit de wereld kunnen helpen. Een simpel woord had de wanhoop en woede over Toni's vermeende ontrouw kunnen ontzenuwen. Maar daartoe ontbrak het Odette aan moed.

Ze was laf. Zo laf als Toni, precies als Toni. Hij had alles voor haar verzwegen, had haar niet vertrouwd. Had voor de zoveelste keer zijn kop in het zand gestoken. Hij durfde zijn geldproblemen niet toe te geven; de ondergang van zijn bedrijf. Alsof de enige uitdaging in het leven het bedwingen van een bergtop was. Lafaards, allebei! Angsthazen, schijtebroeken, die op zoek naar een volgende kick een spoor van bloed achterlaten en over lijken gaan!

Zij hadden beiden schuld aan Nicky's dood!

Vanaf de baai klonk gebrom. Sam had de motor van de Beaver gestart. Ze weerstond de drang om naar beneden te stormen en met hem weg te vliegen.

Moest zij dan ook vluchten? Net als Toni en Odette?

Nu hoorde ze een woest geblaf. De honden kwamen de heuvel op. Sonja klom uit paniek op de stronk.

'Haal direct die honden weg!' schreeuwde ze. 'Laat die verdomde mormels weggaan! Nu! O, verdomde idioten! Weg met die rothonden! Vlooienbakken!'

De honden sprongen bij de stronk omhoog. Ze gilde en gilde en kon er niet meer mee ophouden. Ze gilde nog toen George haar te hulp kwam.

Ze brulde zich de longen uit haar lijf en bleef op de stronk staan.

George liep met de honden naar beneden, naar het huis. Pas toen Odette de heuvel op kwam lopen en Sonja zag dat ze hinkte, ging haar geschreeuw over in gejammer en kroop ze ineen.

'Sonja,' zei Odette. 'Arme Sonja.'

Ze stak haar hand uit en leidde haar voorzichtig naar het huis.

George stond in de keuken en zag ze aankomen.

'Misschien wil je even gaan liggen,' zei Odette terwijl ze nog steeds haar hand vasthield. 'Kom.' Ze trok Sonja de kamer met de slaapbank binnen en dekte haar met een veren dekbed toe.

's Avonds keek ze toe hoe Odette brood bakte. Odette en brood bakken. Opnieuw een ongewone aanblik. Sonja stelde vragen over het meel en hoe de oven functioneerde. Over de tragedie die hun beider levens verscheurd had, spraken ze niet.

Tijdens het avondeten vertelde George hoe hij Odette overreed had bij hem te komen wonen. Hij was een van de vissers geweest op die rampzalige dag aan het Kitsumkalum Lake. Een van de redders. Odette was naar Canada teruggekomen om hem persoonlijk te bedanken. Dat was na een jaar van louter ziekenhuisopnamen en operaties in Zwitserland.

Ze liet zich naar zijn eiland vliegen omdat hij niet weg kon. Een van zijn honden was ernstig ziek. Van Odettes uiterlijk schrok hij niet. Hij had haar immers onder het bloed en met een gapend gat in het gezicht gezien. Hij beloofde dat hij altijd een kamer voor haar gereed zou houden. Na een halfjaar kwam ze opnieuw naar Canada en ze was gebleven.

'Wie heeft jou hierheen gevlogen?' vroeg Sonja.

Odette keek George aan. 'Dat was jouw vriend, hè?'

'Jack.'

'Jack Gordon?' Sonja sprak de naam uit als een verboden woord.

'Ja.' George was ineens niet zo spraakzaam meer.

'Hij is omgekomen, op zijn boot, heb ik gehoord,' zei Sonja.

George keek Odette aan. 'Een ongeval. Die verdomde alcohol. Jack is steeds meer gaan drinken, nadat...'

Hij beëindigde zijn zin niet.

De zwarte kat liep rond de tafel. Ze sprong op Sonja's schoot en wreef haar kop tegen haar armen.

's Nachts droomde Sonja van de kat: een verwarde, onsamenhangende droom.

Tijdens het ontbijt bleef de stoel van George onbezet. Hij bevond zich reeds in zijn boot op het meer. Ze aten het knapperige brood van de avond ervoor.

'Ik kan niet huilen,' zei Odette. 'Het heeft te maken met de traanbuisjes. Ze moeten gereconstrueerd worden, maar dat is een tamelijk heikele operatie. Daarom moet ik zolang mijn ogen kunstmatig bevochtigen.'

'Hoe heb je van… van het neerstorten van het vliegtuig en van Nicky's dood gehoord?'

'Nicky had me vanuit de Rainy River Lodge opgebeld, kort voor het vertrek van het vliegtuig. We zouden elkaar later in Prince Rupert treffen. Ik heb in het hotel op zijn aankomst gewacht.'

Ze ademde diep. 'Hij kwam niet. Hij kwam gewoonweg niet. En ik vermoedde, nee, ik wíst dat er iets heel ergs gebeurd was.'

Weer zoog ze met veel geruis lucht naar binnen. 'Ik ben naar Shipman's Cove gereden, en heb navraag gedaan. De medewerkers van Greenblue Air wilden me niets concreets zeggen, maar uit het gedrag van de mensen daar werd het me duidelijk dat Nicky's machine neergestort was. De politie was reeds ter plekke en stuurde alle passanten weg. Ik heb mijn vader gebeld. Hij zou inlichtingen inwinnen bij het Zwitserse consulaat in Vancouver. Ik wist dat hij als president van het parlement snel over dit soort vertrouwelijke informatie kon beschikken. Ik heb twee dagen in het hotel gewacht. Het waren de moeilijkste dagen van mijn leven. Moeilijker dan alles wat naderhand… volgde. Voordat mijn vader eindelijk belde, wist ik al dat Nicky dood was. Ik wist het gewoon.'

Ze drukte haar handen tegen haar wangen en liet haar hoofd zakken.

'Waarom ben je dan met een camper er alleen op uit getrokken?' vroeg Sonja met zachte stem.

'Krankzinnig, hè?' Odettes stem klonk sarcastisch. 'Krankzinnig wat mensen in extreme situaties doen. Nicky had dit meer op een kaart van Canada gevonden. De naam beviel hem: Kitsumkalum. Wij hadden voor de grap gefantaseerd dat wij op dit meer in een kano wat rond zouden gaan peddelen. En Nicky zei dat zijn as later over dat meer uitgestrooid moest worden. Alleen maar omdat hij de naam tof vond.'

De adem stokte Sonja in de keel.

'Wist jij dat hij daarvoor al zijn eigen overlijdensbericht gemaakt had? Ik heb het in Nicky's kamer gevonden.'

Odette keerde zich naar haar toe.

'Ach, zo was Nicky. Hij shockeerde graag. Alleen om het shockeren zelf. Ik geloof dat hij dat nodig had, een soort… uitlaatklep. Waar is hij nu?'

'Wat bedoel je?' vroeg Sonja. Toen begreep ze het.

'Zijn graf is op onze begraafplaats.' Ze aarzelde bij het stellen van de volgende vraag. 'Zul je ooit nog eens naar Zwitserland terugkeren?'

'Ja, maar ik weet nog niet wanneer. Het blijft niet zo' – ze maakte een onduidelijk gebaar in de richting van haar gezicht – 'ze kunnen er nog een hoop aan verbeteren. Maar ik heb even behoefte aan een pauze.'

'Je zult het me deze keer wel zeggen, hè, als je komt?'

'Ja.' Ze dronk haar koffie verkeerd met lange teugen en slikte elke keer moeilijk. Daar, waar de helft van haar lippen ontbrak liep een bruin straaltje over haar kin. 'Maar misschien ben jij er dan wel niet.'

Sonja keek haar verwonderd aan.

Odettes scheve mond vertrok zich nog meer. 'Dit land laat iemand niet zo snel los.'

Sonja was te verrast om haar te antwoorden, hoewel het toch vertrouwd klonk. Het land. De ware liefde van Else Seel. Dat was altijd de reden geweest dat Else ondanks alle eenzaamheid in de wildernis bleef: het land. De liefde voor dit overweldigend mooie land. Else had haar man misschien kunnen verlaten, maar niet het land.

Sonja had daar met Odette graag over gesproken, maar toen besefte ze dat Odette helemaal niets van Else Seel wist. Odette kende de laatste drie jaar van Sonja's leven niet, en dat was een behoorlijke leemte.

'Toni heeft van je gehouden,' zei Odette zonder voorafgaande waarschuwing. 'Er was geen plaats geweest voor een andere vrouw.' Ze streek haar haren naar achter, waardoor er diepe littekens zichtbaar werden.

Sonja legde haar mes met een felle tik op het bord. 'Geen plaats naast de bergen en de klimmerij en de gletsjertochten.'

'Hij had jou op zijn onvolkomen manier lief, en hij meende het,' zei Odette rustig, maar vasthoudend.

Sonja begon het serviesgoed op te ruimen. 'Maar ik kwam niet op de eerste plaats. Zo was het toch, Odette. Mensen zoals jij en Toni zijn op een eeuwigdurende veroveringstocht, en rechts en links blijven... mensen achter.'

'Blijven lijken achter, wilde je toch zeggen?'

'Als je alleen met je eigen leven speelt, is het wat anders, maar –' Odette kwam overeind.

'Jij bent met Toni getrouwd – en waarom? Heeft het jou dan niet gefascineerd hoe hij altijd op de rand van de afgrond balanceerde? Bovendien, met je auto naar je werk tuffen is tegenwoordig ook een levensgevaarlijke aangelegenheid.'

Sonja wilde haar niet tegenspreken. Deze kloof zou altijd tussen hen blijven bestaan. Er stond nu iets belangrijkers op het programma.

'Nicky heeft foto's voor je achtergelaten, in hotel Lionsgate Place,' zei ze terwijl ze het mapje over de tafel schoof.

Odette droogde haar handen aan de theedoek af. Sonja keek toe hoe ze het mapje onhandig oppakte, het opende, het briefje met het opschrift *Voor Odette* las en daarna ging zitten. Ze bekeek de foto's zwijgend, bekeek iedere foto tamelijk lang, terwijl haar handen trilden.

'Heeft hij... heeft hij er misschien nog iets bij geschreven?' vroeg ze toen ze klaar was.

Sonja schudde haar hoofd.

'Ik... neem me niet kwalijk.' Odette liet de stapel foto's op de tafel vallen en liep de keuken uit.

Sonja hoorde een deur dichtslaan. Ze bleef onthutst staan, ze durfde haar vriendin niet achterna te gaan. Ze moest haar alleen aan haar pijn overlaten, tenminste voor even. Op dit moment was er geen troost, in ieder geval geen troost die Odette zou kunnen accepteren. Dat had Sonja uit eigen ondervinding geleerd.

Ze maakte weer een geordend stapeltje van de over de tafel verspreide foto's. Plotseling dacht ze wat te zien. Ze bekeek het van dichterbij. Dat was toch... een gezicht dat ze kende! Opgewonden bekeek ze opnieuw alle foto's. En dit keer viel haar nog wat op.

Twee fietsen. Iemand had ze tegen het hekwerk neergezet op de kade bij Canada Place, waar de grote cruiseschepen aanmeren. En op de volgende foto waren de fietsen er weer, naast de historische stoomklok in Gastown. En opnieuw naast het Bronzestatue in Stanley Park. En voor het historische Marine Building aan Burrard Street. Steeds dezelfde twee fietsen. Behalve op de laatste foto.

Ze hield de foto vlak bij het licht en bestudeerde het beeld nauwgezet. Hoe had ze de beide gezichten over het hoofd kunnen zien!

Sonja moest even gaan zitten. Waarom was ze daar niet eerder opgekomen?

Ze wachtte. Wachtte, tot de puzzel zich in haar hoofd samenvoegde. Toen stak ze de laatste foto in haar rugzak. Ze waste het serviesgoed af en maakte de tafel schoon.

Ze vond Odette liggend op bed, het verminkte gezicht naar de muur gekeerd.

Sonja trok een stoel bij het bed en ging zitten.

'Jullie waren in Vancouver samen, hè, jij en Nicky?' zei ze zachtjes. Odette zweeg.

'Jullie hebben fietsen gehuurd en in de stad rondgereden.'

Odette zweeg nog steeds.

'Was dat de laatste keer dat jullie elkaar gezien hebben, Odette?'

Het lichaam op het bed bewoog zich. De andere gezichtshelft werd langzaam zichtbaar.

Sonja boog voorover en aaide zachtjes over de verminkte wang.

Odette greep haar hand vast. Haar mond begon te bewegen.

'We wilden elkaar eigenlijk in Prince Rupert ontmoeten, maar...'

'Wist Toni dat je naar Vancouver gereisd was?'

Odette schudde van nee.

'Waar was Toni, toen Nicky bij jou was?'

'Nicky zei dat hij een afspraak had met iemand.'

'Heeft hij ook gezegd met wie?'

'Met een of ander type. De kennis van een kennis. Nicky wist dat verder ook niet.'

Er klonk geluid in huis. Gestommel op de trap. Iemand riep naar Odette. George was terug.

'Misschien heeft hij oesters meegebracht,' zei Odette. Ze kwam van het bed af. 'Hij kent een paar goede plekjes.'

Bij het naar buiten gaan bleef ze voor de grote tafel staan. 'Kijk, dit heb ik geschilderd.'

Ze trok grote vellen papier uit een tekenmap en legde ze voor Sonja neer. Abstracte landschappen, bergen, eilanden, bossen, bloemen. Sonja bekeek ze langdurig. Vanuit de keuken kon ze de stemmen van George en Odette horen. Op dat moment had ze de stellige overtuiging dat Odette haar trauma zou overwinnen. De kleuren stimuleerden haar optimisme. Het waren sterke, heldere, originele en vrolijke kleuren, die met een krachtige streek waren neergezet: zonnegeel, klaproosrood, papegaaigroen, neonblauw, schaamteloos roze en de gloeiende kleuren van sinaasappels, viooltjes en exotische vissen.

Als er hoop was voor Odette, dan was er zeker hoop voor haarzelf.

Odette haalde haar uit haar overpeinzingen. 'Je zult wel niet in de keuken willen komen. George kookt op dit moment zeekreeft.'

'Is hij al dood?'

'Nee, George leeft nog.' Odette probeerde met haar ogen te knipperen, maar dat lukte haar niet.

Sonja at de zeekreeft met een slecht geweten. Ze beschuldigde zichzelf van inconsequent gedrag, maar ze zag ook hoe trots George op zijn feestmaal was.

Sam was 's middags verbazingwekkend punctueel. George en Odette stonden met haar op de aanlegsteiger te wachten. Ze namen afscheid zonder veel woorden. Odette drukte Sonja tegen zich aan.

'Je komt toch weer, hè?'

'Tuurlijk.'

Op dit moment was het voor Sonja vanzelfsprekend dat ze hier weer zou komen. Ze zou dan met George en Odette met de boot het meer op varen, naar de waterval. Ze zouden dan net als de Haida-indianen zwanendons over de golven strooien om de goden gunstig te stemmen, evenals haar innerlijke demonen, zodat er eindelijk rust in haar ziel zou zijn.

'Jullie moeten hier niet blijven wachten,' zei Sonja, 'anders begin ik in het vliegtuig te huilen.'

Ze omhelsde Odette opnieuw, gaf George een hand en draaide zich om, zodat ze niet zou zien hoe ze beiden langzaam naar het huis terugliepen.

Sam hield de deur van de Beaver voor haar open. Hij zei: 'We hebben nog een passagier.'

51

'Een toerist uit Montreal,' zei Sam. 'Hij spreekt bijna geen Engels. We kunnen in alle rust babbelen.'

'Sam, ik moet nog een keer naar Rainy River Lodge.'

'Dan heb je geluk, daar wil die meneer ook naartoe, om op zalm te vissen. In het oosten is er vrijwel geen vis meer. De Atlantische Oceaan gaat ten onder aan overbevissing.'

Sonja dook het inwendige van de Beaver in en begroette de passagier in het Frans. De man was zichtbaar verheugd dat iemand zijn moedertaal sprak. Hij droeg een blauwe kapiteinspet en stelde haar heel beleefd de zitplaats naast de piloot ter beschikking. Ze keek naar boven naar het huis van George. Odette was vlak bij de voordeur. Ze bedekte met de ene hand haar verminkte gezicht en met de andere zwaaide ze naar Sonja.

George stond met de honden aan de voet van de heuvel. Sonja wilde zich dit beeld voor de komende weken en maanden inprenten. Ze had een brok in haar keel.

Ze had Odette nog zo veel willen vragen, bijvoorbeeld over het oranje album dat ze drie jaar geleden op haar reis voortdurend bij zich droeg, maar daartoe zou ze later gelegenheid hebben. Odette was weer in haar leven gekomen en ze zou zorgen dat hun vriendschapsband niet meer verbroken zou worden.

De machine verliet de baai en steeg dreunend hemelwaarts.

'Sam, ik moet je wat vragen,' begon Sonja nadat ze de pijn van het afscheid verwerkt had.

'Brand maar los.'

'Ik weet dat je tegelijkertijd met mijn man in de Rainy River Lodge geweest bent. Waarom heb je mij dat niet verteld?'

Sam gaf niet direct antwoord. Hij zette naast en boven hem eerst een aantal schakelaars om. 'Ik wilde jou daar niet mee belasten. Het is allemaal treurig genoeg.'

'Maar nu wil ik het toch weten. Toni kwam naar je toe om je te vragen of hij die bewuste dag kon vliegen, nietwaar?'

'Nee, dat is niet waar.' Hij wierp haar een ernstige blik toe. 'Absoluut niet. Deze man… hij was niet naar me toe gekomen om me om raad te vragen. Hij was veel te…' Hij zweeg korte tijd. 'Toen ik zag dat hij zich gereedmaakte voor vertrek, ben ik op hem afgestapt. Ik heb hem gezegd dat de weersituatie veel te instabiel was, en dat alleen een ervaren piloot die de omgeving goed kende, het erop kon wagen onder dit soort omstandigheden te vliegen.'

'Wat heeft hij geantwoord?'

'Hij zei dat hij al advies had ingewonnen bij mensen die er verstand van hadden. Hij was niet zwakzinnig.'

'Wat? Heeft hij dat gezegd?'

'Ik vroeg hem bij wie. Hij zei: bij Carl.'

'Bij Carl, de manager van de lodge?'

'Juist. Maar ik geloofde er geen barst van. Hij blufte. Hij wilde gewoonweg niet toegeven dat hij op het punt stond een enorme fout te maken. Tot besluit zei hij nog…'

De rest van Sams woorden ging verloren in het gedreun van de motor. Ze smeekte Sam de woorden te herhalen.

'Tot besluit zei hij nog dat het hem duidelijk was waarom ik probeerde hem het vliegen te verhinderen. Als het aan de piloten hier lag, was het geen buitenlander toegestaan om in de omgeving van Prince Rupert te vliegen.'

Sonja kon even niks meer zeggen. Het klonk ongelofelijk. Toch kon ze niet uitsluiten dat het zo gegaan was. Toni was er altijd prat op gegaan dat hij de gevaren beter dan wie dan ook kon inschatten.

'Hoe heb je daarop gereageerd?'

'Ik heb me in eerste instantie omgedraaid. Het heeft geen nut een domkop iets bij te brengen. Maar toen… ging ik toch weer naar hem toe. Ik zei: "Laat dan in ieder geval de jongen hier. Als u van uw zoon houdt, dan laat u hem hier. Ik zal hem veilig naar Prince Rupert brengen," beloofde ik hem.'

Sonja zweeg. Sam keek haar van opzij aan alsof hij niet wist of hij verder moest gaan. Sonja knikte stilzwijgend.

'Weet je wat hij deed? Hij glimlachte. Dat zal ik nooit vergeten. Ik zei hem dat zijn zoon in levensgevaar verkeerde, en de man glimlachte. Hij zei: "Je hoeft mij niet te vertellen dat ik me om mijn zoon moet bekommeren. Dat gaat u niks aan.'"

Sonja keek uit het venster. De witgrijze hemel verblindde haar, hier en daar wist de zon door de wolken heen te prikken. Ze wist dat Sam de waarheid sprak. En ze vermoedde ook dat hij zich misschien tot nu toe het verwijt had gemaakt, dat hij de dood van Nicky onder alle omstandigheden had moeten verhinderen. Toni had Sams verzoek waarschijnlijk als bemoeizuchtig beschouwd en niet als een in overweging te nemen wijze raad.

Tot aan de aankomst in de Rainy River Lodge werd er geen woord meer gezegd. Sonja was de passagier uit Montreal totaal vergeten, tot hij, nadat ze geland waren, voor haar de Beaver verliet. Ditmaal lagen er meer boten voor de lodge aangemeerd dan de laatste keer. De bar zat vol met hengelaars. Sonja baande zich een weg door het stemmenlawaai, dat in de receptie slechts gedempt te horen was. Carl, de manager, was met een groepje gasten bezig dat voor de desk stond.

Sonja bekeek de foto's aan de muur opnieuw heel nauwkeurig: de warm ingepakte bergbeklimmers die er allemaal hetzelfde uitzagen. Ze herkende Toni op de tweede foto – het was de hoofdband die hem verraadde. Een kerstgeschenk van Nicky, toen hij elf jaar oud was. Toni's mascotte, die hem op vele tochten begeleid had.

De groep die bij de desk had gestaan was in de gang verdwenen. Sonja stapte op de manager af. 'Ik moet u nog even spreken.'

De manager liet zich niet leiden door emoties. 'Maar natuurlijk.'

Hij leek iets te overwegen. 'Misschien kunnen we het beste naar het achterdek gaan.'

Sonja volgde hem door een deur die toegang gaf tot een dek aan de achterzijde van de lodge. Er waren hier een aantal wasbakken met slangen, waar de vissers of hun assistenten de vis schoonmaakten. Ze plaatste haar gymschoenen voorzichtig op de glibberige houten planken.

'Het is misschien een wat onfrisse plek, maar we worden hier tenminste niet gestoord.' De manager glimlachte. 'U kunt uw rugzak op de plastic emmer zetten, hij is schoon.'

Sonja kwam direct ter zake. 'Waarom hebt u mij niet direct verteld dat u Toni al heel lang kent? U hebt toch jaren geleden met hem in Europa bergen beklommen?'

'Waarom denkt u dat?' De glimlach was verdwenen.

'Ik heb mijn man op een foto in de receptie herkend.'

'U moet zich vergissen, u verwart hem met een ander.'

'U hebt u bij ons eerste gesprek al verraden. U zei dat Toni u verteld had dat zijn vrouw honden wilde fokken. Dat was ik niet. Dat was Toni's eerste vrouw. De vrouw met wie Toni getrouwd was, toen u hem een aantal jaren geleden in Europa had leren kennen.'

Een stuurse trek veranderde het gezicht van de manager.

'Ik kan alleen maar herhalen dat ik uw man voor het eerst in deze lodge heb ontmoet.'

Sonja vouwde haar armen over elkaar. 'Merkwaardig. Hoe komt het dan dat u Toni in Vancouver ontmoet hebt?'

In zijn ogen flitste er seconden lang van alles op. Toen herwon hij zichzelf.

'Ik weet niet waar u dat idee vandaan hebt, maar...' Hij schudde met zijn hoofd alsof hij een ondeugend kind een standje gaf. 'Ik begrijp dat de dood van uw man een tragedie voor u is. Het moet een verschrikkelijke schok zijn geweest.'

Sonja zette alles op één kaart.

'Er is een foto, waarop u en Toni allebei te zien zijn. Mijn stiefzoon Nicky heeft hem in Vancouver gemaakt.'

'Een foto?'

Voor de eerste keer meende ze onzekerheid in zijn gezicht te herkennen. Hij wierp een snelle blik op de rugzak. Toen veranderde hij zijn tactiek.

'Wees toch verstandig. Waarom zou ik u verzwijgen dat ik uw man in Vancouver ontmoet heb? Denk toch eens na, dat is toch... dom, vindt u ook niet?'

Hij keek haar bijna meewarig aan.

'Dat probeer ik juist uit te zoeken. Misschien was u het wel die Toni hierheen gelokt heeft. Waarom? Wat was u met hem van plan?'

Hij maakte afwerende handbewegingen, als wilde hij het gesprek afbreken. Maar Sonja liet zich niet tegenhouden.

'U vertelde me dat u Toni geadviseerd hebt Sam naar de weersomstandigheden te vragen. Maar zo is het niet gegaan. Ik geloof juist dat u Toni gezegd hebt dat hij zich niets van Sams advies moest aantrekken. En u hebt hem waarschijnlijk ook verteld dat mensen als Sam buitenlandse piloten bang maken om ze te lozen. Zo was het toch, hè?'

De manager kwam dichterbij – voor haar gevoel veel te dichtbij – en keek haar woedend aan.

'Dat zijn slechts wilde speculaties! U kletst. Toni was hoe dan ook opgestegen. Hij was een goede piloot. Hij kende geen angst. Hij vertelde mij dat hij veel ervaring had. U kunt mij niet de schuld in de schoenen schuiven.'

Sonja deed twee stapjes terug.

'Ik wil alleen maar weten wat zich hier heeft afgespeeld. En waarom u voor mij bepaalde dingen verzwijgt.'

'U bent gek, knettergek. Laat me met rust met uw gespeculeer.'

Ze voelde dat ze kwaad werd.

'Misschien had u er wel belang bij dat die machine zou neerstorten. Misschien wilde u zich wel van iemand ontdoen.'

De manager kwam opnieuw naderbij. Zijn stem klonk ijzig. 'Wees blij dat Toni dood is, anders had hij een gigantisch schadeproces aan zijn broek gekregen.'

Sonja explodeerde. 'De politie zal mij niet voor gek verslijten. Als ze die foto uit Vancouver zien, zullen ze u een aantal onaangename vragen stellen. En dan zullen we nog wel eens zien wie er een proces aan zijn broek krijgt.'

Zijn gezicht versteende. Hij haalde met zijn arm uit. Sonja voelde een stoot, ze verloor het evenwicht en viel in het niets. Toen de schok van het water, ijskoud water. En plotseling duisternis.

52

'Hoe voelt u zich?' vroeg de man die bij haar bed op een stoel zat.

'Het gaat wel,' zei ze.

Ze keek naar de onderkant van haar lichaam. Men had haar een lila jack van faserpelz en een grijze trainingsbroek aangetrokken, die haar veel te groot waren. Mannenkleding. Op haar buik had ze een warme kruik liggen.

Voor het raam zag ze boten en mensen die op het dek wandelden. Rainy River Lodge.

'En hoe gaat het met u?'

'Ik heb een hete rum achterovergeslagen, dat werkt wonderbaarlijk goed,' zei de man grijnzend.

Zonder kapiteinspet zag hij er jonger uit. Als een aan de weg timmerende beursmakelaar. Maar dat hij dat niet was, wist ze sinds vijf minuten. En hij was ook geen toerist uit Montreal die alleen maar Frans sprak. In vloeiend Engels zei hij: 'Onze kleding wordt op het moment gewassen en gedroogd. De hengelaars werpen op deze plek de ingewanden van de vissen in het water. Daar willen wij liever niet naar ruiken.'

Sonja begreep dat hij grappig wilde zijn om de schrik bij haar weg te nemen. Voor haar ogen flitsten echter plotseling allerlei beelden: de manager; zijn arm; een stoot; de glibberige planken; het ijskoude water. En toen ze bijkwam: harde klappen op het water naast haar. Instinctief had ze die ontweken.

'Heeft hij op me geschoten?' vroeg ze.

'Nee, hij heeft geprobeerd u met een roeispaan op het hoofd te slaan. U kon u ten slotte onder het platform in veiligheid brengen.'

'En ik kan helemaal niet goed zwemmen, en al helemaal niet duiken.' Haar ogen vulden zich plotseling met tranen.

'U hebt u fantastisch gehouden in dat ijskoude water. Toen ik naar u dook, stond mijn hart bijna stil van de kou.'

'Hoe wist u...?'

'We hebben Carl op heterdaad betrapt en overmeesterd.'

'Wij?'

'Ik en mijn collega, die hier al was en die ik kwam versterken. We hadden Carl al langer in het vizier.'

Ze bekeek nogmaals het visitekaartje in haar hand. Jean-Claude Lassière, inspecteur bij de RCMP. De nationale politie van Canada zat dus ook al achter Carl aan. En misschien ook wel achter haar. Ze wisten natuurlijk allang wie ze was en waarom ze hier was en wat er met de ongelukkige Beaver gebeurd was. Hoe kon ze toch zo naïef zijn te denken dat de politie onwetend en onverschillig was.

Zeker niet zo onverschillig om haar in het ijskoude water te laten verdrinken. Inspecteur Lassière was haar achterna gesprongen.

'Ik kan u niet genoeg bedanken voor de snelle wijze waarop u mij uit het water hebt gehaald,' zei ze. 'Ik ben zo'n slechte zwemmer. Ik geloof dat ik in blinde paniek om mij heen heb geslagen en u een klap heb gegeven.'

'U hebt behoorlijk gehoest en water gespuugd, dat klopt,' zei inspecteur Lassière. 'Maar dat was niks vergeleken met de klap die de manager te verwerken heeft gehad.'

'Was er een vechtpartij?'

'Hij is gevlucht en heeft geprobeerd zich op een boot te verstoppen. Mijn collega heeft hem echter gegrepen. Carl heeft zich met handen en voeten tegen de handboeien verzet. Weerstand bieden aan een hoeder van de wet. Dat komt nooit meer goed.'

'U hebt hem gearresteerd. Is dat vanwege die aanslag op mij?'

De inspecteur strekte zijn lange rug.

'Wij houden deze lodge al wat langer in de gaten. Het is een trefpunt van lieden die ons interesseren. De meeste gasten zijn natuurlijk onschuldige toeristen – ze zijn de dekmantel voor de anderen, die minder onschuldig zijn. De man die u het water in heeft geslagen zorgde ervoor dat dubieuze types konden beschikken over een geisoleerde omgeving om hun dubieuze zaakjes af te wikkelen. Wat is er minder verdacht dan mannen die elkaar toevallig op een boot treffen om een potje te gaan vissen? Wij wilden graag weten hoe er met geld heen en weer werd geschoven. Waar het vandaan kwam en waar het uiteindelijk verdween.'

Ze aarzelde of ze een vraag zou stellen die haar zou kunnen compromitteren, maar ze had nu de kans om achter de waarheid te komen.

'Wat… heeft mijn man… heeft hij in het geheel een rol gespeeld?'

'Wij hebben de foto in uw rugzak gevonden. We moesten hem doorzoeken, dat was onvermijdelijk.'

'Die foto van Carl en mijn man in Vancouver, hè?'

'Ja, we hebben hem als bewijs in beslag genomen.'

'Wilde Carl mijn man in zijn zaakjes betrekken?'

'Misschien. Maar als dat het geval is geweest, liep er iets scheef.'

'Hoe bedoelt u dat?'

'Nou ja, hij was te snel dood.'

'Was het een ongeluk of…?'

'Tot dusver hebben onze onderzoeken niets anders opgeleverd. Dat is alles wat ik u kan zeggen.'

'Wat gebeurt er met de manager?'

'We hebben nu een reden de man in hechtenis te nemen. Als hij een aanklacht wegens poging tot moord aan zijn broek heeft, dan zal hij zeker spraakzamer worden. Bovendien heeft hij ons belangrijke informatie onthouden.'

Lassière stond op.

'We hebben al die jaren niet stilgezeten.' Hij perste zijn lippen op elkaar. 'Gemakkelijk maken we het de misdadigers zeker niet.' Hij gaf haar een hand. 'Het beste. U zult nog van ons horen, we rekenen op uw medewerking.'

De inspecteur was al bij de deur, toen hij zich nogmaals omdraaide.

'Ik ben slecht in dit soort dingen, maar… de dood van uw stiefzoon en uw man laat ons niet onberoerd. We voelen met u mee. U bent een dappere vrouw. Wij… wij hebben ook doden te betreuren. Hij was een van ons.'

Ze begreep het niet meteen. 'U bedoelt…?'

'Ja, de vierde passagier.' Hij stak zijn hand omhoog bij wijze van groet en trok de deur zachtjes achter zich dicht.

Sonja zonk in de kussens terug. De verdachte investeerder was een undercoveragent van de politie.

Lieve Inge,

Ben je werkelijk bereid met de consequenties van jouw
geïntrigeer te leven? Heb je al overwogen welke gevolgen mijn
reis naar Canada kan hebben – niet alleen voor mij, maar ook
voor jou, voor onze toekomst, voor het museum? Wat gebeurt er
als je die geesten die je hebt aangeroepen niet meer kwijtraakt?
Ik word namelijk vroeg of laat als getuige in een proces
opgeroepen. Het museum moet het dan zonder mij stellen.
En ik zal zeker niet meer dezelfde zijn als ik naar Zwitserland
terugkeer. Canada heeft me bij mijn lurven gegrepen, net als bij
Else gebeurde. Het is een land dat je niet meer loslaat.
Wat dat voor mijn leven betekent, kan ik nog niet overzien.
Maar enige dingen die ik hier te weten ben gekomen, moet jij
ook weten. Ik weet dat je al het een en ander van Diane gehoord
hebt, maar ik vat de zaak nog even samen.
Het neerstorten van het vliegtuig was geen complot, het was een
ongeluk. Het was de fout van een piloot die zichzelf overschatte.
Toni liet zich door een voormalig klimvriendje naar Canada
lokken, om precies te zijn naar een visserslodge in de buurt van
Prince Rupert. Daar leerde hij via Carl, de manager van de lodge,
Rudy kennen. Waarschijnlijk probeerde hij Toni over te halen
om gevaarlijke, illegale investeringen te doen. Carl lokte Toni
met een gehuurd watervliegtuig, en Toni kon de verleiding niet
weerstaan om zijn vliegkunsten te bewijzen. En dat kostte vier
mensen, onder wie zijn zoon, het leven.
Rudy, vermoed ik, was niet zo in Toni geïnteresseerd. Hij had
een investeerder aan de haak van wie hij niet wist dat het een
undercoveragent van de politie was. De agent heeft zijn leven
op het spel gezet. Hij was zich er waarschijnlijk van bewust
dat de vlucht bij de weersituatie van dat moment gevaarlijk
was, maar hij moest meevliegen om in het spoor van Rudy

en Toni te blijven. En om geen argwaan te wekken. Misschien koesterde Carl argwaan jegens de rechercheur, maar dat zullen we waarschijnlijk nooit weten. Ik heb gehoord dat de politie Carl niet alleen vanwege de aanval op mij, maar ook wegens witwaspraktijken en het hinderen van justitie wil aanklagen. Maar dat kan ook een gerucht zijn. De politie laat zich niet in de kaart kijken.

Mij gaat het wel goed. Ik ben de shock van mijn onvrijwillige duik in ijskoud water eigenlijk alweer te boven. Misschien ben ik toch minder gevoelig dan ik dacht.

Vroeger heb ik Toni altijd benijd vanwege de intensiteit waarmee hij leefde. In de afgelopen weken heb ik aan den lijve ondervonden hoe het is om zo intensief te leven.

Je kunt er blijkbaar verslaafd aan raken.

Hartelijke groeten,
Sonja
(ps: Ik wens Wilfried een voorspoedige beterschap, en ik stuur hem veel positieve energie!)

Van: soneswunder@swifel.com
Verzonden: 29 september, 08:21
Aan: Sonja Werner
Onderwerp: Zo blij voor jou!

Lieve Sonja,

De geesten die ik heb opgeroepen, zijn pas ontwaakte levensgeesten!
Wat er ook moge gebeuren, het zal mij niet van mijn stuk brengen – en jou al helemaal niet.
Op de intensiteit van het leven!

Je Inge
(ps: Met Wilfried gaat het al veel beter, hij doet je zijn lieve groeten toekomen.)

53

De mist was zo dicht, dat men nauwelijks de dennen voor de luchthaven zag. Een groep wachtende passagiers keek bezorgd door de
glazen pui. Steeds weer rende iemand nerveus langs Sonja naar het
loket van Eagle Air. Daar probeerde een jonge medewerker twee
opgewonden mannen te kalmeren.

Sonja wist dat de medewerker hen vertelde wat ze zelf een uur
geleden te horen had gekregen: de vlucht naar Vancouver heeft vertraging en men weet niet of er vandaag nog gevlogen wordt.

Sonja had niets te lezen bij zich, maar dat was haar bij wijze van
uitzondering om het even. Ze was toch veel te nerveus om zich op
lezen te concentreren. Ze had plankenkoorts, zoals een toneelspeel-
ster voor een Schiller-monoloog. Wat moest ze tegen hem zeggen?
Hoe moest ze beginnen? Hoe zou hij reageren, bijvoorbeeld op een
opening als deze?

Ik heb genoeg van mannen die een leven vol gevaar zoeken...

Of: ik wil niet de grootste vergissing van mijn leven herhalen...

Werelden liggen tussen ons in, oceanen...

Ik wil niet altijd angst hebben om de man in mijn leven...

Ik wil een rustig leven.

Ik wil een rustig leven.

De mist verduisterde de wachthal van de luchthaven. Sonja keek
op de klok. Bijna twee uur. Ze ging even staan.

Plotseling schoot het haar te binnen dat ze toch iets te lezen bij
zich had: haar notities bij Elses dagboeken. Ze vond ze in haar kleine
reiskoffer, helemaal onderin. Met een gifgroen kleefbriefje had ze de
passage gemarkeerd die haar buitengewoon getroffen had.

*Waarom kan ik me niet op hem storten, hem met mijn liefkozingen
overspoelen?*

Arme Else.

Sonja kon niet meer verder lezen.

Ze had opeens een brok in de keel.

Die verwarrende gevoelens. Ze kwamen altijd als je ze het minst kon gebruiken.

Ze zag een paar zwarte laarzen. Daarboven de rafelige zoom van een spijkerbroek. Helemaal bovenaan een open jack, alsof het lente was.

Sonja sprong op.

'Wat doe jíj hier?'

'Vergeet je vlucht,' zei Sam. 'Vandaag gaat er niks meer de lucht in, dat is zo klaar als een klontje.'

Hij wees met zijn hoofd naar de uitgang.

'Ik breng je terug naar de stad.'

Naar de stad? Sonja schudde haar hoofd. Ze wilde zo snel mogelijk naar Vancouver. En vandaar naar Zwitserland. Naar huis.

'Hoe weet je dat er vandaag –'

'Ik ben piloot. Vergeten?' Hij grijnsde en pakte haar koffer.

'Laten we gaan.'

Sonja volgde hem als in trance. Ze doorkruisten de hal, gevolgd door nieuwsgierige blikken.

'Ik moet nog het een en ander met mijn vliegtickets regelen,' zei ze.

Sam maakte een afwijzend gebaar.

'Dat kun je morgen doen. Dat is routine hier.'

Op de parkeerplaats liep hij op een smerige pick-up af. Ze waren nog net op tijd voor de veerboot die ze van het eiland, waarop zich de luchthaven van Prince Rupert bevond, naar het vasteland bracht.

'Waar breng je me heen?' vroeg ze, toen ze met de weg meebogen richting Prince Rupert.

'Ik weet een leuk onderkomen, dat zal je zeker bevallen.'

'De luchtvaartmaatschappij… We hadden de luchtvaartmaatschappij moeten vragen, die betalen dat gewoonlijk, als –'

'Sonja, hou eens op. Je maakt je altijd veel te veel zorgen.' Hij lachte.

De pick-up stopte aan de rand van Prince Rupert voor een klein wit chalet met blauwe raamkozijnen.

'Binnen wacht iemand op je,' zei hij.

Sonja steeg aarzelend uit. Ze had een voorgevoel. Ze bedankte Sam.

'Veel geluk!' zei hij grijnzend en hij reed weg.

Eerst zag ze dat de open haard brandde. Toen bleef ze als aan de grond genageld staan.

Ze keken elkaar zwijgend aan. Wat zag hij er goed uit. Dat gelijkmatige, intelligente gezicht, de ontspannen mond. Ze voelde een heftige steek in de hartstreek.

'Sonja,' zei Robert. 'Zullen we gaan zitten?'

Zijn hand wees naar de houten tafel bij het raam.

Sonja nam tegenover hem plaats. Ze had nog steeds haar dikke jack aan. Ze was er blij om, ondanks de warmte.

'Ik ben hier gisteren met de auto naartoe gereden,' zei hij. 'Ik wilde eigenlijk vliegen, maar de vluchten waren allemaal volgeboekt. Ik heb de hele nacht doorgereden.'

Nu pas zag ze de vermoeidheid in zijn ogen.

Sam heeft het hem gezegd. Sam moet hem verteld hebben wat er gebeurd is.

'Vanmorgen ben ik naar jouw hotel gereden, maar je was al weg. Altijd op de vlucht, hè?'

Hij keek haar zo doordringend aan, dat ze haar blik neersloeg.

'Waarom loop je voor me weg, Sonja? Waarom schep je altijd zo veel afstand?'

Zijn stem deed haar trillen. 'Ik weet dat je vele vragen hebt, maar deze vragen vinden alleen een antwoord, als je af en toe nader tot elkaar komt. Weet je dat niet?'

Ze streek met een snelle beweging een haarsliert van haar voorhoofd.

'Je hebt me niet gebeld, Robert. Moet ik daaruit concluderen dat jíj degene bent die afstand creëert?'

'Ja, dat klopt, ik wilde je tijd geven om alles… af te sluiten. Ik wilde me er niet in mengen. Gisteren heb ik gehoord wat er in de lodge is gebeurd. Toen ben ik meteen gaan rijden, want ik kon je niet bereiken.'

'Ja, men wilde mij een paar dagen rust gunnen en daarom werden er geen telefoontjes doorverbonden. Maar je hebt ook geen bericht voor me achtergelaten en Sam heeft –'

'Sam, de trouwe ziel, heeft mij gelukkig op de hoogte gebracht.'

Hij leunde naar achteren en strekte zijn rug. Zijn brede schouders. Wat moeilijk was het om hem te weerstaan.

'Jij begeeft je voortdurend in gevaar. Soms schijnt het mij toe dat je het opzoekt, alsof je het nodig hebt.'

'Wat? Ik?' Sonja keek hem verontwaardigd aan. 'Dat zeg jíj tegen mij? Uitgerekend jíj?'

Ze wilde net aan haar zin beginnen over mannen om wie ze geen angst meer wilde hebben, maar Robert was sneller.

'Je hebt me bijna gek gemaakt met al die risico's die je voortdurend bent aangegaan. Ik ben blij dat je nog leeft. Sonja, mijn god, ben je blind?'

Ze was sprakeloos. Maar dat duurde maar een hartslag.

'Zullen we het eens hebben over de lieden die jou naar het leven staan? Over de drugs in de thee? Over de boot? Ben je de boot vergeten die op ramkoers lag? Wie leeft er hier gevaarlijk, Robert? Ik wist niet eens of ik je wel levend in Vancouver zou aantreffen.'

O, nee, nu geen tranen meer alsjeblieft.

Ze stond met veel gestommel op en stootte zich aan de hoek van de tafel, omdat ze door haar tranen niet meer helder zag.

'En ook... steeds weer die geheimen tussen mensen. Dat wil ik niet meer. Dat houd ik niet meer vol!'

Gelukt. De zin was eruit.

Haar wangen waren nog nat.

Robert kwam langzaam overeind. Hij zei niks. Hij keek door het raam naar buiten. Hij kwam naar haar toe. Hij bewoog zachtjes zijn duimen over haar natte huid. Hij opende de ritssluiting van haar jack en trok het uit.

Ze liet hem zijn gang gaan.

'Ja, er is een geheim tussen ons,' zei hij terwijl hij zacht haar armen streelde. 'Dat is het.'

Hij trok haar naar zich toe. Zijn lichaam was warm en sterk en hij mocht alles met haar doen. Hij wreef zijn gezicht tegen het hare, zijn mond raakte haar lippen.

Uit zijn stropdas kwam de zoutige geur van de zee. Ze gleed met haar handen bij zijn rug naar boven.

Hij had gelijk. Dat was het.

54

Hij wierp een dik blok hout op het vuur. De vonken stoven alle kanten uit.

De honden, die slaperig voor de haard lagen, richtten zich geschrokken op.

Hij sloot het haardhekje en liet zich in zijn stoel vallen.

'Ze komt terug,' zei hij. 'Ze komt terug.'

De vrouw streek over de zachte vacht van de kat.

'Ja, dat zal ze, maar niet alleen om mijnentwille, als je dat soms bedoelt.'

Hij draaide zijn hoofd naar haar toe en keek haar aan. De vrouw keek dromerig in het vuur.

'Ik geloof dat ze verliefd is.'

'Heeft ze er iets over gezegd?'

'Nee, maar ik kon het van haar gezicht lezen.' Ze krabde de kat achter de oren. 'Van haar gezicht kun je dat lezen.'

De man wreef over zijn kin. 'Toch niet op Sam?'

Ze kende hem goed genoeg om de ondertoon te horen.

'Waarom zeg je dat?'

Hij zweeg. Ze moest hem wat tijd geven.

'Nee,' zei ze, 'ik geloof niet dat het Sam is. Ik heb niets van liefde gezien toen ze met hem sprak.'

De man zweeg nog steeds.

De honden zetten hun oren op. Een begon te grommen.

'De berin is er weer,' zei de man. 'Ik heb haar sporen al een week geleden gezien.'

'Ik wil niet dat je haar neerschiet, hoor je dat? Het gaat wel, het gaat tamelijk goed.'

'En die boze dromen?'

'Ik zit er middenin, en dan word ik wakker, dan neem ik tabletten. Het gaat wel.'

Er klonk een geruis om het huis. Dit geruis zou ze missen als ze weer in Zwitserland verbleef.

Maar zover was het nog niet.

De kat spinde luid. Het kan haar niet schelen hoe ik eruitzie, dacht de vrouw. Ze is tevreden als ze warmte en tederheid ontvangt.

'Sam was er indertijd bij,' zei de man plotseling.

'Waar bij?'

'Bij de berging.'

'Je bedoelt…?' Ze hield even op met het strelen van de kat.

'Jack was kort daarna hier. Dat was, voor hij… jou hier naartoe vloog.'

'Jouw vriend Jack Gordon? Was hij ook niet bij die berging?'

'Ja, hij was erbij. Daarna is hij naar de Queen Charlotte Islands vertrokken, waar hij ook is omgekomen. Hij is door niemand gered.'

'Zei je niet dat hij te veel dronk?'

'Ja, maar met drinken is hij pas naderhand begonnen, nadat ze de Beaver met de doden gevonden hadden.'

'Heeft Jack je voor de berging betaald?'

'Ja, dat heeft hij. En hij zei dat ook Sam bij de berging was.'

'Ach? Maar dat weet zij niet.'

'Hoeft ze ook niet te weten. Is beter zo.'

Zijn stem klonk strenger dan gewoonlijk.

Ze wist dat er nu iets belangrijks zou volgen.

'Jack zei dat een van de inzittenden nog leefde.'

Ze zakte ineen. De kat spande haar spieren.

'Wie? De jongen?'

'Nee, de vader. De piloot.'

'O mijn god!'

'Jack was daar het eerst met zijn machine, Sam kwam kort na hem. Sam is simpelweg de beste piloot hier.'

'En wat hebben ze gedaan?'

'Jack zei tegen Sam: "Neem de gewonde mee en maak dat je wegkomt." Zo hebben ze dat gedaan. Er was nog hoop, heeft Jack me gezegd. Er was nog hoop.'

Het klonk als een bezwering.

'Sam is met de gewonde weggevlogen. Niemand is zo goed als Sam, zelfs in het grootste zeikweer. Als iemand het kan, dan is het Sam.'

Hij stond op, nam de pook en verschoof een houtblok in de haard. Opnieuw stoven er vonken omhoog. De honden trokken hun kop in.

'Jack zei dat hij niet wist wat er gebeurd was. Maar Sam is nooit in Shipman's Cove aangekomen. De duivel mag weten wat hij daarbuiten uitgespookt heeft. Alsof hij verkeerd gevlogen is. Maar Sam vliegt nooit verkeerd.'

Ze luisterde met kloppend hart. Je moest niet wagen hem te onderbreken.

'Toen Sam eindelijk landde was het al laat.'

Hij zweeg lange tijd.

'Jack… Jack heeft later tegen Sam gezegd: "Waarom heb je zo veel tijd verloren?" Sam zei eerst niets. Jack vroeg het hem opnieuw: "Duivels nog aan toe, wat heb je de hele tijd gedaan?" Sam zei slechts: "Dat weet je toch zelf. Jij was er toch ook bij." Maar Jack begreep er niets van.'

Hij bleef voor het vuur staan, het gezicht afgewend, als kon hij haar op dit moment niet aankijken.

'Alle anderen waren sneller terug dan Sam, begrijp je? Ze vlogen later weg, maar waren sneller terug. Sam heeft tegen iedereen gezegd dat hij problemen had met de Beaver, problemen met de verdomde machine. Maar Jack zegt dat de Beaver niets mankeerde.'

'Je bedoelt, hij wilde dus niet op tijd…?' Ze durfde de zin niet af te maken.

Hij hurkte voor het vuur. Ze hoorde zijn woorden als verwaaid in de wind.

'Jack zei tegen Sam: "We hadden de kerel kunnen redden. We hadden er op zijn minst één kunnen redden." Toen zei Sam tegen hem: "Waarom moet uitgerekend dit zwijn leven? Door zijn toedoen is de jongen dood. En uitgerekend deze moordenaar zal leven?" Dat waren Sams woorden, zegt Jack.'

'Zei Jack.'

'Wat?'

'"Zei Jack", en niet "zegt Jack". Hij is toch dood. Hij kan niets meer zeggen.'

Hij stond abrupt op. Opnieuw die strengheid in zijn stem: 'Hij is dood. En wij zullen ook onze mond houden.'

Ze liet de kat van haar schoot glijden, kwam omhoog uit haar zetel en liep naar hem toe tot ze het vuurschijnsel in zijn ogen kon zien.

'Ze mag het nooit horen. Nooit.'

Ze keken elkaar aan. Het pact was bezegeld.

Dankwoord

De Berlijnse dichteres Else Lübcke Seel (1894-1974) heeft werkelijk geleefd. Ik heb alle informatie over haar leven en werk ontleend aan bestaande documenten, haar boek en gesprekken met mensen die haar gekend hebben. Het hoofdstuk met haar zoon Rupert Seel is gebaseerd op een gesprek met hem. Hetzelfde geldt voor Alan Blackwell en Alice Harrison; zij en haar man Alford zijn helaas vóór het uitkomen van dit boek gestorven. Ik ben hun grote dank verschuldigd.

Alle andere personages en handelingen zijn ontsproten aan de fantasie van de schrijfster. Elke gelijkenis met feitelijke gebeurtenissen of bestaande personen, nog in leven of overleden, berust op puur toeval.

Ik wil iedereen die aan de totstandkoming van dit boek heeft bijgedragen, hartelijk bedanken. In de eerste plaats prof. dr. Rodney Symington, de officiële beheerder van Else Seels literaire nalatenschap en voorlichter van het archief 'Special Collections' van de University of Victoria. Mijn heel speciale dank gaat uit naar de germaniste en dichteres prof. dr. Angelika Arend van de University of Victoria voor haar vakkundige en morele ondersteuning.

De ervaren en vriendelijke beroepspiloten van Inland Air in Prince Rupert, Bruce MacDonald en David Norman, en de hobbypiloten Heinz Tock en Rod Lizee leerden mij zo veel mogelijk over watervliegtuigen en het vliegen ervan, en de mijningenieur Brain Tough heeft lange tijd met mij over zijn beroep gepraat. Eventuele fouten in de beschreven situaties zijn enkel en alleen mij toe te schrijven.

Last but not least: kritiek en enthousiasme van mijn 'proeflezers' Birgit, Gisela, Peter, Brigitta, Fabian, Hartmut, Alexandra en Vaclav waren van onschatbare waarde, evenals de imponerende zorgvuldigheid en competentie van mijn redacteur dr. Ann-Catherine Geuder.

Bernadette Calonego

Geraadpleegde literatuur

Angelika Arend, 'Es tut gut zu lieben und ganz wieder Mensch zu sein!' Some comments on Else's Love Poetry. *Yearbook of German-American Studies*, Volume 37, 2002

Rosemary Neering, *Wild West Women*. Whitecap Books, Vancouver/ Toronto 2000

Else Seel, *Kanadisches Tagebuch*. Horst Erdmann Verlag, Herrenalb 1964

Else Seel, *Ausgewählte Werke Lyrik und Prosa*. Uitgegeven door Rodney T.K. Symington. German-Canadian Historical Association, Toronto 1979